Date: 6/13/22

**PALM BEACH COUNTY
LIBRARY SYSTEM**

**3650 Summit Boulevard
West Palm Beach, FL 33406**

Simón

MIQUI OTERO (Barcelona, 1980) debutó en 2010 con la aplaudida novela *Hilo musical* (Alpha Decay), premio Nuevo Talento FNAC, y dos años después llegó *La cápsula del tiempo* (Blackie Books), que tras ser elegido libro del año en *Rockdelux* y entrar en la lista de los diez mejores de cabeceras como *ABC*, en su tercera edición lleva vendidos más de 10.000 ejemplares. Ha escrito en medios como El País y Cultura/s La Vanguardia, tiene su columna semanal en El Periódico, colabora en Rac 1 y Onda Cero y es profesor de periodismo y literatura en la UAB y en la ESCAL. También ha participado en libros colectivos de ensayo como *Una risa nueva* (Nausicaa, 2010) y *CT o la cultura de la transición* (Random House Mondadori, 2012), entre otros, y en antologías de narrativa como *Última temporada* (Lengua de trapo, 2013), que engloba a la nueva generación de autores españoles. Con *Rayos* se consolidó como una de las voces más sobresalientes e imaginativas del panorama literario español. Ahora, con *Simón*, logra su novela más ambiciosa, más tierna y reinvindicativa.

MIQUI OTERO

Simón

BA14

Diseño de colección y cubierta: Setanta
www.setanta.es
© de la ilustración de cubierta: Setanta
© de la fotografía del autor: Elena Blanco

© del texto: Miqui Otero, 2020.
Por mediación de MB Agencia Literaria, S.L.
© de la edición: Blackie Books S.L.U.
Calle Església, 4-10
08024 Barcelona
www.blackiebooks.org
info@blackiebooks.org

Maquetación: David Anglès
Impresión: Liberdúplex
Impreso en España

Primera edición en esta colección: julio de 2021
ISBN: 978-84-18187-14-8
Depósito legal: B 2092-2021

¿Y cómo se llama el nuevo protagonista?
Martín, se llama Martín.
Para Martín.

Para Leti, nos queda todo.

—¿De dónde ha salido este chico así? —decía; y experimentaba al pensar en él un sentimiento confuso de amor y de pena solo comparable con el asombro y la desesperación de la gallina cuando empolla huevos de pato y ve que sus hijos se zambullen en el agua sin miedo y van nadando valientemente.

PÍO BAROJA, *Zalacaín el aventurero*

Había nacido con el don de la risa y la intuición de que el mundo estaba loco. Y ése era su único patrimonio.

RAFAEL SABATINI, *Scaramouche*

Índice

Cuando todo esto acabe, vas a llorar.

De momento cierra los ojos. O, mejor, como en el juego: Simón dice que cierres los ojos. Así que los cierras. Todo consiste en mentir hasta que logras engañarte. Por ejemplo, ¿tú cómo sueñas? Pues tienes que apagar la luz de la mesita y cerrar los ojos y hacerte el dormido, mentirte a ti mismo, fingir que duermes, hasta que, pum, te duermes. Y entonces sueñas. Poca gente se da cuenta de eso.

¿Quieres ver las estrellas? ¿Simón dice que quiere ver las estrellas?

Frótatelos un poco, pero no abras los ojos. Mantenlos cerrados, Simón. La gente cierra los ojos cuando pide deseos y tú quieres ver las estrellas. Restriégatelos un poco más. Así.

A ver, piensa: si pudieras pedir una cosa, ¿qué pedirías? ¿Cómo? ¿Una piruleta? Eso ya lo tienes. Algo más. Va, que no es tan difícil. ¿Dos piruletas? Eres como esa africana, muy pobre, a la que le preguntaron qué le gustaría tener. Y dijo una vaca. Le insistieron: lo que quieras, de verdad. Quiero una vaca, dijo. De acuerdo, pero si ya tuvieras una vaca, ¿qué pedirías? Y dijo: dos vacas. ¿Y sabes por qué? Porque era incapaz de imaginar nada más. No le habían enseñado a hacerlo. Carecía de los recursos para ejercer su derecho a desear. Sí, el derecho a desear, porque los deseos no se conceden, sino que se imaginan y conquistan. Dime ahora: ¿qué pides tú? ¿Qué me pides, Simón? Si no sabes imaginarlo nunca tendrás nada. Nunca serás alguien.

De momento, ten esto. Cierra la mano. Es la bola blanca del billar. Yo soy la negra. La que todos buscan y evitan. Todos le tienen miedo. Todos quieren llegar a ella. Tú serás la blanca: puedes tocar cualquier color, chocar contra todas las otras. Rompes el color y empieza la partida.

Recuerda que te tengo que decir «Simón dice que abras los ojos». Si solo te digo «abre los ojos», es una trampa. Debes mantenerlos cerrados. Hunde los nudillos y ya verás que empiezan a aparecer las estrellas. Parece magia, una magia sin truco. Solo los aburridos piensan en el truco. Piensa en él cuando seas tú quien hace el truco. Aprieta más y más. ¿Quieres ver las estrellas? Frótatelos. ¿Ya ves las luces?

Cuando acabe todo esto vas a llorar, pero ahora cuenta hasta tres y ábrelos.

Ábrelos.

Así me gusta, no los has abierto. Tranquilo, te dejaré la luz encendida. A ver, como en una canción: ¡un, dos, tres!

Simón dice: abre los ojos.

*

—¿Ahora?

LIBRO I

LA NOCHE DE LAS AZOTEAS

I

Verano de 1992

Entre las azoteas, cada noche
se encendían las luces
del ático de nuestra juventud.
Entre las voces suaves y lejanas,
alguna vez, se oye un grito de pánico.
Pero una herida es también un lugar donde vivir

JOAN MARGARIT, «Nuestro tiempo»

Parece mentira que con la cantidad de gente que cree tener la razón en el mismo momento y en todos los bares del planeta, el mundo no sea un lugar inmune a la enfermedad, ajeno a la desgracia, libre de infelices, plagado de maravillas. Que con los millones de personas que se enzarzan ahora mismo en la discusión más crucial, ovilladas en principios intocables y girando llaves mágicas, todo sea tan precario, tan relativo.

Como sería muy osado intentar entender el mundo, el gran problema, quizás habrá que ceñirse a la observación del lugar donde se formulan las soluciones. A averiguar qué sucede en uno de estos bares. Simón Rico, a sus ocho años, no recordaba haber entrado en éste por primera vez y tampoco se imaginaba saliendo jamás de él para siempre.

El nombre del bar, Rico Rico, no emanaba ni de la calidad al cuadrado de sus recetas ni de la cuna de sus propietarios, de origen más bien humilde, sino del juego de coincidencias que atravesaba su génesis y, por tanto, a su familia: el padre y el tío de Simón, los hermanos Rico, eran parecidos aunque absolutamente antónimos, pero la gracia final residía en que se habían casado con Dolores y Socorro Merlín, dos mellizas que conocieron en las fiestas de una aldea gallega durante el verano de 1972. Habían reclamado a la orquesta la canción «Si yo fuera rico» y había sido en el primer estribillo cuando les habían pedido fuego. Antes del último redoble, las dos parejas ya bailaban agarradas. Con esa misma canción habían llegado a Barcelona desde su Galicia natal buscando fortuna y, después de unos años como camareros, habían podido pagar primero el traspaso del bar instalado en la planta baja de este edificio de fachada de arenisca y balcones de hierro forjado, y poco después los alquileres de los dos pisos inmediatamente superiores, donde vivían las familias. Este bar, Rico Rico, que rebautizaron cuando un cocinero famoso no paraba de decirlo en la tele: rico, rico, con fundamento. A los Rico no les hacía gracia que les impusieran los chistes.

Entonces lo llamaron «Baraja», quizás para destacar el juego de palabras «Bar Aja». Con esa baraja se aludía además a las timbas eternas que allí se disputaban, pero también a su pueblo, Castroforte de Baralla, un lugar que, comentaban, comentaban, comentaban, se elevaba sobre la bruma cuando todos sus habitantes se preocupaban por algo a la vez. Un nombre, *baralla*, que en la lengua de adopción de Barcelona quería decir 'pelea'. Y que en castellano parecía un imperativo: los taxistas ordenaban y desordenaban distraídamente su mazo de naipes como quien manejaba su posible fortuna o mala suerte.

Simón creció en el Baraja, un teatro a escala del mundo, donde tres relojes de pared se pasarían toda una vida discutiendo sobre la hora. Cada uno de ellos marcaba una diferente, como si consignaran el horario de varias capitales mundiales en Asia, América, Europa. Lo que había empezado como un desajuste fruto del descuido (nadie compraba pilas) acabó por ser una seña de identidad del lugar: cuando abrías su puerta, el tiempo quedaba suspendido, como al entrar en un cine o un espectáculo.

Si Simón no recordaba haber entrado nunca en este bar (casi había nacido dentro), sus padres y sus tíos no recordaban la última vez que habían salido más allá de la puerta a tomar el aire y fumar un pitillo. Vivían marcando tortillas, apaleando pulpos, vertiendo vino en vasos facetados, guisando ternera e inventando esqueixada, que durante años vendieron con el nombre de *escalivada*, un error del que ninguno de los habituales, taxistas en su gran mayoría, les quiso sacar.

Quizás Simón ya había empezado a entender a sus ocho años que nada es lo que parece, pero aún tardaría mucho tiempo, también muchas páginas, en aceptar que las cosas son como son.

*

Antes que Simón había llegado otro Rico niño, su primo diez años mayor, al que, más por inclinación a la broma que como licencia aliterativa, habían llamado Ricardo. Ricardo Rico. Rico, porque desde crío se había apoderado del apellido, había sido una estrella en el barrio desde sus primeros pasos. Algo así como la mascota del bar, pero también su polémico embajador en el exterior, especialmente ahora, recién alcanzada la mayoría de edad.

Rico, se entenderá, era tan primo de Simón que en realidad era como su hermano. Era, en palabras del mayor, primohermano: «No primo hermano, ni hermano primo, sino primohermano, las dos cosas y todo bien junto», les decía a sus amigos. Siempre lo había cuidado. Siempre le había leído cuentos. Siempre le había cantado. Las nanas de Simón habían sido: «Beat on the Brat», «Do Anything you Wanna Do», «Orgasm Addict», «He's a Rebel», «O leâozinho»... Gran pedagogía en sus estribillos: 'hostia al capullo', 'haz lo que te dé la santa gana', 'adicto al orgasmo', 'rebelde', 'leoncito'. ¿Cuando lloraba mucho? «Boys Don't Cry». Lo que hacía el primo mayor era poner el disco y hacer playback, pavoneándose ante su pequeño primohermano, de modo que éste pensó, desde que tenía unos pocos meses hasta que sumaba unos cuantos años, que Rico era el mejor cantante del planeta, también el más versátil.

Además, siempre había jugado con él al «Simón dice», porque el pequeño se llamaba Simón y porque así lo hacía sentir importante y al mando. A veces Rico ponía a jugar a todo el bar. Simón dice que os toquéis la oreja derecha. Simón dice que os pongáis a la pata coja. Simón dice que os metáis el dedo en la nariz. Que cerréis los ojos, que los abráis, que parpadeéis. Simón dice que quiere vivir todo hoy. Los borrachos le hacían caso y el equilibrio se les iba mientras seguían sus órdenes: se tocaban la nariz y perdían pie. Eran contrincantes fáciles y siempre se equivocaban: Simón dice que no podéis tocar la cerveza. Y el juego acababa entre abucheos.

Rico también se colaba en casa de Simón y se ponía a los pies de su cama, a veces oliendo a acequia de cerveza y colilla antigua y gel de brillantina y caramelo de eucalipto, y le decía:

—Había una vez un niño que tenía el superpoder de sentir justo lo que sentían los otros y de extraer de ellos su mejor virtud. Al lado del halcón volaba, al lado del león rugía, al lado de la cebra todo era en blanco y negro...

—¿Y al lado de una caca?

—Bueno, Simón, pues se sentía como una mierda. Pero solo un rato. Porque llegaba una mosca, que luego se posaba en un precioso caballo, que luego cabalgaba un tipo con armadura...

—Ya.

—Mira, al lado del fuego ardía hasta que se esfumaba y aparecía en otra época. Lloraba al lado del que lloraba y lloraba tanto, tanto tanto, que los dos se daban cuenta de que aquello era ridículo y entonces se ponían a llorar de la risa. También reía al lado del que reía. Una vez, ese niño...

—¿Cómo se llama el niño?

—Y a ti qué más te da, Simón, anda. Pues un niño.

—Ya, pero es que quiero saber cómo se llama. Así le cojo más cariño.

—Bueno, ya que lo dices: ese niño con poderes se llamaba Simón.

—¡Como yo!

—Coincidencia seguramente. No sé. No lo sé todo, Simón...

Pero Simón, que se frotaba bajo las mantas los empeines de su mono pijama, sí que lo sabía, así que tensaba esos dos hoyuelos que tanta gracia le hacían a su primohermano. Su sonrisa entrecomillada (con un asterisco, una pequita de nacimiento sobre la comisura derecha). Una sonrisa infantil que era todo menos irónica.

*

Cuando abría los ojos en el entresuelo, expectante ante un nuevo domingo que se despertaba moroso, Simón no olía el café que borboteaba en los fogones ni el frescor de las hojas de los plátanos que esmaltadas por la lluvia nocturna tanteaban la ventana, sino el misterio.

Con las pupilas esforzadas en unos ojos sorprendidos por la luz, lo que debía dirimirse a continuación era la búsqueda de una nueva novela, la que cada domingo le escondía su primohermano en algún punto de la casa. Porque después de salir de fiesta cada sábado, Rico, preciosamente intacto y magnífico por sellado su misterio, le compraba un libro de segunda mano en el rastro dominical del barrio, el mayor mercado de libros de segunda mano de Europa. Luego paraba a tomar un café para templar su borrachera y encendía con sus subrayados frases que eran calambres y pasajes que eran pistas para su primo. Simón debía buscar el libro incluso antes de ponerse ante su Cola Cao con grumos y sus magdalenas de La Bella Easo. A menudo desarrollaba sus pesquisas a partir de un acertijo que Rico le colocaba bajo la almohada o de un camino de flechas marcadas con cinta aislante. La pista también podía estar escondida en alguna noticia del periódico que su padre había dejado en la cocina del piso. A veces, incluso, Rico le chivaba la pista a algún taxista mañanero y borracho, así que Simón debía bajar al bar familiar y preguntar a los clientes libreta en mano, con la bata de lana como gabardina, si sabían dónde podría estar escondido su nuevo libro. Este juego, que Rico bautizó como los Libros Libres, era la promesa de un juego que ya no habría de acabar: el juego de vivir según las fantasías de profesionales de las vidas posibles, grumetes, músicos y sobre todo espadachines.

—Los Libros Libres, Simón, son como la esgrima: amenazan la vida y la enaltecen a la vez —le decía Rico.

—Ya. —Simón usaba mucho este monosílabo: evidenciaba menos la ignorancia que un no y comprometía menos que un sí.

—Y yo no solo quiero que vivas los libros. Quiero que vivas en ellos.

A menudo, Simón no sabía contestar si «sí» o si «no», ni «sí» ni «no» ni «ya», no sabía elegir un monosílabo triunfal, pero el caso es que sí sabía que quería entregarse al huroneo hasta encontrar el libro cada mañana de domingo. Después de desayunar abajo —el cacao calentado con el brazo de la cafetera del bar sabía mejor— volvía a subir, se arrebujaba bajo la colcha de ganchillo y lo abría. A veces no salía de la cama hasta que Rico se despertaba de su resaca tras un sueño que parecía un coma, los ojos de oso panda y el tupé como una voluta en declive, cerrando un signo de interrogación en su frente. Entonces Simón le daba las gracias y Rico le decía:

—¿Qué libro? No tengo ni idea de qué me hablas. Yo no te

he traído ningún libro, suficiente tenía con encontrar la puerta de casa.

Simón desenrollaba su sonrisa entrecomillada porque sabía que su primo mentía o, al menos, lo intuía. Intuía que era su primo quien subrayaba frases en esos libros de héroes envueltos en promesas de gloria: *Pimpinela Escarlata*, *Los tres mosqueteros*, *Barry Lyndon*, Fabrizio en Parma. En *Scaramouche*: «Había nacido con el don de la risa y la intuición de que el mundo estaba loco. Y ése era su único patrimonio».

Y no le entraba en la cabeza cómo sus compañeros de clase preferían a Super Mario, un fontanero, que a estos héroes. Aunque no entendiera ni la mitad de los libros, devoraba esas aventuras a toda máquina (en realidad algo más lento, pues a veces tenía que recorrer con el índice las frases por debajo para no perderlas) y se detenía con solemnidad en los pasajes subrayados (entonces paraba su dedo y apretaba). Y, si era sincero, se reconocía que lo que más le intrigaba, lo que lo animaba a pasar una página y luego otra, y una más hasta la última, no era tanto, que también, el enigma de las vidas de los personajes sino el de descubrir qué había llamado la atención de su primo. O, en otras palabras, no le preocupaban tanto los deseos del espadachín como los anhelos de su tutor. O, por ser más claros, no quería ser Scaramouche, sino Rico.

*

El libro favorito de Simón era *Scaramouche* porque, en parte, Rico se parecía un poco a ese personaje: con un don especial para la intriga, en ocasiones podía llegar a ser agresivo pero siempre sabía llegar al corazón de las masas, ya fuera con sus discursos o con sus actos, con su palabra o con su espada, con sus gestas o con sus gestos. Y, como Scaramouche, Rico sabía que debemos ser nuestro propio autor además de actores.

También que podemos ser lo que queramos, como el héroe que en cuatro años fue abogado, político, espadachín y bufón. Especialmente bufón. Porque Rico sabía que el humor, la risa que le regalaba también a Simón, una risa que más bien le descubría, es la única forma de inteligencia libre de presunción.

Por eso, y aunque había tenido hacía algunos meses un grupo de música llamado Las Escaramuzas, ahora los había abandonado, para enorme preocupación de la bajista, el guitarrista y el batería. Eso hacía Rico, montaba el juego para que otros se divirtieran y luego se iba. Era, como dijo un día Ringo, uno de los clientes habituales del bar, un artista.

—Eres un artista, Rico. Pero ¿sabes qué? Eres un artista sin arte.

—Solo hay tres hombres, Ringo: el hombre que trabaja, el hombre que piensa y el hombre que no hace nada.

—Y tú no haces nada, cantamañanas —gritaba desde la barra Elías, el padre de Rico.

—Y cada uno de ellos tiene una vida —seguía Rico, impermeable a las burlas—: la vida ocupada, la vida del artista y la vida elegante. Yo vivo la última.

—Lo que yo te diga: un artista sin arte.

Rico se reía de las frases de Ringo, pero tomaba el aviso como una bendición. Escribía y tocaba la guitarra y, desde luego, su nombre surgía cuando en algún punto de la ciudad se hablaba del billar, del juego. Luego, en la intimidad de su habitación le chivaba a su primohermano que los únicos que dicen que alguien malogró su talento son aquellos que jamás tuvieron talento alguno. Que ni siquiera saben lo que significa esa palabra. Y que el talento, si se tiene de verdad, solo se puede usar de una forma digna: derrochándolo.

*

Rico era, en definitiva, todo eso que los demás corrompen intentando ser.

A su primohermano le regalaba libros cada domingo pero también trucos de magia: solo los tontos preguntan el truco, solo los listos lo saben. Abría puertas del ascensor chasqueando los dedos. Cambiaba el color del semáforo a la de tres. Le decía «cierra los ojos y ahora mira». Solo cuando Rico desapareció, tras aquella verbena de Sant Joan del año 1992, Simón los abrió.

Esa noche, Rico se lo había prometido, saldrían juntos, porque esa noche los niños también pueden ofrecerle a la luna sus gestas y él las protagonizaría, gracias a su primohermano, vestido de espadachín. Rico, horas antes, había llevado a Simón a su habitación para disfrazarlo inspirándose en el póster de un espadachín de la época de Luis XIII, ese de chaleco escarlata, pantalones de pana, medias grises de estambre y elegantes zapatos cerrados con hebilla.

—Verás, Simón, que lo bueno de no ser nadie es que puedes ser cualquiera. No un cualquiera, sino quien quieras ser.

—¿Quién?

—Alguien. Ser alguien.

Su primohermano hacía lo que podía para copiar el vestuario mosquetero: acababa de anudar al cuello de Simón una toalla roja de Marlboro que parecía una capa de terciopelo forrada de armiño. Llevaba sus botas de lluvia a juego, taraceadas con unas chapas de cerveza, y Rico le había ceñido a la izquierda una zanahoria que sería una daga y también una ballesta de paraguas que sería su espada ropera. Simón, que normalmente iba enfundado en prendas promocionales regaladas por los proveedores del bar —camisetas de Fortuna y sudaderas de Johnnie Walker, también parches de Lucky Strike en las rodillas—, el niño-anuncio, casi se mareaba de orgullo encaramado a un bote gigante de detergente.

Rico, en cambio, era fiel a su uniforme: siempre de riguroso negro, salvo por las americanas estampadas o la gabardina color hueso. También por los retazos, motivos y encajes que se cosía en cualquier punto del cuerpo. Para mofa de algún cliente del Baraja, a Rico le gustaba la costura. Lo mismo estampaba un parche que retocaba un bodoque, imperdibles y escarapelas florecían en sus camisetas, convertido en collage vivo de todas las épocas posibles de la adolescencia.

Pensaba Simón, con el corazón al galope, que el estado de las calles era similar al de su ánimo. Se respiraba euforia no solo por ser una noche de celebración, la verbena de Sant Joan, sino porque esa primavera la ciudad parecía hechizada y los indicios del conjuro estaban por todas partes: el Barça había ganado por primera vez la Copa de Europa (Rico le había dicho que lo más digno es que lo habían hecho, en honor a su barrio, vestidos de butaneros, con camisetas naranja) y Barcelona se preparaba para las Olimpiadas. Que esto último no fuese del agrado de Rico no era suficiente razón como para arruinar en el pequeño el contagio de la borrachera colectiva que embriagaba a Simón aun antes de haber probado una gota de alcohol. Rico y el espadachín mocoso salieron del bar aquella noche de verbena pasando por un túnel de advertencias y preocupaciones tanto de la madre como de la tía:

—Riquiño, como le pase algo al rapaz te juro que te mato.

—Pero si eres mi madre, mamá.

—Por eso mismo. Nadie tiene más derecho que yo, que te di la vida, para quitártela.

—Controla a tu hermana, tía, que se ha vuelto loca.

Y fuera la ciudad encendida estalló en colores y truenos, y la gente bebía por la calle y brindaba y saltaba hogueras donde ardían malos recuerdos y peores presagios, y los cohetes dejaban estelas de serpentina y confeti y ahí estaba Simón, que no podría negar que estaba viviendo un sueño, porque llevaba una capa, sí, pero también porque su primohermano había silbado y había aparecido una moto grande como un caballo y había gritado «¡yijá!» y había dado gas para luego inventarse caminos que conducían a la Montaña, donde debía empezar la noche. La última noche. La Noche de las Azoteas.

*

La moto de Rico, esa Vespa que arqueó cejas y levantó suspicacias (¿de dónde saca el dinero el niño?), volaba por la ciudad y el petardeo de su tubo de escape se sumaba a la sección de percusión, timbales y bongos, baterías de explosiones, de esa verbena de Sant Joan. Multitudinarias carambolas compenetradas y veloces en mil mesas de billar.

¿Y quién puede ver esto? Los pájaros, las estrellas, los deshollinadores y tú. Eso le decía Rico a Simón para luego, en los semáforos, tararear «*Chimchimení*». Para que Simón completara con «la suerte detrás va de mí». Para que a renglón seguido descabalgaran la moto, la aparcaran al lado de aquella farola y, chim chim chiró, Rico replicara una vez más: «La suerte tendrá si mi mano le doy».

—Y, ahora, hacen su entrada los Rico Cousinbrothers —decía Rico con entonación de maestro de ceremonias.

Y Simón penetraba en la fiesta de una azotea envuelto en una euforia argéntea, apartando lianas de bombillitas de colores con su espada ballesta y llevándose el sombrero a la barriguita para saludar con una elaborada reverencia.

—Anda con cuidado, Rico, que te buscan —le decían algunos.

—Van detrás de ti —lo avisaban otros.

—¿Quién? —preguntaba Simón.

—La suerte detrás va de mí —respondía Rico.

Cada azotea, una isla, o un país, donde todos sonreían igual aunque bailaran y dijeran cosas diferentes. Desde esos tejados

se veían mares brillantes: todas esas vidas a sus pies, tan pequeñas que si quisiera elegir una podría pinzarla con el índice y el
pulgar, como si fuera un bombón de una caja surtida. Los dos
Rico se asomaban a algunas de las barandillas de las muchas
azoteas que visitaban y en cada una Simón se quedaba tirando
quites y ataques de esgrima contra alguna ropa tendida mientras su primohermano se dedicaba a cuchichear en las esquinas con alguno de los que organizaban cada fiesta. Hablaban un
poco y Rico les daba uno de esos botecitos negros con tapa que
protegían los carretes de fotografías.

—¿Qué les das, Rico? —le preguntó Simón.

—Amor. No, a ver, les doy carretes de fotografías. ¿Sabes por
qué? Porque éstos son los mejores momentos de su vida. Los
únicos recuerdos chulos que tendrán, así que se los regalo en un
botecito. Los animo a que capturen recuerdos. A que hagan fotos.

—¿Y nosotros no nos hacemos fotos?

—No. Porque nosotros sabemos generar recuerdos todo el
rato. Tenemos la *maquineta* de los recuerdos, podemos derro-
charlos.

—Pero yo querría una foto.

En ese momento alguien les hizo una fotografía. Era una
tal Betty, que a Simón le sonaba aunque nunca había hablado
con ella. En realidad no se llamaba Betty, pero el nombre le pegaba porque era el de su personaje favorito, del que copiaba el
vestuario y también el peinado: top de topos anudado sobre
el ombligo y falda de tubo. Betty, todo ojos Betty Boop, pelo
escarolándose en brillantina y remolino negro en la frente. Hablaba mucho y no solo con la boca: sus hombros tostados al sol
del día de la verbena decían cosas, que no se contradecían con
lo que prometían sus ojos tras el zaguán de las pestañas, que
confirmaban lo que también susurraba el dingalín de sus enormes pendientes de aro. Entonces reparó en el gesto alucinado
de Simón y le pidió algo extraño:

—Me tienes que hacer un favor, mosquetero.

—Dime.

—¿Serías tan amable de pisarme las puntas?

Simón, convertido en estatua, pensó si sería un truco o un chiste. Miró esas bambas de tela con puntera de plástico blanco, aún inmaculadas. Entonces las pisó unas cuantas veces y las bambas envejecieron dos meses en diez segundos.

—Muy amable, caballero —dijo ella, radiante su sonrisa.

—Tenemos mucha hambre, mosquetero. ¿Por qué no cazas unas butifarras? —preguntó su primohermano.

Simón se entretuvo paseando por aquel bosque de piernas desnudas que se movían rítmicamente, ensartó dos butifarras de la barbacoa en su ballesta y, cuando regresó al lugar, vio cómo dos sombras negras, iluminadas por una luz verde, se juntaban detrás de aquella sábana: sombra chinesca de un monstruo de dos espaldas.

—Gracias, *petit* —le dijo Betty un rato después, con las butifarras ya frías por la espera. Y entonces hizo algo extraño: se quitó la tira de su bikini y la anudó a la muñeca de Simón—. Para que no te pierdas: algún día ya me la devolverás.

—¿Qué se dice, Simón? —habló Rico.

—No sé.

—Sí sabes.

—La suerte detrás va de mí.

—Rico, ve con cuidado hoy.

—Gracias.

Simón se sentía tan orgulloso ante esta nueva vida, como de un traje de terciopelo con encajes la noche del estreno. Salieron a la calle y Rico señaló hacia la Montaña, allá, muy arriba:

—Simón dice que se enciendan las luces en el cielo.

Nueve focos prendieron detrás del museo, rayos de luz ensartando nubes, tocada la Montaña con una peineta de luz.

*

Habían saltado de azotea en azotea, de verbena en verbena, sorteando cables de tendido telefónico y esqueletos de antenas en tejados de la Ronda Sant Pau y la Ronda Sant Antoni y en el Poble Sec. Habían repartido decenas de carretes de fotos por toda la ciudad, en cada fiesta. Se diría que la gente los esperaba nerviosa y solo bailaba cuando, sorpresa, ellos aparecían. Incluso que bailaban para ellos.

En las calles del Borne, por alguna razón, Rico insistió en llevar de la mano a Simón. En más de una esquina apretaba el paso y su humor cambiaba. Y en una ocasión Simón pudo ver cómo dos motos casi los atropellan, cómo les daban luces, cómo parecía que los siguieran. Rico no corría pero apretaba la mano de su primohermano. Alguien paró a Rico por la calle y se gritaron cosas que Simón no entendió: el otro tenía cadenas al cuello y una diminuta lágrima negra tatuada debajo del ojo derecho. Empujones de ida y vuelta, tiradas y retrocesos como en la esgrima. Rico mantuvo la compostura, aunque sus rodillas lo delataron incluso a ojos de Simón. Una farola gandula, que no pensaba moverse, iluminaba cenitalmente la gestación de la pelea. Entonces Rico señaló a su primohermano, no vas a hacer nada delante del niño, y el de la lágrima aplazó el duelo con una carcajada siniestra.

Y otra vez Simón, que no quiso preguntar más aunque había olido el peligro sin saber qué aroma tenía, abrazó por detrás a su primohermano, mientras la moto remontaba rutas hacia nuevas terrazas y playas llenas de hogueras. Los petardos iban menguando con el paso de las horas, como si la carcajada de esta ciudad se fuera apagando. Como si quisiera alargarla por miedo al silencio incómodo después de cada risa.

Entonces aparcaron en un punto perdido de la ciudad y llamaron a un piso. El piso de un sastre, le dijo Rico. Abrió la puerta un señor mayor: una mata de pelo blanco y un bigotito como de espuma, como si hubiera dado un sorbo de cerveza apresurado, a juego con su terno color blanco, quizá de lino. Los invitó a pasar y la moqueta turquesa apagó sus pasos. Siguieron esos brogues bicolores por un pasillo de techos altos y lleno de libros hasta llegar a un comedor enorme con estanterías de obra atestadas de telas de todos los estampados imaginables. El piso desprendía un olor a prenda cuando el armario se muda aprovechando el cambio de estación, retocado por ambientadores de pino y limón. La iluminación, a diferencia de la música, era tenue, y Simón se entretuvo con unas tijeras enormes que servían para cortar tela tejana y se puso al cuello un par de pañuelos estampados de amebas color púrpura y granate mientras el galán y su primohermano hablaban de sus cosas en la habitación contigua y la música no paraba de sonar y ahora decía: «¿Por qué no han de saber que te amo, vida mía?». Simón se arrellanó en una butaca de tela adamascada, color nube de azúcar, a la espera de noticias: «Se vive solamente una vez | Hay que aprender a querer y a vivir».

—¡Levanten las copas! ¡Con todos ustedes, Rico! —anunció el galán con un acento extraño.

Y entonces Rico salió con una americana rarísima, estampada de fuegos artificiales de colores.

El Sastre se despidió de Rico con dos besos y reservó un tercero aún para la frente de Simón. El galán sonrió entonces y Simón vio en su hilera de dientes cómo, a la luz de las velas del comedor, ante la mirada sin ojos de los maniquís, brillaban dos palas centrales de oro. Un tesoro. Ese mismo día, el Sastre les regaló una trompeta solo porque Rico la miró distraído. Realmente, pensó Simón, mi primo tiene poderes.

Cuando bajaron a la calle, Rico paró en las cabinas como hacía siempre y miró si alguien había olvidado alguna moneda en la cajita del cambio.

—La gente piensa que para encontrar un tesoro necesitas un mapa, Simón. Pero no tienen en cuenta que el mundo está lleno de tesoros si buscas donde nadie lo hace.

—Ya.

—Esto me lo enseñó el Sastre, Simón. Mucha gente dice que el Sastre es un pirata. Bien, puede ser que los piratas no sean muy de fiar, pero ¿sabes qué? Suelen tener mapas del tesoro o incluso son los encargados de custodiar uno.

—En su boca —dijo Simón, pensando en esa sonrisa dorada, formulando el primer chiste de su corta vida.

—¿Te has fijado? Esto no me lo enseñó él, pero te lo enseño yo a ti. Y gratis. Hay secretos y cosas especiales que son como dientes de oro: viven en lugares que parecen extrañamente ruinosos, brillan cuando es de noche y solo se descubren con una sonrisa.

—Ya. —Simón no le entendía, pero, por si las moscas, asentía con una sonrisa blanca.

*

En la Noche de las Azoteas habían volado alto pero, aun así, no fue dura la caída. Planearon sobre las últimas calles y entraron de nuevo en el Baraja intentando discernir si tenían más hambre o más sueño.

Rico chasqueó los dedos y Simón, obediente, volvió a hacer lo que reclamaba ese gesto: se subió a una caja de plástico de Coca-Cola que guardaba al lado de la mesa y se encaramó al tapiz para colocar todas las bolas del billar americano dentro del triángulo. Entonces Rico hizo algo extraño, que, precisamente por el mero hecho de serlo, por desbaratar con un clic la rutina infantil, le encantó a su primohermano: quitó la bola ocho del triángulo de marfil y en su lugar puso ahí la blanca, para romper con la negra. Enfiló bola a bola, sin fallar ni una en menos de diez minutos y reservó la blanca y la negra para el final.

—Hoy lo dejamos así —dijo, y se metió una en cada bolsillo de la americana—. Tenemos curro.

Rico había abandonado los estudios para trabajar algunas horas en el Baraja y en su tabla de compromisos figuraba marcar las tortillas de la siguiente jornada, así que llegara como llegara se arremangaba y picaba cebollas y pelaba patatas antes de acostarse. Le tranquilizaba hacerlo escuchando las noticias de la radio: mejoras olímpicas, asedio de Sarajevo, novedades en el frente en Irak. A veces se le resistía el sueño y entonces Rico pelaba más tubérculos de la cuenta; la prueba de su desfase no la encontraba al día siguiente en la magnitud de la resaca sino en las patatas que sobraban y que, ya sin piel, se iban tiñendo de negro a lo largo de la mañana en la tina de agua. Ésa, se decía a veces algo solemne cuando despertaba y las veía, era su alma.

Así que pelaban patatas, picaban cebollas y batían huevos, con esa elegancia semimágica del automatismo, pero al levantar la vista Simón pudo ver cómo una lágrima surcaba la mejilla de su primohermano y se abombaba en el precipicio de su nariz.

—¿Por qué lloras? —le preguntó.

—Por nada. Es la cebolla.

Rico podría haberle hablado de moléculas propanotiales y de ácido sulfúrico que atacaban su lagrimal. Y esto hubiese tenido todo el sentido del mundo si aquella noche no hubiese sido Simón el encargado de la cebolla.

Cumplido el trabajo, ya sentados en los taburetes de la barra, Rico cogió una de esas pequeñas servilletas altas en celulosa, de tacto apergaminado, y le dijo:

—¿Qué pone aquí? Simón dice que lo leas.

—«Gracias por su visita».

—Pues ahora mira.

Entonces formó una especie de cono con la servilleta y, sosteniéndola con el índice y el pulgar por el vértice, le prendió fuego por la base abierta.

—Sube, sube y nunca te apagues —susurró Rico, imprimiéndole un clima de hechizo a la escena, con el papel ardiendo—. Si te apagas, que sea en otro lugar.

Prácticamente consumida la servilleta, cuando la llama casi alcanzaba la mano de Rico, el papel, ya sin peso, voló hacia el techo del bar, como una lágrima de fuego precipitada hacia arriba: un último fulgor y alguna pavesa distraída convertida en ceniza. Simón había presenciado mil trucos como éste: solo los aburridos preguntan por el truco y solo los listos saben cuál es. Pero aún hoy no encontraba explicación. Era imposible que entendiera qué quería decirle Rico. Yo te lo digo ahora, Simón, aunque no sea necesariamente verdad: es mejor no consumirte poco a poco a la vista de los otros; si hay que desaparecer, mejor hacerlo con una reverencia. Regalando un último brillo a quien más quieres. O, incluso, iluminándolo.

*

Rico lo condujo a su habitación y, a pesar del calor, lo arropó con su capa Marlboro. Entonces, en un tono quedo, con un desapego impostado del que brotaban toneladas de confidencia cariñosa, le estuvo hablando durante diez minutos. Tan largos que incluso Simón, aún no educado en la sospecha, receló. Y lo que sospechó es que tanta ceremonia sonaba a despedida. Entonces su primo le dijo por última vez:

—Cuando todo esto acabe, vas a llorar.

—Pues yo no quiero llorar más. Solo quiero dormir. Y que me dejes la luz encendida.

—Pero a veces es necesario llorar...

—No. ¿Sabes lo que quiero?

—¿Cómo?

—Tú me lo has preguntado. Qué quería. ¿Sabes lo que quiero?

—Dime.

—No quiero que no te quedes.

—Esa frase no se entiende, croqueta. No puedes pedir que algo no pase. Pide algo para ti.

—Eso es para mí: no quiero que no te quedes. Quiero que no te vayas.

—Podrías callarte un rato... Esto no es fácil.

—Ni para mí.

—A ver, ¿sabes que es de muy mala educación decir la última palabra?

—Lo mismo digo.

Otoño de 1994

Nosotros, inocentes, no paramos de beber sin sed. No es ése mi caso: yo, pecador, a falta de sed presente, prevengo la futura. ¿Captáis? Bebo para la sed venidera. Bebo eternamente. Es una eternidad de bebercio y un bebercio de eternidad

FRANÇOIS RABELAIS, *Gargantúa y Pantagruel*

Habrá quien diga que hemos perdido a un protagonista, pero aún nos queda el decorado. Y un personaje con futuro. Otro posible protagonista. Para entender a Simón, quizás habría que conocer por dónde paseó aquellos años, una vez Rico desapareció sin dejar rastro, aquella noche de Sant Joan de dos años antes.

Había en el barrio de Sant Antoni, y por tanto en el Baraja, ese bar de taxistas que era síntesis y síntoma del barrio, actores que no actuaban y clientes de todo tipo que sí lo hacían. Sant Antoni aspiraba a la seriedad semipróspera del Ensanche, pero no podía sacudirse, porque limitaba con ellas, la rumba del Barrio Chino y la guasa del Paral·lel, la avenida que había sido durante décadas meca del ocio popular, grandes teatros de neones ahora apagados. Así que los que bebían en el Baraja, un extraño reparto de gitanos que vendían verdaderas toallas de imitación y preciosos trajes de tela barata, currantes de las básculas Pivernat y oficinistas de la Telefónica, maestros de escuela, peluqueros e incluso vedettes, eran actores sin autor ni director. Escogían roles, figuras estilizadas y saturadas de vida que surgían del estudio de aquello que la obra, el bar, necesitaba: el cínico, el celoso, el desordenado, el virtuoso, el pedante. El resabiado, que ya lo sabe todo, sobre todo cuando no tiene ni idea. El que ama la vida, toda menos la suya.

A Simón puede que alguno no le gustara, pero los quería a todos: cómo fiaban toda su vida a la textura de su cotidianidad y sus nostalgias. Cómo intentaban retocar cada escena presente: cuando quisieron consolar a los Rico, por ejemplo, la parroquia se pasó cuatro días, como en un seminario científico, tramando qué regalo les podrían hacer (un balneario, un tocadiscos... una escapada, llegó a decir un inoportuno) hasta que decidieron que lo peor era que el negocio decayera justo ahora, de lo que se drenaba una responsabilidad: ellos iban a tener que pasar aún más horas allí dentro y hacer más gasto en copas.

Simón, con solo diez años, crecía entre esos clientes: todavía no sabía enfocar qué personaje le convenía a él, si bien Rico le había inoculado la idea de que debía aspirar al papel de protagonista. Niño de bar, de los que saben devolver el cambio antes de poder sumar en un papel, aprendía de los contradictorios consejos de todos ellos.

Cuando tenía que hacer los deberes, nuestro *héroe* sacaba la mochila y disponía el cuaderno y los libros de texto forrados con Aironfix sobre las mesas de formica. Lo mejor llegaba con los problemas de trenes:

—Si un tren sale de Barcelona a las cuatro... —enunciaba Simón.

—A las cuatro no hay tren, que la María intentó coger el otro día uno —decía el Capitán, bautizado así por su tendencia a levantar demasiadas copas.

—Y el otro sale de Toledo...

—Pero ¿ya hay tren en Toledo o hay que ir en autocar? —decía el Franco, que soltaba a menudo arengas nacionalsocialistas y que a cualquier hora del día lanzaba retos encabezados por un «a que no hay huevos»—. ¡Habrá que ir a comprobarlo! ¿A que no hay huevos?

—A mí me llevaron una vez. Pero fui con chófer, a actuar a casa de un aristócrata —apuntaba La Chula, la vedette del

Paral·lel con peinado de Cleopatra, que tomaba rayos UVA sin cerrar la cápsula del solárium (y por eso jamás se ponía morena).

—Que ya lo sé... —decía el Queyalosé, que insistía en repetir esa frase en todo momento y situación.

—Si sale de Toledo a las tres... ¿Dónde se encuentran? —insistía Simón.

—Gracias por su visita —decía, con la mirada en el servilletero de plástico y zinc, el Lecturas, así conocido porque se pasaba el día leyendo titulares o etiquetas de botellas: Fundador, San Ildefonso, 3, Jerez de la Frontera, Spain; España aplasta a Yugoslavia; la tasa de alcohol en sangre estimada para el positivo será de...

—A ver, los que piensen que... —empezaba a mediar el Juez.

Incluso éste, que era maestro de escuela, inventaba soluciones imaginarias a problemas matemáticos cuando llevaba más de tres pacharanes y menos de infinito. Lo llamaban el Juez porque un día sacó una tiza para trazar una línea en el suelo de terrazo y pidió a la gente que se posicionara en un debate que él planteaba. Cuando Chupito, el pequeño gato que un día apareció en el Baraja y ya nunca se fue, cruzó de un lado a otro la línea que el Juez había pintado en el suelo, alguien gritó: «¡Ahí lo tienes, un indeciso!».

—Los trenes no se encuentran. Los trenes se cruzan o se chocan. Es que la pregunta está mal formulada, Simón —decía Ringo.

Y así, y con los silencios de los Rico y las Merlín, se le enseñaba a Simón que a veces los problemas se solucionan cuestionando si lo son de verdad...

... Aunque el caso es que ahí seguían. A Simón esto se lo recordaban los deberes de trenes. Trenes que iban a estaciones fantasma, donde vivían todos los que habían desaparecido. Trenes que él soñaba que podría tomar muy pronto. Sonreía ante todas las burradas de los clientes, expuesto a sus dudosos consejos como el fumador pasivo padece el tabaco, pero se había acostumbrado a mirar siempre de reojo la puerta por si aparecía Rico. O, si no, la Niña del Pelo Verde.

*

Desbravada ya la euforia olímpica de la ciudad y cuajada la tristeza por la desaparición, el mundo seguía girando sin Rico y un Simón de diez años, de puro aburrimiento, también giraba. Daba vueltas sobre sí mismo como un derviche en una danza distraída, poco celebratoria, porque le gustaba ese mareo que sentía cuando paraba: el suelo se balanceaba como el de un galeote en un mar picado y los colores de las botellas alineadas tras la barra se emborronaban.

—Sigue, campeón —lo arengaba el Capitán.

—No le cojas el gusto a eso —lo templaba Ringo.

Así que cuando detuvo su baile ese sábado de octubre de 1994 no supo decidir con rapidez si eso que sus ojos veían era una alucinación. La Niña del Pelo Verde acababa de entrar tiritando en el bar, como si las olas del mar rompieran contra la puerta: empapada, en bañador, descalza.

Era la hija del Marciano, un tipo de Murcia casado con una leridana que trabajaba como pulidor en los bajos de un local a tres calles del bar: el producto abrasivo, esa pasta verde para abrillantar vajillas, marcos o motos saltaba en forma de chispas cuando le aplicaba el rodillo motorizado y aterrizaba en su cabeza. Así que, sin orgullo pero sin vergüenza, se paseaba por el barrio y entraba en el Baraja con destellos verdes en el pelo. Esto, como si de un gen hereditario se tratara, había pasado a su hija, solo un año mayor que Simón, que desde que le había salido el pelo también lo llevaba de este color (a pesar de que su padre rehuía su presencia, ella insistía en pasarse los días a su lado, expuesta a las chispas de su taller). Por eso, en lógica Baraja y por esa cabellera con reflejos color pera que el barrio confirmaba como rematadamente verde, los llamaban Los Marcianos. El nombre de la hija, por cierto, era Estela y a Simón le parecía de otro planeta.

Violeta, su madre, vetaba que la niña pasara tiempo en el Baraja. Y, sin embargo, antes del primer día en que se encontraron, Simón y Estela ya estaban conectados. Gracias a un actor que solía beber en el bar de los Rico y que trabajaba en la compañía teatral que protagonizaría la inauguración de los Juegos Olímpicos, Simón podría participar en la ceremonia. El hombre tenía bastantes deudas en la barra del Baraja, así que, para saldarlas, les prometió a los Rico que su pequeño sería uno de los muchos niños que participarían en el acto: su primer papel en el gran mundo. Pero cuando desapareció Rico, nadie tenía el ánimo suficiente para llevarlo a los ensayos, así que los adultos, tras una petición del Marciano —que por una vez había tenido en mente a su hija—, acordaron transferir ese privilegio y responsabilidad a Estela.

Solo un mes después de la desaparición, la tele del Baraja estaba encendida para ver el gran acto. En la pantalla elevada sobre la tabla de formica, niños y niñas disfrazados de flores y pájaros corrían caóticamente por el césped del Estadio Olímpico, emulando el ajetreo multicolor de las Ramblas, hasta que, de repente, se organizaban en un mosaico que formulaba una única palabra: HOLA. «Adiós», pensó Simón. En el puente de la «H» una de las actrices disfrazadas de pájaro se rezagó y la cámara captó un gracioso tropezón y un flequillo verde bajo el casco acabado en pico: era Estela. O eso quiso ver Simón, para concluir: «A mí no me habría pasado». A fin de cuentas, daba igual el tropiezo, el acto y la ciudad se habían convertido en una aplicada función escolar de fin de curso donde se jaleaba el entusiasmo más allá del resultado. El bar, que había vuelto a abrir hacía escasos días, aplaudió y Simón apretó los puños.

Los clientes, orgullosos de la niña, aplaudieron también todo el juego de ingenios posterior, esa gran presentación de la ciudad, de ellos mismos, al mundo. El rey de España entró mientras sonaba *Els Segadors*, anulando así a la vez la posibilidad de que el monarca fuera abucheado tanto por republicanos como por catalanistas y de que los más españolistas sabotearan el himno catalán. Luego se resolvió el meollo identitario por la vía de plantear una gran obra que iba sobre el Mediterráneo, una idea difícil de criticar, porque ¿a quién no le traía buenos recuerdos la playa que pisaban cuando tenían cuatro días de descanso? Por último, un atleta paralímpico tensó el arco y disparó una flecha de fuego que encendió, allá arriba, el pebetero. ¿Quién podría criticar algo así? Más adelante se supo que en realidad del cuenco olímpico emanaba gas en todo momento y que la flecha no había caído dentro; esta había encendido el pebetero pasando de largo para aterrizar en alguna de las calles de los solitarios alrededores del estadio. Pero el caso es que la luz quedó encendida. En realidad la ceremonia había sido un juego de astucias y trucos. Y, aun así, o precisamente por ello, los aplausos eran tan merecidos. Solo los tontos preguntan el truco y hasta quienes más lo son verán en esa flecha de fuego o bien al Rico fugado o bien a la ciudad cuando se apagará la llama.

Era cruelmente irónico que todo el mundo se entregara a tal euforia y estuviera tan encantado de conocerse, con un orgullo no exactamente nacional (eso tardaría algo más en llegar) sino casi estético e infantil, justo cuando los Rico estaban más destruidos por la desaparición de su más carismático retoño.

Porque lo estaban y, aun así, el bar aguardaba abierto dos años después de la ceremonia a todo el que quisiera entrar. Y en este caso, a Estela, que había venido a buscar a su padre. Su madre estaba enferma, en cama, y ella había ido a entrenar a la piscina de su calle. Estela odiaba nadar, pero encontraba consuelo en el silencio: no sabía qué significaba la palabra *apnea*, pero metía la cabeza debajo del agua y contaba hasta que perdía la cuenta y pensaba: ahora sí, ahora me van a aplaudir. Su padre, que jamás registraba esas marcas, que incluso se había pasado toda la ceremonia de los Juegos hablando borracho sin mirar la tele, le había guardado la ropa en las gradas de la piscina, pero en algún momento aquel azul de agua clorada le había dado sed y se había ido a algún bar, olvidando a su hija como el habitante de una ciudad con poca lluvia olvida el paraguas en cualquier sitio. No había elegido el Baraja, así que Estela se encontraba sola ante las miradas de los clientes. Había crecido mucho en estos dos años: ya no le cabría aquel disfraz de pájaro amarillo.

—¡Hola! —la saludaron con retintín olímpico, como en la ceremonia, los clientes.

A Estela el chiste no pareció hacerle gracia.

*

Los Rico estaban demasiado ocupados, así que recayó sobre los hombros de Simón la tarea de acompañarla arriba y prestarle algo de ropa. Simón, que por fin veía en directo a su sustituta olímpica, pasó instantáneamente de la envidia recelosa a una extraña fascinación. Se vio de repente subiendo los escalones de tres en tres porque Estela seguía sus pasos.

«¿Necesitaría milady una esclavina para cubrir su pudor?», pensó, pero en su lugar dijo:

—¿Te dejo algo de ropa?

Hacía tiempo que Simón pensaba (y hablaba para sus adentros) como los personajes de los Libros Libres. Habían pasado dos años desde que Rico se había ido y le parecía que haciéndolo seguía en contacto con él. O que eso le ayudaba a recordarlo. Porque aún necesitaba la luz encendida para poder dormirse. Porque aún corría hacia cualquier tipo de espaldas que tuviera una figura parecida a la de su primo. Porque aún no debía cerrar los ojos para evocar la cara o reproducir su voz.

Estela se encogió de hombros ante la pregunta de Simón. Era su gesto favorito y el barrio llevaba tiempo viendo cómo lo perfeccionaba, desde que empezó a rechazar croquetas o polos Popeye cuando tenía cinco años. Se encogía de hombros, todo hay que decirlo, como nadie: no era tanto timidez, sino la forma de manifestar ese carácter de la gente que no solo no censura los malos actos del prójimo, sino tampoco los propios. De aquellos a los que parece darle igual todo. Como a su padre.

Estela era más alta que Simón, así que éste no se habría perdonado prestarle una camiseta patrocinada por alguna marca de cerveza o tabaco que no le cupiera. Por eso, en lugar de subir a su casa, se había dirigido a la habitación de Rico. Las dos familias siempre habían tenido las llaves del piso de la otra, pero ahora Simón pasaba más tiempo que nunca en el de sus tíos.

—¿Ésta?

Esta vez Estela no se encogió de hombros, sino que atrapó la prenda que se le tendía y la miró con la curiosidad con la que una cría de león descubre un huevo de avestruz. Era una camiseta donde se leía con letras fucsias BLONDIE y en la que una chica, con un pelo casi verde de tan rubia, expulsaba un aro de humo con su boca en forma de «O».

—¿Te gusta?

Después de encogerse de hombros, ella se cambió en el baño y volvió a salir con la camiseta puesta, que le llegaba más allá de las rodillas.

«¿Sería de vuestro agrado aburriros a mi lado mientras languidece la tarde?», pensó Simón, aunque él usó la palabra *larguidece* en su cabeza.

—¿Quieres jugar? —acabó diciendo.

Estela, cómo no, se encogió de hombros: Blondie sonrió cuando la camiseta subió unos centímetros por los dos lados. Simón sabía muy bien, porque se lo habían explicado, cómo impresionar a una chica. Se encaramó al taburete y sacó un juego de lo alto del armario de su primohermano. Era su juguete favorito: el Cheminova. En los años ochenta, cuando Rico era aún un mocoso, sus padres habían querido jalear una vocación decente en su retoño. Que a aquel pequeño energúmeno le diera por la ciencia. El juego contenía un montón de productos de laboratorio: matraces, pipas, tubos de ensayo, cucharillas. Y, sobre todo, productos químicos bautizados con nombres que parecían hechizos: permanganato de potasio, cloruro de cobalto, bisulfato sódico, zinc en polvo, cloruro o, el favorito de Rico, azufre.

—Yo jugaba a esto con mi primo, ¿sabes?

—Ya, mi madre me ha contado... bueno, que se fue.

Era evidente que todo el barrio conocía la historia. Y Simón no sabía si le molestaba más que siguieran con sus vidas como si nada o que esbozaran esa cara de lástima cada vez que lo veían a él. Así que ignoró el tema, ocupado como estaba intentando impresionar a su visita, sin ganas de mostrarse vulnerable de momento.

—Con un poco de cuidado puedes hacer lo que quieras.

«Lo que quieras» era un sintagma para cualquier cosa. Como cuando Rico se pimpló un chupito de líquido color ciruela y acabó en el hospital. O como cacharrear ahora con el mechero de alcohol. Simón no recordaba cómo se lograban efectos y trucos fiables, porque cuando jugaba con su primo era demasiado pequeño, así que ante la atenta mirada de Estela, y de Blondie, mezcló al tuntún varias sustancias.

—Y ahora magia. Solo los aburridos preguntan el truco, ¿sabes?

Estela se encogió de hombros. Simón interpretó que así manifestaba con una elegancia sutil, con ganas recatadas, el mayor de los intereses.

—Tú aguarda. —Aunque en realidad dijo «*guarda*».

Guarda la magia. Primero empezó a oler raro y Estela tosió con insistencia, pero luego comenzaron los primeros estallidos. Al menos no le había ofrecido un chupito. Segundos después, la moqueta había quedado perdida de ronchas de líquidos raros.

—Me voy —dijo Estela.

«No dudo que ha pasado usted un buen rato. Lo noto en sus mejillas arreboladas», pensó Simón, pero dijo:

—¿Te lo has pasado guay?

Estela se encogió de hombros. Abrieron todas las ventanas para crear corriente y se despidieron. Ella bajaría antes, como si acabaran de atracar un banco juntos y no quisieran que se les relacionara. Simón cogió entonces del salón la enciclopedia deportiva para que los clientes no le preguntaran a dónde había ido y así evitar las mofas. Cuando entró en el bar, sus ojos quisieron posarse por azar en los de uno de los habituales, que le mantuvo una mirada bovina durante largos segundos hasta que mugió:

—Que ya lo sé, que ya lo séééé...

—Un terremoto en Los Ángeles, California, deja a su paso cincuenta y cuatro muertos y más de cinco mil heridos —murmuraba desde una esquina el Lecturas.

*

Dos años atrás, la familia había esperado un par de días para denunciar la desaparición de Rico. Por un lado, no había rastros de violencia, pero por el otro Rico no había cogido ninguna de sus pertenencias. El primer hecho ahorraba al barrio una investigación policial de película: sospechosos inesperados, interrogatorios de barra o arrestos preventivos. El segundo era aún más misterioso: habrá quien diga que no se había llevado nada para dejárselo todo a Simón, pero siempre hay gente con propensión a creer en los gestos románticos.

Chequearon rutinariamente posibles salidas por aire, pero no había dejado ningún rastro en los aeropuertos, tampoco en las fronteras terrestres. Rico se había sacado el carné nada más cumplir los dieciocho, aunque no se le conocía coche, solo un par de motos. La Impala no había aparecido y se intentó rastrear su paradero. La Vespa la había dejado justo delante de la puerta del Baraja. Rico era mayor de edad, así que los policías prometieron seguir buscando, aunque también los animaron a que esperaran noticias de él, a que acudieran a aquel espacio televisivo que encontraba a desaparecidos (lo hicieron, sin éxito, dándole un sentido interrogativo al título del programa: *Quién sabe dónde*) y a que intentaran hablar en familia sobre qué podía haber sucedido. Por qué querría irse. Todos los miembros miraron a otro lado: ésa era la especialidad de la familia Rico, que vivía en medio del ruido de su bar, pero raramente hablaba de lo importante.

Su tío y su padre se habían apoyado al principio, pero a medida que pasó la novedad de la desaparición y se ralentizó la búsqueda, a medida que el dolor se convirtió en rutina, su carácter se agrió y se manifestaba de una manera especialmente violenta entre ellos. Siempre habían sido figuras especulares, como alguien que se mirase al espejo y descubriese que la imagen es su igual, pero en realidad con todo al revés: el padre de Simón, Lolo, había llevado americanas de pana con hombreras y había acudido al mitin del PSOE en el 82, mientras que Elías, su tío, había quedado varado en el franquismo. Si bien ambos eran del Celta de Vigo, en Barcelona Lolo le había tomado una gran simpatía a aquel Barça de Cruyff de los años setenta, así que Elías había acerado su amor hacia el Madrid. Lolo, con

patillas de hacha y enjuto como un ciclista; Elías, bigotito recortado, cuello de secuoya y ancho como un jugador de béisbol
retirado.

Lolo había tocado la trompeta en su juventud, una afición
siempre criticada (un hobby afeminado) por Elías, que sin embargo se arrancaba a cantar en cuanto podía. Elías no podía entender por qué narices Lolo, por el simple hecho de tocar y de
conocer a otra gente, se ausentaba algún domingo de la barra
para tocar la trompeta en *aplecs* sardanistas. Uno bebía Osborne
y fumaba BN; el otro, Fundador y Celtas. Lolo jugaba a cartas,
mientras que había sido Elías, guiado por su afición, el que había insistido en inutilizar la habitación extra del bar para colocar allí un billar. El primero no bebía en horas de servicio y
solo se regalaba una cerveza cuando acababa la jornada cuya
ingesta encabezaba con la cita «esto es vida», pero el tío de Simón daba sorbos cortos a un vaso facetado que servía de una
botella que siempre estaba mediada. En un gesto sutil por debajo de la barra, después de cada trago volvía a rellenarla hasta
la mitad para que pareciera que nadie la había tocado. Rico la
había bautizado, no sin retranca, como «la botella eterna». Uno
abría el Baraja y el otro lo cerraba, así que coincidían solo unas
horas a mediodía. Pero si algo los unía era la tristeza por la desaparición: Elías no quería admitirlo pero se sentía culpable y
Lolo, pese a las enormes ganas de hacerlo, se mordía el labio
para no decirle que, por una vez, estaba en lo cierto.

Las hermanas Merlín no intercedían ni mediaban, aunque
hacía tiempo que no se referían a sus cuñados por su nombre
de pila, sino solo por «tu marido». Ellas hablaban más, pero
siempre en voz baja y rara vez del posible paradero de Rico. La
transición entre el bar y la cocina era tan brusca como la que
existe entre un domingo por la tarde y un lunes por la mañana.
Los gritos y las certezas de la barra eran bisbiseos sin respuesta
al lado de los fogones. La madre de Simón era silenciosa por

carácter, pero su tía solo lo era por educación y coyuntura: a veces traspasaba la cortina de palos y se sentaba a la última mesa del bar a pelar patatas y se dedicaba a chotearse de esos clientes que tenían la solución para cualquier problema. Cuando ETA volaba un coche con kilos de amonal, cuando el grifo estropeado del bar goteaba insidiosamente, cuando el precio del barril de petróleo se disparaba, el Franco o el Juez ensayaban ese «yo esto lo arreglaba...» que ella acababa con un «callándote». «Ruliño, cuando alguien diga "yo esto lo arreglaba con..." es porque el que no tiene amaño es él. Les falta un poco de cocción. Algunas cabeciñas no están ni al dente», le decía a Simón en un susurro cuando subían juntos a descabezar un sueñecito en la cama de Rico a la hora de la siesta. Ella olía a lejía y a limón, un poco a fritanga y mucho a «mi tía está triste», mientras añadía, con la habitación a oscuras y estrechando la pequeña mano con la suya, de dedos cuarteados y tacto lijoso: «Cuando pase un tiempo, Riquiño, vete en el momento que quieras. Tienes que ver mundo. Puedes salir y ser alguien, si quieres. Pero, solo si quieres, porque ya eres alguien: mi ruliño. Pero, sobre todo, si te vas avisa antes, solo te pido eso». Y entonces, aunque en público era atea, recogía el cuerpo de Simón con el suyo, como una cuchara sopera encaja con una de postre, y luego trenzaba esos dedos con los de su sobrino para rezar el rosario. Lo hacía mal, porque no tenía costumbre y sí imaginación, pero esas oraciones delirantes deberían haber ablandado a Dios. O a Simón. Y entonces le cantaba «*Oliñas veñen, oliñas veñen, oliñas veñen e van*» hasta que el sueño acudía para vencer, primero, las ilusiones de él y, luego, los temores y sollozos de ella. Cuando Simón despertaba, notaba su camiseta mojada a la altura de los omóplatos: «¡Cómo sudas, riquiño!», decía su tía ahuecando la almohada a manotazos, la luz de nuevo encendida y un gesto casi alegre, como si todo lo anterior hubiera sido un sueño.

Simón preguntaba ya ahora, mientras apuntaba en una libreta los pasos para la tortilla de pimientos verdes, si ese domingo por la tarde irían a los pinares de la costa de Castelldefels, esos que festoneaban las playas al salir de la ciudad, donde se reunían inmigrantes de todas las regiones y cocinaban sobre camping gas y brindaban con plástico por el mañana. No por mañana, que era el lunes, pero sí por el día de mañana de sus hijos. Simón volvía a preguntar si irían de nuevo todos juntos. Ni estaban juntos ni tampoco todos, pero Simón lo preguntaba igualmente. Ellos disimulaban y su padre incluso intentaba seguir con los chistes de siempre ante sus clientes.

—Un carajillo de ron.

—¿Ron Pujol o Ron Cacique?

—Cacique.

Y entonces Lolo se lo servía de Ron Pujol.

—*Oíches*. ¿Dijiste Cacique, no?

Simón primero no entendía estos chistes y, cuando lo hizo, tampoco es que le hicieran mucha gracia. Así que les preguntaba por Rico. Y entonces las Merlín le decían que se había ido «de viaje, marchó de viaje». Eso mismo le habían contado cuando murió el abuelo paterno y a Simón no le gustaba esa respuesta. No la entendía. ¿A Toledo? ¿En tren? Tampoco entendía, aunque por supuesto lo intuía, por qué su madre y su tía rompían a llorar de repente en la cocina. «Es la cebolla», le decían. «Ya», pensaba él. Y volvía a subir a su cama para taparse con algún libro subrayado. Allí buscaba a Rico, que le hablaba desde cada línea, como en ésta: «Ése era su mundo, donde era el rey; zumbaban las abejas para él y para él volaban las golondrinas». Aunque no tenía ni idea de qué pinta tenía una golondrina y las abejas le seguían dando miedo, sí entendía que, de momento, los libros eran su mundo.

Y con ellos se enfrentaría a él. Negociaría con su vida a partir de lo que había leído en los papeles. No lo sabía, claro, pero

no sería fácil. Con esos ideales y aspiraciones, su primohermano lo había convertido en ese tipo que irá por ahí enarbolando un tenedor en un mundo donde solo se sirve sopa.

*

El azar quiso que Simón aprendiera que tenía un don para la
cocina el día que confundió la sal con el azúcar y caramelizó
una cebolla en una ensalada de tomate y queso de tetilla. Luego
empezó a mezclar Nocilla y anchoas. Todos aplaudieron sus inventos culinarios, incluso los más descabellados. Ringo incluso
le inventó un mote ante el nuevo descubrimiento: «Talento». Ya
no solo pelaba patatas y picaba cebollas sino que elaboraba platos complejos, incluso se atrevía a improvisar tapas que después
su tío servía a los clientes junto con su consumición. Y cuando
ellos felicitaban a su tío por el sabor, éste se giraba y le guiñaba
un ojo a Simón. Pronto fue normal que él se encargase de sur-
tir la barra de pinchos los fines de semana. No sabía si lo que le
gustaba de la cocina era cocinar o que se le diese tan bien hacerlo. Y ésa es la duda que deslinda la vocación de la herencia.

Dominaba Simón ese escenario, pero, como había aprendido en los Libros Libres, era consciente de que los mejores
actores de la vida no se conformaban con triunfar en casa, con
descollar en provincias, sino que debían acceder al gran mundo. Quería enfocar la fuente de la expectativa que le había sido
inoculada. Por eso inventó el servicio a domicilio del Baraja.
Por eso y para empezar a investigar, más allá del silencio en
casa y de los balbuceos de los borrachos del bar, dónde podía
andar Rico.

La idea era sencilla y más o menos ya la había desempeña-
do su primo. Llevar los cafés mañaneros a las señoras del mercado, a los del taller de botones, a los de las básculas, a los taxistas en su parada. Acordó con su padre que, terminada la ronda

de repartos, le entregaría el montante obtenido y que éste le devolvería un par de monedas en forma de nómina prematura. Su idea era guardarlas hasta que llegase el día en que pudiese pagar el salvoconducto que le permitiría ir en busca de Rico.

Simón empezaba a saber cómo alinear viejos y nuevos intereses. Ese domingo, por ejemplo, acomodó algunos cafés en vaso estrecho en la huevera de cartón que hacía las veces de bandeja para ir a buscar a Estela al puesto de libros usados que los domingos su madre regentaba en el mercado. Ella ya no era aquella niña vestida de pájaro con el pelo verde de la pantalla y él era algo más que el primo de ese del que todos hablaban: desde su encuentro con el Cheminova, Simón a veces se colocaba en un banco frente al Baraja para que ella lo viera cuando volvía de la piscina. Un día Estela intentó devolverle la camiseta prestada y él la convirtió en un regalo. Desde entonces ya no tenía que «encontrársela», sino que se atrevía a ir, como hoy, a buscarla. En algunos chaflanes, los niños intercambiaban cromos, las palomas se disputaban pieles de frutos secos en las mesas de zinc de las terrazas, carros de madera y hierro forjado descargaban frases de Apuleyo, de Marsé, de Laforet, de Paulo Coelho, de Philip K. Dick y también de Goscinny.

—¿Te gusta éste, encanto?

Simón habría contestado si no fuera porque sus ojos estaban fijos en Estela. Quien hablaba era su madre, Violeta, que entonces le leyó la dedicatoria del libro que le ofrecía:

—«Juntos para siempre».

Para siempre, pensó Simón, mirando el Fortuna estampado en su ropa. Simón había leído que, en ocasiones, el héroe debe ganarse el favor de la suegra, incluso conquistarla, para acceder a los de la hija. Así que pasaron un par de horas comentando las dedicatorias de los libros usados: «Siempre en la misma rama, pichón»; «Con mi cariño y admiración»; «Si me dejas y regalas este libro, te corto los huevos».

—Mira este pedazo de subnormal. Aquí, en el margen: «Sueño complicado. Ver Kafka». Ver esta hostia, pedante.

Era el pasatiempo predilecto de Violeta, que adoraba los libros más manoseados: con garabatos, los lomos tronchados, manchas de café. No estaba, pues, de acuerdo con san Benito, que imponía a sus monjes un cuidado exquisito hacia sus libros: debían leerlos con la mano izquierda envuelta en el hábito, el tomo descansando sobre sus rodillas. Estaba más de acuerdo con Rico, que siempre le había dicho a Simón que si de verdad disfrutas de un libro, dejarás marca en él.

—¡Cabrón! —Violeta podía ser muy malhablada—. ¿Te lo puedes creer? ¿Se puede ser más hijo de puta con una madre? —Simón obvió la contradicción que la frase encerraba—. «Para Mateo, mi hijo, tato, tatito, te quiero. En este libro estoy yo, no lo pierdas.»

—Bueno, mamá, igual el hijo se murió —replicó Estela, encogiéndose de hombros.

—Joder, hija, cómo eres.

—O desapareció —dijo Simón—. No lo quiera Dios, claro.

—No me gusta ese final, encanto. Puede haber otros. Tendremos que inventarlos, hostia.

Ese día imaginaron con Violeta finales alternativos para todas esas personas que habían vendido los libros que habían prometido no perder de vista jamás. Como aquella dedicatoria, de las favoritas de Rico: «Comprado en el mercado donde descubres que una cosa es el precio y otra, el valor. Que no somos el dinero que ganamos, sino el valor que otros, los que nos quieren, nos dan». Cuando Simón se atrevió a preguntar si alguien sabía algo de su primo, los tres tramaron fabricar puntos de libro en los que imprimirían la cara de Rico. Violeta los regalaría con cada compra y así, si alguien lo veía, podría avisarlos.

—Le gustará eso, ¿verdad? Vivir dentro de los libros un tiempo, digo —dijo Violeta, que quizá pensó que algún día tendría que estampar la cara de su marido, a ver si así lo rescataban de los bares y lo traían de vuelta a casa—. ¿Lo echas mucho de menos, encanto?

—Yo te ayudo a escoger una foto, no te preocupes —dijo Estela.

—Todo un placer —replicó Simón, que querría haber dicho «gracias».

Y así se veía Simón, alargando la hora del té en el salón de la familia de la amada, en el puesto de libros, pensando que en realidad ya no echaba tanto de menos a Rico: por un lado, porque se animaba a creer que no se había ido (las cosas desaparecían y aparecían: en algún momento encendería la luz y allí estaría, de nuevo, a los pies de su cama, como cuando era muy pequeño); por el otro, porque, al fin, ya no estaba tan rematadamente solo.

*

Fue entonces cuando empezó una búsqueda que si no había de llevar a dar con Rico, serviría para encontrarse con Estela. Desde ese día, repartiendo puntos de libro o buscando por las calles, cuanto más buscaban a Rico juntos, menos necesitaba Simón estar con él. Le hablaba de su primo a su amiga y adornaba gestas que ni siquiera había vivido, volviendo una y otra vez a la Noche de las Azoteas, con el Sastre que regalaba trompetas, las hogueras en la playa, la música fuerte en los tejados, el reparto de carretes, el tipo de la lágrima tatuada (te lo estás inventando, Simón). Cada vez lo recordaba menos como una persona gracias a poder presentarlo como un personaje.

Así, tramando planes y cediendo confidencias, fue como nuestro *héroe* empezó a compartir con Estela el recreo del colegio en el que ella había empezado ese año. Estaban siempre juntos y siempre solos, algo que alimentaba aún más las mofas del resto. «Rico, rico, borrico», le gritaban a Simón, porque también en el patio sabían lo de su primo y lo tomaban por loco, con esas pintas de niño anuncio, haciéndole hincar sus rodilleras de Lucky Strike. «Ahí va la Calippo», le decían a Estela, demasiado alta y delgada, la hija del Marciano que tan mal huele, que huele a marciano sin ducha en el ovni, el palo de pelo corto y lima, siempre tan fría, la amiga del loco.

Simón, que ni sospechaba cuánto tiempo iba a tener que cargar con esa especie de ajuar de ideales retro y bordaditos genéticos, respondía siempre demasiado: demasiado tarde, demasiado poco, demasiado torpe. No entendía por qué si Rico era una leyenda, lo trataban así a él, su legítimo heredero. Algunos compañeros con hermanos mayores lo incordiaban con mensajes incomprensibles: «¿Dónde está el tesoro, Borrico? Con esas pintas que llevas seguro que aún no sabes dónde está, idiota». Simón no se atrevía a preguntar de qué tesoro hablaban, porque ni siquiera estaba seguro de si entendería la respuesta. ¿Qué es un tesoro para ti, Simón? Si le hubiesen preguntado, probablemente hubiese señalado a la Niña del Pelo Verde, a esa burbuja frágil donde se refugiaban del desprecio. A veces pensaba las réplicas a los insultos durante tanto rato que cuando subía el volumen de su cerebro gritaba, sin venir a cuento: «Y un día pediréis de rodillas que bendiga vuestras miserables vidas». Risas. Otras, después de aguantar durante semanas burlas en los soportales, empujones en la escalera, regalos en la mochila (bombas fétidas, calcetines usados), Simón se envalentonaba y escribía notas donde retaba a duelo a cada uno de los que lo habían afrentado, a él o a Estela: «Al romper el alba, después de Mates, quiero decir. Sin armas». Risas: risas y encerronas. Y más risas.

Más dolían esas risas que los posibles golpes. Para él, que había leído que dos soldados de un mismo ejército podían matarse mutuamente en duelo solo por mantener las reglas de honor del mismo, era difícil soportar que a él lo despacharan con cuatro burlas. Fijaba una hora para un duelo dos días después y durante todo el tiempo que faltaba hasta la cita la hora martilleaba su cabeza una y otra vez, un eco de miedo y euforia, las siete y veinte, las siete y veinte, las siete y veinte, hasta que llegaba la hora y nadie venía o quien acudía pasaba a las siete y cuarenta por su lado ignorándolo con una carcajada o un gesto mudo. Nuestro *héroe* no había sido educado para batallar contra tanto silencio; en su casa y en la calle, una sopa viscosa de silencio. Todo era tan feo, nadie apreciaba el talento.

Simón había descubierto en una novela, en la adaptación juvenil de un clásico que jamás leería, que todo *héroe* debía pasar por un episodio transitorio de locura. Eso infundía miedo a los enemigos y servía para ganarse la atención de la amada. La duda pasaba por si debía imitar las locuras desaforadas de Roldán o las melancólicas de Amadís. Entre insistir en exigir pelea o aparecer un día sin pantalones. Quizás con ese gesto elegiría entre una adolescencia punk o una emo, porque normal no sería. «Normal» era solo un programa de lavadora, que algunas ni siquiera ofrecían.

Estela y Simón ya no sabían si dejarse ver juntos en el patio los blindaba o alentaba más burlas. A veces dos se hacen más fuertes. Otras, si se agarran a una misma cuerda, la rompen y caen. Todos esos desprecios laminaban la moral de nuestro *héroe*. Los pequeños miedos y decepciones infantiles sirven para generar defensas con las que afrontar sus equivalentes en la vida adulta, como las gripes o virus del primer año de guardería. Pero a Simón le parecían enormes, casi incurables.

—Estamos apresados en el cepo de las adversidades —le decía Simón a Estela mientras jugaban juntos en el Baraja, aunque en realidad decía en voz alta «seto de las calamidades».

—Los odio —respondía Estela—. Bueno, no, ni eso. Para mí no existen.

—No podemos fiarnos de nadie. Ya me lo dijo una vez

Rico. Bueno, me lo subrayó en un libro: «Presta tu oído a todos y tu voz a unos pocos».

—No, tranquilo. —Estela se encogió de hombros—. Si solo me hablo contigo.

Jamás Estela pidió a Simón que hablara como un niño normal, ni éste a su amiga que abandonara su insolencia pública o dejara de lucir con orgullo su pelo verde (en realidad, esa cabellera con vagos destellos verdes que el barrio había convertido en verde con sus motes). Hablaban de ese tesoro que otros les insinuaban (y que nadie quería explicarles) y sobrevivían juntos a las horas de colegio para encontrar consuelo por la tarde en el Baraja: jugaban dentro de un bar a imaginar que ellos montaban el suyo. Robaban chapas de refresco para hacer taburetes; los palilleros boca abajo eran las mesas y las etiquetas de cerveza, sus manteles. Otros días «disputaban» (al menos ése era el verbo que empleaba nuestro *héroe*) alguna partida al billar y entonces Simón le explicaba a Estela de dónde había salido esa bola blanca y por qué no había en el tapete ninguna negra. Se servían leche en copas de vino, como gánsteres durante la Ley Seca, y brindaban con los clientes. Simón le preparaba esforzadas meriendas a Estela mientras ella observaba a las hermanas Merlín y las cosía a preguntas, de las que ellas solían zafarse sin entregar demasiada información. Les contaban, por ejemplo, que cuando Rico corría la carrera de las 24 horas de la montaña de Montjuïc con la Vespa, les decía antes que en el momento en que soltara el manillar en la recta, les estaría mandando un abrazo a ellas, pero solo a ellas. Se les humedecían los ojos un poco y decían que era por la cebolla.

Y pasaban así el rato Simón y Estela, aunque gran parte de esa vida de recogimiento y estudio, de seminaristas precoces, la empleaban en hablar, en hablar mucho. Y también en tramar planes sobre el mundo exterior.

Porque a veces Simón convencía a algún taxista de que los llevara a él y a Estela a algún sitio, a menudo a cambio de algún favor: en el caso de Ringo, le hacía de cebo para ligar con turistas extranjeras en la montaña de Montjuïc, haciéndose pasar por su hijo.

Ringo, el que siempre había llamado a Rico «artista sin arte», era un taxista apellidado Salarich que vestía de punta en blanco, no demasiado expansivo salvo con Simón, a quien enseñaba los secretos del tute. Era el dandy del lugar, espigado, con camisas estampadas de paramecios abiertas hasta el tercer botón y nomeolvides en la muñeca, y a fin de cuentas eso era lo que sucedía: todos lo consideraban memorable. Ringo, decía, había sido hippy en una comuna balear: allí había compartido tapete con Ringo Starr y le había ganado al cinquillo. Su cara, paspada por el aire de tantos años de ventanilla abierta, sonreía pocas veces pero como pocos. Sobre todo cuando gracias a Simón conoció a Michelle, aquella francesa que hablaba «*gago*».

Simón pedía su taxi como quien exige una calesa y, delante de Estela, trataba a Ringo con una generosidad aristócrata, como al chófer que manejara los corceles blancos de su propiedad. «¡Arreando!», le decía, para que arrancara hacia sitios que no sabían ni que existían y que parecían inventados. El laberinto de setos en Horta y los búnkeres de la guerra en el Carmel. En los espejos deformantes del Tibidabo Simón veía a Estela achaparrada y pensaba, aunque se guardaba de decírselo: «La quiero igual, es como un camafeo —aunque en realidad pensaba "macabeo"—, más bella por dentro si cabe que por fuera». Y ella pulsaba botones para que los autómatas, la Orquesta Prodigiosa y también El poeta se duerme se animaran durante unos segundos. Buscaban a Rico (ni rastro, obvio), pero se encontraban ellos.

Una vez Estela y Simón tramaron la fuga del Baraja porque habían llegado a la conclusión de que seguro que Rico vivía en la casa del pueblo gallego, en Castroforte de Baralla: se colaron en el maletero de uno de esos buses que partían del bar, que hacía las funciones de consigna recibiendo productos de las tierras de los inmigrantes y mandando ropa vieja a las aldeas. Los descubrieron en la estación de servicio de Alfajarín y los devolvió a Barcelona un camionero de la Danone que los invitó a cinco yogures de macedonia. Simón pensó que compraba su silencio regalándole un souvenir que había cazado con una zarpa teledirigida en una máquina de la gasolinera.

—*Siamo a cavallo!* —le gritó a Estela, aunque en realidad le dijo «seamos caballos».

—¿Cómo?

—Que estamos salvados...

Pero Estela insistía en ingeniar nuevas aventuras y en seguir con la búsqueda. Una de sus jugadas favoritas era visitar los bares de los hoteles de lujo, alegando que Rico tenía gustos refinados: allí decía que Simón y ella eran hermanos y que se habían perdido de su padre. ¿Cómo se llamaba? Rico. ¿Y ella? Julieta. ¿Que si tenían hambre? Mucha. ¿El teléfono del padre? Claro, puede llamar aquí. E inventaba un número que comunicaba y merendaban gratis; luego huían a la carrera con el corazón de Simón al trote y éste, que no sabía qué era una amiga, pensaba en ella como la mujer de su vida.

—Eres la niña de mi vida —se le escapó un día, mientras hacían cola en el cine para ver la película *Forrest Gump*.

Estela pensó que no podía reírse más que cuando le dijo eso, aunque intentó no usarlo en su contra cuando vieron de qué iba la película. Simón salió satisfecho de la misma y volvió corriendo, como su protagonista, a casa: llevaba toda su vida preparándose para determinados papeles y ahora, sin saberlo, parecía que bordaba otro muy distinto.

Estela se había quedado un tanto intrigada con la descripción que Simón, el día que le narró la Noche de las Azoteas, le hizo del Sastre. Y recordó a ese personaje cuando conoció en el taller de su padre a un hombre que se hacía llamar Oro. Ni ella ni Simón lo sabían, pero ahí tenían la prueba de que nada es lo que parece. Oro era un gitano que no era gitano. «Oro parece, gitano no es», le decían. Había descubierto la rumba porque escuchaba las palmas de un vecino gitano y, desde entonces, había tomado rayos uva, se había engominado el pelo hacia atrás y se había colgado algunas cadenas al cuello. Todos sabían que era payo, pero le seguían el juego, primero por la broma y luego por el cariño. Iba siempre muy elegante: botones plata con americanas azules, solo dorados cuando eran color crema, así que decidieron que seguro que debía ser un asiduo del Sastre. Un día lo persiguieron y se colaron en algo parecido a una misa.

ESTAD SIEMPRE GOZOSOS, leyeron detrás del púlpito de ese local a pie de calle, alargado como un autobús y moteado con amebas de humedad. El pastor gritaba, un aura de perdigones de saliva envolvía el micrófono, escoltado por varios músicos que musicaban sus alabanzas. Y paseaba entre los bancos, por el pasillo que deslindaba a los creyentes hombres de las mujeres (Estela, sin saber quién era esa señora, se había marcado un Rosa Parks al sentarse con Simón), para luego volver a ese altar que golpeaba con sus nudillos como si fuera el portalón del Altísimo y él no tuviera que pedir permiso ni a san Pedro.

—Capítulo tres, segunda epístola a los corintios, versículo 2. «Nuestra carta sois vosotros, escrita en vuestros corazones. Sois carta de Cristo, no con tinta sino con el espíritu del dios vivo. Amén y amén a su palabra.»

—Oye, ¿de qué va esto? —le susurró Estela—. Aquí la gente está un poco nerviosa, ¿no? Da miedo.

Estela no tenía toque de queda, pero la bronca que le esperaba a Simón en casa si tardaba más sería bíblica. Aun así, ninguno de los dos se movió del asiento mientras el pastor hablaba de cartas y de quién las enviaba. Rescató entonces la memoria colectiva: los abuelos de estos gitanos, que fueron a vender al lote prendas y telas a América.

—El abuelo escribía cartas desde allí. Cartas bonitas. Ahora casi no hay cartas. Pero recuerdo que decían: teníamos que estar tres meses pero volveremos en uno. ¿Y qué estaban haciendo? ¿Por qué no estaban con nosotros? Porque estaban preparando lugar. ¡Sí, preparaban lugar!

—Tenemos que empezar a preparar lugar —le dijo Estela a Simón—. Suena bien.

—Pero Él ha ido a preparar lugar para ti, un lugar celestial... Las puertas de perlas, los techos de cristal. Allí no hay hipotecas, allí no hay tristeza, allí no hay enfermedad, allí no hay miedo.

—Pero aquí sí —susurró Estela.

—Cristo ha ido a preparar lugar para nosotros, pero no es un lugar cualquiera. Es un lugar del cielo.

—Joder, pues qué lejos —bisbiseó de nuevo Estela, al borde de la carcajada.

—Tu preocupación es su preocupación. Pues aunque estés en el horno, ardiendo en el fuego babilónico, Él se mete contigo en el horno. Pues aunque estés en el foso de los leones, ¡Él baja y tapa la boca de los leones! Eres Suyo. ¡Eres de Él, eres de Él! ¡Los que sean de Él que griten améééén! —gritó con la voz ya rota el pastor.

—¡Amén!

—¡Aleluya, Señor, aleluya!

—¡Amén! —gritaba Estela, llorando de la risa.

—Ese niño —apuntó con el dedo a Simón— está triste. ¿Estás triste?

—¿Yo?

—Sí.

—No sé.

—¿Sabes cuál es el precio? Porque hay un precio. Siempre que hay condición, no hay predestinación.

—Ya.

—Paga el precio, busca al Señor, mantente en santidad... ¡¡Mantente en santidad!!

Estela tuvo que taparse la boca con una mano para no romper a reír otra vez, mientras Simón observaba, incapaz de mover un solo músculo, al hombre que no paraba de gritarle mientras los músicos que lo escoltaban tocaban una música tranquila, de ascensor o programa de tarot de madrugada. A la salida abordaron a Oro para preguntarle por el Sastre. Consiguieron una dirección y unas horas recomendadas para ir a verlo.

—Se conoce que no es muy de madrugar, y si lo despiertas tiene muy mala leche —les dijo el gitano falso, que añadió—: Se conoce que tú eres el primo de Rico, ¿no? Me salvó la vida mil veces. Si alguna vez sabes algo de un tesoro, ven a verme. ¿Os ha sentado bien la Palabra?

Ese tipo, su leyenda y su retórica cubista, les parecía tan raro que no lo consideraron el indicado para conseguir más detalles sobre el misterio.

—Los del cole también dicen lo del tesoro. Será una *alegría* de algo —le dijo Simón a Estela, pensando en que le decía «una alegoría», aunque ni siquiera sabía enfocar bien el significado de la palabra.

Aquel día se despidieron junto al Liceo, que hacía tan solo unos meses había ardido con gran pompa. Estela le dio un puñetazo amistoso en el hombro y, cuando echaron a andar cada uno en su dirección, se giró para gritarle un consejo que hasta ahora era de fácil cumplimiento, pero que en breve podría llegar a complicarse:

—Suerte, Simón. Pero recuerda: ¡mantente en santidad!

*

Días después, el Sastre recibió a Simón sin mayor sorpresa, como si realmente lo recordara de aquella vez dos años atrás. Ni siquiera le preguntó quién le había dado la dirección ni se extrañó de que le mostrara la trompeta que le había regalado a su primo la Noche de las Azoteas. De algún modo, Simón se acostumbraría pronto a usar el fantasma de su primo como llave maestra que abría todas las puertas. Lo que no sabía entonces es que a veces éstas eran puertas de armarios que guardan lo que no quieres ver.

Estela no había podido venir, porque tenía natación, pero Simón deseó que ojalá hubiera presenciado la visita al Sastre. Mientras sorbía un té servido en una taza de la Cartuja (Simón pidió su clásica copa de vino de leche), le narró cómo había entrado en esta ciudad en mayo del 77, cuando Barcelona, malandro no maleado, descubría su libertad y exhibía inocencia. Su cabeza era un lío de trompetas, ya que venía desde un Nueva York encendidísimo. Semanas después de llegar y tocado con un fedora que atrapaba vítores, había coincidido con una manifestación, la primera en que algunos homosexuales habían salido a la calle en protesta. Él podía serlo o no, en este punto se mostraba ambiguo con los gestos y el discurso, pero aquello lo marcó: si aquí estaba naciendo algo, si todos esos que venían de un silencio querían hacer ruido, éste sería su sitio.

Al Sastre le gustaba contar que había empezado vendiendo dibujos de sus diseños por la Rambla, donde paraba en el Wimpy para comer hamburguesas, y que al cabo de unas semanas llevó esos diseños a la tienda Santa Eulàlia, donde se vestían los ricos en el Passeig de Gràcia. Allí le compraban esos bocetos o le pedían que pintara sobre trajes ya confeccionados para los hijos más intrépidos de la alta burguesía, los que tocaban caoba y moqueta en la parte alta y bebían cócteles en el Boadas para vomitarlos luego en los adoquines del Barrio Chino. La ciudad, en definitiva, era suya y no iban a renunciar a la excitación de los pisos de abajo.

—Yo no tengo edad —le dijo ese día a Simón—, lo que tengo son juventudes.

La primera, a los veinte años, en La Habana, bailando en los conciertos de la Rampa, vistiendo a mafiosos en el hotel Continental. La segunda, en un Nueva York anegado en salsa caribeña a punto de ebullición.

—La tercera juventud me llegó con tu primo, a los sesenta. Aquí —mira melancólico a un piso enorme ahora vacío—, aquí, digo, aquí trabajaban al menos treinta personas. Tremendas fiestas. Cuando nos quedábamos trabajando corría el ron y coser era cantar. Y es que entonces coser era de verdad cantar. Y eso te lo digo yo. Y si no sabes no subas.

Simón asintió con la cabeza: no había logrado colocar una segunda frase en todo aquel rato, solo la primera, en la que se presentó como primo de su primo. El Sastre le contó entonces cómo un día apareció Rico, andando sobre las puntas de los pies, como si se creyera diez centímetros más alto y creyéndoselo tanto que lo parecía. Entró con un fajo de billetes, la línea del párpado subrayada con lápiz, tarareando una canción en un inglés manicomial, y le dijo que quería un traje con cuatro botones, solapa estrecha y pantalones pitillo por encima de los tobillos. Un traje de un color que no exista. Se lo dijo así: quiero un color que no exista y, a partir de ahí, se hicieron amigos.

—Yo lo quiero mucho. O lo quería mucho, quiero decir, a tu primito. Lo quería sin tocarlo, ¿sabes? No me entiendas tú mal.

Y cuando el Sastre sonrió, mostró sus dos palas delanteras de oro y entonces Simón le preguntó lo que había venido a descubrir.

—No, mi hijo, no puedo ayudarte con tu primo. Ya me gustaría a mí, pero no me ha escrito. Sabrán más sus otros amigos que yo. Huye de los que no lo querían, que hay unos cuantos, y acércate a los que sí. Y a su novia, deberías preguntarle a ella.

Simón asintió con la cabeza aunque, por no quedar mal, ni siquiera preguntó quién era ésa. Barrió de nuevo con la mirada el mosaico de mil telas coloridas y también todos los libros que atestaban las paredes hasta las molduras del techo y a lo largo del enorme pasillo. Tantas risas y aventuras en ellos. «Todo está en los libros», le había subrayado una vez Rico. Y Simón, en ese momento, lo creía todo, inundado de una fe nueva. Rico, preparando lugar.

—Y esa trompeta, esa trompeta que no has soltado en todo este rato, te la quedas, ¿sí? Y, además, si algún día vuelves te tomaré medidas para un traje.

El Sastre mostró el tesoro de su boca de oro y siguió contando historias sin abandonar la sonrisa. Historias en las que, así relatadas, querías meterte a vivir. Historias que no eran creíbles, increíbles golpes de suerte de quien solo confía en las verdades del tambor, giros inverosímiles, de quien ha vivido mucho o por lo menos lo suficiente para contar que ha vivido mucho y que te lo creas. De quien, en definitiva, sabe que el azar puede desordenar la vida pero ordena la ficción.

*

Simón cayó en la cuenta de tres cosas el día de su undécimo cumpleaños. La primera, que su primohermano se había convertido en algo parecido a un amigo imaginario. La segunda, que por culpa de tenerlo había olvidado hacer amigos de verdad. La tercera, que algunos niños olvidan a sus amigos imaginarios cuando cumplen demasiados años.

Así que aquella tarde en el Baraja, adornado por su tío Elías, que insistía en colgar guirnaldas en la barra y encender y apagar la luz como si el bar fuera una discoteca, y mientras Lolo, concediendo una tregua por un día, invitaba a los clientes a rondas para llenar de adultos ese cumpleaños de niños, Simón intentaba sonreír de la forma más convincente posible. Brindaba con ellos: su copa de leche, su copa de vino de leche, tintineando con sus botellines de cerveza.

La fiesta arrancó formalmente cuando Ringo le regaló una batería de plástico y le enseñó a hacer un par de redobles. El resto le iba invitando a rondas de TriNaranjus y le cantaban. La Chula quiso regalarle unas castañuelas, aunque las acaparó durante un buen rato subida a una silla del bar.

—«Peligro de ingerir en menores de seis años» —leyó el Lecturas en un regalo que le había traído, comprado en uno de los bazares de todo a cien del barrio.

Su madre y su tía salieron con un pastel enorme con la cara de D'Artacán, que Simón cortó con un cuchillo tan grande que parecía una espada. Después tocaba soplar las velas —«pide un deseo, pide un deseo»— y pedir un deseo. Simón no solo tenía uno, sino también fe en que se cumpliría, gracias a sus secretas incursiones en el culto. Aun así, no dijo cuál era, porque sabía que ese deseo era el que todos compartían. Simón dice que no quiere decir el deseo.

Pero, minutos después de soplar, apareció Estela. Elías los invitó a petar con una aguja solo los globos rojos de todos esos multicolores que sus pulmones de fumador habían inflado un rato antes. Estela se quedó paralizada con este juego y los clientes acabaron por hacerlos explotar todos con las tachas de sus cigarrillos.

*

Aquel día sus padres le regalaron un juego nuevo: el Tabú. En la caja venían unas tarjetitas y un dispositivo eléctrico que, al pulsarlo, emitía una queja poco aparatosa. Sonaba así: «Mec».

En las cartas aparecía una palabra en grande y luego unas cuantas de menor tamaño. La cosa consistía en intentar explicar cuál era la palabra grande sin mencionar las otras. Por ejemplo, si era *mar*, no podías decir *azul*, *agua*, *salada* u *olas*.

Cuando los adultos se olvidaron de que era una fiesta infantil, Estela y Simón subieron a la habitación de Rico. Él le pidió que se llevara luego la trompeta del Sastre para poder pulirla en el taller de su padre.

—Quiero que me la limpies, que brille tanto que la gente se quede ciega.

—Pero si no sabes tocarla...

—Ya aprenderé, como con todo. Oye, ¿qué te pasaba antes? ¿Por qué no te acercabas a los globos rojos?

—Pues... —Se encogió de hombros—. Porque para mí los rojos eran los verdes y al revés.

—¿Cómo?

La Niña del Pelo Verde no sabía por qué en el parvulario se reían de su pelo, si ella se miraba al espejo y lo veía de un color normal, castaño tirando a rojizo. Incluso ahora, consciente de su daltonismo, a veces no se acordaba de este detalle. Lo que no se le olvidaba, de ningún modo, era la humillación y lo que no sabía entonces, aunque ya apuntaba maneras, es que convertiría esa especie de tara en su escudo y su látigo de púas.

—Por eso me gusta mucho leer, es en blanco y negro y, además, nadie se mete conmigo ahí —dijo Estela.

—Pero es que no entiendo por qué se meten contigo... Mira esa chica —Simón señaló un póster de una chica punk muy guapa con cresta verde—, tiene el pelo como tú y mola.

Simón, mantente en santidad.

Estela se encogió de hombros. Entonces Simón cogió una tarjeta y dijo:

—Un tipo que quiero que esté y que no está.

—Ya —dijo Estela, robando el monosílabo favorito de Simón—. Y las palabras que no podías decir eran: *artista*, *primo*, *hermano*, *desaparecido*.

Simón pulsó cuatro veces el botón —mec-mec-mec-mec— y Estela se encogió de hombros y le sonrió. Estos dos parecían dos viejos. Dos viejos de once años.

—Voy a encontrar a Rico. Tenemos que conocer a sus amigos y a su novia.

—Sí, Simón, seguro que lo encontramos.

Estela le dio un beso en la mejilla antes de coger la trompeta, encogerse de hombros y salir corriendo hacia el taller de su padre. Simón escrutó su reloj Casio: faltaban aún cuatro horas para que acabara el día y pensó que quizás su primo aparecería en cualquier momento, así que dejó la puerta entornada, se tapó con su colcha de ganchillo color celeste y se hizo el dormido pero con medio ojo abierto. Simón dice que hoy es su cumpleaños y que deberías estar. Rezó un poco, reescribiendo muy imaginativamente arengas del culto y oraciones de su tía. Jamás beberé licor ni tocaré a dama alguna, le llegó a prometer al Altísimo. Ni caso. Rico no apareció y él tampoco se podía dormir, así que abrió un libro, apartó el punto con la cara de su primo y leyó otra frase subrayada: «Los componentes de la banda guardan celosamente el secreto de su jefe. De este modo, sus bellas admiradoras tienen que contentarse con rendir culto a una sombra. Como si se tratara de un héroe de la antigüedad». Sonrió hasta que luego leyó: «pero el destino es muy rápido en asestar sus golpes». Simón cogió la tarjeta del Tabú para ponerla como segundo punto de libro, la observó un instante e imaginó que ponía en letras de gran tamaño: RICO.

*

Esa madrugada, desvelado, bajó de nuevo al Baraja calzando las zapas gigantes Converse All Star negras que Rico le había dejado a los pies de su cama años atrás. Los clientes, que seguían de fiesta, de fiesta de cumpleaños infantil sin niños, no pudieron evitar reírse de sus andares de pingüino melancólico: tropezaba con sus puntas de goma en mesas y jambas y se frotaba los ojos muerto de sueño. Lolo, su padre, quiso acompañarlo al entresuelo de la mano, como si tuviera cuatro años menos, pero Simón se soltó. ¿Qué te pasa, Simón? Nada. Ya. Todos estos primeros golpes le dolían como los que alguien se da en alguna parte de la anatomía donde confluyen demasiadas terminaciones nerviosas. Un toque en la ceja y cascada de sangre. Otro en el pie cuando se baila descalzo y la uña impacta con la mesa. Ay. Nuestro *héroe* no sabía algo que quizás lo habría consolado y es una pena que nadie se lo dijese: Simón, ya verás, crecerás, a veces aunque no quieras y a veces demasiado rápido. Mira: en solo dos páginas tendrás dos años más. Sí, te lo prometo. No, no puedo prometerte nada más. De momento.

III

Invierno de 1996

Cuando me traiga a un buen hombre hecho de razonamientos,
yo le traeré una buena cena a base de leerle el libro de cocina.

George Eliot, *Middlemarch*

Cuando era más niño, su primo siempre lo enrolaba en tareas inútiles basadas en leyendas urbanas: necesitas sesenta y siete latas de Coca-Cola para conseguir que las anillas pesen un kilo. Dicen que cuando llegas a veinte kilos, te regalan una moto o una silla de ruedas eléctrica. Así que Simón, en lugar de propinas, pedía en el bar que le dieran las anillas de las latas. Se sentía especialmente listo por haber tomado esa determinación: no quería calderilla, pretendía el gran dinero. Nuestro héroe había leído que las joyas de épocas pasadas, heredadas y cedidas en árboles genealógicos de familias ricas, tenían cada vez más valor, así que en buena lógica esta anilla (una antigüedad, era de las extraíbles, de mayor tamaño) debía valer una fortuna. Un pedigrí casi napoleónico.

Esa anilla se la había regalado su primohermano. Y él pensaba en ella como en un anillo y ése era el uso que quería darle. Y volvía a sus Libros Libres para entender lo que sentía por Estela, después de otros dos años no solo juntos, sino virtualmente solos, juntos a solas. Cuando le parecía que Estela no correspondía sus anhelos leía: «Vuestra piel es citada por su suavidad. La dulzura de vuestra voz cubre la dureza de vuestras palabras. Cierro los ojos y os veo tal cual erais entonces; los abro y os veo cual sois ahora, cien veces más bella. Cada vez que os veo es un diamante más que guardo en el escriño de mi corazón». Antes de salir de casa, había metido la anilla en un libro, pegándolo con celo en la declaración de amor de la novela *Barry Lyndon*: «Haré todo lo que me pidáis, salvo dejar de amaros». Simón tenía trece años. Solo trece años recién cumplidos.

En la mochila permaneció el libro con la anilla incrustada durante toda aquella tarde de sábado. Subieron a la montaña de Montjuïc en bici, tomando curvas y perdiendo fuelle. Estela, un año y varios centímetros mayor, iba en cabeza; Simón la miraba por detrás exhalando suspiros de «mantente en santidad». Quería conservar la disciplina casta del culto, pero empezaba a intuir que no sería fácil hacerlo: no aparecía Rico pero sí la tentación. Alcanzar el primer mirador de esa montaña escalonada de arbustos, fuentes mohosas y hierbas con sed, fue aparecer en un olimpo. Allí un grupo de mayores escuchaba música y reía: sentados en las mesas de madera del merendero, parecían hablar un idioma imposible de sintonizar. Eso les parecía a Simón y Estela, agazapados tras los arbustos y en su burbuja infantil, el lenguaje de los adultos, envuelto en volutas de humo y pompas de chicle. Al final las bicis los delataron y los mayores reclamaron su presencia. Años atrás, el Sastre le había dicho a Simón que buscara a los amigos de Rico si quería saber más sobre su primo. Se lo había repetido cada vez que se habían visto desde entonces, aunque no eran muchas. Pues bien, ahí los tenía, bajo las copas de esos árboles con estampado como de chupa de camuflaje.

—¿Me pisas las bambas, mosquetero? —le dijo una chica, con aros en los lóbulos y top a topos—. ¿No te acuerdas de mí, *petit*?

—Déjalo en paz, Betty, que es un nene —le dijo una de sus amigas, de pelo largo y cresta mohicana, a imagen de una famosa periodista.

—Chaval, ¿fumas? —preguntó otro de los amigos.

—Pero Chester no, hombre, que él fumaba Lucky —dijo Betty.

—No, gracias, no fumamos —contestó Estela.

Los invitaron a beber, los sacaron a bailar, les prestaron cazadoras. Habrá quien diga que los trataban como a mascotas, pero ellos en ese momento sentían que era la primera vez que alguien los trataba de alguna manera. En un momento de la velada, Betty los llevó a su Mini color fresa ácida (cada pocos minutos alguien iba al coche y regresaba aún más parlanchín) y enchufó una maquinilla a la batería: Simón sintió el anticiclón térmico de sus pechos en los omóplatos y escuchó el motor del aparato que le rapó parte de su cabeza, dejando un escultórico flequillo que luego Betty acabó de cincelar con brillantina. Olía a su primohermano en domingo. Estela lo observaba todo desde el asiento trasero y, de vez en cuando, Simón la miraba a ella por el retrovisor. En la radio alguien cantaba «Demasiado corazón» y el de Simón trotaba como una estampida de potros. Mantente en santidad.

—Es que eres como él, pero sin ser como él. —Olía a chicle y a Chester—. A ver, gírate que te vea...

Luego Betty le puso dos pendientes de cierre fácil a Estela, que ella aceptó a regañadientes.

—Ahora, a desfilar, *petits*...

Sonaba otra vez «Demasiado corazón» cuando Estela y Simón, los faros del coche apuntando sus cuerpos, recortando en el suelo sombras enormes, enormísimas, de gigantes, pasearon por un túnel de aplausos y silbidos. Simón en ningún momento se atrevió a seguir el consejo del Sastre y preguntarles por Rico y Estela tampoco lo hizo. Bajaron de la montaña a pie cuando los mayores dijeron que se iban en coche a un sitio llamado Magic (a bailar, dijeron, como si no hubieran bailado; a salir, añadieron, como si no estuvieran fuera), pero por el camino Estela se quitó los pendientes y los tiró por una alcantarilla.

Luego paró en una fuente y arruinó con agua el tupé de nuestro *héroe*.

Acabaron en un parterre de la avenida Mistral, compartiendo chupadas de una piruleta. Ella llevaba una vespa de lana y él de nuevo el anorak Winston: estaban echados en el césped, las piernas como eles invertidas se tocaban en las plantas de las bambas. Hacía frío pero ellos no lo sentían.

—Quería anunciarte —Simón había leído que lo importante se anunciaba y no se decía— una noticia. —Aquí se había equivocado un poco.

—Dime, Simón, pero date prisa. Que tengo que irme ya.

Así que se hincó de hinojos, como había leído que mandaba esta situación, sobre esa rodillera con la diana de Lucky Strike, su favorita. Un perro de lanas cercano decidió orinar en la frontera del parterre. Simón lo dejó acabar y entonces, sin perder la flema pero trastabillando un poco, con más pinta de jugador de fútbol infantil en una foto oficial que de mosquetero en un clímax sentimental, anunció:

—Ha sido un buen día hoy, ¿no?

—Sí. —Estela se encogió de hombros.

«Nunca más estarás encerrada, serás mía y te exhibiré como la mejor librea en los palacios, escupiré sobre mi espada para que el sol la encienda, para que no arda todo cuando camine por el valle que nos conducirá a nuestra felicidad. No debes temer por las otras damas, mis ojos no las ven, mi corazón no las escucha», quiso decir y, gracias a Dios, no dijo Simón, que en cambio añadió:

—Mira, te he traído un libro. Espero que te guste mucho, como a mí.

—Claro, Simón.

—¿Me lo dirás cuando lo hayas leído?

Estela se encogió de hombros cuando Simón picó espuelas y se fue corriendo, como si tocaran a rebato, las orejas en llamas, arreboladas las mejillas y con mil redobles en su pecho. En cuanto alcanzó el primer semáforo, supo que se había equivocado. Que se había dejado llevar. Que no se había mantenido en santidad. Que hay cosas que tienen sentido cuando las piensas y lo pierden cuando las dices. Pero se recompuso, completó el paso de cebra con dignidad y se dijo que lo mejor de estar equivocado es que puedes estarlo precisamente en eso: en que estás equivocado. En ese momento llovía a mares sobre la avenida.

*

Simón no se perdía el mercadillo de los libros ni un solo domingo. Para que le dejaran salir, aún cargaba su huevera de cartón con carajillos y cortados para los dueños de los puestos. Así que, cuando llegaba a media mañana, los propietarios de esas pequeñas librerías lo esperaban: las bocas tapadas por bragas de lana o jerséis de cuello alto, olían a colonia potente, a faria consumida, a madera carcomida y a papel devorado por los años y las lepismas. Los clientes parecían sonámbulos, sin afeitar y casi en pijama, como si buscasen un duro o las llaves en los pasillos de un frenopático.

Ese domingo, sin embargo, Simón, nervioso por la perspectiva de encontrarse con Estela en el puesto de libros, fue a su casa a buscar a Violeta, su madre. Lo que había empezado como una relación interesada, que pasaba por seducir a la suegra para convencer a su hija, se había convertido en una amistad. Durante estos años no había dejado de inventar dedicatorias con ella. Además, quería verla para interesarse por su estado: un caballero debía atender a las contingencias más inoportunas de la vida. Sabía desde hacía poco que Violeta llevaba ya tiempo batallando con una enfermedad de su memoria y que llevaba un par de semanas más desorientada: recordaba vivamente qué había leído a los catorce años, pero olvidaba los nombres de las personas a las que quería. Quizá por eso, en lugar de llorar más, Violeta leyó más. Simón la entendía, porque Rico le había inculcado que leer es la única forma de vivir muchas vidas posibles en el tiempo que te da una. Sabía también Simón que la madre estaba mal, pero no hasta qué punto su hija se había convertido en madre de su madre: le dejaba pósits en la nevera para que recordara apagar el fuego, fotos de conocidos en toda la casa con el nombre debajo, la esperaba leyendo en la peluquería, le compraba azucarillos individuales para que no le echara al café veinte cucharadas. Simón, que había visto esta mañana a Marciano borracho en el bar, le haría compañía a su esposa mientras su hija trabajaba en su negocio dominical.

Era ya mediodía cuando la madre de Estela lo recibió en bata pero con zapatos, pintados los labios pero con rulos en el pelo. Estaba guapa regando sus begonias y sus geranios, con un agua turbia que podría ser vino blanco de mesa. En la afición por las flores de su hipotética suegra, Simón no veía un hobby al que resignarse, sino un arte al que aspirar. Había leído sobre ello en *El tulipán negro*, un Libro Libre que hablaba de cómo unos locos holandeses del siglo XVII se habían dedicado a crear la flor perfecta. La polinización cruzada intentaba producir flores híbridas, que a su vez podían cruzarse de nuevo hasta crear otras de colores inventados. El fracaso llegaba cuando se rompía el color, cuando el bulbo presentaba ese aspecto moteado o ribeteado de rojo, amarillo o morado. El triunfo, cuando se generaba una flor nueva. Algo único. A eso parecía jugar Violeta, trajinando la regadera en su terraza, cuando le dijo:

—Hombre, Rico...

—Hola, Violeta. Le he traído un café...

—Gracias, encanto... Pero me cago en la reina... —Violeta, quizá por su enfermedad, cada vez soltaba más tacos—. No me trates de usted, cabrón, que me haces vieja.

Simón, que no la trataba de usted por eso, no sabía qué responder, porque desde hacía un tiempo nunca estaba seguro de si Violeta estaba hablando con Rico o con él mismo. De hecho, no quería reconocerlo, pero a veces conversaba con ella para ver si soltaba algo más de información que su madre o su tía. Ahora que nuestro *héroe* ya tenía trece años y se parecía un poco más a la fotografía de los puntos de libro que Violeta aún regalaba, los confundía cada vez más. Hoy era uno de esos días. Simón decidió encogerse de hombros, como Estela, y ofrecer su sonrisa entrecomillada.

—Espero que la cosa se haya calmado —dijo ella—. Tienes que entender a tu padre... El pobre imbécil tiene una envidia muy mala de tu tío y lleva muy mal lo tuyo. Tu madre está muy preocupada y tu tía hace tiempo que le dice que haga algo... Pero no es fácil, ¿no?

—Ya.

Violeta atendía su jardín en la azotea de su casa de dos pisos de Poble Sec, que tan barata había sido hacía décadas y tanto costaría ahora: se recolocó la bata y posó un momento la regadera fucsia en el suelo de baldosa de terracota. La madre convirtió su palma en visera para mirar a los ojos de Simón pero, pese al gesto, ella continuaba viendo a Rico:

—Ahora ya estás hecho un buen hombre. Así que si ellas no pueden hacer nada, al menos tú no te dejes comer, ¿eh? No es malo tu padre, pero no tiene derecho a ponerte la mano encima el muy hijo de puta. —La cercanía entre la empatía y el insulto, ese Tourette gratuito, lo desconcertó un poco—. Tu tío al menos lee esas novelitas de quiosco, tiene la afición a la trompeta, sabe canalizar un poco sus nervios. Tu padre es todo corazón, pero cuando se es así de nervioso... Siente un montón de cosas pero no sabe explicarlas. Eso tiene que romperte los nervios. Y está preocupado por ti. Por la gente con la que vas. Se puso negro cuando se enteró de que te habías liado a tortas con los gitanos. Y no entendía lo del Sastre. De hecho no entiende por qué no vas a la universidad, con lo que había ahorrado para que fueras. Y no puede soportar que andes en líos. Ni que te pintes los ojos...

Todos, incluso Simón, recordaban aquella escena de cinco años atrás, otro mediodía de domingo. Elías esperaba a Rico en la puerta, así que lo hizo entrar en el bar: los clientes rieron, pero él no entendió el porqué hasta que se fijó en la mirada de su hijo. Llevaba la línea perfilada con lápiz de ojos y vestía una americana a medida rosa flamenco. «Pareces una puta», pensó el padre. «*Collons!* Esto estaba de moda en Deià», medió Ringo. Elías lo envió arriba y les dijo a los del bar que su hijo había ido a una fiesta de disfraces. Rico no se explicó y decidió desde entonces ampararse en una ambigüedad que enervara aún más a su padre, forzando incluso algún gesto afeminado cuando cosía alguna prenda en una mesa del bar o (y esto era lo que su padre más odiaba) jugaba al tute: «Baraja, cariño».

—Tienes que entenderlo, Rico...

—Ya, Violeta.

—Pero me tienes que prometer una cosa —susurró ella entonces, regando una verbena con vino blanco, para luego enderezar una enredadera de batata que trepaba por la pared de ladrillo vista—: pase lo que pase, afronta los problemas, pero no te vayas de casa sin decirle nada a tu madre. Eso sería peor incluso que regalar por ahí un libro que te hubiera dedicado ella. Sé que jamás harías eso, ¿verdad, encanto?

—Sí. No. No lo haría.

—Vale, encanto. Si no, te corto las pelotas y me hago un collar.

Ella dio por concluido el encuentro, pero Simón observó su abnegado ajetreo durante un rato. Fuera los pájaros alborotaban los árboles, las palomas tosían en el antepecho del balcón y nuestro *héroe* se quedaba embobado con el mimo que Violeta dedicaba a sus flores. Esas flores semimágicas que en la novela se llegaban a vender al mismo precio que las mejores residencias del centro de las ciudades. Esas flores que al final no eran flores, sino dinero. Esas miniaturas, obra de Dios o del hombre, que eran en la edad de oro holandesa lo mismo que los cuadros en el arte contemporáneo. Que incluso se parecerían, en el futuro, a algunas botellas de vino o platos sofisticados.

Nada de esto pensaba Simón, abandonado al éxtasis de la elegancia laboriosa de Violeta, loca ya para casi todo menos para su pasión. Y tampoco sabía otra cosa, nuestro *héroe*, aunque estaba destinado a descubrirlo: un tulipán negro solo podría haber crecido en las platabandas del jardín de un burgués de Haarlem, nunca en las macetas del patio interior de un pobre de Ámsterdam. Simón, a quien le habían dicho que uno debe intentar ser quien quiera si es que quiere ser alguien, se fue sin despedirse, aunque cuando cerró la puerta de la terraza escuchó: «Adiós, Simón».

*

Estela no le decía nada de su intento de declaración, y Simón no sabía si es que se le había olvidado o prefería hacer como si así fuera. Dado que prefería estirar la intriga a estamparse contra un mal desenlace, no preguntaba, aunque solía amanecer más bien optimista. Estaba acostumbrado a los silencios, también en casa, que él aprendía a rellenar con expectativas felices.

Quizá para no abordar un tema incómodo, Estela parecía centrar sus esfuerzos en la búsqueda del primohermano. Fue la primera en comprender que si quería encontrar a Rico debía buscarlo en la noche y no durante el día. Allí, en la noche, se había perdido. Habían intentado escaparse en horario nocturno, pero no habían podido, así que pronto comenzaron a citarse a primera hora de la mañana, recién duchados, para buscarlo por esos bares donde iban a morir las juergas. Ella le decía que no todas las persianas cerradas significaban que el bar lo estuviera y afinó su olfato para detectar aquellas más discretas: aplicaba la oreja sobre la chapa de metal y, como una india audaz, decía: aquí.

Los habían echado de infinidad de locales después de ver su edad, pero otras veces era tal el desfase de los de dentro que nadie se daba cuenta de que se colaban. Estela, a veces, jugaba a pintarse los labios y calzar unos zapatos con cuña de su madre: vengo con mi hermano pequeño, decía, y eso a Simón lo dejaba algo pocho. A buscar a nuestro padre, añadía, para horror de los dueños: tampoco mentía tanto, porque más de una vez habían tenido que recoger después a Marciano de la calle con el cuerpo embotado de cebada.

Ese día en aquel bar del barrio del Borne a las ocho de la mañana, Estela vestía un abrigo de angora de su madre; Simón, su anorak de Winston. La barra parecía la cantina de *La guerra de las galaxias*, pero rodada sin presupuesto y en Turquía. Cuando preguntaron por Rico, nadie sabía nada de él. Y cuando sabían algo, ese algo eran gestas pretéritas tan épicas que parecían mentiras. Pero los clientes procedían a adoptarlos como mascotas del bar y a apostar al billar con ellos. La Niña del Pelo Verde nos da suerte. A éste, guiño, que no le falte de nada: dale de lo que bebía su primo. ¿Te he contado aquella noche, que no fue una sola, sino tres, en que Rico volaba? A Simón y Estela se les pegaban las suelas de las zapas en esos suelos pringosos por las copas derramadas, pero a ellos les parecía que por fin estaban despegando. A veces les invitaban a cacahuetes de los que había en esas máquinas al lado de las de tabaco. Eran como monitos eufóricos.

La gente bebía y bebía y bebía y casi no discutía de nada que no fuera esa noche: era como si la historia, o la función teatral, hubiera llegado a su fin y vivieran en el cóctel posterior.

Algunos, la ciudad misma, sí notaban la resaca postolímpica, pero muchos parecían decididos a alargar la borrachera para así ahorrarse la resaca. Cuando se fueron, Estela se demoró unos segundos para despedirse de un tipo tatuado con el que había estado hablando y se marchó riendo a carcajadas. No reía muy a menudo, pero cuando lo hacía, la carcajada bailaba en su boca durante un buen rato.

Dos calles más allá avistaron al Sastre, que parecía enzarzado en una discusión con la bragueta de su pantalón de pinzas color beige. Lo vieron tan perjudicado que prefirieron iniciar una segunda huida, pero el Sastre los vio escapar por la calle adoquinada y les gritó, en un idioma casi balcánico por la borrachera:

—Simón, ¡me debes una visita! ¡Vuelve cuando *quiedras*! ¡*Pedro* solo, que tengo cosas que *dregalarte*!

Simón empezaba a entender que, a fuerza de buscar a Rico, lo único que había encontrado eran un trato de favor por parte de algunos camareros y clientes a los que no siempre entendía, y también vagas razones de por qué se había ido, casi tan crípticas como las de las hermanas Merlín. Una fuente de renuncia más que de ilusiones. Y, aun así, pretendía sintonizarlas mejor.

—Si quieres, ve, Simón, pero ese tío es imbécil. Y no muy de fiar —dijo Estela.

*

Un viernes de marzo despistado (feliz y sonrojado como un loco que se cree abril), Simón, a la carrera, cargaba su mochila de Johnnie Walker en dirección a la casa del Sastre, que en ese momento recortaba unos pocos pelos que brotaban asilvestrados de sus orejas. Por el camino nuestro héroe pensó en la vez anterior que lo había visto, hacía apenas unos días. En lugar de en su casa, lo había citado en un hotel. Simón había llegado con la lengua fuera y abrigado con un anorak, esta vez de marca

Ballantine's. Preguntó por él a la recepcionista: «¿Está mi abuelito?». Eso dijo, por disimular. Se le daba bien: Estela le había enseñado a fingir ser otra persona en muchas recepciones de hotel, cuando buscaban a Rico en sus bares. En la piscina climatizada del ático del hotel, de cinco estrellas, el Sastre lo esperaba vistiendo un albornoz del color de su bigotito de espuma y con una copa de daiquiri de fresa en la mano.

—Dicen que las piscinas son para el verano, ¿no? Pues tú hazme caso y conseguiré, como hoy, que todos tus días lo sean. He quedado aquí con un señor muy importante que quiere abrir una escuela de cocina muy prestigiosa en la ciudad y adivina quién le va a hacer los uniformes. Allí estudiarán los mejores cocineros del planeta, Simón, y seré yo quien los vista.

Simón solo pensaba en ese momento en el chapuzón, así que no hizo demasiado caso a ese proyecto que, en el futuro, sería fundamental en su vida ni tampoco a esos uniformes que ensuciaría en más de una ocasión. Se quedó en calzoncillos y se tiró al agua. Minutos después apareció una niña algo más pequeña que él, lo suficiente para que Simón, que en realidad era aún un niño, la viera como solo eso: una niña. Una niñita.

—Di hola, Simón.

Ona vestía un bañador a rayas. Su padre le había dicho que tenía una reunión (en una habitación) y le había comprado un bañador para que bajara a darse un chapuzón mientras él «despachaba».

—Es la hija del señor Camprubí. Un buen amigo. Viene a hacerse muchos trajes y hoy hemos comido juntos en el restaurante. Ya veréis cómo os hacéis buenos amigos.

—Hola, Simón.

—Hola, Ona.

—¿Vienes mucho por aquí?

—Sí —dijo Simón, como un ejecutivo habituado a un chapuzón entre reunión y reunión.

Sin embargo, nuestro *héroe* no le hizo mucho caso porque sus pensamientos eran para otra dama. Ona se marchó no sin antes sacudir su melena y perlar a Simón con el agua de su pelo. Antes de irse le dijo que ojalá se vieran otra vez. El Sastre le insistió en que ésta era la clase de niñas que él le presentaría, muy diferentes a ese dibujo animado con el pelo verde con el que andaba. Después sacó el metro, le tomó medidas ahí mismo y lo obligó a prometer que en una semana se pasaría por su casa a recoger el traje. Un traje a medida para un niño de trece años.

Y el día llegó. El Sastre volvió a abrirle la puerta de su piso, envolviéndolo de nuevo en una nube de memoria en sepia y colonia de pachuli.

—Hoy es un día importante. Aún recuerdo el primero que le hice a tu primo: era color vino tinto con brillos y forro turquesa. El tuyo es igual de bonito.

Sonaba en el radiocasete una de esas canciones que parecía un cuento y que hablaba de un barrio donde hay que llevar cuidado porque aquí a algún guapo lo han matado, mientras el Sastre quitaba los últimos alfileres al traje y colocaba un biombo japonés para que Simón pudiera cambiar su camiseta de Fortuna por el nuevo uniforme.

—Muy bello. Solo tienes que aprender a darte cuenta de cuándo la gente te mira. Como el otro día, con Ona. Te vendría genial tener amigos como ella si quieres estudiar en grandes escuelas y convertirte en alguien grande. Si es que quieres ser alguien, Simón, claro.

—Ya.

Luego le dio de beber un licor muy raro y bailaron algunos de los temas que el Sastre fue escogiendo, que empezaban eufóricos, que viva la música, y se emborronaban a medida que perdían ritmo y caían en letras que hablaban de últimas copas. En uno de estos bailes, el Sastre quiso enseñarle un paso pintón, así que rodeó con su brazo la cintura de Simón, quien envejeció diez años en un segundo. Se revolvió y le dijo:

—Te entiendo, pero tengo que irme. —En otro momento, menos nervioso, habría dicho: «pero mil despachos me obligan a partir con premura».

*

¿Cómo puede ser que un traje a medida me quede tan rematadamente grande?

Eso pensaría en un rato, pero en ese momento volaba, todo color, una flecha celeste, hacia el taller de Marciano a hablar por fin con Estela de su amor novelesco, a estamparse contra su destino romántico. Los tragos amargos que había dado en la casa del Sastre, no entendía por qué, lo habían envalentonado. Si algo bueno tiene ser casi un crío es que no te has educado en el golpe; tu cerebro no acumula jurisprudencia injusta, así que tu mirada puede centellear libre de sospechas. Si algo malo tiene es que tu futuro, en realidad, es el pasado de otra gente. Todo lo que te pasará le ha sucedido ya a alguien.

Cuando nuestro *héroe* escuchó unas risas conocidas, fue tarde para evitar ver lo que le mostraban sus ojos: a Estela besando a un chico. Ni siquiera lo identificó, aunque sí vio un antebrazo tatuado cruzando la espalda de su amiga. Estuvo a punto de gritar: «¡Manos arriba y no te pasará nada! ¡Y lávate ese brazo!». Y también: «Gírate con las manos en la cabeza, que yo las vea, que te vea la cara». O: «Puedes ir buscándote a un padrino, porque esta tarde hay un duelo en el parque. El mundo es muy pequeño para los dos. Quiero decir, ¡para los tres!». O: «Dios, acaban de dispararme, Estela, ¡bésame ahora o sufre toda tu vida!». Pero todas esas frases de libro le empezarían a parecer un poco más ridículas, o menos útiles, a partir de este preciso instante.

Porque Simón supo en ese momento que no debería estar ahí. Ella ya se acercaba a los catorce años, unos meses más que él que siempre habían parecido un par de años y que ahora se convertían en siglos. Echó a correr con la cabeza en llamas. Sentía más pena que rabia y no solo por el beso que había visto, que también, ni por las carcajadas que había intuido, que tomó como guantes arrojados contra su cara. La sentía porque, educado en un código estilizado de protocolos que jamás habían existido, no sabía por qué Estela no le había dicho nada.

Simón, sin saber articularlo, se sentía a todo galope como ese tipo que iba mucho al cine. Un día, la película era tan rematadamente mala que, por primera vez en su vida, decidió abandonar la sala mucho antes de los créditos finales. Salió a la luz, caminó un par de calles, vio lo que éstas le ofrecían y decidió volver a entrar en el cine. Si la película era mala, la vida era bastante peor. Y si la realidad era así, si insistía en no devolverle a su primohermano y en negarle a Estela, Simón volvería a refugiarse en los libros, aunque ya no creyera tanto en ellos como antes.

Recorridas varias calles, Simón pasó del galope al trote y del trote al paso. Siguió caminando con la respiración entrecortada. A escasos metros de la acera que recorría se oyó un frenazo.

—Pero ¿quién está aquí? ¡*Petit*!

La música salía del Mini color fresa ácida de Betty: canciones sin letra pero con ritmo, que hablaban a través de él. ¿Y qué decían? Una palabra una y otra vez: *pecado*, que escondía muchas otras. Mantente en santidad. Betty le invitó a subir.

—¿Qué te pasa, Simón?

—Nada.

—Venga.

Betty subió el volumen y metió primera. Simón sentía un pequeño gorila, triste o enfadado, encerrado en su pecho, aporreándolo por dentro para poder salir.

*

Cuando acabe esta secuencia con Betty, Simón sentirá lo mismo que aquel jinete de la balada alemana que cruza al galope el lago helado de Constanza y, al darse cuenta de lo que ha hecho, muere de miedo en la otra orilla.

De momento, Betty olía hoy también a chicle de cereza, si es que ese chicle existía y si es que Betty era real, todo pechos sobre las rodillas de Simón cuando intentaba abrir la ventanilla del copiloto para arrojar el siguiente pitillo.

—Vamos a hacer algo, Simón. Algo que no hago desde hace un tiempo.

A Betty le había llegado que Simón andaba preguntando demasiado por su primo e interpretó su silencio triste como una prueba más de su obsesión por el tema, así que decidió contarle parte de su historia antes de que alguien le endilgara otra versión. Las razones extra para que decidiera hacerlo precisamente esa noche quizás habría que buscarlas en sus pupilas, ocultas tras esas gafas de sol de montura blanca y en forma de flippers invertidos de máquina del millón, o en el hecho de que se saltara todos los semáforos rojos.

—No tendrás miedo, ¿verdad, *petit*?

—Qué va —dijo Simón con la mano engarfiada en la manivela de la ventanilla.

Betty le hablaba a gritos, con una velocidad que intentaba atrapar a la del cuentakilómetros, de aquella primera mañana en los billares Alpe, en Gran Vía con Aribau, muchos años atrás. De cómo el Sastre le había dicho que fuera allí, al bar Marienbad, al lado del instituto de Rico, y que se dejara llevar por la música. En el recuerdo de la conductora, unos rockers vaciaban unas botellas doradas mientras sonaba «C'mon Everybody», una de Eddie Cochran. Simón, mientras ella recordaba y recordaba, no sabía qué decir ni dónde poner las manos. Así que la derecha seguía aferrada al asidero sobre la ventanilla, mientras Betty parecía querer conducir a toda velocidad hacia el primer recuerdo, allá por 1988, cuando solo sumaba catorce o quince años y no tenía edad para hacer nada pero resulta que se las arreglaba para hacer de todo:

—«¿Tienes fuego?», me preguntó Rico cuando nos vimos. Muy original. Yo me acuerdo que le acerqué la llama del mechero al tupé.

Muy cerquita de esa barra, donde se acodaban cantantes y músicos que luego saldrían en la tele, entonces aún tribus ocultas, Betty y Rico atraparon su verdadera fascinación. Fue en los billares del cine Coliseum: «Aquí se conoce quién ha venido por la muesca que deja en su tiza», les dijeron el primer día.

Betty aparcó el coche en el presente de ese mismo edificio. En concreto, en doble fila del chaflán, y colocó a Simón ante la fachada monumental de columnas corintias del templo que había descubierto con su primohermano hacía ya tanto tiempo. Entonces le habló de aquel día de 1990, cuando con dieciséis años Rico y ella bajaron juntos por vez primera las escarpadísimas escaleras hacia las columnas de fundición y los tapetes azules, las mismas que ahora descendían Betty y Simón. Aquel día bajamos estas escaleras sin vértigo, dijo Betty, porque a esa edad no tienes vértigo, sino que lo buscas. Ya, respondió Simón. Y Betty se rio, porque la frase no era suya, sino de Rico, y ya entonces le parecía un poco ridícula.

Se jugaba mucho al billar en aquella época, le siguió contando Betty, subrayando sus labios con carmín, los ojos ocultos tras las lunas tintadas de sus gafas, que abarcaban todo el retrovisor. Ellos iban a conciertos a Zeleste y también al Sidecar. Allí había un billar en el piso de arriba y Rico, muy joven, empezó a trabajar en él ayudando a subir y bajar cajas a cambio de jugar y beber gratis: siempre dejaba la tiza al lado de la misma tacha y jamás se la movieron. Era suya. Cuando se empezaron a celebrar torneos entre bares, Betty y él se metieron en el equipo del suyo. La primera y única chica que competía. Fue entonces cuando los empezaron a llamar «Los Gabardinas», a ellos dos y al resto de amigos que a veces se les sumaban por mera atracción magnética. Aparecían en bares de toda la ciudad y del extrarradio, vistiendo todos esas gabardinas color hueso, color bola blanca de billar viejo. Se habían convertido en *sharks*, en tiburones, a la caza de *roppers*, pringados a los que desplumar. A Rico lo conocían como el Lobo o el Lucky Luke, o «el cabrón» si ganaba demasiado; a ella la empezaron a llamar «Betty, esa zorra», incluso cuando ganaba poco.

—Los rivales siempre pensaban que yo iba de adorno. Tenías que ver su cara, Simón, cuando me quitaba la gabardina y veían mis pantalones ceñidos de leopardo. Aquello era para verlo, *petit*. Entonces siempre les disparaba: inflaba la pompa de chicle y bang. El premio del primer torneo que ganamos era una moto.

—Me suena.

Entonces, cuando vieron el dinero que se movía en aquel mundo, Los Gabardinas perfeccionaron su técnica. Visitaban los clubes bien, pero se hacían con la pasta en los pubs más pijos de los barrios de la zona alta, que Betty les podía señalar pues había sido su territorio hasta hacía bien poco. También esperaban a principios de mes, cuando los obreros habían cobrado, e iban a los bares de extrarradio. Se metieron en algunos líos. Como aquella vez en Montcada: fingieron jugar borrachos durante mucho rato para ganarse la confianza de los lugareños, pero luego empezaron a ganar. Hasta que el camarero sacó una de las revistas sobre billar que entonces abundaban, la abrió y se la mostró a todo el bar: allí estaban Los Gabardinas, los mismos que fallaban todos los tiros minutos antes, recogiendo un trofeo de campeones de Cataluña. Una foto preciosa llena de caras que casi les parten. Tras una breve pelea, de la que alguno salió un poco magullado, huyeron corriendo durante más de dos horas hasta llegar a Barcelona.

—¿Sabes qué me decía tu primo cuando aún me estaba enseñando? Que lo importante no es meterlas, que si eres bueno se supone que si las miras están dentro. Lo importante a la larga, en la partida, es donde dejas la bola blanca. Siempre bien colocada.

La noche ya había caído y Betty no parecía querer parar ni de beber ni de hablar ni de ir al baño ni de invitar a Simón a refrescos: el azúcar lo encaramaba aún más en la euforia. Sonreía desde ese taburete alto donde Betty lo había dejado como quien aparca un trofeo: «Es guapo el *petit*, ¿verdad? Pues espera a que sonría, ya verás los hoyuelitos, te derrites», le había dicho a la camarera del último bar, un zulo infecto con un letrero de Coca-Cola, pero con iluminación de discoteca. «Mantente en santidad», pensó Simón, con unos trece años de niño que aún iba de vez en cuando al culto y que se resistía a perder algún tipo de fe. Una fe a la que se aferraba en esa situación.

Allí Betty se jugó cincuenta mil pesetas con un ecuatoriano trajeado que había entrado clamando si había alguien tan hombre como para retarlo. Betty lo humilló partida a partida. El tipo estaba cada vez más nervioso ante esa chica con falda de trapecio que después de cada tacada le guiñaba el ojo a ese mocoso que, con su traje a medida, sorbía Fantas en el taburete (parecía un souvenir de primera comunión). Cuando solo le faltaba una bola para ganar, Betty obligó a Simón a tirar. Jamás había pasado tanto miedo. Las rodillas le fallaban. Sentía nervios de examen cuando no has estudiado. No sabía si era mejor meterla (el ecuatoriano tenía toda la pinta de ser muy peligroso; ese traje no parecía ser para vender seguros, sino para cobrar deudas) o fallar (no quería decepcionar a Betty, y mucho menos hoy). Pero la metió. Ovación. Cuando Betty fue al baño, el tipo se fugó del bar, que estaba lleno de clientes que no habrían dudado en ponerse de parte de la campeona.

—Simón, ahora que somos más amigos. Antes de irse, ¿tu primo no te habló de un tesoro escondido? —le dijo, encendiendo un pitillo en la puerta.

—¿Cómo? Todo el mundo me habla de eso pero no me explica nada más. ¿Qué es?

—Nada, tranquilo. Aún es pronto. Olvídalo, *petit*.

*

Un par de horas después lo llevó a unas piscinas olímpicas y, jamás sabría cómo ni de dónde habían aparecido, agitó unas llaves en el aire, le guiñó el ojo y ya estaban dentro. Se sentaron en el césped, Betty sacó dos latas de cerveza de su bolso y le tendió una a Simón. Si ésta hubiera tenido un manual de contraindicaciones para niños que han ingerido ochenta refrescos, casi el número que había ido tomando durante toda la aventura, Simón lo habría leído, porque empezaba a sufrir por su salud.

Pero tiró de la anilla con la espalda apoyada en una pared y abrió la boca ante Betty, que se estaba desnudando. «¿Pero acaso no tienes frío?», pensó tiritando, aunque no lo dijo. Mantente en santidad. Cuando ella se quedó en sujetador y bragas negras, su mirada la siguió mientras subía a un trampolín. ¡Ponte a orar!

—De uno a diez, ¿qué nota me pones? —gritó la silueta recortada contra los mil caramelos de neón que eran las luces de la ciudad al fondo.

Y se tiró. Simón casi ni vio el salto pero, con las manos engarfiándose en la mochila y los ojos cerrados, dijo:

—Once.

Luego abrió los ojos, vio la piscina y pensó en un lago helado enorme, que se empezaba a agrietar como hacen los relámpagos con el cielo antes de una tormenta perfecta. Quizá fuera de los libros no se estaba tan mal. Quizás había que seleccionar mejor. Tiritó y sonrió.

*

Aquella noche, en la que se asomó al pasado, al peligro y a la vida de novela, Simón se detuvo en tres cabinas de camino a casa escrutando la cajita de cambio, tal como hacía Rico, y en una de ellas hizo algo raro, que incluso a él mismo lo sorprendió: descolgó el teléfono por si alguien quería hablar con él en ese momento. Quizás una llamada divina. Mantente en santidad. O de su primohermano. Nada.

De camino al Baraja vio a Oro tomando una cerveza de medio litro en la terraza de Els Tres Tombs. El falso gitano evangélico que se mantenía en santidad, sin amantes ni alcohol. Simón iba cada vez menos al culto, pero lo cierto es que intentaba creer. Su fe se había trastabillado con el rechazo de Estela, con la tristeza de las Merlín, con la manía de no aparecer de Rico, pero también gracias al deseo real eyectado por la imagen de Betty semidesnuda. ¿Se puede intentar creer o se cree y ya está? ¿No daría mucho miedo saber de repente que eso tan raro en lo que crees existe? Simón decidió, como se descarta por anticuado un abrigo que te ha protegido del frío mucho tiempo, que ya no creía. En la próxima siesta quizá debería comunicárselo a su tía. Tal vez en unos meses la ciencia lograra clonar a una oveja. No corrían tiempos buenos para la fe. Parecía que todo el mundo pensaba que no era necesaria. Desde luego, hasta el momento, a él no le había sido muy útil.

En el Baraja, vio a todos los clientes embobados mirando la televisión, el Juez en ese instante proponía uno de sus referéndums, Marciano levantaba el dedo y el Queyalosé decía lo de siempre y a Simón de repente esto le daba tanta tranquilidad como pereza, así que decidió subir a casa. Las puertas del ascensor de la finca se abrieron, como cuando Rico contaba un, dos, tres y chasqueaba los dedos y el mundo pensaba que tenía poderes. Se miró la cara en el espejo y luego leyó en su antebrazo un número de teléfono apuntado con carmín. Tiró la mochila de Johnnie Walker y se arrebujó bajo la colcha de ganchillo en su postura de cardenal, con las palmas cruzadas sobre el pecho. Pensó en el tesoro y luego en Estela y después en Betty. En Betty hablándole de un tesoro. En Betty justo antes del salto. Notó cómo la colcha presentaba un accidente geológico, una montaña en medio de la planicie. Se tocó y notó el taco y se agarró a él y le pareció que era raro no estar pensando en Estela cuando siguió y siguió y siguió y siguió y sonó un gemido. Once. O al menos aprobado: era su primera vez.

Luego buscó un pañuelo en la mesilla (solo vio una especie de tapete que parecía de ganchillo y que no dudó en usar), donde descubrió la trompeta, colocada allí desde que Estela la puliese hacía ya tiempo. Y por primera vez intentó soplar el instrumento con verdadera intención. Pero no fraseó una melodía, sino casi una ventosidad, un sollozo. Volvió a soltar aire con el culo de la trompeta apuntando al suelo, los carrillos de ardilla, los ojos como pelotas de ping-pong, y de repente saltó un papel de dentro. Un tesoro, pensó. No seas idiota, Simón, se dijo, estrenando madurez. Había que ser consecuente con su pérdida de fe.

No sabía hasta qué punto ese papel convertiría su vida en un interrogante aún mayor y lo volvería todavía más desconfiado y, por tanto, más adulto. Desplegó la nota, escrita a máquina y con un garabato idéntico, o muy parecido, al que llevaban las dedicatorias que Rico escribía en la primera página de los libros y las vidas que le regalaba:

Simón, Simón Rico, Rico:

Si lees esto es porque te guía la curiosidad y porque sabes encontrar donde nadie busca. En las cabinas y en las trompetas. Quiero que sepas que estoy bien; esté donde esté, estoy bien.

¿Sabes cuando abría las puertas del ascensor para ti? Ésta es una invitación para que las cruces, para que subas a pisos donde nadie ha estado, para que me recuerdes.

Yo sigo contigo, aunque ya no pueda estar ahí. Protagonizamos nuestras obras en dos escenarios distintos. Y el protagonista de tu obra me gusta: es valiente y sonríe hasta cuando se cae. ¿Sabes por qué? Porque tiene la convicción de que el mundo está loco. Y de que la risa es su único patrimonio.

Mira la bola que te regalé: sigue en blanco, puedes ser lo que quieras. Rompe el color. Que estalle. Ahora viene lo bueno.

¿Y sabes? El futuro es un tesoro que hay que buscar. Donde nadie busca.

Todo está en los libros. Incluso yo. Y, sobre todo, tú. Tu futuro. Confía y espera, Rico.

IV

Primavera de 1998

Solo vosotros sabéis si sois cobarde y cruel o leal y devoto; los demás no os ven, os adivinan mediante conjeturas inciertas. Ven no tanto vuestra naturaleza como vuestro arte.

MICHEL DE MONTAIGNE, *Sobre la vanidad y otros ensayos*

Entre la noche en que encontró aquella nota de su primohermano y la mañana en la que se enteró de que el Sastre había muerto pasaron algo menos de dos años. Los dos hechos eran bolas, una amarilla y otra roja, y Simón, que era la blanca, sabía que él podría conectarlos, pero aún no jugaba lo suficientemente bien al billar para poder hacerlo.

No había vuelto a encontrar ningún mensaje más de Rico, si bien los había perseguido con una obstinación casi cómica: en el reverso de las tapas de yogur, en las leyendas de los botellines de cerveza, en el morse de los bocinazos y de las luces de la ciudad, en cada línea de los libros que seguía devorando, en cada entrevista a la que sometía a aquellos que lo quisieron. Aunque su madre y su tía se consumían cada vez más en la cocina, tal que el agua en el cazo olvidado en el fogón, ellas insistían en que no se preocupara, que en el fondo Rico estaba bien. A Simón le costaba cada vez más interpretar las frases vagas o rellenar los silencios de las hermanas Merlín.

Nuestro *héroe* había crecido tan espontáneamente como la sombra de bozo sobre su labio superior y las cordilleras de acné en su cara: con catorce años ya podía calzar sin problemas, colocando un par de bolas de algodón en la puntera, las zapas favoritas de su primohermano, aquellas que un día se puso cuan do era pequeño para chanza general de los clientes del Baraja. La cara de Simón se parecía ya demasiado a la de Rico cuando se esfumó, la que estamparon en los puntos de lectura del mercado de los libros para encontrarlo. Seguía buscándolo, sí, pero sobre todo buscaba ser él mismo; ya que no lograba rellenar su hueco, pretendía convertirse en su horma. Mal no lo hacía, porque varias veces la gente lo reconocía por la calle, lo paraba y le preguntaba por ese tesoro del que él no sabía nada. También en el bar le llegaban comentarios sobre el Sastre:

—Se oye por ahí que le dieron matarile por un dinero que no ha aparecido —decía Ringo.

—Que ya lo sé...

—Qué vas a saber si nadie tiene ni idea y aquí cada uno se imagina lo que quiere. Que si ajuste de cuentas, que si patatazo a tiempo, que si un tesoro que vete a saber en qué cofre anda escondido...

La gente se preguntaba por el dinero, pero él, más allá de los billetes, las anillas y la calderilla de los recados, aún no sabía qué era eso, de dónde salía. ¿El dinero te lo regalaban o lo ganabas? ¿Se guardaba en cajas secretas de lugares remotos o estaba en el aire y había que atraparlo? ¿Estaba ahí desde siempre o a veces olía a nuevo? ¿Era el dinero un tesoro o un mapa del tesoro? No estaba demasiado claro en su universo de propinas de bar.

Y, sin embargo, Simón había heredado esa extraña intuición que te lleva a hacer bien todo lo que odias: en este caso, la cocina y los negocios. Desde que revendiera la Vespa de Rico para comprar un Vespino que ya podía conducir, brindaba a los clientes más borrachos del bar transporte a casa. Aplicada la ley que limitaba el consumo de alcohol al volante, los taxistas ya no proliferaban tanto en el Baraja, así que ofrecía a los clientes borrachos el trayecto por la mitad de precio que un taxi, algo que, de todos modos, no atinarían a encontrar. Alguien había bajado el volumen del Baraja y aquellos almuerzos, bochinche de tinto y samfaina, fabada y cerveza, gritos y naipes, viraban definitivamente al ambiente de biblioteca pública, termostato estable de bocadillo mini y café solo. Por momentos, incluso se llegaba a escuchar hablar a las Merlín desde la cocina, relegadas hasta entonces al silencio.

Simón a veces pensaba, mientras algún taxista ya jubilado pedía un anís o un vinazo extemporáneo, que los Rico aún compraban a granel a pesar de la demanda menguante, que este nuevo ambiente le habría deparado en su día, cuando hacía aquí los deberes, algún aprobado más en matemáticas. Que habría sabido en qué lugar se encuentran los trenes y a dónde van. Pero el ambiente en el Baraja le parecía aburrido en el mejor de los casos y triste en el resto: cada vez que escuchaba «que ya lo sé» o «a que no hay huevos» subía el volumen de su viejo walkman. Escuchaba canciones punk de la época de su primo mientras tasaba cuantísimo odiaba el nuevo ruido blanco del bar. Chupito, el gato, enfilaba al menos el oriente de su vida de forma algo más plácida.

A veces Simón se enteraba de que se liberaba, por defunción o divorcio, alguna pequeña biblioteca de un piso del barrio y se presentaba allí, tasaba el material y regresaba a casa con Estela, con las alforjas de la moto a rebosar de libros. Luego Estela y él, que la ayudaba porque su madre cada vez se quedaba en casa más semanas, vendían todo en el rastro del domingo.

A sus quince años Estela también se había convertido en otra persona. Sí había cierta coherencia en su personaje: aún se encogía de hombros como nadie, esos hombros torneados y de percha buena que movía mientras hablaba como a punto de tirarse a la piscina. También llevaba el pelo corto y verde, aunque ya no por los materiales de pulido de su padre, a quien ya no perseguía al taller sino del que solía escapar, sino porque así se lo teñía, «como la chica del póster». Vestía siempre de negro, salvo unas zapatillas deportivas que iba alternando: rojas, azules, amarillas, incluso a veces una de cada color, transgresión que solía justificar con su daltonismo.

Estaba desprecintando la vida, probando su personaje, así que insistía en infiltrarse en destinos diversos. Solía dejarse caer por el *esplai* del barrio, con sus escapadas al valle de Nuria, donde independentistas catalanes con chirucas, las pupilas esteladas, tiraban de cancionero y yogur con hachís triturado. Aunque tenía al menos otros cinco paisajes —desde discotecas de música mákina de extrarradio a conciertos de guitarras en sótanos— por donde se solía pasear.

Nadie la controlaba en casa, donde ella se comportaba como siempre y cuidaba de su madre, cada vez más encerrada en su piso y en su obsesión por las flores. Simón se encontraba con su amiga en cualquier lugar, usando el banco de la plazoleta como si fuera el sofá de su comedor, a menudo leyendo con los gemelos posados sobre el respaldo y la cabeza en el asiento, otras amparada en las luces tenues de cualquier portería o en algún bar que no le pegaba demasiado. Ya casi no leía novelas, sino libros sobre cosas. Ensayos. Libros que explicaban algo.

—Así te pierdes los libros que van sobre todo —le decía Simón, intentando recomendarle alguna novela.

Ya habían superado aquel ridículo infantil, cuando Simón le dio la anilla y la dedicatoria en aquel libro. Después se distanciaron un poco, durante ese tiempo en que Estela ya no atrapaba burlas sino que hacía estallar deseos, espigada pero con curvas, con el pelo raro no por ridículo sino por misterioso, mientras Simón seguía atrapado en la crisálida de sus lecturas y sus excentricidades. Pero con el tiempo él había aprendido a callarse y a vestir, ni citas literarias fuera de contexto ni prendas patrocinadas por marcas de tabaco, así que había ganado en popularidad: sincronizados de nuevo, ahora hablaban más que nunca.

Lo que verdaderamente los había vuelto a unir habían sido los problemas de Estela, porque ella había aprendido a contárselos a Simón: cómo a menudo debía salir a buscar de madrugada a su padre por bingos y puticlubs. ¿Era legal sentir asco por un padre? Mientras, su madre los recibía a la vuelta en camisón, olvidando hasta que todo lo olvidaba y hablándoles como si estuvieran en 1992: ¿qué os parece la mascota? Ese chucho atropellado por un camión, sí. Es gracioso. Creo que en el futuro a la gente le gustará.

Compartieron pitillos mentolados, canciones en los cascos, bolsas de pipas y primeras confidencias, también libros. Y partidas de billar. Muchas. Todas. Estela seguía siendo un año y varios centímetros mayor que Simón y también era mejor con el taco. Había que verlos en la mesa del Baraja, cada uno con su walkman, con las cintas de Rico a todo trapo, cantando como sordomudos, enfilando una y otra y otra bola. Sin perder, no podían hacerlo, pues por aquel tapete no rodaba la bola negra y eso los tranquilizaba y los animaba a arriesgar más, a golpear más fuerte, a no tener miedo.

Si muchos compañeros de su colegio luchaban por perder su inocencia, Simón y Estela jugaban a ser niños hermanos como si quisieran recuperarla: la desaparición del primo y el alzhéimer de la madre (también el alcoholismo del padre) estrechaban un lazo invisible de un material sin nombre. Ambos eran demasiado listos como para ser felices pero no tan tontos como para no intentar pasarlo bien. No habían perdonado a los chavales de su edad los desprecios del barrio, así que solían quedar a menudo con los amigos de Rico, con los mayores. Porque así se sentían y más todavía con ellos: mayores. El brillo de la ausencia de Rico seguía iluminando algunas escenas, aunque ellos eran ya los protagonistas de todas ellas.

*

—Te pareces tanto a él que casi me das miedo —le dijo Betty en aquella fiesta desmadrada, donde Simón vestía una camiseta negra y la gabardina color hueso enorme.

—Sí, a veces me despierto, voy al baño, me la miro mientras estoy meando y también me asusto.

Betty estaba acostumbrada a estos derrapes: Simón, al fin y al cabo, estaba probando su personaje y estas salidas de tono, sin gracia, eran el equivalente a los gallos, como de sección de vientos afinando, que su voz soltaba en el momento menos oportuno.

Ambos estaban en ese momento en una vivienda de la zona pija, una que Beth había enseñado hacía unas horas: trabajaba en el sector inmobiliario y su faena como comercial consistía en mostrar pisos en una época en la que muchos los compraban simplemente para venderlos. Betty Beth y Simón charlaban a solas pero rodeados de gente. Ella, top rojo con lunares blancos, se tocó la flor a juego que adornaba su oreja y luego subrayó con la punta del tallo el remolino de su frente, mientras con la otra mano le alcanzaba su bebida. Sin querer darse cuenta, le acababa de servir la misma copa que solía beber Rico: vodka frío, unos dedos de limón exprimido y un poco de agua al lado para dar un sorbo de vez en cuando. Betty bebía su gintonic cuando casi nadie bebía gintonic.

—Este piso se lo he enchufado a un valenciano. Creo que el pavo ya se ha llevado la mano a la cartera solo mirándome en el ascensor, sin verlo siquiera.

—Igual la mano no la tenía en la cartera.

—Estoy todo el día igual, pero es tan fácil. Solo tengo que decir un par de cosas, siempre las mismas...

—¡No se lo piense! —desafinó, un gallo.

—Eso es más para vender otras cosas. No, les digo algunas frases que pienso de ti. —Su uña esmaltada en azul cobalto tocó la nariz afilada de Simón—. Les digo, por ejemplo: «Tiene muchas posibilidades».

—Sí, posibilidades de que me rechacen.

—«Éste tiene muchas posibilidades», les digo. Y también: «Con mucha luz, hasta en invierno». Porque tú tonto no eres, ¿verdad? —dijo más cerca.

—No mucho.

—Y, por último, les digo: «Ideal para reformas».

Ideal para reformatorio. Las Olimpiadas del 92 dejaron esa resaca que acabaría por curarse buscando otras sustancias: la televisión, el humor, el sector del ladrillo (y sus derivados: pintores, ceramistas, vendedores de tresillos), la música, la política, todo, absolutamente todo, parecía dominado por esos polvos que en ese momento la gente vertía sobre el reverso de su guitarra para acto seguido alinear sus narices alrededor. La cadena engullía cedés de música electrónica grabada por un pinchadiscos de la sala Apolo y el suelo, de madera noble, crujía con cada paso. Estela, rondada por tres tíos que bailaban como muñequitos en un salpicadero, el cuerpo rígido y asintiendo con la cabeza, lo había mirado desde la otra esquina del comedor y se había encogido de hombros. Lo había hecho después de saludar con dos besos a un tipo que a Simón le sonaba: tenía una lágrima tatuada. Era mayor, tanto que era viejo, tan viejo que parecía inofensivo. Un tatuaje que parecía muy fuera de sitio, como aparecer endomingado con esmoquin en una barbacoa pija, pero al revés. El resto de los asistentes cada vez giraban más la guitarra, le daban al play y sonaba música que ellos no tocaban; hablaban, hablaban tanto, hablaban tan fuerte que ya no escuchaban. Su voz a todos, su oído a nadie.

—No queda hielo —dijo Beth, y pensó Simón: «Sobra».

Le gustaba mirar a Beth, pero no como ella lo observaba a él, como a un niño. Le fascinaba su facilidad para que las cosas sucedieran como en un musical: cómo a veces olvidaba en cualquier lugar su primer teléfono móvil, algo que pocos tenían por entonces; cómo en muchas ocasiones llegaba a un bar y le devolvían una bufanda perdida y si la noche duraba mucho regresaba a casa con cinco, todas de colores distintos. A veces, si le tocaba un taxista pakistaní, entonces algo aún exótico, se ponía a preguntarle si la licencia era suya y el jefe lo explotaba. Pero, entonces, ¿por qué te dejas hacer eso? Y en ese momento Simón no sabía interpretar la vergüenza ajena que sentía. Pero le gustaba cómo deslizaba billetes a quien lo necesitara para seguir la noche, cómo, cuando llegaban a un piso, ella ya había llamado a Telecopas y había encargado diez botellas de cava, ¡champán para todos!, cómo no permitía que se hablara de dinero, salvo si era para derrocharlo. ¿Era el dinero como el talento?, pensaba Simón. ¿Únicamente los que lo tenían podían no hablar de él? ¿Solo había una forma digna de tenerlo, que era derrochándolo?

En realidad es una pija, y de las peores porque no lo reconoce, le decía Estela a veces. No te engañes, añadía, Rico te metió ideas en la cabeza, pero el dinero es como algunas enfermedades: hereditario. O como la calvicie, aunque salte una generación que logre disimularla, ahí sigue, a la vista o cubierta. Además, como se lo dan todo hecho, los pijos acaban por ser tontos todos. ¡Puro Darwin! ¡Acabarán naciendo sin cabeza, que te lo digo yo, que leo ensayos! Y, sin embargo, Simón miraba a Beth, la única en su especie que conocía y que, por tanto, le parecía rara, en el sentido de extraordinaria, y disentía, sin decirlo, de la contundente opinión de su amiga.

Desde hacía unos días acariciaba la idea de ir, como fuera, a aquella otra noble casa llena de telas y novelas donde a veces le habían hablado de dinero: no sabía qué quería buscar, pero sí que encontraría alguna cosa. «Todo está en los libros», había escuchado mil veces desde que tenía uso de razón. Y el Sastre libros los tenía por miles.

—Qué fuerte lo del Sastre, ¿eh? —dijo Betty, leyéndole el pensamiento.

—Se ha ido de viaje —dijo Simón, estrenando sarcasmo.

—¿Cómo?

—Nada. ¿Tú qué crees que pasó?

—No sé. Dicen que lo mató un magrebí, uno que era su amante, ¿no? No tengo ni idea de quién lo debió encargar. Lo único que sé es que lo odiaba mucha gente, y no me extraña. Tu primo le tenía cariño, pero a mí siempre me dio mal rollo. A veces lo acompañaba a su casa y nos recibía en albornoz y ya muy borracho. Pero muy borracho de verdad. Y nos pedía que le sirviéramos copas y que tu primo se probase tales pantalones y aquellas camisas con chorreras y espera que te ajusto esos gemelos. Y se ponía raro. Muy raro. A mí me daba un poco de asco.

—Ya.

Beth le contó cómo solía colmarlos de licores y de canciones hasta que bailaban rodeados de estampados de cuadro de Gales, de flor de lis, de pata de gallo. Les ofrecía incluso una habitación cuando Rico y Betty, pero también los demás, la necesitaban para sus cosas. A cambio, ellos vestían sus modelos y le hacían publicidad en la calle, además de recados. Buscar esa tela, llevar aquel traje a la Bonanova, la compra semanal pero podéis añadir al carro lo que queráis. El Sastre había ido poco a poco estrechando lazos con ellos no solo sentimentales, sino también económicos. Con él, el dinero y los regalos llegaban fácil y quizá por eso se educaron en gastarlo con la misma escasa precaución. Beth era como esa alumna aventajada que ya había llegado aprendida de casa.

—¿Sabes cuál era su frase favorita? «No hagas eso, que es de pobres.» Se la decía a Rico sobre todo, porque a mí...

—Ya. —«Porque tú, pobre...»

—A Rico también le decía: «Olvídate de los manteles de papel y de la fritanga: ¿te puedes imaginar una cena en los Cárpatos a base de aves y borgoña?». Soy consciente de que a Rico y a algunos de sus amigos les decía lo mismo de las chicas: siempre le parecían poquita cosa. Y por eso me metió a mí. Porque fue el Sastre quien me presentó a Rico, eso lo sabes, ¿no?

—Sí. —«Y a mí también me decía que quién era esa Estela, que parecía un dibujo animado o un pajarito raro, tan poquita cosa.»

—Y no me gustaba que Rico se metiese en problemas por su culpa, por sus recaditos.

—¿Qué clase de recaditos? —gritó Simón, intentando imponer su curiosidad al volumen de la música.

—Los que le habían traído a Barcelona. Los marselleses que conoció en Nueva York y que trataban en ese puerto francés la heroína de Turquía para luego mandarla a Estados Unidos...

—Claro, claro. —«Ni idea.»

—Primero nos hizo de amigo, luego de psicólogo, después de padre, más tarde de empleador y luego vete a saber de qué quería hacernos, pero a tu primo lo metió en un buen lío. ¿Te acuerdas de aquel Sant Joan antes de que se fuese? Pues ese día no le partieron la cara de milagro. Bueno, o porque estabas tú. Aunque no seas malpensado, ¿eh, *petit*?, que no te llevó con él por eso. Habrá quien diga que te usaba de escudo, pero yo conocía a tu primo, era incapaz. Lo hizo porque sabía que iba a marcharse y quería despedirse de ti, seguro. ¡Segurísimo! Simón, ya nos entendemos, somos amigos, ¿no?

—Supongo. —Ese «supongo» fracasó en su intento de dar a entender que no eran solo amigos, sino algo más que eso.

—Antes de palmarla, ¿el Sastre te llegó a contar algo? ¿Te habló de un montón de dinero o algo así? Te lo digo porque ahora que ha muerto te va a preguntar esto más gente, mucha de ella se encuentra en esta fiesta. Vete a saber si el hombre ha muerto por culpa de ése —arañó unas comillas en el aire— «tesoro».

—No sé.

—Y te dirán que es peligroso, que van a protegerte. Pero yo puedo decirte que ese dinero no existe. Ese tesoro era la forma que tenía el Sastre de mantener a Rico cerca. Pero no existe. Créeme: no existe. De hecho, yo lo he comprobado, por si quedaba alguna duda y al menos allí no hay nada. Y si alguien más te pregunta por ello, dímelo, porque eso sí puede ser peligroso.

Pensó en la de veces que se lo habían preguntado, con buena y mala cara, en la calle y en el Baraja, e incluso en clase, especialmente desde que se parecía tanto a su primo. Estela bailaba mientras picaba limones en la encimera de la cocina americana. A Simón le parecía aún raro verla bailar, como si se estuviera traicionando a sí misma. Primero reír, luego bailar, qué sería lo próximo: ¿volar?

—De hecho, no sé si podrías llegar a imaginar quién tiene las llaves del piso del Sastre.

—Déjame adivinarlo.

—Exacto, yo. Por lo visto el pavo tiene todavía familia en Cuba. Un hijo del que pasó totalmente hace mil años. Allí las están pasando putas desde lo del periodo especial y tal. Ya no tienen a sus primos rusos dándoles pasta.

—El periodo especial. —A Simón le parecía un título bonito.

—Y, nada, se han puesto en contacto con una inmobiliaria y, pum, es la de mi familia. Ya he ido una vez, pero tengo que volver en un par de días. La verdad es que me da un poco de yuyu. Como si fuera a una casa encantada o algo así.

—Yo me la conozco bien. Voy desde que era un niño. Podría guiarte por esa casa con las luces apagadas.

—Eso querrías tú. Vale, pues mañana, pero a la luz del día, Simón Rico.

*

Esa noche Simón volvió a casa con Estela y, como siempre últimamente, compartieron la última lata de cerveza mientras esperaban el bus nocturno.

—A ver, ¿quién abre la lata?

Era uno de sus códigos privados. Así se rifaban quién hablaba primero. Ahora, por ejemplo, comentaban la noche y el día siguiente, la excursión a casa del Sastre. Desde hacía un tiempo, Simón se daba cuenta de que cuanta más pena le daba el panorama en casa más le costaba volver: esa actitud degeneraba en culpabilidad y la culpabilidad reforzaba esa misma actitud. Estela hablaba (demasiado, iba borracha) de lo hipócrita que era Beth, que no tenía ni un nombre, que de hecho debía tener tantos como caras, la muy pija, y luego él hablaba de todos esos tipos que habían rondado a Estela mientras bailaba tanto, es que no había parado de bailar. Ya no eran celos, sino envidia. Él también querría ver a Estela por primera vez todos los días. Conocerla de nuevo hoy. Ser ese chucho que acababa de pasar por delante de la marquesina y que se la había quedado mirando tres segundos.

Estela leía libros sobre cosas. Y le gustaba hablar de dinero. Pero del dinero de los demás. El de Beth, por ejemplo, le había explicado Violeta, venía de su padre. ¿Pero de dónde venía el de su padre? Ésa era la pregunta que Estela se había empeñado en resolver y que a Simón aún no le importaba tanto. Francisco Collado había llegado de Aragón sin carné de conducir ni coche y, sin embargo, trabajando ilegalmente de taxista para un jefazo de la Danone que tenía varias licencias, había conocido a un constructor de nombre compuesto: Rivas i Navarra. Lo cogió como cliente y un minuto después vio cómo aquel pequeño hombre estalló a llorar. No iba borracho y, sin embargo, farfullaba que no lo aceptaban, que no lo aceptaban, que tanto dinero y que no lo dejaban entrar. «*Quicir, què he de fer?*», soltaba una y otra vez. Collado casi le dijo que quizá, con esa estatura y con tanto llantito, es que lo veían un poco crío. Lo acompañó toda la noche a varios bares y bailes y casas de citas y se ganó su confianza. «*Pulutant, el millor és que treballis per mi*», le dijo al final.

Tiempo después, cuando ya se había sacado el carné, se había convertido en su chófer y, quizá gracias a los secretos allí escuchados, había logrado cambiar los desplazamientos en horizontal, en coche, por otros en vertical, en ascensor. Pronto llevó las cuentas de aquella inmobiliaria que acaparaba chaflanes de tres balcones y derruía pisos modernistas. Cuando su jefe se convirtió en presidente de aquel equipo de baloncesto, lo empezaban a rondar desde Hacienda y más de una vez Collado había tenido que distribuir más sobres que un cartero. Pidió el finiquito a cambio de su silencio, se casó con la *pubilla* de una de esas familias que miraban con condescendencia a su jefe (en concreto, los Cot i Bassal) y montó su propia inmobiliaria. No construiría pisos, eso era un lío, sino que los enseñaría y vendería, algo mucho más limpio. Beth Collado gateó por las baldosas hidráulicas de mil pisos regios de techos altos hasta que se vio caminando en uno de su propiedad, sin llegar a pensar cómo había llegado hasta allí. Gateando, claro.

—Porque gatea muy bien. ¿Te la imaginas gateando, Simón?

—Al menos yo no hablaba con un pavo con la cara tatuada...

El bus no llegaba. Así que Estela y Simón se reían y se dedicaban a ese juego al que jugaban desde hacía poco: compartir sueños. Se contaban la misma historia una y otra vez, la debatían, hablaban de sus personajes y escenarios, y luego se daban un beso o un fraternal golpe en el hombro para despedirse y, muy de vez en cuando, por arte de magia, soñaban los dos lo mismo, con variaciones significativas. Aunque toda historia depende de quién la cuente, así que a menudo esos sueños paralelos se precipitaban hacia finales muy diferentes. Otra cosa que hacía Estela, y se le daba muy bien, era insinuarle cosas a través de sueños inventados.

—Ayer soñé que estabas contentísimo. Teníamos un grupo de mucho éxito, yo tocaba el bajo e íbamos todos vestidos de mosqueteros. Entonces nos dejaban tocar en el puerto, en un escenario con unas cinco mil personas delante.

—Eso es tan raro que lo es hasta para un sueño.

—Pues así era, te lo prometo. Estaba llenísimo. Por los altavoces se escuchaba «Simón dice: bebed» y todos, los cinco mil, bebían briks de Don Simón. Lo habías puesto de moda. Mientras yo tocaba mi bajo de espaldas, porque yo tocaba de espaldas en ese grupo todo el rato.

—Vaya notas.

—Sí, pero también misteriosa. El público gritaba impaciente. Y cuando ya estábamos listos para tocar, tú decías que aún no. Que faltaba alguien. Yo te soltaba que había miles de personas esperando ahí abajo, pero tú decías que no, que no podíamos empezar aún porque faltaba alguien.

—¿El batería?

—No, no decías quién era. Ni siquiera sabía si era alguien del público o del grupo... Entonces la gente se empezaba a ir porque llevaba una hora esperando y luego dos y después tres. E incluso se iban también los otros del grupo. Y tú andabas en círculos arrastrando una gabardina que te quedaba enorme y te hacías cada vez más pequeño. Dabas un poco de pena, la verdad.

—¿Y al final me cogías en brazos y yo lloraba?

—¿Cómo lo sabes? Por cierto, has hablado mucho con Betty, ¿no?

—¿Yo? —Y luego—: Lo normal, ¿por?

—Joder, Simón, porque igual podrías empezar a olvidarte un poco de buscar a tu primo, ¿no? Todo ha cambiado. Llevamos mil años con la misma canción... Igual podríamos pasar del tema durante un tiempo. Aunque nos dé un poco de pena. Y tampoco tienes que querer parecerte tanto a él. —Miró la gabardina, que aún le quedaba un poco grande, y se encogió de hombros—. Porque igual acabas mal. Es que a veces pienso que te has quedado un poco anclado en el pasado y me jode. Mira el del tatuaje en la cara. Te pasaste años cagado de miedo por si aparecía y míralo: inofensivo. Peor aún: ridículo. Un par de años de cárcel en la Modelo, un par de sustos de salud gordos, un accidente de moto y ya ni él se acuerda de la Noche de las Azoteas... En cambio, tú, tú sigues con tus batallitas de espadachín de hace mil años, buscando tesoros, y es que esas cosas, aquí y ahora, no valen. No valen y, además, son ridículas. No le valieron a tu primo y tampoco te van a servir a ti, porque son cuentos.

—Claro, como la lista no lee ni cuentos ni novelas. Lees esas otras cosas. Y cuando te da por los sermones...

—Al menos no me da por un culto evangélico, como te pasó a ti. Mantente en santidad. Aunque ahora ya tienes otras obsesiones, con una que virgen virgen no debe ser y que te hace pensar todo el rato en lo mismo...

—Pero, tía, que no estaba hablando con ella de Rico, sino de nuestras cosas —le dijo—. Y no me mires así.

—¿Así cómo?

—Así.

Sí, así. Así se sentía Simón. A veces, era cierto, se sentía como un tipo disfrazado con una armadura en una comedia romántica contemporánea. O como un extra que ha olvidado quitarse el reloj Casio y las zapatillas Nike en una película de romanos. Buscando en el presente cosas que si existieron, solo lo hicieron en el pasado.

—Simón, ya está, otra vez. ¿Hola? —Estela barrió el aire frente a los ojos de Simón como si limpiara una ventana sucia que los separara—. Es que de verdad. Igual tendrías que preguntar menos por los que se fueron y más por los que están. Por tu madre y por tu tía, por ejemplo. ¿Sabes qué me contaron el otro día?

*

El día después, Betty no lo esperaba en el portal del Sastre: allí no estaba su top de lunares, tampoco el hula hoop que giraba en sus lóbulos, ni sus labios cereza ni sus tatuajes en el muslo tapados ahora por un traje de chaqueta y con unas perlas colgando de sus orejas. Simón nunca supo quién era la verdadera de las dos: si Beth o Betty, si ese Clark Kent con el que Superman nos demuestra lo torpes que somos los humanos o esa superheroína que pone música en el coche y baila en los miradores de la montaña. No estaba Betty, pero sí la sonrisa de Beth, ahora estampada en carmín en la frente de Simón, un gesto que, no por familiar, odiaba más si cabe que hace años y menos, de perseverar, que en el futuro.

—Ya no soy un niño, puedes saludarme como a un adulto.

—Precisamente porque no eres un niño te saludo así, para que no te olvides del todo que lo fuiste, Simón.

Persiguió sus pasos escalera arriba, mármol color crema y barandilla de nogal. Beth manejaba el juego de llaves, reunido en un llavero con la dirección del piso en el rectángulo de plástico verde. Cuando abrió, Simón volvió a tomar conciencia de que cuanto mayor eres, más pequeñas te parecen las casas con las que te maravillaste de niño. Beth abrió el cuadro de luces y Simón avanzó por el pasillo, escoltado por las hileras e hileras de libros del parqué hasta las molduras del techo, que se fue encendiendo por tramos como en un videoclip (era cosa de Beth, que iba pulsando interruptores para comprobar que todos funcionaban).

Durante un buen rato hicieron inventario de secreteres de

caoba, escritorios de piernas torneadas, cómodas con cajones cerrados con llave. Los familiares del Sastre habían dejado bien claro que creían que esa vivienda generaría más dinero si primero vendían su contenido. Solo habían reservado un par de objetos que viajaron con el Sastre desde Cuba: el traje de lino blanco que vistió Batista en la última Nochevieja antes de la llegada de los barbudos y el güiro que tocó en su día el mismísimo Benny Moré. Mientras Beth deambulaba arriba y abajo anotando en una libreta posibles objetos de valor, Simón cogió uno de los discos del Sastre: «Pónganme oído en este barrio, a muchos guapos los han matado». Lo puso fuerte, bien arriba, y Beth se giró y le gritó:

—¡Dónde vas, Simón, que podría bajar algún vecino!

Simón sacó el vino y Beth estalló en una carcajada que llenó el estudio: hasta los maniquíes parecían querer llevarse las manos a las orejas de trapo ceñido.

—Madre mía, Gran Reserva, ¿eh?

Simón había escogido uno envasado en cartón para que le pesara menos en la mochila, aun a riesgo de parecer algo vanidoso, ya que la marca era Don Simón, como en el sueño de Estela. Sirvió un par de copas de ese vino de mesa y le tendió una a Beth. Ella cogió una especie de chal estrellado que llevaba siempre encima: pícnics en casas de otros, lo llamaba. Simón también estaba acostumbrado a visitar pisos que no eran suyos desde que empezó a entregar comidas y cafés a domicilio: le gustaba imaginar posibles vidas visitando esos hogares donde el dinero de los antiguos habitantes se olía en cada habitación (ricas: libros antiguos, colonias caras, madera noble, puertas que pesan, luces indirectas de tonos crema) y se intuía en cada objeto (pobres: casas de Cuenca de cerámica, las falsas acuarelas de bodegones presuntamente pintados por los nenes, los recordatorios de primera comunión con peladillas de colores, el olor a coliflor de lunes, a sardinas en patio de luces, las luces blancas y cenitales). Todos estos últimos detalles, especialmente las peladillas, le irritaban especialmente cada vez que los veía en su propia casa, al igual que en ocasiones le molestaba cómo hablaban los Rico, su uso de los pretéritos indefinidos para lo que acababa de pasar, muesca de su gallego natal, o que comieran con solo un brazo encima de la mesa y otro en el regazo. Hasta pensaba que los Rico del futuro, por evolución natural, acabarían naciendo mancos.

Betty y Simón, sin embargo, comían ahora el redondo relleno (fruncido con hilo de esparto) que él había aprendido a cocinar gracias a las Merlín. También bebían, tumbados en el suelo, en medio de un distribuidor. Una galería que daba a la calle filtraba figuras geométricas de luz en el chal y en sus caras.

—Descalzos en el parque. Qué bien que estamos, ¿no, Simón?

—Sí, si quieres compramos el piso y montamos una familia.

—Creo que no te llega el dinero...

—Ya veremos.

Los tragos al vino de mesa cada vez se espaciaban menos y se evaporaba de paso cierta timidez que solo se disuelve en dos líquidos: alcohol y dinero. Dinero líquido. Que se derrocha o que se derrama. Beth nunca había sido tímida, porque nunca había sido abstemia ni tampoco pobre. Simón aprendía a beber y a intentar crear ese personaje, ese espadachín de final de siglo, que tiene en sus cuchillos de picar cebollas sus floretes y en sus gabardinas y camisetas de grupos, sus libreas, y en sus ambiciones, la ambición, que siempre es la misma y que al no poder ser artística era de otro tipo, más reconocible, más tangible. Deseo y dinero. Un talento. Un tesoro.

—¿Esto lo hacías también con Rico?

—Con Rico te paseábamos a veces. Luego durante unos años no te vi, porque nos peleamos y porque tu madre no quería que te llevara por ahí, pero hubo un tiempo en que íbamos juntos. Me jode que no te acuerdes de nada: tú pedaleabas en un triciclo de madera y Rico te colgaba globos de colores en el manillar. Las abuelas se asustaban de que dos críos fueran ya papás; nos encantaba eso. También te abría las puertas de los ascensores chasqueando los dedos y a veces te cogía en brazos y te dormía haciéndote así en el entrecejo, como cuando eras un bebé. —Le masajeó la frente con su pulgar de uña roja.

—Ya, ya, no sigas.

—Cuando empecé con Rico yo aún llevaba carpetas del insti. Todavía no trabajaba. A él le encantaba cogerme los apuntes y mirar qué había subrayado. También le gustaba prepararme para los exámenes: me hacía preguntas que yo contestaba como podía. Y luego se inventaba preguntas cada vez más raras: si sale Betty de su casa rica a las ocho y Rico sale de su casa pobre a las siete, ¿dónde y cuándo se encontrarán?

—Aquí.

—Sí, decía aquí y entonces... Bueno, pues se acercaba...

—¿Así?

—Algo así, sí.

—Ya.

Simón y Beth bebían: ella con los talones bajo los muslos, como en la campiña; él como un loco que se cree emperador romano: de lado, el codo en el suelo y la palma izquierda en la cara. Ya se habían bajado el brik y ahora daban los últimos sorbos a una botella de licor lila que habían encontrado en el minibar. Betty no quería ser muermo, así que Beth tampoco privó al chaval de beber más. Les brillaban los ojos. Simón ya no pensaba precisamente en mantenerse en santidad.

Así que, precipitado por el aire novelesco de la escena, cogió entonces el chal y cubrió con él su cabeza y la de Beth. Los astros del cielo de tela bajo el que estaban, la luz ya se había ido, dibujaban órbitas desconocidas. Simón pensó en cosas horribles para postergar el momento, porque sabía desde que descubrió, a contraluz, el conjunto de sujetador y braga blanco, con encajes y filigranas, que sería incapaz de retrasar su explosión más de medio minuto. Había ensayado solo en casa varias veces, la primera hacía ya mucho, este momento. Incluso había hecho ensayos generales con el vestuario de la obra: es decir, se había masturbado con condón. Pero los nervios del estreno eran los mismos.

Había llegado, por fin, a la elipsis. En todas sus novelas, llegado este instante, alguien decidía cerrar la puerta de la alcoba y al siguiente capítulo los dos protagonistas ya eran descritos con las mejillas arreboladas o incluso aparecían así dibujados en una página ilustrada a carboncillo. O bien el autor ventilaba el asunto con un punto y aparte que concentraba, con la densidad de un diamante, todos los jadeos de una noche de amor. Deseó de veras que aquí y ahora pasara eso. Que ya hubiera hecho esto que tenía ganas de hacer pero que no sabía cómo. Poder conjugar este presente en pretérito indefinido, como hacían las Merlín.

—Ven, *petit*, es por aquí.

Beth le besó la nariz mientras le alcanzaba la polla con la mano. Él sintió el anillo moviéndose frío arriba y abajo. Estuvieron un rato así, de lado, la cara de él hundida en los pechos de ella. Si no es fácil escribir una escena de sexo, si siempre queda solemne como una valkiria, exagerada como un melodrama o expeditiva como una canción demasiado rápida, si cuando queda tragicómica extravía el deseo, es en parte porque el sexo es un secreto a voces que cada uno interpreta a su manera. Y si es aún más complicado poner palabras a una primera vez es porque ésta suele ser más ensayística que narrativa, para entendernos. Pero no había aquí problema de ritmo, de espacio, de fracasar en el precipicio de la hipérbole o en el comodín del ridículo, porque Beth realmente quería que esto saliera bien. Así que se puso a besar partes del cuerpo de Simón como si las nombrara por primera vez para que tomaran vida. *Per aquí no, petit*. Las besaba y las nombraba, como bautizaban nuevas islas los conquistadores. Espera. Se puso entonces encima y lo dirigió con mano firme.

—Ahora. ¿Estás bien? —Y se lo dijo con la misma entonación de aquel remoto: «¿Me pisas las bambas?».

—Sí.

—Ahora, ahora, ahora...

Aquí y ahora, el inevitable rodeo metafórico: su polla se forró de calidez y amaneció en el trópico. La vaina de la espada viene de *vagina* y *gladius*, la espada del gladiador, era *pene* en argot. Podríamos ponernos alegóricos y decir que Simón pensaba en ello mientras Beth lo guiaba por el jardín de su mansión, por el laberinto del jardín de su mansión, entre gritos y jadeos. Pero no había margen para esas imágenes, sino que ella le decía «*Així, petit*», subiendo y bajando con las palmas de sus manos sobre el pecho de Simón, donde se estaba celebrando un gran concierto con los graves retumbando. Mordiscos y culo y muñecas y lenguas y orejas y tobillos y ritmo y más ritmo. Y Simón aprendió que el ritmo no es velocidad, y que más ritmo es más gozo y mejor ritmo hasta que ya no queda ritmo, y la abrazó casi triste, porque ella acababa de gritar y ahora estaba llorando.

—Lo siento, Simón.

—Me sentía muy solo. No lo sientas. Lo quiero hacer otra vez para no pensar que ha sido por casualidad. ¿Quieres?

—Ya veremos.

—Te quiero mucho.

—*Jo també t'estimo, petit*. Pero...

Se miraban a los ojos, aunque apenas se los veían. Beth pasaba el índice, arriba y abajo, por el entrecejo de Simón.

—¡Un momento! —Simón intuyó que la adversativa rompía el hechizo y la impugnó con el humor que le habían regalado cuando era un niño y que siempre pensaba que debía usar más—. Mira, cierra los ojos, tengo una sorpresa.

Entonces Simón encendió la luz para mostrarle la tira de su bikini, el regalo, la prenda y la promesa de la Noche de las Azoteas que se había metido en el bolsillo intuyendo que algo así podría pasar. La anudó en la base de la polla.

—¡Ahora, mira! ¡Tachán!

Rieron vestidos, de algo que no le haría gracia a un tercero, que es de lo único que deberían reír dos personas en la cama. Al día siguiente Betty ya no lo haría. Sentiría vergüenza, casi se escandalizaría, pero ahora sonreía. De momento, Beth —que había sido Betty solo desnuda— y Simón —que sin dejar de serlo había sido más Rico que nunca— se separaron un rato. Habrá quien no se crea esta escena entre un chaval de catorce años y una chica de veinticuatro, pero todo está en los libros. Mientras ella se tapaba con el chal estrellado, él sabía que todo, incluso lo que acababa de pasar, estaba en algún libro. Y sabía que en ese libro sucedía algo más. Que iba a resolver algo.

*

Betty se fue al baño y él se levantó a ojear los tomos de las estanterías. Empezó por el inicio del pasillo-librería, con todos esos lomos de colores que habían presenciado de perfil ese milagro: casi les quería agradecer en persona que hubieran estado calladitos. Podrían haberle dicho a ella: para, es un impostor, lo sabemos porque todo está en los libros. Es solo un niño, déjalo, es menor, tenemos constancia de ello porque todo está en los libros, hasta en el libro de familia. La gratitud de Simón estallaba como una bomba de racimo, pero fértil como una plaga de esporas, cuando abrió el primer tomo, una edición antigua de *Tres tristes tigres*. Vio una frase al azar que solo atrapó su atención tres segundos: «También mueren los que con tres palabras saben hacer un poema y un chiste y una canción». Lo dejó y tomó otro. Nada. Y luego el tercero, el cuarto y el quinto y en el sexto, mientras pasaba con el pulgar bien rápido las páginas, como quien quiere que la novela avance rápido, que varios años sean un segundo y saber el final, cayó un billete. Un billete de diez mil pesetas. Y dado que el libro era el sexto de la estantería, probó a abrir el número doce de la misma: y, de nuevo, otro billete. Y así siguió hasta que, gracias a la evidencia empírica, supo que cada seis libros encontraría un billete igual. Y pensó que ahí había muchos libros, miles y miles por toda la casa. Y en esa biblioteca, como en todas, pero aquí sin metáforas ni historias, había un tesoro escondido. Ese del que Beth se choteaba y que Simón, pese a la escena reciente, le escondería: quizá ella no creía en ese tesoro porque seguro que no lo necesitaba.

Pensó Simón en que detrás de cada gran biblioteca, como detrás de cada gran fortuna, había un crimen. Una frase que Rico le había subrayado en otro libro. También pensó que pese que había incumplido su promesa de mantenerse en santidad (aunque poco lo lamentaba), había sido la fe (en su primo, en sus mensajes) la que le había llevado hasta allí, hasta esa biblioteca, hasta ese dinero. Porque eso era dinero. Solo lo era si te costaba contar cuánto era y si te caía del cielo. Fue así como Simón confirmó que todo estaba en los libros. También supo esa misma noche que era Rico. O algo parecido.

*

El lacón, la panceta y un hueso de jamón practicaban apnea en la olla hirviendo. Las hermanas Merlín preparaban caldo gallego, así que estaban lavando también judías y nabizas para el siguiente paso cuando entró Simón. Sin mediar palabra, cogió un limón de la nevera y lo comenzó a pelar.

—Nada, quiero ayudaros, haré un milhojas.

Midió la leche, la harina y el azúcar, y preguntó justo después por la margarina. Su tía Socorro se adelantó a su petición y le preparó mientras las cuatro yemas de huevo al fuego; el cazo ambientaba la cocina de un olor dulzón. Simón sacó, sin perder de vista el fuego lento, los hojaldres y encendió el horno. Solo entonces, con su madre y su tía observando extasiadas, arrancó la conversación:

—Sé que es difícil hablar. A mí me cuesta mucho. Pero tenéis que contarme algo —les dijo Simón a su madre y a su tía el día siguiente del descubrimiento de todos aquellos tesoros en el piso del Sastre—. ¿Qué sabéis de Ricardo? No podéis decirme solo que está bien o que va a volver. Tenéis que darme detalles... Ya no soy un crío. Nos cuesta mucho hablar, pero es peor para mí imaginarme cosas, de verdad.

Porque de jugar a intuir Simón sabía demasiado. Siempre había tenido una relación especial con las Merlín. Lo mismo que su primo, que les mandaba abrazos encriptados a lomos de la Vespa en las carreras. Allí, con ellas, Simón aprendía que el pulpo hay que espantarlo —es decir, meterlo y sacarlo de la olla hirviendo varias veces— para que no esté tan duro y que lo mismo hay que hacer a veces con los hombres demasiado chulos. Aprendía ésa y muchas otras recetas, de la carne picada a los calamares rellenos, y también pistas dispares sobre su pasado. Socorro y Dolores (Simón, que jamás había conocido a su abuela, sin duda la habría felicitado por su optimismo al bautizarlas) a veces se referían a su pasado como brujas.

Pese a todo ese juego de olores y complicidades calladas, Estela sabía bastante más de las Merlín. Desde pequeña se había molestado en preguntarles: primero para saber algo de Rico, aunque muy pronto se dio cuenta de que quienes verdaderamente le interesaban eran ellas.

Un día, por ejemplo, algunos clientes del Baraja protagonizaron un episodio absurdo: dijeron que se iban de caza a Aragón y cargaron sus maleteros con munición y escopetas de alquiler. En realidad se iban a Cuba, después de ahorrar mucho tiempo y envalentonados por un fundacional «a que no hay huevos» del Franco. Aparcaron los coches en el aeropuerto, se montaron en el vuelo, tomaron daiquiris, cogieron con jineteras y regresaron con una sonrisa boba en los labios y la idea de comprar unos conejos en la carnicería para justificar la ausencia de cuatro días. Cuando salieron a la terminal, los esperaban todas sus mujeres y algún policía. Los perros habían olido pólvora entre los coches, se había corrido la alarma de un posible atentado de ETA y, a través de las matrículas, habían contactado con las esposas.

Entre los viajeros estaba Marciano. Cuando se enteró, Estela pensó que eso ya había sido el colmo: no solo le retiró la palabra a su padre durante un buen tiempo, sino que decidió pactar con las Merlín ciertas reuniones con su madre, cada vez más ausente, y otras señoras del barrio, al margen de sus maridos. Tenemos que trabajar, le dijeron las Merlín. Es que estaremos trabajando, replicó Estela. Contactó con la empresa Tupperware y las convirtió en anfitrionas de la marca y, desde entonces, se ausentaban de vez en cuando del Baraja y recibían a un montón de mujeres para hablar solo unos minutos sobre modelos de tarteras y cierres al vacío, para luego derivar (con gran surtido de cubalibres) a contarse sus vidas. Allí fue donde Estela conoció las existencias de las Merlín.

Quizás inspiradas por el mágico apellido con el que cargaban, las Merlín siempre habían proyectado sobre las cerradas mentes de Castroforte de Baralla la imagen de ser precisamente eso, un poco brujas. No es que la gente las criticara demasiado, pero su belleza juvenil, unida a su independencia, levantaban temor y recelo en la aldea. Cuando apenas tenían cuatro años, su padre había viajado a América para reunir unos duros y luego volver. No lo hizo. Quedaron solas ellas dos con su madre y salieron a flote cociendo pan en un horno de leña que habilitaron entre las tres en la cuadra. Desde pequeñas, unas facciones lindas tiznadas de brasa y espolvoreadas de harina recibían la visita de chicos de la aldea que traían el sofrito de cebolla y bonito para que ellas, o su madre, preñaran sus empanadas. Su madre supervisaba con orgullo su autonomía y les avisaba de que fueran con ojo con todos esos chavales que se quedaban demasiado rato papando moscas y mirándolas trabajar, mientras intentaban invitarlas a las fiestas. Ellas rechazaban cualquier insinuación y su fama de brujas, con el horno como su marmita prejuiciosa, se acrecentaba hasta el punto de otorgarles incluso la capacidad de conjurar hechizos y mandar maldiciones (incluso se les achacaban las tormentas). Y, cuando su madre murió, se quedaron verdaderamente solas en el mundo. Entonces, la madre de Rico empezó a ir a las fiestas en carros y a acostarse con los músicos de las orquestas. Algunos le ofrecían viajar con ellos como corista, pero siempre regresaba a casa, a su hermana, después de demostrarse a sí misma que ella, en realidad, siempre más seducida por la idea de la aventura, podía irse en cuanto quisiera. Así vivieron hasta que aparecieron silbando esos dos chulitos, que les dedicaron una canción y les tendieron varias promesas, de las que la tía de Simón receló pero que finalmente aceptó en nombre de las dos. Quizá no fueran dos príncipes, pero es que ellas tampoco eran en realidad brujas. Simón había escuchado por primera vez esta historia la noche de la fiesta, en la parada del bus nocturno y de boca de Estela, y, quizás algo herido en su orgullo, había decidido dinamitar otros silencios.

—En serio, no aguanto más. No es la primera vez que os lo pregunto, pero será la última. Quiero que me contéis todo lo que sepáis de Ricardo. Que ya tengo catorce años. —Y lo dijo como si tuviera ya sesenta y cinco, desengañado, sin fe en el culto y harto de misterios, pero en realidad eufórico por la madurez que había desprecintado hacía poquísimas horas con Betty (y que aún estaba en garantía).

Socorro rompió a llorar y, como por contagio de bostezo, Dolores hizo lo mismo. Salieron por la cortina de palos multicolores y casi por primera vez Simón las vio pisando, pero con el delantal puesto, la calle. Aquello era tan raro como ver a un astronauta con su traje en una frutería. Él también pensaba que el Baraja no era el mejor escenario para esa conversación, pues le empezaban a irritar las lecturas del Lecturas, los «Que ya lo sé» del Queyalosé, los juicios del Juez y los brindis del Capitán; también la miasma triste de su padre y de su tío, aún más sus discusiones. Así que las llevó a una de las mesas de la enorme terraza de Els Tres Tombs. Con las manos aún húmedas engarfiándose en sus delantales, las Merlín por fin hablaron.

—Al principio no sabíamos nada de él... Y luego, pues supimos, pero no supimos cómo decirte. Se fue cuando eras pequeño y casi preferíamos no contarte que se marchó porque quiso.

—O que no quiso volver.

—Pero volverá.

Dolores y Socorro hablaban como Tararí y Tarará en la novela infantil, completando sus frases, como si por fin defendieran una coreografía verbal ensayada mil veces.

—¿Pero os ha escrito?

—Sí, van llegando cartas. Los remites son muy raros, porque son siempre de un montón de sitios de América. En la dirección pone «Cocina del bar Baraja». O a veces solo «Merlín». Es su forma de que esa carta no parezca dirigida a tu tío.

—¿Pero qué le hacía? —Silencio—. Vale. ¿Pero no piensa volver?

—No sé, pero lo que sí te puedo decir es que pregunta siempre por ti. No quería que te lo dijéramos porque quiere que vivas tu vida. Además, yo no sé qué quiere decir con ello, pero a veces nos suelta que te dejó mensajes y que tú sabrás cómo interpretarlos...

—Ya...

—Te quiere mucho, croquetiña. Pero yo ya más o menos vivo sabiendo que de momento no va a volver. Es mayor de edad, así que no lo podemos obligar. Quizás algún día lo haga. A veces pienso que si yo enfermara vendría.

—Y a este paso vas a enfermar de verdad, nena —dijo Dolores—. Claro que vendrá. Estoy segura de que volverá. Pero no hará hasta que vuelva bien y le demuestre a tu marido que se las ha arreglado.

Era la primera vez que Simón entendió por qué su madre se refería a Elías como «tu marido».

—Ya pasó, ruliño. De verdad.

A Simón, durante mucho tiempo y antes de saber incluso qué significaba la palabra, le había gustado el estoicismo de su madre y su tía. Pero también esa forma de conjugar los verbos en pretérito indefinido, como si todo lo que pasa, o que ha pasado, o que acaba de pasar, ya hubiera quedado atrás. Ya pasó. Estuve un poco mal. ¿Comiste algo ya? Me puse nerviosa. Pero últimamente no solo le irritaba, casi tanto como las costumbres de los Rico en la mesa, sino que además, quizá por indicación de Estela, le parecía algo injusto y hasta peligroso. El caso es que las vio sollozando como niñas con fiebre y no le pareció nada bien.

—¿Pagasteis ya?

Ellas se abismaron resueltas en su bolso, pero por una vez Simón fue más rápido: se levantó de la mesa, se dirigió al camarero y pagó las dos tilas y su refresco con el dinero del último servicio a domicilio que había realizado. Ahora que era rico, podía empezar a permitirse este tipo de gestos nobles. Luego tiró de su camiseta negra, le pasó el dorso de la mano a su tía por la mejilla y les dijo:

—Vamos, os acompaño a tomar un helado a la Sirvent. La comida ya está casi hecha y tenemos una hora.

Si su madre y su tía fuesen brujas, pensó, sin duda serían brujas buenas. Y era una verdadera lástima que aquello solo fuesen habladurías de su tierra. Porque si fuesen brujas buenas, ya habrían logrado traer a Rico de vuelta. Sería por la de marmitas que habían puesto al fuego durante todo este tiempo.

*

Simón y Estela aún iban juntos al instituto, salvo porque cada vez aparecían menos por allí. Disidentes pero cautos, seleccionaban las horas que se podían saltar sin que saltaran las alarmas. Y entonces visitaban la playa, especialmente en invierno, cuando solo las gaviotas la custodiaban (Estela siempre decía que la playa se disfrutaba mejor con manta y no con toalla), o jugaban juntos al billar (en el que ella se confirmaba como mucho mejor jugadora que él, salvo cuando confundía los colores de las bolas), o fumaban mentolados en el parque o hablaban, porque lo hacían durante muchas horas o compartían sueños. La gente les gritaba «¡Los amantes de la botella! ¡Tonto él y tonta ella!», algo que cabreaba a Estela, un enfado que Simón no sabía interpretar: ¿se cabreaba por lo de «amantes», o por lo de «tonto él y tonto ella»?

Frecuentaban esos sitios donde no iban a encontrar a nadie que conociera a sus padres, a ningún cliente del Baraja. Por eso se refugiaban de noche en parkings de veinticuatro horas o en las escaleras que trepaban la montaña. Se lo contaban todo, salvo los secretos que no sabían si molestarían al otro. Por eso Estela no le contaba que a sus quince años ya se había acostado con algún chaval que iba al puesto de libros de su madre: algunos adolescentes amantes del rol o poetas arrebatados con acné, siempre gente de fuera del barrio. Él, por su parte, no le confesaba lo de Betty. No sabían, ninguno de los dos, si iban demasiado rápido o demasiado despacio, si se estaban cocinando a fuego lento o alegre, porque no tenían amigos de su edad para comparar sus velocidades.

Hoy habían decidido saltarse las clases, así que Estela había dado de comer líquido a su madre, que ya no recordaba ni cómo se masticaba, se había ajustado un libro en la parte trasera del cinturón y había salido a la calle en busca de su amigo.

Decidieron ir al Burger King de la Ronda Sant Pau. A ninguno de los dos les gustaba la comida que allí se servía, pero su olor horrible y sus descuidados clientes les hacían sentir, por contraste, sofisticados. O eso es lo que se decían el uno al otro, aunque la verdad era que no podían permitirse comer en otro sitio. Allí compartían menús infantiles: ella, que hacía tiempo que no comía carne, devoraba las patatas; él se hincaba la hamburguesa enana y juntos abrían el muñequito de regalo. Y alguna vez incluso se ceñían esas coronas de cartón de cumpleaños infantil.

—Es que me da mucho asco. Este tipo de cultivo intensivo, de ganadería intensiva y deslocalizada, está acabando con la salud, con la tuya, Simón, pero también con el planeta. ¿Tú sabes que los fertilizantes nitrogenados usados en España durante un año equivalen a la gasolina de tres millones de coches?

Estela, una de las muchas Estelas, había intimado con unos chicos que tocaban la guitarra e iban en monopatín, ambas cosas muy rápido: canciones espídicas y cabriolas a cámara veloz. Tipos que alardeaban todo el rato de no comer carne. Pero ella jamás se contentaba con el eslogan ni se fiaba de la opinión de nadie, así que llevaba semanas leyendo libros sobre vegetarianismo. El empacho de información se traducía en sermones, pesados hasta para Simón.

—Yo no sé cuánta gasolina necesita un coche. ¿Es mucha o qué? Nunca me voy a comprar uno.

—Pues piénsalo de otra forma. ¿Tú sabes que los rumiantes liberan grandes cantidades de gases en su digestión? Expulsan metano y están acabando con la capa de ozono. Imagina: un kilo de vacuno equivale a trece de emisiones de CO_2.

—¿Eso es por los pedos? Pensaba que la capa de ozono la jodían los desodorantes.

—¿Y que se necesitan siete litros de petróleo para un kilo de vaca y unos tres mil de agua para uno de pollo?

—Ya. Pero es que las vacas a nosotros nos las traen del pueblo. Y yo creo que por mucho que me esfuerce voy a vivir menos que este planeta. Un bonito cadáver y tal.

—Bonito, bonito, no sé...

Los libros se colaban de nuevo en la conversación de los dos lectores precoces: entraban y salían de ella, tenían las puertas siempre abiertas. Ella —que no leía novelas a menudo y solo lo hacía con algunas si las había escrito una mujer, y en especial aquellas que firmaban con nombre masculino— le hablaba ahora de una novela que le encantaba.

—Va sobre la vocación. Es un poco larga y complicada a veces pero, buf. Mira, te leo un trozo: «Si tuviéramos una visión aguda de todo lo que es ordinario en la vida humana, sería como oír la hierba crecer o el latido del *corazón* de la *ardilla*, y deberíamos morir por ese rugido que está al otro lado del silencio».

—Moraleja: no tienes que preocuparte tanto por todo. Como por las vacas, como te pasa a ti.

—Aplícate el cuento: siempre estás hablando de lo que deben sufrir los clientes del Baraja. Y son peores que las vacas. Son burros.

—No llames «burro» a tu padre, anda.

—No, a mi padre le llamo «cerdo», que es lo que es. —Y ahí Simón solo podía guardar silencio—. Yo pensaba que mi vocación era escribir, pero ahora creo que es leer. Si tuviera dinero, me dedicaría solo a leer. Además, como soy daltónica, no puedo ser bombera o conductora y no sé cuántas cosas más. Así que, nada, a leer ensayos. No sé para qué vas a escribir tú habiendo tanto por leer.

—Pues para poder decir tú algo, ¿no? Por eso casi no hablas.

—Ahora ya hablo más. Y contigo siempre lo he hecho. Pero es que no entiendo a la gente que quiere hablar todo el rato pudiendo escuchar, ¿sabes? Tú ya conoces lo que piensas, así que ¿por qué vas a decirlo una y otra vez?

—Para convencerte igual. O porque el resto solo piensa gilipolleces.

—¿Y la tuya? Tu vocación, quiero decir.

—Yo sigo igual, ya lo sabes. Tengo un don: sé cocinar. Aunque no me guste. —Simón continuaba diciendo eso, aunque empezaba a sonar falso: le gustaba estar en la cocina con las Merlín casi más que callejear y, cuando estaba especialmente nervioso, solo picar tubérculos y vegetales de todo tipo lo calmaba—. Creo que eso es lo que voy a hacer. No seré cocinero, sino que cocinaré. Porque no somos lo que hacemos, eso me lo dijo un día el Ringo: «¡Yo no soy taxista, yo hago el taxi, pero soy muchas otras cosas!». Y la cocina será mi nave espacial para ir a un sitio y a otro. Creo que las cocinas son atajos. ¡Y los cuchillos serán mis espadas!

A Simón, el hallazgo del tesoro lo había devuelto con violencia a los arrecifes románticos de sus lecturas: nuestro *héroe* se veía a sí mismo resolutivo pero soñador, ajeno a qué insulto merecería alguien que acaparara esos dos adjetivos a la vez.

—Pero si no te gusta cocinar, te pasa como a mí. ¿Te acuerdas de lo que te conté de cuando dejé de nadar? Sí, nadaba superbién, pero lo odiaba. Estaba todo el rato sola, pensando demasiado.

Estela y Simón, los amigos de la botella, bello él y bella ella, sin saberlo y precisamente por eso, se escondían luego en bares y saltaban de uno a otro hasta alcanzar la noche. Simón llevaba toda la tarde intentando sacar el otro tema del que quería hablarle, pero no había visto el momento. Cenaban pipas cuando él se atrevió por fin.

—Te voy a explicar algo con una parábola. Un supermisionero...

—Joder, qué imagen más rara.

—Un supermisionero, sí, va a una aldea africana... Se encuentra a una mujer desnutrida, con un niño con la barriga y la cabeza demasiado grandes, de los que salen en los panfletos del Domund, ¿sabes? La rondan moscas y esas cosas. Y le dice: «Si se te concediera un deseo, si pudieras pedir lo que quisieras, ¿qué sería?». ¿Y sabes que le contesta? Una vaca.

—Ya sabes que no me gustan los jueguecitos con vacas, parece que lo hagas para joder.

—Escucha. Le dice: «Una vaca. Una vaca para poder sacar leche y alimentar a mi hijo. Y quizás algún día, en algún cumpleaños, comérnosla, cuando ya no dé leche». Y entonces el misionero le dice: «Pero, a ver, te doy un segundo deseo. Ahora concéntrate: puedes pedir, además de la vaca, lo que desees; de todo el mundo, de todas las opciones, lo que quieras, no lo que necesites, sino lo que quieras. ¿Qué pedirías entonces?» ¿Y sabes qué dijo?

—¿Trabajar en el McDonald's?

—No, se lo pensó un rato y dijo: «Dos vacas».

Simón le explicó entonces la vieja idea de que somos más lo que deseamos que lo que tenemos. Lo que soñamos que lo que vivimos. Pero que, para cumplir lo que se desea, lamentablemente se necesita dinero.

—Tú, por ejemplo, ¿qué desearías?

—Que te callaras un rato.

—En serio...

—Si tuviera mucha pasta: un tratamiento privado para la enfermedad de mi madre. Y poder alquilarle un apartamento en la costa donde le trajeran la comida y la cuidaran, y yo la llevaría a la playa de la mano.

—¿Y tu padre?

—¿Qué quieres?, ¿que le financie las noches de borrachera y putas?

Simón le contó entonces la historia de los billetes escondidos en la biblioteca del Sastre. Diez mil pesetas cada seis libros en unas estanterías en las que tranquilamente habrá unos cinco mil libros. Un billete de diez mil cada seis libros. Un billete en más de ochocientos libros. Unos ocho millones y medio de pesetas. Casi se mareó. Nunca había manejado más de mil pesetas en algún recado a domicilio. Se lo contó y luego se fue corriendo a por una litrona para que ella lo meditara mientras tanto. Al volver, abrió la botella y se la tendió. Los amantes de la botella. Los amigos de la botella. Unidos como ladrones.

—¿Me lo estás diciendo en serio?

—¿Ves que me ría? —Y mostró la sonrisa entrecomillada. La sonrisa irónica de los catorce años. Con la pequita, que era un asterisco de una nota al pie.

Esta nota al pie. Simón Clyde habría escogido a Estela Bonnie incluso aunque no encajara tan bien en su plan, pero es que además estaba claro que la mejor forma de hacer eso sin levantar sospechas era comprando toda esa biblioteca. Beth le dijo que la querían vender casi al peso, algo menos de un duro por libro, simplemente para no tener que descargarlos y ganar algo de dinero. Se habían planteado cederlos a la biblioteca del barrio pero no los habían querido. No había dónde meterlos: tampoco se podían bajar a la calle y abandonarlos allí sin armar un revuelo y nadie había reclamado quedárselos. Solo necesitaban reunir veinte mil pesetas para comprarlos. Muy bien, Simón, si hubieras cogido solo un par de billetes el día que los descubriste no tendrías que intentar conseguirlos ahora.

Sí, ya sé que andaba por allí Beth y justo en aquel momento te miró, pero ya aprenderás a asumir pequeños riesgos cuando toca para no afrontar peligros mayores después. Queda mucho, hay tiempo.

El caso es que ahora necesitaban ese dinero para pagar la biblioteca, sacarla del piso y luego extraer con calma los billetes, sin la mirada escrutadora de Beth, que no los necesitaba, o la mirada de los de las mudanzas o de posibles compradores, y luego repartirse el botín. Simón usaría ese dinero para huir, aunque aún no tenía claro cuándo ni a dónde. O para comprarle algo a su madre y su tía. El resto sería para Estela, para la mamá de Estela, para un capricho.

—Para tapar agujeros —dijo Simón con un gesto obsceno, pero ella no rio.

Estela y Simón vaciaban la tercera bolsa de pipas mientras sus labios cuarteados por la sal verbalizaban planes para reunir dinero con el que comprar la biblioteca. Calcularon de cuántos ahorros disponían cada uno, pero se los habían gastado en, bueno, vivir. Tenían que ganar dinero rápido para que nadie se les adelantara. No se les ocurrió nada, así que fueron al billar más cercano. Cuando Estela encadenó seis bolas seguidas, Simón exclamó: lo tengo. Y entonces se miró los dedos. Betty le había contado leyendas de dedos tronchados por tacos en ajustes de cuentas. Era habitual dentro del mundo del billar. Esperaba conservarlos tal como los tenía después de ejecutar el plan.

*

Todo esto pasaba cuando las calles aún ofrecían cabinas de teléfono, cuando los coches aún avisaban con ráfagas de luz de que detrás venía la policía de tráfico, cuando Simón ya se empezaba a sentir protagonista de su novela.

—Papá, anda, vete a dormir, que es muy tarde.

Simón, arrellanado en el sofá, miraba a su padre, los ojos cerrados y la boca abierta emitiendo un solo de ronquidos de free jazz bastante más virtuoso que cuando soplaba la trompeta. Tan cansado, sandalias de cuero sobre calcetines de rombos: «Hay otras vidas pero no son vida», decía, cuando así calzado descansaba al fin cada día después de cerrar el bar. Sus pies reposaban sobre un taburete de formica naranja y los dedos de éstos apuntaban hacia la televisión. En concreto, hacia la cestita de cerámica repleta de peladillas, recuerdo de la primera comunión de nuestro *héroe*. Simón recordaba perfectamente cuándo había entrado en casa ese objeto y, sin embargo, no recordaba su casa sin él. Siempre le había gustado. Desde hacía un tiempo le parecía un bibelot sin valor, un objeto de baratura kitsch, una trampa nostálgica.

—Sotillos, Solana, Morán...

—Papá, anda...

—Fernández Ordóñez, Boyer, Solchaga... —Ronquido—. ¡Barrionuevo!

Que su padre bisbiseara las primeras ejecutivas de Felipe González entre sueños era tan poco novedoso como que roncara. Hacía un rato, cuando aún estaba despierto, Simón le había intentado preguntar por su hermano Elías, pero él había dicho que estaba cansado. Tan cansado. Tanto que se ahorró hablarle de él. Una vez más. Incluso le había regalado la trompeta del Sastre, por si se animaba a volver a tocar y para buscar cierta complicidad de la que brotara la confidencia. Pero nada. ¿De dónde has sacado esto?, le había preguntado con cierta alarma. Simón no pretendía entregarse con su padre a una balada nostálgica, no quería remover la quincalla costumbrista de su pasado familiar. Ni las excursiones al Makro, que eran como los viajes de Gulliver a ese supermercado de mayoristas, a comprar tarros enormes de Nocilla y quesos gigantes. Ni las escapadas a Galicia parando solo para comer tortilla en una tartera en áreas de servicio que olían a gasolina y hierba recién segada. Ni siquiera los domingos en los pinares de Castelldefels cuando iban todos, y todos quería decir todos. Pero cerrar determinados asuntos con su familia era como encajar bien el equipaje en el maletero cuando se empaca el coche para un viaje largo. Y él sabía que estaba cada vez menos lejos de irse.

—Papá, anda, a la cama, de verdad, te vas a hacer daño.

Pero su padre no había querido contarle nada de su hermano. O lo había hecho en su idioma: el silencio. Luego habían estado viendo un programa sobre viajes al espacio, porque en apenas unas semanas el primer astronauta español saldría ahí afuera. Hasta que el sueño por la jornada laboral había fulminado a Lolo frente a la tele encendida.

Años atrás, Rico siempre le ponía a Simón videoclips de un programa de vídeos musicales llamado *Tocata*, con las cuatro rodillas sobre la misma manta espolvoreada de galletas campurrianas, y juntos inventaban idiomas para aquellas canciones en inglés. A Rico le encantaba controlar el volumen y subirlo en los estribillos y acabar canciones demasiado largas en fade out. Lolo, el padre de Simón, dormía ahora, en una época en la que aquel programa ya no se emitía y la cadena MTV aún no había llegado a España. Pero el caso es que la tele lanzaba vídeos musicales viejos cuando Simón le repitió:

—Venga, papa...

Pero si la tele emitía esos clips era porque Simón había puesto en el vídeo unas viejas cintas de VHS. En sus lomos se leía «Tocata I», «Tocata II», «Tocata III». Play. Lolo había resucitado para ver las tres primeras canciones, pero había caído dormido de nuevo en la cuarta, una en la que aparecían Mick Jagger y David Bowie triscando como cabritas felices y malotas y, escoltados por tambores y trompetas, cantaban sobre noches sin fin. Simón bajó ahora el volumen del videoclip para no despertar a su padre. Y entonces lo vio: esos mismos cantantes, antes radiantes con sus trajes flúor, derramando talento y esbozando morritos, con las cabezas asomando por ventanillas y las boquitas declamando desde ventanas, bajando escalones de tres en tres y desfilando por calles que eran suyas, con las lenguas fuera y encendiendo farolas a su paso, eran ahora ridículos. Sin volumen, sin música, parecían dos lunáticos de camino al psiquiátrico, tan infantiles, tan ridículos, niños mudos. Qué pinta de idiotas. Qué graciosos. Qué triste.

—Venga, papa, de verdad, vete a dormir a la cama... Tienes que descansar.

—Serra, Lluch...

Y entonces fue Simón el que cogió el mando. Y, con la mirada puesta en la cestita de cerámica llena de peladillas, posó el pulgar sobre el signo del más en el volumen y lo mantuvo pulsado durante uno, dos, tres, cuatro, cinco segundos. Pero necesitaba más volumen. Seis, siete, ocho, nueve y diez.

—¡Guerra!

*

Simón y Estela lo habían logrado: le habían levantado el dinero a un par de skinheads de un recreativo de la Gran Vía. Aparecieron endomingadísimos, emulando su idea de look pijo con tan nulo tino que incluso sus contrincantes podrían haber sospechado (¿llevaban aún los pijos suéteres a los hombros? Y, en caso afirmativo, ¿refrescaba siempre en la zona alta?) y haciéndose pasar por hermanos. Estela jugó el rol de chica torpe, miraba la mesa del billar como si jamás hubiese visto una y al cabo de media hora ya los había desplumado. La cara de los chavales cuando la negra final quedó con el número oculto por el tapete y Estela tuvo que pedirle a Simón que se la señalase no tenía precio. Antes de resolver la partida y salir por piernas de allí, él aún tuvo tiempo de recitarles una cita subrayada años antes que ahora, por fin, entendía:

—Y recordad: «Todo gentleman sabe jugar al billar, pero alguien que juega demasiado bien al billar podría no ser un gentleman».

—¡Sobre todo si es una chica, cabrones! —añadió Estela, justo antes de guardarse el dinero por debajo del frontal de las bragas y echar a correr.

Esa noche Simón, tan eufórico como nervioso por la perspectiva de que los skinheads fueran a por ellos de ahora en adelante, volvió a hacer lo que más le relajaba. Dispuso sobre la encimera calabacines, pimientos rojos, puerros, berenjenas y patatas, y se dedicó a trocearlos. Se sirvió una copa de leche en el Baraja como la abogada de Boston estresada se sirve una copa de vino blanco. Hizo inventario de problemas, mientras el sonido sordo del acero sobre la tabla de madera —un tac-tac-tac cadencioso y preciso— lo calmaba: así, troceando, empequeñecía los problemas hasta que parecían insignificantes, hasta que, de hecho, alguien se los comía.

Ahora solo tenían que preocuparse de convertir el dinero en cultura cuanto antes, se tranquilizó mientras el sofrito se alteraba. Únicamente tenían que comprar todos esos libros. Los skinheads irían de buena gana a por ellos, aunque en realidad les daría tantísima vergüenza que los hubiera timado una chica pija que Estela creía firmemente que no los volverían a ver nunca más.

Habían quedado para celebrarlo en un concierto de *envelat* en el barrio, aunque el petardeo callejero inquietaba un poco a Simón: le recordaba que, aunque Estela se despreocupara del tema, alguien podría perseguirlos por el billar o por el robo; porque últimamente andaban demasiado contentos y eso no podía ser bueno, como no lo es el sol de tormenta.

Simón no solo se parecía físicamente a Rico, sino que por

fin había empezado a reproducir escenas que podría haber firmado él. ¿Deberíamos sentirnos orgullosos o apenados? ¿Deberíamos invitarlo a pasar las hojas velozmente con el pulgar para detenerse por azar en algún punto en el que se viera a sí mismo cocinando en un yate, mordiendo un tatuaje que rodea un ombligo o frente a un señor que lo mira raro, triste, y le pide cosas? No, no de momento. Eso sería hacer trampas. No sería justo.

Hoy tocaba un grupo que conocían porque, en realidad, había sido creado por Rico. Se habían reinventado varias veces desde la primera formación, pero aún se llamaban Los Escaramuzas. Simón sonrió, y no por sadismo, cuando vio que el guitarrista tenía dos dedos inútiles. Le gustaba descubrir que Betty no le mentía cuando le contaba sus batallas.

—Tus dedos no peligran, Simón. Para algo sirve aprender de nuestros mayores, ¿no? Coger lo mejor sin caer en los mismos errores... —le dijo Estela.

—Claro, siempre podemos caer en otros nuevos.

Simón sonreía cuando Los Escaramuzas se equivocaron en el primer redoble y tuvieron que contar tres veces hasta tres. Sonreía pero porque sabía que los billetes encontrados en la biblioteca, en los libros que irían a buscar justo al día siguiente, le darían la oportunidad de irse de aquí. Sabía que, además, con esta jugada quedaría ligado a Estela, aunque tuvieran que separarse un tiempo.

Quizás en el futuro Simón intentaría evocar a su primo, enfocando, por ejemplo, la fotografía de todos esos personajes del Baraja que levantaban copas, aunque en su vida no habían ganado ni una. O, incluso, volvería para encontrarlos. Aunque a menudo no sirva regresar al lugar de los hechos, donde probablemente los tramoyistas ya estén descolgando focos y alguien barra distraído la escena, pues esos actores ya no viven aquí y aquí ya no se cuenta esa historia. Pero, aun así, Simón sabía que algún día regresaría. No le apetecía tanto irse, como pensar que podría volver. Sabía cómo convertirse en Rico sin dejar de ser Simón. Ya casi lo había hecho. Y entonces no le preguntarían a dónde vas, Simón, sino de dónde vienes.

—¡Un brindis! —le propuso a Estela y al gran mundo—. ¡Un brindis por el impulso! —añadió.

Ella se bebió el vaso de nuestro *héroe* de un sorbo y se encogió de hombros. Se lo devolvió vacío y —¿esa sonrisa que ahora le dedicaba?— era la mejor forma de pagar ese trago en plástico porque, para Simón, era la promesa de muchos otros en vidrio. Y cuando levantó el vaso vacío, él pensó: ahora es cuando viene lo bueno. Pensó también que algún día sería uno de esos que levantan las copas. Creía, de verdad, que sería uno de ellos. Habrá quien diga que los escritores mienten, pero seamos piadosos al menos con sus personajes, porque a veces ellos sí son sinceros. Habrá quien diga que Simón exageraba, pero quizás el lector no sea un adolescente o, peor aún, sea un adulto que no recuerde cómo se siente todo a esa edad.

LIBRO II

Cuando doblas las esquinas

I

Verano de 2004

Esa difícil escala que se llama el favor de la corte y cuyos
escalones había escalado de cuatro en cuatro.

ALEJANDRO DUMAS, *Los tres mosqueteros*

Incluso para alguien no tan educado en la sospecha como Simón, habría sido fácil temerse lo peor cuando el jefe de cocina del restaurante Filigrana soltó en tono de confidencia y en el ecuador de su discurso:

—Sobre todo, no abráis las persianas de vuestras habitaciones.

Habían pasado seis años, más de una cuarta parte de su vida, desde el descubrimiento del tesoro de los libros. Simón, ya alcanzada la veintena, arrostraba el que pensaba que sería su primer trabajo serio, un periodo de prácticas en un restaurante vascofrancés con dos estrellas Michelín, si bien pronto empezaría a sospechar que gran parte de la vida adulta es más aburrida que seria. Llegó a este caserón vasco apuntalado con listones azul cobalto en la cima del monte Lurran a bordo de un tren de 1924 que nacía en el Col Saint Pierre y jadeaba achacoso hasta una cima desde la que se avistaban las costas española y francesa. Recortándose sobre un cielo entre hematoma y mandarina, enmarcado por su tejado a dos aguas, el edificio y el letrero: FILIGRANA, también conocido como «ese restaurante caro en la pequeña montaña con un pueblo pesquero a sus pies».

«A menudo olvidamos que para entender quiénes somos deberíamos saber no solo de dónde venimos sino cómo hemos llegado hasta aquí», le había escrito Rico en un libro que había leído con Estela poco antes de partir. Y, aunque ya pensaba mucho menos en él y ahora decía que escuchaba música clásica, porque al hacerlo sentía que era Simón y no una mera copia de Rico (él lo había educado en otros ritmos y sonidos), no se podía decir que hubiera dejado atrás su pasado. Menos aún había dejado atrás a Estela.

Éste era el último correo electrónico de la amiga de nuestro *héroe*: «Simón, nunca olvides de dónde sales. Pero tampoco qué tendrás que hacer para llegar. Y todo lo que te intentarán hacer». Y le ponía ejemplos, impostando una prosa de divulgación científica y con documentos adjuntos: «Estos espárragos, por ejemplo, que han gastado litros de petróleo para viajar desde México hasta Europa. Este langostino: mira qué cara gasta el infeliz, qué mal disimula que creció en Ecuador o en India o en Lagos. O este salmón, casi se le nota el jet lag en el jeto: llega desde el sur de Chile. O esta perca, que finge ser un mero como un espía experto y que esconde su origen en el lago Victoria. O estas pangas, que engordaron asardinadas en jaulas flotantes de Perú». Y luego, con una última imagen adjunta, donde él sacaba la cabeza y ambas manos por la boca semiabierta de un contenedor: «O este Simón».

Estela, que recientemente se había fogueado en las manifestaciones antiglobalización de Génova y que había viajado a recoger petróleo por el desastre del *Prestige*, se había empeñado en, descubierta ya la vocación de su amigo, impugnarla con comentarios a veces no exentos de humor casi autoparódico. Con precoces reflexiones como ésta: «La extraña trazabilidad que el sistema impone a los alimentos también la sufren las personas que emigran a la fuerza, que escapan de una guerra, que salen de su casa sin conocer demasiado bien cuál es su destino, sabiendo que en su ruta otra gente gana y ellos pierden». Simón tasaba estas reflexiones de melodramáticas: él había elegido irse y, de momento, estaba más que contento con su decisión. Feliz, pues, con un tenedor en la mano para enfrentarse a una sopa de letras donde habría que, primero, descifrar el futuro y, luego, comérselo.

—¡No importa de dónde vengáis! —Los gritos sacaron a Simón de sus ensoñaciones—. Lo único que importa es que no os vais a mover de aquí hasta que acabéis cada turno. Y luego el siguiente. Y el siguiente.

El acto principal del primer día en el Filigrana consistió en un discurso de Sid, el jefe de cocina. Simón había fantaseado con un tipo neoyorquino que les enseñara gastronomía antillana, pero ya en sus veinte años de vida había aprendido una regla: esperar lo peor te prepara para aceptar lo menos malo. En realidad Sid era oriundo de Irún, pero su mote iba a juego con un pasado punk del que solo quedaban ruinas: calvo como una bola blanca de billar, había conservado unas rastas que se despeñaban desde el cogote hasta media espalda. Quedaba eso y la desconfianza en el estado, tanto el del bienestar como el de sus alumnos.

—No creo en el Estado ni en Dios. De hecho, me cago en Dios. Yo solo creo en lo que se puede tocar y comer. Y en el dinero.

Su vulgaridad entraba en vivo contraste con la florescencia que asaltaba cada mirada hacia cualquier punto del jardín: farolillos enredados en higueras, escalones musgosos laterales hacia tulipanes y rosas que parecían de azúcar, esmaltadas por el rocío, a derecha e izquierda. En el centro del jardín de la entrada, un enorme pino sobre cuyo tronco Sid se recostaba cada cinco o seis pasos.

Durante un largo discurso de una hora, con los alumnos y becarios bizqueando por los rayos de sol, les expuso la filosofía del ejército en el que voluntariamente se habían enrolado. Si el Baraja parecía una milicia de las Brigadas Internacionales, con uniformes dispares y andrajosos, el Filigrana era un ejército fascista regido por la disciplina.

—Aquí no se viene a disfrutar —dijo Sid, en plena marcha y a un tris de ensayar el paso de la oca—. Aquí se viene a servir. Incluso vosotros, que no servís para nada.

Era difícil saber de dónde procedía cada uno de los dieciocho alumnos, ya que todos vestían la chaquetilla del Filigrana, blanca y con el logotipo (algo así como la rúbrica de un lunático) a la altura del corazón. Uno debería saber qué contenían las neveras de sus casas de infancia para entrever cómo crecieron: es allí, marcas blancas o famosas, abundancia de colorantes o productos puros, packs de muchos ejemplares o descuidadas compras de último momento, caldos o piezas de presa, degradación de frondosidad a medida que avanza el mes o hoja perenne y abundante del 1 al 31. Y, sin embargo, no hizo falta: ya en los primeros gestos cada uno empezó a definirse. Como este chico, el flequillo rubio ladeado, espigado como un saltamontes, las gafas de pasta color crema, que rio cuando Sid dijo eso de «Si yo digo algo no lo estoy diciendo, lo estoy ordenando».

—¿Te parece que soy gracioso?

—No.

—Es decir: que encima tengo que aguantar que me digas que no tengo ni puta gracia, ¿no?

—No sé.

—Siempre que diga algo solo voy a escuchar una respuesta. Mi cerebro únicamente quiere procesar una contestación. Y es sencilla: oído.

—Oído —contestaron todos, menos él.

El Filigrana se erguía sobre un entresuelo con tres habitaciones destinadas a los aprendices y camareros, segregados por sexo: dos para ellos y la tercera para ellas. Éstas carecían de salida de emergencia, así que era ilegal que los trabajadores vivieran allí. Por eso debían mantener cerradas persianas y cortinas. Cada una de las habitaciones albergaba siete literas y cada uno de sus ocupantes debía traerse la ropa de cama de casa. Los residentes se disputarían cada mañana dos baños compartidos para llegar a tiempo al toque de queda. Una sola chaquetilla que habrían de lavar cada noche en el lavabo y encomendarse a un dios sordo para que la secara en habitaciones sin ventilar en cuatro o cinco horas. Los alumnos entraron en el edificio.

—Tío, esto es aún peor de lo que me habían dicho. Mira allí arriba...

—Ya.

El chico de las gafas de pasta le señalaba a Simón las esquinas del techo del pasillo, donde tres cámaras de circuito cerrado grababan el tímido ajetreo de los estudiantes intercambiando sus primeras impresiones.

—¿Cómo te llamas? Mi nombre es Biel.

—Simón.

—¿Simón qué?

Simón aprendería pronto lo que podríamos decirle nosotros ahora: solo hay dos tipos de persona que se refieren a los otros por el nombre y el apellido: los niños en el colegio y los pijos en el resto de la vida. Nuestro *héroe* pensó durante un segundo rebautizarse como Rico porque, al fin y al cabo, aquí, como los langostinos o la perca, podría ocultar parte de su identidad. Pero no lo hizo.

—Por lo visto nos graban. ¿Sabes lo que me han dicho? Que el chef, el famoso, está en una habitación en la azotea mirando todas las pantallas y si ve algo raro echa a quien sea.

—Oído.

—¿Fumas?

*

Pronto también aprendería que Biel sabía demasiados secretos. Por ejemplo, conocía los intestinos del caserón, así que ya aquel primer día se lo llevó a la despensa de los alimentos imperecederos para echar allí unas caladas. Biel era de Barcelona, como él y también a diferencia de él. Había estudiado en L'Aula y su padre, restaurador, proveedor y director principal de todas las cafeterías de las autopistas catalanas y de muchas áreas de servicio españolas, además de socio de varios restaurantes con estrella Michelín y con acciones en distribuidoras alimentarias, se había empeñado en enviarlo a Nueva York a aprender cocina cuando había constatado que su hijo no pensaba abrir un libro en lo que le quedaba de vida.

—A mí la verdad es que me gusta comer. A veces. Pero cocinar, pues no mucho —dijo Biel, que no había pisado academia alguna para llegar ahí y eso que su padre tenía acciones en más de una.

—Ya. A mí no me gusta cocinar, pero se me da bien.

—¿Y cómo es que estás aquí?

—Me han enviado mis padres. Tienen un restaurante de cocina catalana cerca de un mercado del siglo xix. —Un rato después se lamentaría de no haber dicho «decimonónico»—. Es un restaurante de toda la vida, así, informal. Pero suelen ir siempre jugadores del Barça, políticos, actores de Hollywood...

Para llegar aquí, Simón había logrado estudiar en la escuela de cocina Lehman, la más prestigiosa de su ciudad, aquella de la que un día le había hablado el Sastre. Había podido costearse las carísimas matrículas gracias al tesoro de su biblioteca, si bien le había sobrado algo de dinero porque había recibido cierta ayuda de su familia. Los Rico no sabían nada del tesoro descubierto, pero tampoco a cuánto ascendía la inscripción, así que durante muchos meses Simón fingió que salía del Baraja para ir a trabajar, aunque en realidad invertía el tiempo en pasar horas en la biblioteca del barrio, desfilando por las calles con

Estela, conociendo los secretos de una ciudad que cambiaba de siglo y también de muda: parecía que la bonanza económica revalidaba el modelo de bares de diseño y grandes acontecimientos. Antes las Olimpiadas, ahora el Fòrum de les Cultures. «En esta ciudad el Ayuntamiento actúa del mismo modo como llueve: pocas veces pero a lo bestia», le había subrayado Rico en un Libro Libre.

Los Rico habrían querido que estudiara Derecho, pero en el fondo sentían un orgullo inconcreto porque encaminara su vocación hacia la cocina, sobre todo porque Simón llevaba muchos años siendo un estudiante pésimo (los clientes del Baraja afirmaban que eso era porque ya no les pedía ayuda). Y porque en esa época de milagro económico era más bien habitual que los chavales abandonaran los estudios a la vez que los pupitres para encontrar trabajos asociados a la construcción. Gracias al robo, Simón no solo había podido estudiar rodeado de pijos, sino que tenía algo de dinero para fingirse uno de ellos durante un tiempo. O al menos para intentarlo.

—... exacto, a mi restaurante venían cantantes, actores, ya sabes... artistas.

—¿Sí? ¿Como quién?

Simón listó a toda una serie de famosos que jamás habían pisado el Baraja, pero que habían aparecido en conversaciones:

—Ringo Starr, el batería de los Beatles. ¿Lo conoces?

—Sí, a mi padre le gusta.

—Pues él no, pero su imitador más famoso venía siempre: le encantaba la escalivada. Y también a James Bond, bueno, a Sean Connery, le encantaba venir siempre después de ir al teatro al Paral·lel. Colocaba un trozo de periódico en la silla y se sentaba con las patas abiertas, así, con su falda escocesa; le gustaba mucho el mus. Muy mítico.

—Joder.

—Sí, sí. También venía la de *Showgirls*. —Simón pensó en

la Chula—. Me llenó la cara de besos, yo tendría unos ocho años. No me la lavé en una semana.

—¡Oído! Estoy algo cansado. ¿Tú cómo has llegado aquí?

—En avión.

—Yo también, pero las colas agotan: el control, el embarque, el avión... —confesó Biel—. Al final te cansas más que viniendo en cualquier otro transporte.

—Ya.

En realidad, Simón no había venido en avión sino en taxi, en el de Ringo, y con un Franco que lo había retado con su «a que no hay huevos»: ambos se habían pasado todo el viaje dándole a Simón consejos más bien delirantes hasta que se habían despedido de él, tan borrachos y melancólicos, en la estación del pequeño tren que lo había subido hasta el restaurante.

Su instinto le decía que era mejor no hablar de las costumbres reales de los Rico. Que en la afinidad residía una supervivencia que no debía fiar solo a la empatía. Así, entre mentiras y mentiras, salpimentadas de alguna que otra verdad, nuestro *héroe* y su nuevo amigo forjaron en minutos una complicidad de semanas. Agotaron el cuarto de hora que tenían hasta que las luces se apagaban en el sótano. No interactuaron con nadie más aquella tarde, porque cuando llegaron a las habitaciones del entresuelo, el resto de compañeros, arrebujados en sus sábanas, fingían estar dormidos. Simón entró por error en la habitación femenina, donde alumbró con su teléfono móvil un punto al azar, en el que una chica de tez morena y con un antifaz de pecas abrió un segundo los ojos, sonrió a Simón y los volvió a cerrar. Nuestro *héroe* vio que ella no había traído ropa de cama. Habría dado unas cuantas monedas por presenciar su sueño en un multicine, la pantalla enorme y el olor a palomitas, porque sonreía como si fuera verdaderamente interesante.

*

Los cuatro primeros días fueron el mismo día. Idéntico. Biel, investido ya como confidente de Simón, era el que más buscaba el peligro, con réplicas inconvenientes a Sid, excursiones a zonas del restaurante de acceso vetado y prohibidísimos paliques con gente de otras partidas o jerarquías. Parecía a salvo de las consecuencias de sus chistes. Se diría que su físico espigado, su pelo rubio, su cara cincelada con líneas rectas de trazo fino, se había construido con un material noble, impermeable a las tormentas. Simón se lo dijo en cierto momento:

—Serías ingenioso hasta en la sartén de freír.

—Eso me lo podría haber dicho mi padre.

—Bueno, la frase no es mía.

—¿De dónde es?

—De *Los tres mosqueteros*.

—¿De D'Artacán?

—No se llamaba así...

—¿El de los dibujos?

—No.

Ambos siguieron hablando mientras fregaban la chaquetilla en ese lavabo iluminado con tubos fluorescentes que parpadeaban de sueño. Compartieron su pasión por la serie de dibujos animados *D'Artacán y los tres mosqueperros*. Biel evocó que a veces la veía los sábados por la mañana, sentado en la postura de la flor de loto en la alfombra persa, mientras la chacha («la mujer que nos ayuda», dijo) pasaba el paño por las cucharitas de plata bruñida, canturreando la sintonía de la serie. Simón no correspondió admitiendo que él solía verla rodeado de borrachos, con una tortícolis incipiente por mirar la televisión suspendida a gran altura en la pared del Baraja sobre la tabla de formica: cuando le brillaba el ojo al villano, ¡¡que ya lo sé!!

Estaba prohibido hablar en esa enorme cocina, alicatada hasta media pared con gresite color turquesa (daba muchísima faena limpiar sus junturas, pero era tan Filigrana), mil cachivaches de aluminio aerodinámicos desperdigados por la encimera central en forma de U y los fogones a inducción, pero Biel, siempre que Sid se ausentaba un momento, insistía en hacerlo. Llevaban días dedicando hasta ocho horas a limpiar y separar hojitas y flores ornamentales y comestibles. Ellos no sabían aún los nombres, pero manejaban lavanda, violetas, caléndulas, monardas, crisantemos y hasta pétalos de clavel.

—¡En guardia! —gritó Biel.

Y desenvainó, como si extrajera una espada ropera de su tahalí de piel, un cuchillo largo y de filo delgado y se colocó en la primera postura, protegiendo su torso con el antebrazo izquierdo, como si estuviera mirando la hora en el invisible reloj de su muñeca izquierda. Biel le contó entonces la historia de su padre. Cómo los Camprubí Vega abrieron durante un tiempo muchos gimnasios de artes marciales. Cuando llegaba la temporada baja y podía permitirse abandonar a su suerte sus restaurantes, el padre solía viajar a China y a Corea a recibir clases de kung-fu y de taekwondo. No estaba permitido que los occidentales recibieran la misma educación que los autóctonos, así que logró convencer a golpe de cartera a un maestro pekinés para que lo entrenara en su jardín secreto. Biel se acostumbró a que su padre se ausentara durante un mes al año y regresara con kimonos, telas y bolsitas de té.

—Entonces, durante un viaje, conoció al gran Bundi Kovács.

—¿Y ése quién es?

—¿Y tú vas de experto de la esgrima? Es un maestro húngaro, una leyenda de la esgrima barcelonesa. Mi padre decidió cambiar a la esgrima, así que Kovács venía cada fin de semana a nuestra casa en la Cerdanya y nos enseñaba a manejar la espada.

Simón quería tener fe en todas esas anécdotas inverosímiles que le relataba Biel. Pero le costaba, ya que era consciente de que él mismo se estaba inventando las suyas. No podía evitar ser como el ciego que sabe que su Lazarillo se come las uvas de tres en tres, porque él las está engullendo de dos en dos y el niño no le dice nada. Solo que Biel no había sido bendecido con la imaginación o la tenía atrofiada por no haberse visto obligado a ejercitarla jamás, así que sus recuerdos eran ciertos. Por ejemplo, también le contó cómo se había dedicado durante su infancia y adolescencia a la esgrima, arte del que, sin embargo, desconocía los tratados antiguos y las novelas con intrigas que su nuevo amigo podría recitarle de memoria.

—Entonces debí verte en la España Industrial, en la copa del mundo de Barcelona... A mediados de los noventa o así.

—Allí había estado a punto de confesarle a Estela la primera vez con Betty.

—Puede ser. Nunca ganaba, pero una vez quedé finalista. Da igual, porque ya lo he dejado. Lo hacía bien, pero no me interesaba. Mi padre es un imbécil y no quiero tener aficiones que hagan que me parezca demasiado a él.

—Ya, una amiga mía también iba a ser campeona olímpica de natación, pero al final le daba palo y lo dejó —dijo Simón—. Ahora es escritora, como su madre, que también lo era. Dice que resulta tan solitario como nadar, y que se parece mucho, pero que se lo pasa mejor. Escribe novelas. Novela social. Yo siempre se lo he dicho: nosotros que podemos, porque más o menos hay dinero en casa, debemos dedicarnos a cosas creativas. Dejar huella, por así decirlo.

—¿Está buena?

Estela, en realidad, había empleado parte de su botín de la biblioteca en pagarse sus estudios de Traducción e Interpretación en una universidad pública. El negocio de su padre caía en picado, casi tanto como él después de demasiadas rondas, y su madre ya no sabía ni contestar cuando le preguntaban su nombre. Ante ese panorama, Estela había seguido trabajando en la venta de libros, incluso estaba pensando en hacerlo por internet, y había canalizado toda su ira presentándose en cualquier tipo de manifestación: si el mundo era injusto por arrebatarle un hogar presentable, tendría que luchar contra las injusticias en el mundo allá afuera. Así que ella, que apenas hablaba, se habría enrolado incluso en un pesquero de Payasos sin Fronteras, tal era su compromiso omnívoro.

—Leí una vez —dijo Simón— que la esgrima consiste en tocar y que no te toquen.

—Con eso estoy de acuerdo. ¡En guardia!

—¿Se puede saber qué coño hacéis?

Como siempre, Sid realizó su entrada masticando una bola de papel de cocina. Al principio los alumnos pensaban que era un chicle, pero el día anterior lo habían visto con sus propios ojos, abiertos como platillos de café: había rasgado un trozo de servilleta y se la había metido en la boca. «Es por la farlopa —le contó Biel a Simón—, va tan colocado que tiene que masticar algo y, como tiene que probar los platos, no quiere que sea chicle.»

—Tengo un trabajo para vosotros —anunció Sid—. Sí, para ti y para ti, el listo.

Una cascada de pétalos de geranio fluyó entre los dedos de Biel, que dijo:

—¿Regar el jardín?

—Me acabas de dar una idea estupenda. Una idea de puta madre que a ti te va a parecer la peor del mundo.

—Oído. —Éste era Simón.

*

Sid entró en el comedor después de llenar dos cubos de agua. En el servicio anterior habían tenido unos invitados sorpresa a los que se les había servido canapés en frío, mientras los camareros los atendían y se habituaban al tono y la retórica del

Filigrana. Por lo visto, uno de los que servían había cometido el error garrafal de dejar una copa vacía durante más de un minuto. Sid, en una esquina, lo había cronometrado: las copas siempre debían estar medio vacías o medio llenas de vino, como si las bebidas duraran para siempre. Al igual que la botella eterna del tío Elías, esa que rellenaba siempre hasta la mitad para que, cada vez con más constelaciones y azulados capilares rotos rondando sus ojos, nadie supiera que la bebía a escondidas.

Vieron cómo Sid volcaba primero esos dos cubos de agua. Y luego mandaba vaciar muchos más, y después incluso sacó una manguera, hasta que el comedor quedó empantanado, las patas de hierro forjado de las mesas de mármol hundidas hasta bastante por encima de su tobillo. Eran las dos de la madrugada. Tenían solo cinco horas para achicar toda el agua del comedor, fregarla y que quedara seco y oliendo a cítrico sutil para primera hora de la mañana cuando se debía ofrecer otro servicio de prueba.

Cuando abandonó la sala, los seis camareros, ayudados por Biel y Simón, empezaron a achicar el comedor: llenaban los cubos de agua y la tiraban en el jardín. Entonces, entre los seis camareros, Simón vio a la chica a la que había descubierto la noche anterior en la habitación y agradeció el castigo. Ahora vestida de negro, con la camisa abotonada hasta la nuez, manejaba una fregona. El agua no se alteraba ante su esfuerzo.

—Te ayudo... —dijo Simón poniéndose a su lado.

—Gracias. Esto es horrible: me siento como una loca que se ha metido en el mar con una fregona para escurrirlo entero.

—¿Cómo te llamas? —A Simón le había gustado esa imagen.

—Candela.

—Oye, me he enterado de que no has podido traer ropa de cama. Yo tengo dos juegos —mintió—. Luego te doy uno.

Aquella noche, después de entregarle sus únicas sábanas a las puertas del baño, se tendió en su colchón con manchas: el enfado por el castigo y la expectativa por Candela aleteaban caóticamente en el pecho de Simón, como dos pájaros de dos colores en una jaula demasiado pequeña. Pensaba que ya no podría dormir, pero lo hizo después de iluminar con su teléfono móvil un párrafo de uno de los cuatro libros que habían viajado con él: «Tenía veinte años, como se recordará, y a esa edad el sueño tiene derechos imprescriptibles que reclama imperiosamente incluso en los corazones más desesperados».

*

A la gente no le gustan los lunes, pero los trabajadores del Filigrana contaban cada segundo para que llegara. Simón estaba acostumbrado a ansiar precisamente los días más odiados por la gente porque, en su familia, eso equivalía a poder descansar ellos: era cuando su tía y su madre iban a la peluquería y se tomaban un cortado descafeinado con churros en la granja; era cuando su padre ensayaba un poco con la trompeta y su tío se ponía vídeos de partidos de fútbol del Madrid que su hijo le había grabado cuando aún se trataban (así le parecía que viendo a la Quinta del Buitre todavía seguía en esa época y nada se había roto).

Antes de ese lunes, Sid les ofreció en el jardín, paseando solemnemente bajo el sol de finales de junio, su enésimo discurso.

—Si os emborracháis en el pueblo, os emborracháis en nombre del Filigrana. Haced el favor de dar una buena imagen.

Les dijo que se cuidaran mucho de relacionarse entre camareros y cocineros. Avisó a los jefes de partida de que no entablaran conversación con los pinches: luego volveréis a la cocina y no os respetarán. Y los alertó de que no se les ocurriera subir a sus fotologs y blogs imágenes de su día de descanso que pudieran poner en problemas al restaurante. Sí, había un cibercafé en el pueblo, pero debían usarlo solo para comunicarse con los suyos, sin desvelar secretos del restaurante. Al día siguiente absolutamente todos debían personarse en sus puestos a las 6:30 horas (él siempre anunciaba los horarios así, le parecía más castrense, aunque a veces decía «6:30 horas de la tarde» y entonces perdía la poca razón que pudiera llevar), así que les aconsejaba que no alargaran la fiesta. El prólogo a ésta consistió en un viaje a la mercería del pueblo pesquero, donde Simón se encontró a otros muchos trabajadores comprando su juego de ropa de cama. Algunos habían bajado en bus y otros, en el traqueteante tren de madera.

En el Calypso, uno de los bares del pueblo, conversaban al fin (hablaban sus bocas y también sus ropas, liberados de protocolo y uniforme) todos los camareros, con sus sábanas empaquetadas amontonadas en taburetes altos como capas geológicas. Chavales de México, de Corea, de Francia, de Italia. De Teruel, de un pueblo llamado Libros y de Barcelona, de las muchas Barcelonas. Y luego Candela, claro, que ahora entizaba con tanto encanto como inexperiencia su taco al lado del billar. «Dale, Candela», oyó que le gritaban. Y quizás entendió «Dale candela» y por eso frunció el ceño.

—Yo soy de República Dominicana —explicó, después de agradecerle el juego de sábanas y decirle que se lo devolvería en un rato porque ya había podido comprar otro con el último dinero que le quedaba.

Biel y Simón imaginaron manglares, maracas, plátanos gigantes, paraísos posibles. La familia de Candela era descendiente de los dueños de Ron Cacique. Y Simón, sin dejar de escucharla, pensó en el chiste que su padre hacía con esa marca y con aquella otra, Ron Pujol. La empresa la había montado un antepasado después de escindirse, en La Habana, de Ron Bacardí, pero en unas pocas generaciones algunos hermanos bastardos habían quedado al margen de la fortuna familiar. Así que pasaron a tener que pagar sus propias botellas y ahora también sus sábanas. Su abuelo, por ejemplo, acabó en la cárcel en una protesta contra Trujillo. Ellos eran descendientes de catalanes, así que su tez blanca los delataba como privilegiados, pero sin el dinero suficiente para actuar como tales. El moreno perenne de Candela Tapounet delataba las razones que la habían apartado de la fortuna y sus privilegios desde antes de nacer: descendía del sexo prohibido con los que no son de los tuyos.

—Digamos que me costó muchísimo poder llegar hasta acá —dijo Candela, antes de empujar la bola amarilla hacia la tronera—. Mucho. El Niágara en bicicleta.

Algunos estudiantes habían llegado al Filigrana desde carísimas escuelas de cocina europeas. Pero también estaban los que habían captado las agencias latinoamericanas: les pagaban una buena cantidad y, con la promesa de aprender cocina, llegaban al Filigrana y los destinaban al equipo de camareros. Era el caso de Candela.

Ella, Biel y Simón formaron pronto un triángulo alrededor del triángulo de las bolas de billar y compartieron tragos y confidencias. Salieron a fumar al paseo marítimo, donde circulaban bicicletas despistadas y borrachos afrancesados, para continuar conociéndose.

—Me encantaría abrir a Sid —dijo Candela— para ver qué sale de dentro: seguro que trozos de liebre, bolsitas de cocaína y raspaduras de mina del lápiz ese que lleva siempre. Y teclas de calculadora antigua.

—Y vinagre —agregó Simón.

—Sí, a mí me encantaría abrirle la cabeza —añadió Biel.

Habló más Candela, con un auditorio de dos personas arrobadas por sus frases extrañas pero graciosas: le daría fresas azules, me encantaría verlo jugar a fútbol de rodillas, querría que se bebiera tres litros de pasta de dientes, lo cogería por esas rastas y lo haría volar como una cometa. Ideas inofensivamente lunáticas y discretamente perversas, que quizás solo eran síntoma de algo que aún no habían comprobado. Que estaba muy segura de sí misma, por ejemplo. Que, pese a no renunciar a cualquier comentario poético aunque nadie lo entendiera, curraba más que el resto. Que esas frases no servían para revolotear por el mundo sin afrontar las dificultades, sino para, precisamente, desafiarlas. Que, en definitiva y aunque no siempre le sirviera de algo, era muy lista. Está muy buena, le dijo Biel a Simón cuando ella fue al baño. A su regreso, Biel habló de que los surfistas venían a este pueblo y de cuando a alguno que otro lo confundían con un etarra, porque era aquí donde éstos se escondían.

Llevaban tres mojitos encima cuando dejaron una moneda para poder entrar de nuevo en el billar. Les sonaba aquel enorme tipo calvo, la barriga embutida en una camiseta negra ceñida, barriga de Buda con cara de loco de tono bronce bruñido, pero no le dieron importancia. Quiso el destino que Biel y Candela jugaran juntos y que él formara equipo con el desconocido.

—A mí lo que me gusta es entender el billar. Como la cocina. El resultado me da igual —dijo el desconocido.

—Ya —repuso Simón. Y miró a Candela y en los ojos de Simón se leía: pues a mí no.

Simón intentó contener su pericia, porque le parecía de mal tono alardear de su habilidad con el taco. Sonaba en el bar una canción de Nirvana, que decía algo de que no te preocupes, soy tu amigo, no llevo un arma. Vaya forma de tranquilizar a alguien, dijo Biel, que se pavoneaba de sus aciertos y coreaba demasiado entusiastamente los de Candela. Él casi arrastraba las palabras cuando hablaba y ella tenía hipo: me gustaría jugar al billar con los planetas, ¿a ustedes no? Así que Simón decidió que, si no podía competir con la labia de su amigo ni con sus posesiones, lo haría en el juego. Jaleado por seis o siete compañeros de trabajo, especialmente histriónico el coreano, brindó una tacada con ocho bolas consecutivas, dio un sorbo a la cerveza y dijo:

—Durante un minuto, chupitos para todos.

—Ahora sí que estamos haciendo coro —dijo Candela.

El desconocido aplaudió golpeando el taco con un anillo con corona de azabache.

—¿Cómo te llamas? —preguntó Simón.

—Ernesto.

—Yo soy Simón. Simón Rico.

—¿Cómo es que juegas tan bien al billar?

—Bueno, desde muy pequeño teníamos una sala de billar en casa. Mi primo es campeón del mundo de esto. Ahora creo que está jugando en Las Vegas...

Lejos de las cámaras del Filigrana, un camarero chino intentaba convencer a una italiana de algo hablándole bajito y mirando al suelo mientras camareros y pinches imitaban a Sid.

—¿Y tú? ¿Tú cómo te llamas? —preguntó Simón.

—Ernesto. Ya te lo he dicho.

—Ya, pero ¿qué más? —dijo Biel, acostumbrado quizás a interpretar apellidos como si fueran posos de té; en ellos se ve el futuro, porque éste suele depender del pasado.

—Ah, bueno, supongo que me llaman Ernesto Filigrana.

Aquella noche Simón pensaría en la aparición del verdadero jefe del restaurante, del misterioso chef de renombre que rehuía siempre entrevistas y flashes, mientras colocaba bajo la litera el nuevo juego de sábanas empaquetado en plástico y enfundaba el colchón y la almohada que le había devuelto Candela sin haberlas lavado antes.

*

Ritmo. Más ritmo. O mejor ritmo. O todo el ritmo. Sin flujo ni reflujo. Por supuesto, sin pausa. Un ritmo que no es velocidad,

sino una mezcla perfecta de economía de movimientos, enca-
denamientos armoniosos, dominio de la técnica y aciertos a la
primera. No se trata de correr, sino de acabar antes y bien.

—No es la velocidad, es el ritmo —gritaba Sid.

Era fácil la teoría formulada por Ernesto Filigrana y repro-
ducida por Sid, pero no a todos los estudiantes en prácticas de
su cocina les resultaba tan sencillo aplicarla mientras servían
salsas y reducciones en los boles, se disparaban platos desde las
encimeras, los temporizadores pitaban, las gotas se despeñaban
por las sienes gracias al calor que emitían cien lenguas de fuego lamiendo los traseros de unas ollas que tableteaban como si
tuvieran fiebre. Cazuelas con meningitis. Fanfarria de instrumentos de aluminio, bisbiseo de cocineros que debían comunicarse pero tenían prohibido hablar, gritos de dolor por cortes y
quemaduras, ampollas floreciendo en manos tiernas, y Simón
paseándose por la cocina con el filo del cuchillo pegado al antebrazo porque no es difícil pinchar a algún que otro cocinero
atribulado.

—Los cuchillos deben manejarse sin miedo pero con respeto si queréis llegar a algo —gritaba Sid.

Simón, quien a veces miraba a su jefe y se le ocurría un posible uso de los cuchillos, lidiaba con el dolor de espalda: tras
la noche breve por el alterne, la chaquetilla no se había secado.
Así que ahora sudaba mientras un escalofrío remontaba su es-
pina dorsal porque llevaba una prenda mojada desde las seis y
media. Qué poca dignidad, qué arrugas, parece que hayas estado en una pelea, le había dicho Sid a primera hora.

Siempre se castigaba a un alumno a hervir arroz blanco
para que todos los estudiantes lo comieran en un bol durante
los quince minutos de descanso. Las encimeras exhibían animales muertos, enteros o fileteados: cien gramos de uno de
ellos, incluso sin cocinar, costaban más de lo que se les pagaba
a tres cocineros. Pero ellos devoraban boles de arroz hervido y

apuraban vasos de Coca-Cola desbravada antes de volver a la batalla.

Ritmo. Más ritmo. Porque esto era una guerra y los jefes de partida negociaban entre ellos, el de pescados con el de postres, el de entrantes con el de carne, trueques para abastecer a sus filas: esta sartén limpia a cambio de esta tartera, por ejemplo. Para luego regresar a la escalonia caramelizada y a la trufa blanca, a desnudar el traje de escamas de ese pez espada que acabará retozando en un austero lecho de frijoles negros y arroz blanco. Ese otro ensayaba su salsa a la papillote y había tres estudiantes que picaban ajos chalotes en una misma tabla y la percusión del filo con la madera era el avance de un ejército hasta las cejas de anfetas. Nada que ver con la liturgia plácida de picar cebollas en la cocina del Baraja.

Sid había llegado enarbolando una minicadena, que ahora enchufaba al lado de las hojas de pedidos para pulsar luego el play. Sonaba a todo volumen una canción de los Sex Pistols que informaba a gritos de que no había futuro. Simón, en su partida de postre, maceraba fresas en aceto balsámico, azúcar y menta, mientras vigilaba una pizza de queso con trufa blanca y miraba de reojo la superpoblada alacena para escoger el arma del siguiente movimiento. También intentaba bufar una pasta crocante. Y, sobre todo, vigilaba a Biel. Llevaban dos semanas en este restaurante y había quedado claro que cometería errores una y otra vez, así que si lo quería a su lado tendría que ayudarlo: en demasiadas ocasiones lo descubría con aire sonámbulo en mitad de la cocina con una sartén en la mano, como un tenista aguardando el saque de un contrincante que no ha aparecido. Como ahora, cuando Simón acudía raudo a vigilar ese demi-glacé con fondo de caldo, vino, ajos, tomillo, laurel y pimienta que podría quedar incomible si no se actuaba aquí y ahora y con ritmo y más ritmo. Biel restregaba agradecido patas de pato con sal marina para luego confitarlas, mientras un uruguayo doraba lentamente tripas de cerdo para el cassoulet. Era absurdo el bochinche de sonidos y olores que acabarían en platos que sus cocineros jamás probarían.

Salían una y otra vez partidas por las puertas batientes, y las miradas de Simón y Candela se cruzaban para jalearse mutuamente cuando ella salvaba obstáculos como una bailarina y posaba platos en sus antebrazos tatuados. Pero no sin antes deslizar una nota en la chaquetilla de Simón: «Quedamos luego en la piscina, cuando acabe el fuego. ¿Tú qué crees que opinan los pulpos pakistaníes de todo esto? ¿Crees que están algo perdidos?».

De repente el ruido se fugó en fade out. Pasaban varios minutos de la medianoche. Los cuchillos cayeron sobre las encimeras de acero, de madera, de silestone, de corián, con su estrépito metálico. Algunos regresaron a sus vainas sintéticas, a sus tahalíes modernos.

*

Simón se había quitado al fin esa chaquetilla empapada, pidiendo turno en la segunda lavadora para ganar al menos una hora de secado. Pisó, después de ponerse la camiseta de uno de los grupos de su primohermano, el camino de lascas planas que conducía a la piscina de riñón donde podían descansar unos minutos después del servicio y antes de volver a las literas. Se recostó en la tumbona de rayas azules y blancas, la vista fija en el gresite de azules iluminados por las bombillas enroscadas en el palo de las sombrillas de brezo. Y pensó en cómo reinventar este infierno en las cartas que debía escribir a Estela (ella ya le había enviado un par, donde hablaba de manifestaciones y acciones reivindicativas que él entendía cada vez menos) y a su familia (le había llegado una carta con muchas hojas porque cada cliente del Baraja había escrito un párrafo). Antes de partir Simón había alentado el uso del correo ordinario para comunicarse. No fue una veleidad novelesca: los habían avisado de antemano de que en el Filigrana se restringía el uso de móviles y la cobertura, y no sabía si podría ir a un cibercafé a mirar los correos electrónicos.

—¿Qué lo qué, Simón? ¿Cómo lo llevas? —dijo Candela, después de acercar una tumbona, encender su cigarrillo liado y pasárselo a Simón.

—¡Oído! —Y puso cara de cansado.

—Por lo menos no aguantas a los clientes afuera. Venga jurungar. Tienen las manos más largas que he visto en mi vida. Deberían salir en el libro de los Guinness. Me encantaría hacerme un collar chulo con sus dedos. Así. —Y fingió que se lo ponía.

—¿Cómo?

—Les encanta pasarme la mano por la espalda como si fuera un perrito, mientras les sirvo el vino. Y luego venga a darme cotorra.

—¿Y tú qué haces entonces?

—*Ta' tó*, pues sonrío. De momento. El día que no sonría te juro que ellos tampoco lo harán. Plas. Seguro que les saldrían hormigas de las orejas. Pero de momento soy buena. Soy amable como un vino. ¿Te has fijado en lo aceitoso que se pone Sid cuando describe los vinos como si fueran personas?

—Un vino valiente y aguerrido. Estela fliparía.

—¿Quién es Estela?

—Nada, una amiga. Una amiga llena de matices. —Simón pensó en sus últimos mensajes, algo resabiados, muy repelentes, y añadió—: Una amiga criada en barrica de roble, algo *prosecca*, de tonos ariscos.

—Yo seré tu amiga alegre y afrutada, pues. Aunque no te fíes. Y tal vez no deberías hablar conmigo. Solo soy una triste mesera. —Puso cara de pedigüeña—. ¡Y una fruta prohibida!

Simón y Candela habían empezado a comunicarse con notitas, como en las novelas que a él le gustaban. Tampoco era un ejercicio nostálgico, ya que tanto en el entresuelo como el sótano de las literas, los móviles no tenían cobertura, inhibida también por las gruesas paredes de piedra del caserón. Los estudiantes del Filigrana los manejaban en cuanto salían a la piscina: esos artilugios que les cabían en la palma de la mano explicaban tanto del mundo como los langostinos que pelaban. Sus chips electrónicos eran posibles y rentables porque salían de las reservas de coltán de la República del Congo, le había contado Estela. Como en la zona de habitaciones no funcionaban, Simón solía darle en el lavabo las notas a alguna compañera (pues los dormitorios seguían segregados por sexo) para que se las entregara a su amiga. Y de vez en cuando descubría una nota firmada por ella debajo de su almohada. Candela no podía soportar las libertades que se tomaban no solo los clientes, sino también sus superiores. Especialmente Sid.

—¿Es que te ha hecho algo?

—Que se atreva, que yo quillada soy muy peligrosa. Hoy ha estado más suave conmigo... Pero al tipo le encanta tocarme los pendientes y pasarme la palma por la cara cuando estoy esperando para llevar el siguiente plato. Me da asco. Me gustaría mucho poder depilarle las cejas.

—Y eso que tiene las manos limpias. El cabrón no toca un plato.

—¡*Ta' tó*! Ése ya se las puede lavar con su vaina de pastilla de jabón de acero que siempre apestarán. Porque él apesta. ¿Me pasas el *cigar*?

—Sí.

—Estoy segura de que usa perfume de cabeza de camarón de hace tres años.

El becario coreano correteaba por el gresite de la piscina. No hablaba el idioma, así que fuera de la cocina estaba siempre solo o sonriendo frente a corrillos de cocineros europeos que chapurreaban un idioma improbable con jirones de un inglés pobre, bocaditos de castellano para tontos, señas histriónicas de italiano en problemas. Los dieciocho tipos entre los veinte y los treinta años que descansaban esa noche en la zona de la piscina no sabían a dónde les conducía el camino que habían tomado, así que intentaban no pensar demasiado en ello. Simón invirtió los últimos diez minutos hasta el toque de queda, aprovechando que Biel seguía en la cocina castigado a combatir con el nanas rastros resecos de cien sofritos, en inventar una historia del barrio en la que ajustaba cuentas con un skinhead fascista que se había metido con un gitano de La Mina que venía al restaurante familiar a vender al lote prendas de ropa. No era cierta, pero Simón buscaba colarse en los sueños de Candela esa noche. Y en este lugar alejado de la vida real, también del bar que lo vio crecer, era aún más posible, y conveniente, inventar un personaje. E incluso creérselo. Hasta actuar como tal.

Empezó por, de camino a las literas, ofrecerle su brazo derecho a Candela para contarle que hubo un tiempo en que la gente como él llevaba una espada ropera en el lado izquierdo. Añadió que los botones de su chaquetilla se abrochaban con la izquierda, de modo que si apareciera Sid podría desabotonárselos con la zurda, la que no tendría la espada o el cuchillo, y batirse en duelo por ella: ¡no lo dudes, Candela, lo haría, o al menos piensa que lo haría! Le cercenaría, por ejemplo, el ligamento de la corva y lo dejaría de rodillas, listo para que le pidiera perdón a ella por cada gesto artero y cada insinuación lasciva.

—Vale, tranquilo, tigre, que no necesito que nadie se bata en duelo por mí. Aunque sí que me gustaría dejarlo de rodillas y entonces pedirle si te puede alcanzar el tomillo del cajón de las especias en el armario de arriba —apuntó Candela.

Y estalló en una carcajada de pupilas húmedas que escuchó Sid, quien fumaba apoyado en el pino de la puerta del restaurante cuando ellos pasaron por allí. Simón olió la primera noche de Candela en las sábanas de su cama e imaginó muchas otras noches posibles.

*

Un día en alta mar con una tempestad agitando la barcaza que peligra en medio del mar picado es toda una aventura. Un mes es, en cambio, una pesadilla rutinaria.

Simón había aprendido que, a riesgo de proyectar una imagen de memo sumiso o de pelota arribista, debía llegar el primero e irse el último. Le parecía bien que algunos de los alumnos en prácticas, sobre todo los europeos y en concreto Biel, no lo hicieran, dado que sabían que jamás se dedicarían a la cocina y ya habían comunicado a sus padres la intención de abandonar los fogones en un par de meses y enrolarse en carreras como Administración y Dirección de Empresas. Pero la cocina, esa cocina tan diferente pero esencialmente igual a la de su madre y su tía, era su único atajo si quería aparecer en otros paisajes más frondosos.

Así que ahora, después de presentarse el primero con la chaquetilla limpia e incluso planchada, afilaba sus cuchillos con el histrionismo de un mal actor en una opereta sobre un barbero. Primero usaba piedras de gramajes bajos para limpiar la hoja. Luego tomaba otra de 1.000 para afinar el arma. Por fin pulía con otra superior, de 6.000, mientras recitaba frases subrayadas en los Libros Libres que imprimían un sello impetuoso a la escena: «¡Bruñid mi espada, enderezad mi sombrero de fieltro, cepillad mi capa, cargad mis pistolas!». Hasta que Biel hizo su entrada, desganado como un niño con gripe obligado a actuar en una función escolar. No entendía el porqué del ímpetu insobornable de Simón si realmente tenía un negocio familiar con tanta solera en su barrio.

—¿Se puede saber qué coño haces, Simón? Que te graban las cámaras. Que te van a tomar por loco... —dijo, con su cara de analgésico.

—Si me embriaga la locura, tomaré más que este dedal de licor.

Nuestro *héroe* andaba contento por un posible horizonte con Candela.

—Ya, sí. No entiendo de dónde sacas las fuerzas. Yo tengo agujetas en los dedos de fregar los cacharros.

—Me arroban las musas de mi porvenir.

—Puto loco. ¿Te has enterado de lo del uruguayo?

Luisín el uruguayo, un tipo achaparrado y vivaz que llevaba dos semanas arrastrando un virus estomacal absurdo. Pasaba los días velando los fogones a treinta y ocho de fiebre. Había recibido tres toques de atención por abandonar su puesto y largarse corriendo al baño. No había forma de aguantar ese ritmo, más ritmo, sin enfermar. Hacía media hora, cuando Simón ya estaba en la cocina, Biel y otros becarios habían escuchado un golpe sordo en el lavabo común. Biel, después de dar un par de saltos, había visto a Luisín despatarrado, con sus extremidades formando algo parecido a una estrella de mar en el plato de ducha. Habían tenido que llamar a una ambulancia.

Tras toda una mañana en pleno fuego cruzado, Simón y Biel siguieron con la conversación de pie y frente a un bol de arroz hervido:

—Bueno, pues Luisín ha tenido un ataque epiléptico. Y los muy cabrones le han sacado varias imágenes que capturaron de él bebiendo en el pasillo. Y de aquella vez que volvió del pueblo demasiado tarde y borracho. Lo han echado.

—¿Pero qué va a hacer?

—Igual deberíamos pensar qué tenemos que hacer nosotros —dijo Biel.

—Callad la puta boca —intervino Sid, mascando su bola de

papel—. Y no la abráis si no queréis acabar como el panchito. Tranquilos, que si me da por ahí le pago el billete a su país.

Aquel día sirvieron comida para un total de veinticinco comensales, de los cuales veinte eran jugadores de fútbol. Simón llevaba demasiado tiempo sin hablar con Candela: la suya era una relación prohibida en este sistema de clases segregadas. Pero esta noche, sin embargo, habían quedado todos en la piscina para poder ver en un ordenador cómo quedaba la gala de los «50 Best», la lista de los cincuenta mejores restaurantes del planeta, un ranking que se elaboraba desde hacía pocos años. Si al Filigrana le iba mal, a ellos les iría aún peor.

*

Urgido por la necesidad de volver a ver el antifaz de pecas de Candela, Simón se aseó antes que nadie y llegó a la piscina el primero. Vio un bulto redondeado fumando en una hamaca que, de repente, lo llamó por su nombre:

—Hola, Simón.

—Oído, chef.

—Llámame Ernesto.

Compartieron un rato, durante el cual Ernesto, quizá para ganarse su confianza y no para imponerla, le explicó unas cuantas cosas de su oficio sin ahorrarse unos cuantos arrebatos de solemnidad: «una subcultura cuyos siglos de jerarquía militar y espíritu de ron y látigo han conseguido crear una mezcla de orden y caos que destroza los nervios». A Simón le encantaban esas frases, pero difícilmente lograba conciliarlas con una realidad que le parecía, aunque intentara convencerse de lo contrario, despojada de todo lirismo y épica. Aun así, tampoco tenía otra opción, de manera que escuchó a ese jefe empeñado en hablarle de su carrera:

—A Ferran, sí, al gran Ferran, le voló la cabeza cuando Maximin, un cocinero muy famoso, le dijo en Niza: crear es no copiar. Vete a saber. Pero entonces fue a las raíces. Se acordó de su madre cocinando a la plancha y se le quitó la tontería de hacer todo con mantequilla. Escabechaba, freía, usaba la plancha, como su familia. Entonces miró a su alrededor y pensó: ¿quién soy yo? —Simón se había preguntado eso en más de una ocasión—. Y empezó a tirar de *mar i muntanya*. A mezclar caracoles y nécoras. A rescatar la mezcla de albóndigas y sepia. Aquella brigada fue mágica. Porque vimos cómo nacía todo. Cómo empezó a currarse el fumet con agua de mar. Pero eso no es lo importante. ¿Sabes qué es lo importante?

—Ni idea.

—Ahí aprendió que se tiene que trabajar con lo que uno conoce. Pero que no hay que quedarse en eso. Hay que, cómo decirlo, ser uno mismo.

Simón, después de asentir con la cabeza durante media hora, aplicando a su vida algunas de las enseñanzas, se vio con derecho a preguntarle por Luisín, el uruguayo, pero no lo hizo. Se quedó callado, sonrió ante alguna frase y mostró interés cuando Ernesto le dijo:

—Aún no me he olvidado de la noche del billar. Qué crack. ¿Desde cuándo juegas?

—Desde que empecé a cocinar. Desde que nací, prácticamente. Por la sala de billar que tenían mis padres, ¿recuerdas?

Ni siquiera Simón recordaba si se había inventado algo al respecto. Por suerte Ernesto, el misterioso dueño del Filigrana, cambió de tema.

—Oye, si tú tuvieras que presentar los platos de alguna forma así como artística, ¿cómo lo harías?

—Supongo que en eso te puede ayudar el jefe de cocina.

—Entre tú y yo, Simón, tener a Sid es como si tuviera un perro. Sé que me va a obedecer siempre, pero tampoco espero que me chive una obra de arte.

—Ya. Pues...

—En serio, ¿tienes alguna idea? No sé cómo irá la gala de esta noche y me gustaría sacarme de la manga algún golpe maestro este verano...

Simón pensó y, sin saber muy bien lo que estaba haciendo, se lanzó a hablar intentando ganarse los favores del jefe supremo. Le explicó una idea de servir los platos sobre una mesa de billar: él mismo podría salir de la cocina, con la chaquetilla de cocinero, y encadenar carambolas: el cliente debería comer el último plato que la bola besara muy suavemente después de deambular disparada entre los otros.

—Tú y yo nos vamos a entender. Tendrás noticias de Sid.

—¿Más noticias de Sid aún?—. Oye: ¿vosotros estáis contentos, no? Me refiero a los estudiantes. ¿Tenéis alguna queja?

Simón pensó en Candela: ¿tendría algún sentido pedirle que la cambiaran a la cocina? O más que eso: ¿lo comprometería en sentido alguno? Lo pensó en silencio durante demasiados segundos.

—Yo también he luchado para llegar a donde estoy. Es duro, pero lo entendéis, ¿no?

—Por supuesto —mintió Simón.

Ernesto le dejó la última calada de su porro desde la hamaca de rayas azules y blancas, sus noventa kilos se incorporaron con cierta fatiga y desapareció, una sombra a cámara lenta, la chaquetilla de cuello Mao color negro adentrándose en la salida con arco de medio punto de setos podados. Segundos después, la piscina estaba llena de cocineros sin futuro maldiciendo su nombre. Entre ellos, Candela, que llegó más tarde y con los ojos rojos.

*

Arremolinados frente a un ordenador portátil con internet, los alumnos del Filigrana esperaban los resultados de los «50 Best».

Todos estaban pendientes, aunque por diversas razones. Algunos, ufanos de ascender en la pirámide, lo tomaban como un reto personal, como esos fanáticos del fútbol que conjugan en primera persona del plural las acciones de su equipo. Éstos eran los que a menudo intuían la inminente chamusquina del sofrito de otro, pero no le avisaban o, si lo hacían, solo era a cambio de algún ingrediente o utensilio. Otros seguían la ceremonia porque un descenso en el ranking podría repercutir en el trato que Sid y compañía les dispensaran al día siguiente.

—A mí como si ni siquiera entran en la lista. Cuando acabe esto me piro y no vuelvo a pisar una cocina ni para coger cervezas de la nevera —decía Biel.

—¡A por ellos! —gritaba un italiano que, si existiera la bufanda oficial del Filigrana, la ondearía aquí y ahora.

Simón lo miraba todo con cierta distancia, aún algo emborronado por las palabras y las caladas cedidas por Ernesto antes de que todos llegaran. En ésas estaba, distraído y con una mueca de atención, cuando Candela abrió la verja de la entrada y se adentró unos pasos. La mala iluminación no permitió darse cuenta antes, pero cuando ella acercó su cara pecosa a la pantalla, la luz delató unos ojos estriados en rojo.

—¿Qué te pasa?

—Nada.

A nadie se le escapa que cuando alguien contesta «Nada» a esta pregunta es que algo sucede. Simón había aprendido a leer en las notas de Candela, también en las breves conversaciones que los espacios libres de cámaras y los horarios intempestivos les permitían, que era el tipo de persona que prefiere fingir que nada pasa para que no pase nada. Se alejaron del ordenador para recluirse, a la vista de todos, en una hamaca del otro extremo de la piscina. Simón se encendió un cigarrillo y se lo pasó justo a la segunda calada.

—Hoy no fumo.

—No, si solo quería que me lo aguantaras. Y que me dijeras qué te pasa.

Candela se descalzó de sus zapatillas negras, enroscó los calcetines metódicamente y caminó hacia la piscina. Con los gemelos en remojo, inspiró, suspiró y dejó pasar unos segundos. Cuando Simón empezaba a creer que de verdad no pasaba nada, más allá de todo lo que les sucedía cada día, escuchó un sonido extraño. Casi no había luz, así que aún dudó unos segundos de si aquél era el sonido lejano del ordenador encendido, donde los quince estudiantes seguían apostando por la clasificación final. Entonces oyó el hipido y, como no la veía bien, le pasó el pulgar por la mejilla. Candela lo apartó un momento y si él se hubiera llevado el dedo a la boca lo habría notado salado.

—Dame luz —pidió Candela. Y, como lo decía ella, no sonó ni raro. Simón sacó el mechero, pero ella lo rechazó—. Explícame por qué la gente es así.

A Simón le dio por pensar en Estela un momento. En la de veces que la había visto triste por su padre y él le había quitado hierro a la situación. Y, tras esos diez segundos, Candela empezó a llorar de verdad.

—Hijo de la gran puta.

—Lo siento.

—Tú no, tigre.

Simón ya intuía el argumento, como cuando anticipas un giro de guión en una película, pero, aturdido por el tratamiento de «tigre», no quiso especular. Quizás en unos segundos se lo contara todo. Y todo era lo siguiente: Sid la había obligado a quedarse para cuadrar la caja con él. Luego la había enviado a buscar una botella de vino a la bodega. Cuando, dos minutos después, ella intentaba iluminar las etiquetas con el móvil para poder escoger el borgoña que le habían reclamado, escuchó el clac de la puerta.

—No creas que no me he fijado en cómo me miras con tus pequitas —le dijo.

Candela escuchó esta frase de espaldas y rezó para que fuera una broma sin gracia. Quiso, antes de girarse, que alguien le soplara la cara para que todos esos granitos de café molido que adornaban su gesto desaparecieran. Los hubiera fregado con nanas.

—¿Tú lo que quieres es pasar a la cocina, no?

—Sí...

—¿Y qué me puedes ofrecer que no tenga?

—Llevo cocinando desde que era una niña en restaurantes de todo tipo. Puedo aportar alguna receta que...

Candela improvisó un currículum, que alargó durante todos los segundos que pudo. Quizás si no dejaba de hablar, la conversación no seguiría un curso que ella quería evitar. Mientras lo hacía, se descubrió mirando las tres paredes por si aparecía una ventana y se censuró por ponerse en lo peor.

—Quiero decir a mí. Yo creo que lo harías bien, pero antes quiero saber que realmente necesitas entrar en la cocina.

—Y lo necesito. Vine acá sin nada, comiendo cable. Ni siquiera podría regresar. No quiero trabajar de mesera para pagarme un pasaje y volver al punto donde estaba. No quiero que mi familia me venga a buscar al aeropuerto...

Candela había aprendido a correr sin preguntar. No era la primera vez que sentía esto. Algo que solo puede formularse a través de lo que se escucha de muchas personas que han pasado por lo mismo. En el caso de Candela, cada vez que alguien la miraba demasiado en la guagua y saltaba en una estación al azar. Cuando salía demasiado tarde de su restaurante y debía esperar a que vinieran a recogerla, solía tapar sus rizos con la capucha y se amparaba en la sombra de cualquier portal o fingía que hablaba por el teléfono de una cabina.

—Ya, entiendo. ¿Sabes cuál es mi principal virtud, no? —dijo Sid.

—No. —«Ni la principal, ni el resto de ellas», pensó Candela.

—Soy muy observador. Veo cómo a veces pasas rápido a mi lado y me tocas. Lo he visto. He visto cómo me sonríes a veces. Y cómo te fijas cuando echo una bronca, eso te gusta.

—No sé de qué...

—En realidad solo tienes que pedírmelo con la palabra mágica... —Sid insistía de nuevo.

Candela pudo entonces reclinarse sobre la mesa de roble, frente al mosaico de botellas de la bodega, para palpar muy discretamente lo que ésta le ofrecía. Tapó con la palma derecha un abrecorchos antiguo, un punzón de espiral con empuñadura de boj. Y, justo en ese instante, quiso no haberlo hecho. Atesorar ese objeto, porque el caso es que ya lo empuñaba ocultándolo detrás de su espalda, le permitía utilizarlo. Quizás en un brote de pánico lo usaría sin saber si de verdad era crucialmente necesario hacerlo. O, aún peor, se defendería con él y acabaría volviéndose en su contra, porque se lo arrebataría alguien que tendría más fuerza para convertirlo en decisivo. Esa arma, en definitiva, quizá no era su salvación, sino su condena.

«Pendejo», pensó Candela, pero dijo con un hilo de voz:

—¿Por favor? —Y sintió cómo se traicionaba al acto. Incluso calculó si le serviría de algo hacerlo.

—¿No os enseñan por ahí la palabra mágica? —Sid, las rastas tocando el cuello de Candela y dirigiendo su mano hacia la entrepierna de ella, le decía—: Por favor, por favor.

Candela soltó el sacacorchos y, si no hubiera supuesto una humillación más, se hubiera encomendado a la Virgen de las Mercedes. Cerró los ojos.

—Ah, bueno, es que es un gilipollas —dijo Simón, de nuevo en la escena de la piscina.

Y si soltó eso es porque en realidad Candela no había llegado a confesarle nada de lo narrado en las líneas anteriores. Lo fácil sería decir, dado su carácter, que lo había hecho por orgullo. «Si quieres comer, deberás empezar por tragarte tu orgullo», había leído Simón en un libro. Segundos antes, ella solo había acertado a decir:

—El mal vaina de Sid, que me dijo bonita y me preguntó si en mi país había restaurantes como el Filigrana y me soltó que él me pagaba el pasaje de vuelta si no aguantaba la presión.

Pero si Candela no le había contado todo a Simón en esta situación era también porque dos días atrás había intentado quedar con él para avisarlo de que las cosas se estaban poniendo feas con Sid. Le había dejado una nota bajo la puerta, que había quedado varada bajo la alfombra del cuarto, así que él no la había visto. Por qué ella había decidido confesar el acoso por escrito, y no en uno de sus encuentros furtivos, quizá tuviese que ver no con el miedo, sino con una vergüenza antigua que ni siquiera ella se sentiría cómoda de defender con argumentos. Relatar ese acoso ahora supondría enfrentarse a las consecuencias de contarlo: al hacerlo, todo se volvería más real. Implicaba un doble arrojo: decirlo aun sabiendo que quizás él no la creería (¿había leído Simón la nota?), como le había sucedido unas cuantas veces en su país. O incluso convencida de que sí lo haría, de que Simón no pondría en duda su palabra, la que no la apoyaría ni a él ni a ella sería la empresa. Casi quiso que hubiera desaparecido incluso la nota, una prueba de lo que prefería callar, del mismo modo que ella había dejado al margen el sacacorchos.

—¿Viste la nota? —le preguntaba Candela ahora, en la piscina, con esos ojos siempre medio entornados.

—¿Qué nota?

—Nada, nada.

Y entonces se oyeron gritos de júbilo al otro lado de la piscina. El Filigrana había ascendido un peldaño, del 19 al 18. Simón tiró de Candela para animarla y acabaron la escena bajo el agua. Cuando volvieron a asomar sus cabezas casi juntas, Candela tenía los ojos rojos y la cara mojada. Estaba preciosa con un rizo que se serpenteaba hasta más allá de la punta de su nariz. Simón estaba incluso contento, por ese momento de complicidad y porque mañana tenían, después de más de quince jornadas seguidas trabajando, el día libre.

Como Candela le dijo que no podía dormir últimamente, Simón corrió después hasta su litera y sacó uno de los libros que había traído. Era una edición tan antigua que había pasado por muchas manos, traiciones y reventas. El libro era *La Pimpinela Escarlata*, pero de lo que hablaba no era importante de momento ni para esta novela ni tampoco para Simón y Candela. Lo verdaderamente importante, sobre todo para ellos, era una dedicatoria que alguien, quizá muchos años atrás, había garabateado con un bolígrafo de tinta roja y que ni siquiera Simón recordaba que había quedado atrapada en la primera página de la novela y que ahora Candela leía en la cama con sus ojos de persiana a medio bajar.

*

La niebla aplicaba un filtro denso sobre el día libre en el Filigrana y solo el parpadeo de las cruces de las farmacias marcaba el camino hacia el grao. En San Juan de Luz, el lugar donde los trabajadores del Filigrana solían bajar en su escaso tiempo libre, proliferaban las tiendas de surf y los bares bautizados con nombres marineros.

Aquel día, el único en que podían dormir hasta tarde, Biel los había obligado a madrugar para poder presenciar una manga clasificatoria del campeonato del mundo de surf que se celebraba allí. Quería ver en directo a uno de sus ídolos de infancia, a quien había descubierto luchando contra un pulpo en la serie *Los vigilantes de la playa*.

—¡Míralo, ahí llega! —exclamó Biel, señalando a Kelly Slater con un entusiasmo casi infantil que le arrancó la primera sonrisa del día a Candela.

Se sucedieron las mangas y los cafés de la mañana dieron paso a vasos de litro de plástico que enarbolaban asturianos eufóricos procedentes de Salinas, alemanes y americanos. Era otra familia aquella que se reencontraba en playas de todo el planeta: no viajaban ni hacían turismo, sino que vivían en todos esos sitios.

Luego subieron a los bares. Allí encadenaron copas bailando en plazas donde músicos callejeros masacraban éxitos de radiofórmula.

—Están todos muertos... —dijo Candela.

—¿Cómo? —preguntó Simón.

—Sí, digo que todas las canciones de la radio son de los ochenta. Los programas los grabaron entonces y los emitirán hasta la eternidad. Pero están muertos.

—Como las estrellas, que mueren pero nos llega su luz, ¿no?

—Qué cursi, tigre. ¿Ya vas borracho?

Candela, por su trabajo en restaurantes turísticos dominicanos, y Biel, por sus veranos en Cambridge, se sabían todas las letras en inglés, así que Simón se dedicó a hacer el número: incapaz de leer las líneas, las cantaba como «lololo» engolando su borrachera. Le daba una rabia tremenda no saber cantarlas todas en inglés. Y no surfear, porque antes tanto Biel como Candela, que surfeaba de fábula gracias a los más de mil quinientos kilómetros de costa festoneada por las olas y bendecida por el clima tropical de su país, se habían subido a unas tablas prestadas por unos asturianos. También le daba rabia no esquiar.

Y acordarse demasiado a menudo del Baraja. Así que exageraba aún más esa curda para cantar en clave de «lo» esas canciones que no entendía.

No le resultó difícil, porque, después de un par de horas en el pueblo en fiestas, las calles adornadas por guirnaldas de bombillas pintadas de colores y banderines de papel, los tres sentían esa borrachera por fin alegre. En el último bar, donde dos tipos atizaban tambores con un ritmo infame, Candela le dijo al oído, con un aliento de caramelo y vodka:

—Tigre, es precioso lo que me dejaste ayer.

—Hombre, sí, es muy entretenido. Es bonito, ¿no? Nadie sabe quién es la Pimpinela Escarlata. Ese misterio. Es famoso y nadie lo ha visto... —Pensó en Ernesto y en su primo—. Hasta que la mujer cae en la cuenta...

—*Ta' tó*. Me refiero a la dedicatoria. A ver, da cosa, pero es bonita. Hasta te perdoné que no contestaras mi nota. Porque es bonita de verdad, la dedicatoria. Bonita no para todo el mundo, pero sí para mí.

—Ya.

Simón no tenía ni idea de qué le estaba hablando. Sentados en unos bancos de madera frente al enésimo mojito servido en plástico, el tam-tam de los tambores acelerados al borde de la taquicardia del corazón de Simón (¡mil corceles, los mejores de los hombres del cardenal, galopando por mi pecho!, pensó, como solía hacer de niño), Candela le pasó el dorso de la mano por la mejilla. Biel andaba discutiendo acaloradamente con una surfista brasileña, sus lenguas húmedas esgrimiendo grandes razones cuando Candela sacó a bailar a Simón, que jamás lo hacía. Y, claro, ella, que sí surfeaba, que sí cocinaba, que sí sabía estar triste y que no se notara y guardar secretos, que sí hablaba con ese tono pícaro pero endulzado, voz de pimentón dulce, que sí sabía decir cosas disparatadas sin parecer esa loca a la que no le confiarías tu libro favorito, también bailaba con todo su cuerpo. No con las piernas, no con los brazos; con la boca y con su nuca de bronce y con los ojos también bailaba muy bien. Bailaba, se podría decir, con una inteligencia económica pero radiante.

—Supongo que de algo sirvió perder la fortuna familiar del ron. Tener sangre negra, claro.

—Eso yo no lo he dicho.

—No, tú me has dicho otra cosa, tigre. Y has sido muy valiente.

—Ya.

Ya porque si sigues exploto. Y porque Simón, siempre suspicaz, no sabía si le decía que era valiente como se dice de una película mala: la fotografía no está mal. Entonces miró los ojos entornados y solo entendió de qué le hablaba Candela cuando ella, al fin, miró alrededor, en el bar, que no hubiera ningún superior de la cocina y acercó sus labios, el de abajo tan carnoso que podrían dormir allí mil hombres diminutos, y los puso sobre los de Simón. Fue hacerlo y que a éste se le apareciera una frase garabateada en tinta roja en la primera página del libro que le había dejado hacía unas horas: «No me siento bien cuando me siento solo. ¿Te sientas conmigo? ¿Nos acostamos juntos?». Y recordó cómo había comentado esa frase con Violeta, la mamá de Estela, una dedicatoria de algún alumno enamorado pensando que ese romance aguantaría cualquier cosa. Cada libro dedicado, una promesa; cada libro revendido, una traición. Y aquí, un beso a Candela con los ojos abiertos, como intentando no cerrarlos por si desaparecía, hasta que ella se separó y Simón le dijo:

—¿Sabes una cosa?

—No, pero me la vas a decir. Dame luz, tigre.

—Todo está en los libros.

—Oído.

—¿Nos sentamos juntos?

*

La buena noticia era que no había tenido que madrugar para llegar el primero a la cocina. La mala, que no había dormido ni un minuto. La peor, que Sid acababa de entrar masticando papel a las seis y cuarto de la mañana y se le había colocado a dos centímetros para musitarle, con un aliento a güisqui Chivas y eucalipto:

—Te veo un poco cansado, Simón.

—En absoluto.

Ayer habían llegado a las literas pasadas las tres de la madrugada. Candela y él, borrachísimos, se habían besado en algunos pasillos, ángulos muertos de las cámaras de vigilancia, y cuando habían intentado meterse en el baño para echar el pestillo y desnudarse para comerse, la segunda jefa de cocina, una mexicana pequeña todo nervio y fibra, como una iguanita centinela, había pasado por allí. Simón tuvo entonces que despedirse sin un beso de Candela, para luego pasar un mal rato con un dolor de barriga de examen crucial, que alivió muy disimuladamente masturbándose bajo las mantas (a un ritmo casi de ferry turístico; si aceleraba los muelles, éstos delatarían su travesía a ojos del resto de cocineros dormidos). No se había podido dormir pensando un poco en todo, pero sobre todo en ella. Así que a las cinco y media de la mañana había tenido tiempo de planchar su chaquetilla y de bajar como un sonámbulo a la cocina.

—Me han dicho que ayer hiciste bastante deporte. —Pausa dramática—. Que os dio por surfear, ¿no?

—No. Solo bajé un rato a la playa. Me di un bañito.

—Bueno, pero luego igual tienes agujetas de bailar. Me han dicho que ponían muy buena música en el pueblo. Y que bailas muy bien.

—No, yo no sé bailar.

—Ya, pero para bailar con que sepa una basta, el otro sigue el ritmo y ya, ¿no?

—Es posible. No sé.

—¿Y esta nota que me han pasado?

Simón ni siquiera la miró, así que tampoco comprobó que era la que días atrás le había intentado entregar Candela. Siguió a lo suyo, seleccionando especias, ramitas y tubérculos, calibrando la envergadura de pequeños mamíferos de ojos asustados que deshuesar con manos rojas y húmedas, como cada mañana. Vio cómo Sid, que tampoco había dormido, escrutaba uno de los armarios a ras de suelo para buscar muy aparatosamente una sartén. Simón, con el cuchillo en la mano, pensó en lo fácil que sería, ahora mismo, clavarle ese cuchillo en la nuca, en un gesto de valentía mosquetera que quizá caería mal en la familia de Sid, pero que sería un alivio para el resto del planeta. No lo hizo, claro. Porque vio cómo Sid levantaba una de las sartenes tortilleras, retocaba varias rayas paralelas de polvo blanco y limpiaba un poco la balda de madera blanca con la nariz, ese aspirador portátil.

—Porque te voy a decir una cosa...

—Dime. —Y Simón se temió lo peor porque ya le decía su tía que nada bueno sale después de pronunciar esa frase.

—¿Tú sabes que en realidad somos amigos, no? Yo te respeto.

—Gracias.

—No, en serio. Vas con malas compañías pero llegas el primero y lo haces todo bien. Debes de estar cansado.

—No.

—No tienes por qué sufrir. Hay una solución si estás cansado.

Sid apoyó la palma sobre el hombro de Simón, lo apretó y lo invitó a ponerse de cuclillas para asomarse al armario. Parecía que estuvieran mirando una receta al horno, pero lo que veían en realidad eran tres rayas de polvo blanco alineadas. Simón supo en ese instante que si se lo ofrecía era, precisamente, para echarlo en cuanto lo hubiera aceptado.

—No, gracias.

—Tú sabes que puedo echarte ahora mismo, ¿no? Quiero decir que «ahora mismo» es ya. Que si digo «deja la chaquetilla y fuera» estás fuera y sin chaquetilla. Fuera del Filigrana. Porque tú no eres nadie. Lo sabes, ¿no?

—Siempre puedo volver al restaurante de mis padres...

—Una mierda de bar. He investigado en tu academia y no te cree nadie. ¿Tú piensas que si realmente no necesitaras este curro bajarías cada día el primero? En cuanto entráis, yo sé los que necesitáis de verdad currar aquí y los que no.

—Ya.

—Pero te vas a salvar. Porque resulta que no sé qué cojones has hecho pero hoy me llega una mesa de billar así porque sí. Bueno, sí sé qué has hecho: la pelota al jefe. Y te ha ascendido a jefe de partida.

—Ah, muy amable. —«Y en mis maravillosas puestas en escena, te pondré a ti como un cochinillo con una pelota de tenis en la boca.»

—Y yo me alegro. Porque así no tendré que ver pelis asquerosas de un aborto como tú tocándose con una camarera panchita. Y es que además sabéis que no os podéis relacionar. Y porque así ya podrás vivir en un apartamento con otros jefes de partida. Y porque, ya lo sabes, un jefe de partida no puede hablar con ningún pinche ni becario más que en la cocina y únicamente para dar órdenes. Así que a partir de ahora vas a hablar solo conmigo.

—Oído. Un placer —respondió Simón, mirando a la cámara y preguntándose si habría registrado algo, si Ernesto habría escuchado el discursito cocainómano de Sid.

Diez minutos después sonaban nerviosos los dings de las

comandas, el morse frenético de barco en guerra. Las puertas batientes se abrían y cerraban, y entonces aparecían camareros de antebrazos cargados con platos más veces que en un montaje sobre las mejores entradas en cantinas de los cien mejores wésterns de la historia del cine. Lenguas de fuego lamiendo cazuelas, alaridos por cortes mientras se pican dientes de ajo y se inventan espirales de boniato, órdenes contradictorias, negociaciones entre partidas, luchas de olores y Biel ausente. Una vez más, el tenista sonámbulo con su raqueta sartén.

Candela entró, la mirada en el suelo, para dejar dos platos más y Simón le deslizó una notita que había escrito a la carrera minutos antes, con letra de médico de la seguridad social sobrecargado de faena: «Sid lo sabe. Me la suda».

Aun así, estuvieron unos días sin hablar. No eran solo las cámaras de circuito cerrado o los treinta ojos de Sid: había cada vez más gente dispuesta a delatar a quien fuera con tal de ascender. El restaurante entró en la fase más ocupada del verano, así que, sin días libres, las horas o los minutos lejos de la sala de máquinas de la cocina escaseaban. Durante ese tiempo, Candela y Simón se limitaron a notas que intercambiaban por medio de otros compañeros (unos emisarios que podrían leerlas, incluso denunciarlas). Olvidar a propósito una botella o un tarro de especias en el cuarto de alimentos imperecederos era la estrategia para poder besarse y tocarse debajo de los uniformes durante cinco minutos, pero solo lo habían podido hacer poquitas veces. Y luego era aún peor.

*

A menudo Biel le decía a Simón que estaba cogiendo complejo de vaca.

—Comen de pie, tienen cara de sueño y se alimentan de mierda para que otros se las coman a ellas.

Era fascinante presenciar cómo Biel estaba descubriendo en el Filigrana de qué manera funcionaba el mundo, aunque nuestro *héroe* jugaba con ventaja: Estela, a quien recordaba también por sus turras sobre ventosidades de vacas que acabarían con la capa de ozono, se había encargado de explicárselo.

—Biel, tío. Cubre las almejas con papel Albal antes del horno. ¡Y vigila el fuego de los huevos!

—El fuego de los cojones...

Hacía tiempo que Biel conjugaba el futuro de ambos con la primera persona del plural (así de engarzados estaban en su cabeza sus destinos), mientras arrostraba las tareas del día con una estupefacción casi genética: por qué narices tenían que aguantar estar en un sitio así mucho más. Su perplejidad ante los abusos, propios y ajenos, del Filigrana se manifestaba con tal nitidez que podía confundirse con el idealismo.

Esa madrugada antes del primer turno, fumando un pitillo bajo el parasol de brezo, con las chaquetillas colgadas de la sombrilla para intentar que se secaran, había hecho los primeros planes. En cuanto salieran de aquí, viajarían. Él podía pagarle sus trayectos, le dijo, aunque Simón afirmó que tenía dinero. Y luego le presentaría a su padre, que, decía Biel, seguro que se interesaría por él. No tenía que sufrir en absoluto. Ser su amigo era una promesa, pero no un compromiso. Nuestro *héroe* lo ayudaba porque quería, pero sabiendo al mismo tiempo que así él recibiría ese mismo apoyo si todo se torcía.

Podría afirmarse que Simón ni siquiera necesitaría esa ayuda en el futuro. Hoy, por ejemplo, se inauguraba una de las puestas en escena que le había encargado Ernesto. En diez minutos debía salir al comedor y ofrecer el emplatado del billar a los comensales. Las alarmas de los temporizadores, los gritos de Sid, todo sonaba aún más frenético hoy, porque venía la tele a grabar. Cuatro famosos (dos actores españoles que habían hecho fortuna en Hollywood, un futbolista inglés y un cantante argentino) serían los encargados de probar los platos. Durante toda la mañana, Simón había tenido que deshuesar faisanes y filetear un buey mientras los objetivos de las cámaras intentaban captar cada detalle. El realizador insistía en si podía repetir el gesto para que se viera la sangre del filete y Sid mostraba las educadas maneras de un mayordomo británico, estricto pero empático, cuando daba órdenes al equipo.

Ernesto, Simón lo sabía, controlaba el proceso desde la azotea del caserón, frente a sus diez pantallas, donde podía pinchar la cámara que quisiera. El suyo era el papel de un dictador distópico al mando de un reality show televisivo. De vez en cuando mandaba mensajes a Sid para corregir tal plato o presentación, que éste escuchaba por un pinganillo. Así aceleraba esa realidad o la ralentizaba. Así que vio, por ejemplo, el momento en que nuestro *héroe* se preparaba para presentar los platos en el billar. Salió con tres platos en su antebrazo izquierdo y un taco de billar en el derecho. Al llegar, los dispuso en las marcas mientras los veinte comensales del restaurante aplaudían. Las cámaras de la tele captaron planos y contraplanos de la pareja hollywoodiense, incluso a él diciendo que lo que más le gustaba era la tortilla de patatas y no estos inventos, coqueto codazo de ella y qué bruto eres. Simón, la chaquetilla ahora negra del Filigrana planchada la noche anterior en el piso, ensayó la postura del ángel para golpear la primera bola:

—Roja a amarilla y a blanca, cuatro bandas —declamó.

La carambola completó su destino sin sofocos y se oyeron nítidos los clacs de las bolas de marfil. Simón, gustándose, ofreciendo reverencias después de entizar el taco y colocar la tiza al lado de la primera tacha, sonrió a cámara en una o dos ocasiones, consciente de que esa sonrisa iba dirigida al bar Baraja, a Estela, a todos. También a Candela, que rellenaba las copas de vino y lo miraba de reojo. Ernesto, arriba, aplaudía cada figura geométrica que trazaban las bolas y Sid iba señalando el plato que la última bola besaba y que debía comer alguno de los famosos. Todo marchaba a la perfección, todo parecía augurar el mejor de los desenlaces.

Pero Simón se secaba las palmas húmedas en la chaquetilla cuando vio cómo Sid depositaba un comentario en el oído de Candela, cuyo odio borboteó en su cabeza durante los minutos que invirtió para llevar de aquí para allá la botella de borgoña. También la vio garabateando un papel, quizás un pedido para la cocina. Y cuando se dirigió a Sid, que parloteaba sobre la siguiente degustación, como una flecha enviada por un Robin Hood olímpico. Se detuvo frente a él y las cámaras, también los ojos del resto de los presentes, captaron con meridiana claridad lo que le dijo:

—Sangra, pendejo.

Y le tiró por encima de la cabeza lo que quedaba de una botella de borgoña: lágrimas de sangre de virgen bajaron por sus mejillas y formaron ríos de lava por su chaquetilla blanca. Entonces Candela se deshizo de su delantal, lo tiró encima de la calva de Sid y, mientras todo el mundo miraba la cara del jefe de cocina, ella deslizó una notita en la mano de Simón:

—Búscame esta noche en el bar del beso. Y te contaré algo.

Los actores de Hollywood, el futbolista y el cantante argentino fueron los primeros en aplaudir. Les siguieron todos los otros comensales cerrando la ovación. Sid quiso entender que todos los comensales habían pensado que era parte del show, así que mostró su sonrisa congelada y dos cuernos de meñique e índice a la cámara. Pensó entonces en esa adolescencia de portales, chuchos y alcohol en vasos de litro de plástico, cuando todo parecía importante aunque por el contrario las canciones dijeran que nada importaba. Cuando jugaba cada vez más convencido a ser punki, a prescindir del futuro, porque su padre, camarero, acababa de morir de un ataque al corazón mientras servía mesas. Allí, en ese preciso instante, empapado de vino ante las cámaras, Sid pensó que si se encontrara con su yo adolescente, éste escupiría en su bebida antes de pasársela.

*

—¿Has visto que lleva tatuado en la muñeca el logotipo del Filigrana? —le había dicho Candela a Simón días antes.

—Sí, hay que ser hortera.

—No puedo dormir pensando en la risa que me dará cuando por fin le den bola negra en el restaurante. Cuando lo despidan.

—Ya.

—Ya no más. Recréate. Piensa en esto: el día después de que lo echen, cuando esté aburrido y triste y piense en alguna novia adolescente. Y entonces se vaya a hacer una paja, se la agarre con la mano derecha y vea ahí, en su muñeca, el logotipo tatuado del lugar del que ha sido despedido. Su futuro de mierda.

*

Uno se pasa los primeros años de su vida imaginando quién es para luego, en los momentos claves, improvisar sin que se note que no sabe qué hace. Simón recordaba aquella frase subrayada: «Crecemos mostrando al mundo cuán superior es el arte de los que improvisan comparado con el de los actores que dependen, palabra por palabra y gesto por gesto, del texto de un autor y que repiten lo mismo cada vez que salen a escena».

Nuestro *héroe* bajó en el último tren hacia el pueblo vistiendo una camiseta blanca y unos tejanos cortos, la palma de la mano aguantando su cabeza y su nariz tocando el cristal que enmarcaba el paisaje más bien árido, moteado por las rocas. La leyenda decía que una serpiente de fuego había morado en el interior de esa montaña y que al salir había arrasado con toda la vegetación de las laderas de esta colina que seguía en pie en una zona increíblemente frondosa y fértil. Pensaba Simón que había alcanzado uno de esos momentos cruciales, porque si Candela se había atrevido a abandonar es que algo había sucedido, algo que él no había sabido ver. Quería y no quería saber qué había ocurrido. Quería saberlo para poder consolar a Candela. Y a la vez no quería, porque quizás entonces tendría que hacer algo más que hablar.

Biel no había podido acompañarlo porque escapar de las literas no era tan fácil, pero Simón, desde que era jefe de partida, compartía piso con el japonés y el alemán, algo que le aseguraba un poco más de libertad y mejores condiciones. En el piso, que estaba ubicado en un bloque de edificios a unos dos kilómetros del restaurante, había cobertura, los colchones no eran esterillas raquíticas y entraba la luz. Aunque cierto es que poca luz veía por las jornadas maratonianas en la cocina del Filigrana, pero la que atrapaba la agradecía muy por encima de cualquier otro privilegio.

Simón llegó al Calypso, donde Candela hablaba con un surfero de melena aplatinada por el sol y el salitre. Candela no parecía hacerle mucho caso, aunque compartía un vaso de litro lleno de lo que parecía ron con Coca-Cola.

—¿Cómo estás?

—¿Qué tú crees, tigre? Aquí, tomando una Coca-Cola y disfrutando de la vida.

Cuando llegaron a la playa, donde las olas insistían en rizarse y lamer los primeros metros de arena, Simón y Candela se sentaron bajo una sombrilla rayada, muy juntos. Antes habían tomado un café y ahora, frente a las olas, su tono se acaramelaba por mucho que, después de varios días sin hablar, intentasen contenerse.

—No saben que eres una merluza.

—¿Qué es lo que dices, Simón?

—Nada, digo que eres una merluza. Enorme y bella.

—Cónchole, pues gracias, tigre.

—Ellos se piensan que eres una panga, que es un pez que crían muy lejos, que traen aquí y le dicen a la gente que es una merluza. Pero en realidad no saben que tú lo eres de verdad. O un salmón.

—*Ta' tó.* Luego soy yo la que pienso cosas raras. Y eso que ni siquiera vas *jumao*, tigre.

—No, en serio —siguió Simón, y lo hizo para ganarse a Candela aunque tomara muchas ideas prestadas de Estela—. No saben lo que se pierden. No saben lo que se han perdido poniéndote de camarera y no a cocinar. Creo que eres la única de todos nosotros a la que le cedería el privilegio de cocinar mi última cena.

—Un honor, pero no me fui por eso. No soy paja de coco. Podría haber aguantado más tiempo. ¿Y sabes por qué lo habría hecho?

—No.

—Pues porque no tengo otro remedio.

—Ya.

—¿Sabes quién yo soy? Soy la que se fabricó un dado con la palabra *hoy* en cada lado.

Decir ese tipo de frases siempre, en opinión de Simón, que las había leído en libros pero no las había escuchado en la vida desde hacía mucho, le parecía que tenía mérito. Hacerlo en estos momentos era ya otra cosa: se trataba, se lo diría luego Candela, de rebelarse contra una realidad fea, no para embellecerla, sino para combatirla. En ese momento los altavoces de un chiringuito cercano expulsaron la canción «More than a Feeling». Rieron un momento y luego regresaron a la seriedad.

—Yo no me habría ido. No sabes lo que me espera en casa si regreso ahora. No te he contado ni la mitad. Y parte de la mitad que te he contado era medio mentira. Mi padre es un pendejo violento. *He can kick my ass*, el pobre loco. Mi abuelo era diferente, ya te dije que luchó contra Trujillo, el dictador. Él era de los que se dejaba el pelo más largo de lo normal y ya lo llamaban *pajaraso*. Maricón. Pero mi padre, cuando le empezó a ir mal, se obsesionó con que todo lo malo que nos pasaba era porque su abuelo se había liado con una negra y porque su padre era rarito y le había dado por hacerse el revolucionario. Que ahí estaba el problema. Y se convirtió en un cuero, más nostálgico de Trujillo que un coronel. Un hijo del teniente coronel, de hecho, un loco de la pelvis, un tigre bimbín que andaba intentando montar lo que fuera. Bravo, un hombretón. Pobre loco. Fue como ponerse un uniforme. Se tragaba todos los traseros que podía, mientras hablaba de la moral del país y de la familia. No volvía a casa ya, se quitaba el cinturón si yo llegaba demasiado tarde... Ahí es donde tengo que regresar.

—¿Pero te dio pasta para irte, no?

—Mucha la ahorré yo, pero sí, aunque a veces pienso que fue para perderme de vista. Cuando se fue a vivir con su nueva novia, una millonaria de plástico, le molestaba tenerme por ahí. Así que en realidad le pidió unos cheles, una cantidad de risa, para soltarme en banda y mandarme a trabajar acá. Me dejó muy claro que se lo tenía que devolver si regresaba. Era su forma de decirme que no podía fallar.

Fueron a por dos helados más que lamieron de nuevo en la playa hasta que Candela se sacudió la arena de los shorts color pistacho para luego quitárselos y volverlos a tirar sobre la arena. Simón vio cómo Candela se recortaba contra un cielo color berenjena y miles de ojos en el mar guiñándose a medida que ella avanzaba y lo abría. Entonces decidió ir tras ella. En el agua todo pesa menos, incluso los problemas. Aunque si intentas hundirlos demasiado, probablemente emerjan disparados. Unos problemas que quieres ahogar y que salen eyectados para que todos los vean. Como éste, que apareció a la vuelta del baño en el mar. El móvil de Candela llevaba segundos sonando y ahora su pantalla parpadeaba mostrando mensajes.

—¿Te llaman del Filigrana?

—No.

—¿Entonces?

—Nada, se casa. Mi padre se casa.

—Ah, pues lo celebramos, ¿no? Una buena noticia...

—No, tigre, no es una buena noticia.

Candela no quiso decirle que su padre llevaba días sin cogerle el teléfono y que justo ahora, cuando era él quien quería que volviese para quedar bien con el resto de la familia, recurría a ella a través de un SMS donde enunciaba la buena nueva. Simón decidió que quizá no era el día para ayudarla con palabras, así que pasó a la acción, intentando deshacer el nudo de su bikini, mientras ella le abrazaba la cintura con sus piernas.

—Ahora no, tigre, que no he hecho la digestión. —Y sonrió, porque ni siquiera habían cenado.

Al rato, cuando las calles ya se encendían con gritos y latidos de bafles en los bares, alquilaron unas bicis y las condujeron hasta el piso de Simón, que olía a las pizzas congeladas que los dos jefes de partida acababan de ventilarse, porque eso era todo lo que cocinaban. Los cocineros del Filigrana, parte de la cadena de montaje, sabían extraer formas trapezoidales de una calabaza, pero no hacer un guiso o un puré con ella. Se comieron los bordes de pan que habían dejado y sirvieron vino blanco de mesa de un tetrabrik en tazas de desayuno. Luego se sentaron en el sofá, sosteniendo las tazas como dos cuñadas victorianas a la hora del té. Y las cinco eran, pero de la madrugada, cuando ella sintió cómo algo escalaba su esternón y regurgitó la poca cena que había tomado. Simón no había visto nunca a nadie vomitar sin haber bebido alcohol. Cuando ella empezó a hacerlo, Simón formó un cuenco con las dos palmas y recogió el discreto vómito. «Ésta es mi ofrenda de amor. Sería capaz de bebérmela por ti», pensó y, por suerte, no dijo Simón.

—¿Ves? Me puedes decir lo que quieras —le dijo finalmente, enseñándole el botín—. Toda la mierda que necesites.

—Sid lleva dos meses acosándome. El otro día me acorraló y creo —eso dijo, «creo»— que intentó violarme. —Hizo una pausa dramática, para luego añadir un detalle—: En la habitación refrigerada de las carnes —mintió, sin saber por qué, quizá para borrar pruebas, para que Simón no supiera tanto.

—Lo mato —dijo Simón, aparentando mucho ímpetu y sosteniendo todavía el vómito de Candela en las palmas de sus manos.

Ella, en cambio, no pensaba en usarlo como escudo o vengador. «Había reclamado el apoyo de un gentilhombre, y no la vigilancia de un espía», una cita más de un Libro Libre. Ella no había pedido, ni necesitaba, un guardaespaldas, sino a una persona. Una persona tirando a buena, a poder ser. Solo quería sentirse bien. O mejor. O no sentir eso que llevaba notando durante semanas. Candela le cogió las manos y se las puso sobre sus pechos. Le limpió las palmas con la camiseta y luego se la quitó: no llevaba nada, ya que el bikini se secaba ahora sobre la barra de la cortina del baño. Simón descubrió una especie de cenefa, como pintada con *henna*, recorriendo en tinta negra y roja desde el lugar donde se juntaban sus pechos hasta su ombligo, del que colgaba un piercing azabache. Minutos después, ella lo cogía de la mano, lo llevaba a su cama y le decía, después de abrazarlo por detrás y besarle la nuca:

—Hoy no.

—Ya, lo entiendo —dijo Simón. Claro, hoy no te apetece, porque después de lo de Sid...

—Hoy no pienso dormir —añadió Candela, justo antes ponerse encima de él y arquear la espalda.

Cuando se quedaron mirando a los ojos, aún jadeando como

si pararan en un semáforo después de media hora de carrera, las gotas de sudor cayendo desde su antifaz de pecas sobre la nariz de Simón, los rizos chocolate sin leche aún con eco de muelle sobre su frente, Candela pensó en la receta de los alfajores. Su cuerpo era como ese patio en silencio donde, hace apenas medio minuto, decenas de niños se perseguían a gritos y a risas. Y luego, pasados unos minutos, estaba tan guapa y parecía un animal salvaje algo asustado, le dijo:

—Aún no acabé contigo.

Y volvió a ponerse encima. Simón, que después de Betty apenas había estado con un par de novietas del barrio, aprendió ese día una serie de secretos. Uno de ellos, que no le diría esa noche, es que pensaba vengarla. «Picado en su orgullo, volvió a enrojecer hasta el blanco de sus ojos», porque, a pesar de que no ya pensara en Rico, las frases que le había subrayado alcanzaban a nuestro *héroe* como el eco de alguien que hubiera dejado de gritar hace tiempo. No pensaba en Rico pero el caso es que nuestro *héroe*, a veces a su pesar, seguía no solo recordando frases de aquellos Libros, sino que actuaba según lo que aconsejaban.

—El sol de mi cabeza es de todos los colores —lo informó Candela, con una sonrisa triste.

Y solo en ese momento, cuando ya había pasado todo, recordó el desenlace de la escena en la bodega: al final había vomitado el arroz hervido de mediodía en los zapatos de Sid y éste, después de decir «qué puto asco», un perfecto titular para todo ese trago, la había dejado escapar.

*

Simón pasó días pensando en lenguas criollas, cayos paradisiacos y ritmos caribeños. En su interior se hablaba una glosolalia extraña que no acababa de sintonizar con el idioma de las órdenes y contraórdenes de Sid en la cocina. Guardar ese secreto era como circular por el mundo tirando de un rinoceronte de colores con una correa, así que, pese a haberse prometido a sí mismo no hacerlo, le dijo a Biel que quería hablar con él. Éste contestó que también él tenía algo que contarle. Se saltaron el arroz hervido y se excusaron para ir al baño. Ahí encendieron sendos pitillos y, entonces, Simón expulsó en la cara de su amigo el humo y también todo lo demás, lo que le había confesado Candela y lo que había pasado después. La respuesta de éste fue tan honesta como comedida:

—No me jodas.

—Ya. Pero no está grabado. Ninguna de las dos cosas. Lo del cabrón fue en una habitación sin cámara. Si demandamos al hijo de puta este no nos cree ni Dios. Tenemos que buscar un plato frío para servir la venganza.

—¿Cómo? A veces no te entiendo bien, pero lo que sea por joder a ese imbécil.

Pronto cuchichearon posibles venganzas para reparar el honor de la amada. Simón estaba acostumbrado a pensar en esos términos mosqueteros. Lo sorprendente era la actitud de Biel, que pedía que se derramara sangre como un padrino que tomara la afrenta a su protegido como propia o, peor que propia, universal.

—Tío, te lo llevo diciendo desde hace semanas. No nos ata nada aquí. Yo estoy hasta los huevos y hace tiempo que quiero dejar a ese pavo en ridículo. Es decir, dejarlo como es. No sé si me explico. Imagínate ahora.

No fue difícil para Simón adornar la hipotética venganza de ecos sociales, humanitarios, por si la razón de Candela no fuera suficiente. El desmayo y posterior despido del uruguayo. Todos esos estudiantes traídos de América con falsas promesas. Esos falsos langostinos y esa industria agroalimentaria corrupta, le chivaba Estela desde el pasado. Ese sistema. Exacto, todo ese sistema pasaba por ese acto de amor y revancha. En esos momentos daba la impresión de que una fuerza sobrenatural planeara sobre ambos y velara por ellos. Aunque en realidad solo estaban cansados y enfadados. Su propia explotación, el deseo y la promesa vía Biel de un futuro asegurado podrían haber alentado esa acción justiciera que, sin embargo, no había aparecido en las semanas previas.

—¿Y tú qué querías decirme? —le preguntó Simón a Biel.

—El otro día me colé en el despacho de Sid. No te lo había dicho porque no habíamos hablado desde entonces —dijo Biel—. Miré varios contratos y hay peña aquí contratada como trabajadores con una disminución psíquica.

—Bueno, en tu caso no me extraña mucho. Se te quema todo.

—No, en serio. No es nuestro caso, pero a otros los han contratado así. Lo tengo cogido por los huevos. Y más si se lo digo a mi padre. Podemos hacer lo que sea. Y luego podemos empurarlos a lo bestia a todos por los contratos, por lo de Candela, porque entonces será más creíble...

—Tú tranquilo. Déjame pensar en algo. Quiero joderlo bien.

—La cuestión, te digo, no es qué hacer sino cuándo.

—Sí, como el *timing* en la cocina.

—Exacto. Supongo, vaya. No sé de qué me hablas.

Escucharon la canción de los Sex Pistols a todo volumen, que era de nuevo la llamada a empezar el turno de tarde. Ese día Sid parecía algo más nervioso y su mandíbula siempre en marcha, como la Olivetti de un beatnik, de derecha a izquierda, ding, vuelta a empezar, parecía a punto de desencajarse. Sus ojos eran dos huevos pasados por agua a punto de salir eyectados y estamparse contra alguna sartén.

—Ya te he dicho, Simón, que no puedes hablar con Biel. Empiezas hablando con los pinches y los estudiantes y luego no te respetarán jamás.

Simón lo miró: digamos que no le inspiró demasiado respeto.

—Ya. Te entiendo.

Esa noche, Simón se metió en la cama de su piso y abrió uno de los Libros Libres. Era el que le había dejado a Candela hace días, que se lo había devuelto después de rasgar la página de la dedicatoria. Repasó sus hojas hasta encontrar una cara sonriente dibujada por su primohermano, que le hizo sonreír. Miró a Candela, dormida a su lado. No le dijo nada, porque prefería hacer algo.

*

A veces es casi mejor que el lector sepa, o al menos intuya, lo que va a pasar, para que proyecte su ira, una vinagreta de rabia. También para que goce por adelantado del doble sabor de la venganza: por un lado, sentirse más inteligente que la víctima que odia; por el otro, saber que ese desenlace llegará.

Para ello, podríamos deslizar aquí el párrafo subrayado que Simón puso en conocimiento de Biel al día siguiente de decidir vengarse. Decía así: «El francés tomó un poco de rapé. Únicamente aquel que haya tomado por error un poco de pimienta y la haya aspirado podrá comprender la condición desesperada a que queda reducido un ser humano».

Entregada esta pista de la trama, volvamos a la situación de los personajes que deben completarla. En los días posteriores a la noche de la confesión y el pecado, esto es: de las horas de sexo entre Candela y Simón, ella no quiso dejar pasar ni un día sin procurarse su sustento. Había en Candela un orgullo que se había manifestado en la humillación a Sid, pero que estaba enraizado en cada faceta de su vida. Vendió sus pendientes en el paseo y con el dinero compró los ingredientes. Después de revisar en YouTube la receta de los alfajores, se hizo con la maicena, la mantequilla, la harina, algo parecido al dulce de leche y también el limón y el azúcar glas. Le costó algo más encontrar la vainilla. Mientras los días discurrían en el Filigrana con Biel y Simón esperando el gran momento, pero cada vez más seguros de que lo aprovecharían cuando se presentara, Candela se dedicaba a vender por las calles los alfajores que hacía en casa y que había aprendido a cocinar gracias a un exnovio argentino. Biel le había ofrecido dejarle dinero, pero ella lo había rechazado (el que había hecho la oferta no entendió el porqué y Simón prefirió no explicárselo, aunque había comprendido perfectamente por qué también había rechazado el suyo).

Así que Candela se comía el orgullo, o lo traducía como venganza, ya que tenía que usar un piso que dependía del Filigrana. Para que el japonés y el alemán no pudieran chivarse, extremaba las precauciones: Simón y ella subían juntos cuando los otros ya dormían, firmando cada día la misma maniobra de tantos hoteles en los que el usuario que ha pagado una habitación individual cuela a su pareja ya rebasada la medianoche haciéndola pasar por un ligue. Incluso extremaban sus jadeos para que los compañeros de piso pensaran que era solo sexo y tuvieran hasta vergüenza de preguntar. Por la mañana, cuando todos se habían ido al restaurante, ella preparaba sus dulces en la cocina y, a la vuelta de ellos, ya había ventilado la casa para que no quedara ni rastro, ni del olor de los alfajores ni de ella, durante unas horas. De madrugada, de nuevo juntos, Simón y Candela contaban la caja de los alfajores. No era gran cosa, pero a ella le permitía cubrir sus gastos e incluso invitar a Simón a alguna cerveza. Ni siquiera mientras se la tomaban, en ese oasis de calma cuando él salía derrotado del Filigrana, Simón le contaba qué andaba tramando. Quería que fuera una sorpresa, sin ganas de entender que las fiestas sorpresa se preparan a mayor gloria de quien las organiza y no de quien la recibe.

Simón y Biel supieron que había llegado el gran día cuando

vieron que Ernesto citaba a nuestro *héroe* en el ático y le daba un discurso muy raro sobre lo bien que debía salir el número del billar (él se cuidó mucho de no contarle lo de Candela). Pero lo constataron definitivamente cuando vieron desde la ventana de la cocina a unos tipos luciendo esas corbatas anchas que parecen alquiladas a un banquero. Enormes como pívots soviéticos, paseaban por el jardín y toqueteaban las higueras a unos metros de sus Mercedes negros, y de vez en cuando se llevaban el índice a la oreja para hablar por un pinganillo en su solapa. Se recolocaban las gafas de sol. Y comían, ahora, los bocadillos de jamón ibérico que Biel, como castigo, había tenido que prepararles. Eran los guardaespaldas de alguien, eso estaba claro, y la sorpresa llegó cuando los cocineros del Filigrana levantaron la vista de sus salsas y sofritos y piezas de carne y raspas de pescado y emulsiones varias y vieron solo entonces entrar a una chica que les sonaba a casi todos, especialmente a los estudiantes españoles.

—Alteza, pase por aquí —dijo Sid, sin recordar demasiado esa adolescencia que pasó íntegra cantando himnos antimonárquicos en fiestas de barrio, cuando un patriota era un idiota—. Éste es el laboratorio donde los chicos, los cocineros del futuro, se entrenan. Son unos chavales maravillosos.

Ella miraba sin demasiado apetito las ollas tableteantes y con cierta aprensión los trozos de mamíferos o pescados azules marinándose. Enfundada en un vestido rojo que alcanzaba sus rodillas, a juego con el bolso de mano, parecía una K trazada con un Rotring muy fino. Él, en cambio, derrochaba palmaditas en las nucas de los estudiantes y se mostraba, cómo decirlo, muy campechano, exactamente igual que su padre. Se habían casado recientemente, pero esta comida de hoy era «de trabajo».

—Agur —dijeron los estudiantes a coro cuando los invitados abandonaron la cocina de la mano de Sid, que, en la puerta, se giró y dijo, solo vocalizando, sin emitir sonido alguno y llevándose la mano derecha al escroto: «Éstos me comen la polla».

—Ya —susurró Simón.

Hacía dos días Biel, sabiendo que se avecinaba la tormenta, se había colado de nuevo en el despacho de Sid y había encontrado los saquitos de cocaína en uno de los cajones del escritorio. Muchos secretos del Filigrana lo eran a voces, así que sabían que su camello quedaba con él los sábados y hoy, el gran día, aún era jueves, así que llevaba unos días más inquieto que de costumbre, cometiendo la imprudencia de pedirles tiros a algunos de los becarios.

Nuestro *héroe* miró a Biel y le dijo que era el momento. Éste le pasó uno de los saquitos y Simón, que al ser jefe de partida disponía de más libertad de movimientos, se excusó un segundo para ir al baño después de coger un frasco de especias. En el lavabo, mezcló convenientemente un poco de cocaína con mucha pimienta blanca. Volvió a cerrar el saco y regresó a la cocina.

El servicio discurrió como siempre: con grandes sobresaltos, platos salvados sobre la bocina, gritos de Sid nervioso por partida doble, tanto por su abstinencia (no era lo mismo que lo invitaran cada cierto rato que poder consumir de forma sostenida) como también por la realeza borbónica de los invitados. Al fin llegó el número del billar. Era ya de noche y los grillos fuera saboteaban con su tono monocorde la sinfonía de risitas, tintineos de cucharillas y brindis del comedor. Últimamente, nuestro protagonista hacía esperar un poco para desarrollar su número: esa demora alimentaba la emoción de los comensales, que lo aguardaban como a una estrella de rock. Y como tal se empezaba a comportar.

—Sid, tío, tengo que ir al baño.

—Al baño, sí.

No es preciso ser muy inteligente para sospechar algo. Sid no era paranoico por lúcido, sino por cocainómano, así que siempre pensaba que todo el planeta se estaba drogando a la vez: ese presentador de informativos, ese payaso de la tele, ese presidente de Estados Unidos que necesita dar un sorbo de agua, esa bailarina que acaba de tocarse la nariz. ¡No lo veis! ¿No me entendéis? Todos se meten. Por eso, cuando oyó a Simón pidiéndole permiso para ir al baño, le contestó que lo acompañaba.

Simón, por el camino, admitió que no quería meterse con él porque, claro, todos podían saberlo, pero ahora que era jefe de partida, las cosas cambiaban. Tenía razón, no se podía sobrevivir a esto sin esos polvos mágicos y él mismo los había pillado a un surfero el otro día. Sid persiguió a Simón hasta el baño y cerró la puerta con pestillo.

—Oye, lo hacemos así. Sal un momento. Le doy yo, voy tirando y luego entras tú. Así, si pasa el príncipe o algún guardaespaldas no nos pillan —dijo Simón.

—Tienes razón, vuélcala —dijo Sid, tomándose totalmente en serio la estrategia, como si de ella dependiera la guerra que salvaría a un continente—. Yo la quiero que haga sombra, ¿eh?

Simón, ya solo, preparó una enorme línea, larga como el río Nivelle, que recorría el pueblo a los pies de esta montaña. Enroscó un billete, luego esnifó un tiro al aire y tiró de la cadena. Cuando salió, le pasó el billete a Sid, que palmeó su espalda —gracias, hermano, ésta te la debo—, y se dirigió al comedor para tomar el taco de billar. El primer pensamiento de Sid después de esnifar no fue para la madre de Simón. En un primer instante su tabique anestesiado, casi insensible como el platino, interpretó en el dolor la gran calidad de lo que se acababa de meter. Eso hizo posible el buen desenlace del plan de Simón y Biel, ya que los primeros estornudos lo asaltaron cuando llegaba, prácticamente invidente, ya a dos metros escasos del comedor y solo cuando sorbió los mocos le subió todo el material.

Según lo previsto, porque todo está en los libros: «Sintió que le ardía la cabeza. Los estornudos se sucedían sin interrupción hasta llegar casi a ahogarle. Durante unos instantes, quedó ciego, sordo, mudo». Todo eso, que sucedió en un pueblo francés de novela a finales del siglo XVIII, durante el reinado del terror, cuando los jacobinos intentaban imponer su luz, se producía otra vez ahora, mucho después, a apenas unos kilómetros. Lo que había salido del libro incidía ahora en la vida. No había sido una cajita de rapé, sino un falso saquito de cocaína. Y el desafiado era ahora ese tipo que estornudaba y cerraba los ojos con fuerza, como presa de un tic letal, frente a un príncipe heredero que le decía, con esa cercanía distante:

—¿Se encuentra bien?

—Fenomenal.

Entonces, y los urdidores del plan habían fantaseado con que eso podría pasar, si bien se conformaban con un aprieto más leve, un arroyito de sangre nació de la nariz de Sid y fue inventando su curso por la chaquetilla blanca del Filigrana. Cuando al fin salió corriendo para abandonar la escena, Simón chasqueó los dedos para captar algunas miradas ojipláticas que seguían al actor que hacía mutis: cogió el taco y completó una carambola de cinco bandas. Miró a su público, a todos esos comensales que seguían hablando cada vez que los servían, e imaginó entre el público al Juez, al Marciano, al Franco, al Capitán levantando una copa para el brindis y al Queyalosé diciendo su mejor frase. El príncipe aplaudió el número, francamente extraño, más a tono con las veleidades artísticas de la princesa, pero allá arriba Ernesto no aplaudió en absoluto.

—Un honor servirle —le dijo Simón a Su Alteza, con reverencia y sonrisa entrecomillada, irónica. Aunque recordó la de veces que le había hablado a taxistas, faranduleros o borrachos en ese mismo tono.

Tanto él como Biel estaban tan pletóricos que se abrazaron en el jardín. Llevaban bajo su chaquetilla algo parecido a un salvoconducto, los móviles con fotos de los contratos irregulares que el amigo de nuestro *héroe* había descubierto en el despacho de Sid. Y no pensaban volver al Filigrana, al que seguramente demandarían.

Biel había robado dos dulces carísimos de la cocina y se zampó el suyo justo después del abrazo. Simón prefirió saborear la espera para comérselo. Eso era Simón, aunque él no lo supiera: gente como él, ni rematadamente pobre ni suficientemente rica, es la única capaz de postergar el placer. De comerse antes el bocadillo de mortadela que el de chocolate en el patio del colegio. De seguir haciendo lo mismo el resto de su vida, incluso cuando piensan que han cambiado.

—¿Te vas a comer el tuyo o no? —dijo Biel, ya en el tren cremallera.

En el vagón, Simón quiso contarle a su amigo algo que le había dicho Estela cuando supo que se iba a trabajar a un restaurante de lujo. Le contó aquella cena de Trimalción, donde se sirvieron ubres de liebre, ocas rellenas de ostras, lenguas de flamenco y pájaros hechos de carne de cerdo. Cómo ya entonces la cocina no servía para poder ampliar los límites de lo comestible, sino para poner en su sitio a los pobres. Lo contaba y se reía.

—Claro, claro —le dijo Biel, y luego le relató algunos planes que quería acometer junto con Simón y que pasaban por viajar a otros restaurantes, en países diferentes.

Pasearon luego por la bahía del pueblo, a orillas del Cantábrico. Cruzaron a la carrera los puentes del Nivelle. Incluso se prometieron entrar en la iglesia de San Juan Bautista, donde se casó Luis XIV siglos antes: Simón se santiguó ante el portalón, porque, de algún modo, lo que acababa de vivir era casi el ensayo de la promesa de tantas lecturas de su primohermano. Se sentían en ese siglo, por fin fuera de su época, así de valientes. Llegaron a la playa.

*

—Sois idiotas —les dijo Candela, después de escuchar la historia en la playa—. No necesito que os hagáis los valientes. Yo no me fui por valentía, sino por orgullo.

—Y yo por las risas, no por ti —dijo Simón—. Me estoy imaginando cuando mañana Sid esté solo en su habitación y se lleve la mano a donde tú ya sabes...

—No es gracioso. No tiene ni puta gracia, Simón.

Entonces Candela se levantó y dirigió sus pasos descalzos hacia el mar. La siguió Biel, ajeno a la polémica, dejando una estela de risitas, anunciándose al mar con gritos de euforia a los que éste respondía efervesciendo. Simón los miró sentado sobre la chaquetilla de cocinero, dibujó en la arena una R de «Rico», levantó la mirada y jugó a imaginar las carambolas entre él y los otros dos que podría ofrecerle al lector enorme que estuviera en algún sitio devorando sus diminutas vidas. No sabía surfear, pero podía aprender. Vio sus cabezas flotando como boyas sobre los borreguitos de las olas y les dedicó un brindis, convencido de que a Candela pronto se le pasaría el cabreo. Ese brindis por Candela y por Biel, que en realidad lo era por su propio porvenir, iba dedicado también al Sastre, cuyos chanchullos le habían servido para llegar hasta aquí. Y a Estela, a quien imaginó junto a su madre, leyéndole dedicatorias. Brindó, eso sí, con la sonrisa del que sabe que aún no ha ganado un futuro digno de ser recordado. Pero que no ha acabado la novela, así que podría llegar a conseguirlo.

Es una buena noticia, Simón, que te sientas protagonista. Pero no deberías olvidar todas esas frases que te solía descubrir ese otro personaje al que casi has suplantado. Como ésta: «Cuando no tienes nada, no tienes nada que perder». O esta otra, que Rico te escribió en uno de esos libros, pero en un tramo más avanzado de la historia, cuando las cosas se ponían serias: «Lo malo es que cuando tienes mucho, quieres más».

II

Otoño de 2006

El problema real no está en encontrar el modo de mechar con cerezas un perdigón, sino en conseguir el perdigón; es decir, pagarlo.

ROLAND BARTHES, *Mitologías*

Asunto: Después de todas estas carambolas
De: scaramouche8@yahoo.es
Para: simonricoblanca@hotmail.com

Y aquí estoy, Simón.

¿Cómo estás tú?

Si te hubiera escrito una carta todas las veces que he pensado en ti, en cómo estarías, y si además la hubiera metido en un sobre y te la hubiera mandado por correo, ahora mismo sería el culpable de la deforestación de un continente: me perseguirían mil ecologistas locos y tú no serías tú.

Ahora lo hago por fin, en parte porque ya no hay que gastar papel gracias a internet, y me doy cuenta de que no sé a quién escribo, aunque puedo imaginarlo. Veo que tu correo es tu nombre completo, así que te imagino serio y centrado, pero también que aparece la bola blanca, por lo que quiero pensar que no me has olvidado del todo.

¿De qué color es tu bola blanca? Déjame adivinarlo: no es blanca. Nunca lo es: si vive un poco tiene el color de los huesos con pinceladas azules. Hace tanto tiempo que no te veo que no sé ni de qué color eres tú. ¿Tienes la cara granate? ¿O violeta?

Si no te he escrito antes es porque quería que crecieras y firmaras tus cartas como Simón Rico Blanca. Así que supongo que ha llegado el momento. No sé qué te dijeron cuando me fui, pero te aseguro que de algún modo lo hice para protegerme a mí y para protegerte a ti. Pensé que era el momento: esos ocho años juntos no serían suficientes como para que me echaras mucho de menos, pero sí para que me recordaras.

También me fui para ver mundo. El gran mundo. Como en los libros. Somos bolas de billar y ahora sé que tú también viajas y la negra, que aún conservo, y tu blanca ruedan locas por todo el planeta, por todo ese tapiz de mar, y quizás choquen en el lugar menos pensado. Etcétera. Yo también he rodado mucho. No sé, igual es posible que no me consideres un pesado si sigo escribiéndote.

Me encantaría, si supiera que aún me escuchas, que no me odias, contarte cómo gracias a un segundo premio en un campeonato de España pude pagarme el primer viaje a Nueva York. Llegué un agosto con un taco de billar y una mochila con tres camisetas, las tres que no te dejé, y un par de libros. Dormí cinco noches en un banco de Washington Square y comí gracias a mis apuestas al ajedrez. Allí tenían unas mesas con el tablero estampado. Ojalá hubiera podido robar una para el Baraja. A Ringo le encantaría. Luego me recorrí todos los sótanos con suelo de linóleo y lámparas bajas hasta que fui haciéndome un nombre en los billares que aún funcionaban, los que habían resistido a la moda de los ochenta, los yuppies y pijos que habían visto La Película. Ni siquiera sé si tú la has visto. La Película del billar. *El buscavidas*, hombre. Allí la gente juega al Bola 9, ya te explicaré algún día cómo va, aunque ahora que lo pienso quizá ya lo sepas. O quizá juegues a él mejor que yo. Cuando nos veamos tal vez tenga que mirar hacia arriba para saber el color de tus ojos.

Un día jugué en los billares Chelsea y le gané al campeón de Estados Unidos. Bueno, no realmente: era un negro enorme, vestido como un cantante de rap, aunque tenía como sesenta años, así que fallé aposta la última, para que no me cogiera manía. Ya te lo dije: lo importante, más que ganar, es dejar claro que podrías hacerlo. Él me llevó por varios estados. No sé si has visto la otra película: descubren a un pipiolo y lo entrenan en mil antros para que gane en el campeonato de Atlantic City. Aunque nosotros acabamos en Las Vegas. Algo así. ¿Porque has visto o no has visto La Película? Pues ésta es como la segunda parte.

Me han dicho que has salido en la tele. Yo también he rodado algunas películas. Sí, ya sé que no las has visto: eran películas para la tele y solo las han emitido aquí. Nada, papeles sin importancia. Y fui ayudante de dirección de cine X y durante un tiempo viví en la casa de una estrella de Hollywood. Le hacía de profesor de billar, como si fuera un maestro de esgrima, y a veces cocinaba algunas recetas del Baraja. Era algo así como su maestro y su mayordomo en Beverly Hills, en una casa que era enorme pero más pequeña que la piscina. Me echó porque me pilló liándome con su novia, una actriz muy joven que empezaba y que tenía la boca muy grande. Corrí mucho.

Corrí tanto que aparecí en Jamaica, donde hice de guía turístico durante un tiempo: todos los que venían eran fumetas, así que me lo inventaba todo. Me hice amigo de los más malos muy rápido, fumábamos bajo las palmeras y recuerdo que aquel año pasó despacio, como si fueran seis (aunque no es una excusa). Me encantaría contarte mil cosas que me han pasado. Incluso visité a un maestro que me enseñó a fabricar espadas a la vieja usanza: el cobre se vierte en la bala y luego se inyecta fósforo a miles de grados. A veces se añaden excrementos de pollo para que el acero fosforezca.

¿Lo puedes creer? Me parece que sí. Que solo tú podrías creer algo así porque sabes que era lo que buscaba desde siempre. Bueno, te confieso que lo de la espada me lo he inventado, pero lo otro no. Lo demás es cierto. Ni los papas ni Betty podrían creerme, pero me parece que tú sí, porque te he enseñado el truco y el juego que no acaba nunca: vivir como si tu vida fuera una película o una canción o una novela, buscar tu estrella y ser la estrella de tu propia vida. Etcétera. Todas. Esas. Cosas.

¿Recuerdas cuando Ringo me llamaba artista sin arte? No era el único, no. Pues al final me ha hecho viajar el billar. Ahora mismo te escribo desde Corea del Sur: lo del billar aquí es una locura. Soy medio conocido. Alguna vez me han parado por la calle y me han dicho que igual me dan una sección en un programa de tele. Aunque, por supuesto, eso es lo de menos.

Si sé que estás bien es porque volví a casa durante un par de semanas. No sabes las ganas que tenía de encontrarte allí, pero no puedes imaginar la ilusión que me hizo ver que ya habías volado. Lo primero que hice fue ir al billar y comprobar que te habías llevado la bola blanca. Mis padres y los tuyos han dejado el billar con todas las bolas de colores pero sin la tuya y la mía. Así que supongo que el resto de colores son como los borrachos del bar, que giran y giran y chocan y chocan sin ningún objetivo. No como nosotros, ¿verdad, Simón Rico Blanca?

Habría empezado todo esto con una disculpa por haberme esfumado, pero eso habría sido así si pensara que te he hecho daño. Si fue así, házmelo saber y tendrás un correo con un millón de Perdones (hace poco descubrí la opción de copiar y pegar de los teclados, así que tardaría poco: perdón).

Pero en realidad sé que eres la bola blanca y que estás rompiendo mil colores. ¿Qué lees? ¿Qué escuchas? ¿Qué comes?

¿Qué vives? ¿Qué encontraste? ¿Qué te gustó? ¿Qué lloraste? ¿Qué quieres saber? ¿Qué quieres ser? ¿Qué quieres?

Yo a ti, mucho. Aunque ya ni te reconocería por la calle. Es un poco triste, eso. No saber tu bebida favorita o tu primera chica o qué piensas los domingos por la tarde y quién te hizo llorar por primera vez. Cómo y dónde derrochas tus talentos.

Venga, bola blanca, rompe el color, dime algo,

Rico

*

Asunto: Rompe esto en caso de incendio
De: pelopeligroso@hotmail.com
A: simonricoblanca@hotmail.com

Simón,

No es normal que llevemos meses sin hablar. Como tú no vas a escribir, lo hago yo. ¿Ves qué generosa? ¿Ves qué espléndida con mis afectos que soy? El otro día me lo dijeron en un taller de los que hago: no hay que ser rácana con los cariños, eso es cosa de la cultura patriarcal; el primer gesto para desafiarla es no pasar el boli por su plantilla. También te digo que no voy a mandarte besitos o a suplicarte nada, que eso vaya por delante: en el relato que estamos construyendo juntos, a pesar de que tú te ausentes del texto demasiado, no voy a ser la que está en casa tejiendo y destejiendo la puta narración, esperando a que el héroe vuelva. ¿Me explico? Ya sé que no, que tengo que suavizar el tono para que me pueda entender alguien que solo ha leído novelitas.

Lo intentaré. A ver. Cada vez que estamos más de una semana sin hablar me dan ganas de ir a buscarte y patearte ese culo cocinero que tienes. Sobre todo por chorradas. Tú y yo estamos por encima de las opiniones y de los hechos, hostia. ¿Igual estás picado porque me pongo a hablarte de la cultura del lujo o de la industria agroalimentaria o del turbocapitalismo? Puede ser, pero cuando te digo algo es para compartirlo contigo. Es la costumbre. No es por insultarte. Lo diga yo o no lo diga, nos hablemos o no, el hambre afecta a un tercio del planeta, a dos mil millones de personas. Solo comemos doscientos cincuenta de los cincuenta mil vegetales comestibles y de los doscientos cincuenta mil existentes. Te puedo hablar de eso y del uranio en Níger y de la puta soja en Argentina y de cómo Monsanto acabará con el planeta gracias a sus semillas de mierda. Te puedo decir que se necesitan mil quinientos litros de agua para un kilo de maíz y quince mil para uno de vaca. Pero yo te necesito a ti, al menos un poco. Hoy tengo ganas de ti, como dice la canción esa rara. Y cuando te digo todo eso es porque me sorprende y tengo la mala costumbre de compartir contigo todo lo que me sorprende. No tiene que ver con nosotros. Me da igual que te dediques a eso. Incluso me parece bien que lo hagas. Ya sabes que yo no hablo con casi nadie. Al menos de lo importante.

Escucha esto. A ti que te gustan las fiestas te molará esta historia que leí el otro día. Va sobre la farra más descomunal de la antigüedad. Nerón organiza una party tremenda. Invita a todos los poderosos de su época para ponerse hasta arriba. Como las del Baraja pero a lo bestia. Entonces le surge un problema: la fiesta se alarga y se hace de noche y hay que iluminarla de algún modo. Así que trae a mogollón de criminales y condenados y los hace quemar para iluminar la fiesta. Alguno de los invitados duda, pero no creo que mucho ni mucho rato. Porque mientras colocan esas uvas en su lengua o se llenan las panzas con mamíferos gigantescos otros seres humanos arden. ¿Y sabes lo peor? Pues que los invitados son los más majos de Roma, los que solemos admirar nosotros: poetas, músicos, historiadores, artistas. Si te digo todo esto, Simón, es porque yo también estoy en ese banquete, supongo. Pero por eso te explico las cosas, joder, para que al menos lo sepamos. Y, nada, es tu vocación, pero solo quiero que lo sepas porque a mí me gusta, al menos, saberlo. Sepamos, sepas, saberlo. Como me corrijas, te crujo. Saberlo, sí. Aunque luego vayamos juntos al Burger y nos pongamos coronas y nos riamos mucho.

Me gustó saber que andabas haciendo tantas cosas y viajando tantísimo por todo el mundo. No me gustó tanto que me escribieras tan poco y tan tarde. ¿Dónde estás ahora? ¿En Filipinas? ¿En Hong Kong? ¿En Kioto? ¿En Copenhague? ¿En Logroño? No me tengas miedo y cuéntame, joder. Vi por internet esa entrevista donde decías no sé qué de la quinoa. ¿Qué pretendes hablando de ella? ¿Pero tú sabes que como pongáis de moda la quinoa vais a arruinar los campos de los países donde se cultiva? ¿Que entonces tendrán que importar comida de mierda porque no podrán producir otras cosas allí? Perdón, perdón, me disparo. Estabas hasta guapo, en la entrevista, aunque con una pinta de pijo brutal.

El barrio sigue igual y diferente. El Juez anda algo enfermo, tendrías que ver a la Betty (parece una yuppie) y mi padre no sale del Baraja. Desde que mi madre ya no puede encargarse de nada, nuestra casa es demente: el otro día fui a una casa okupa y aluciné con el orden y lo bien que olía. Así es mi hogar ahora en comparación. Pienso mucho en mi madre. Me anticipo a lo que va a pasar, ¿sabes? Porque ya es como si no estuviera. Pienso en mi madre pero también en ella, como Violeta, hablando contigo, cuando leíamos las dedicatorias y nos reíamos de los que habían revendido libros tan importantes para ellos. «No nos separaremos nunca», etc. Si nos pasa lo mismo, que conste, será tu puta culpa. Flipo, para una amiga que tienes.

Y hazme un favor: no descuides a tu madre y a tu tía. Sigo quedando con ellas. Ahora ya no hacemos lo de las reuniones de tupperwares. Las he convencido para que se piren a media tarde una vez a la semana y se reúnan en la cafetería de Manso para hablar con las amigas que hicieron ahí. Sin excusas. Café con churros. Con cafeína, joder. Por todo lo alto. A veces les pongo vídeos que he descargado en el ordenador. Vídeos musicales donde salen tíos buenorros. Me hace mucha gracia cuando se ponen como adolescentes. Luego les hablo de la feminización de la pobreza y de la necesidad de no externalizar los cuidados y de que si cobraran por todos los que han dado ellas nos podríamos pagar un viaje a Acapulco cada año. Pero ellas me piden que me calle y que les ponga más vídeos: empiezan con los de Pedro Piqueras cantando un bolero, después de Felipe sin americana y luego me piden a Eros Ramazzotti y a Julito para cantarlo y se van animando y al final no veas el cineclub dónde acaba: yo les digo que el feminismo también es un movimiento interseccional, que necesariamente debe luchar contra las diferencias de clase o los abusos raciales, pero es imposible que alguna no acabe pidiéndome «el vídeo del mulatito rico» o «la película del conguito» (no hay prisa, paso a paso). Se encienden que no veas, sobre todo cuando nos reunimos en una de sus casas, a puerta cerrada. Si alguien escribiera una novela sobre ellas, por fin me pondría a leerlas. Sobre todo para que la gente leyera lo que suelta tu tía; tu madre es más discreta. Te echan de menos: si quieres no me respondas a mí, pero, pavo, haz el favor de escribirles a ellas.

Pero si te escribo ahora y no antes ni después es por algo que quizá ya sepas. Ha vuelto Rico, Simón. Y quiero avisarte antes de que te escriba él (no sé si he llegado a tiempo, lo vi hace solo unos días). Su boca dice unas cosas y sus dientes otras. Los tiene negros y le faltan un par. Ha envejecido como lo hacen los guapos del patio cuando dejan el patio y también de ser guapos: como el culo.

Te escribo porque, estoy segura, él te va a escribir, Betty sabe tu mail y tu madre y tu tía también. Y porque quiero decirte que hagas lo que quieras, faltaría más, pero ojo con él.

Te dirá que todo va bien, pero es muy probable que necesite dinero. A estas alturas ya no se lo puede pedir a tus tíos ni a tus padres, así que solo le quedas tú. Siempre me dijiste que sospechabas que, de algún modo, lo de la pasta del Sastre te lo había dicho él. Me da igual si ya te la has gastado y si, como dices, gracias a ella has conseguido aún más. No digo que no le ayudes. Faltaría más. Solo digo que antes de hacerlo lo veas y hables con él. No le hagas caso si primero te habla de mil leyendas, de que es el rey del mambo, de que no sale el sol sin pedirle permiso... porque, insisto, tú en el mail no lo verás, pero su boca dice algo y sus dientes lo contradicen.

Sé que será un shock. Que querrás verlo. O no. Que como casi no sé de ti, pues ni puta idea de qué sientes ahora. Pero recuerda lo mismo que te dije un día: eres Simón. Simón, no es como el juego: no tienes que hacer lo mismo que el otro. Eres tú, Simón, y por eso eres mi amigo. Y por eso, pese a todo, te quiero. Idiota. Espera, que me estoy durmiendo y quiero explicarte esto bien. Ahora vuelvo.

Ya está. Le estoy cogiendo el gusto a esto de escribirte por aquí: no me interrumpes. También es verdad que tampoco me preguntas qué tal me va. Pero te lo voy a decir: me va raro. Me están pasando muchas cosas. ¿Recuerdas cuando volví de aquello en el MACBA como loca? Lo de la Maratón Posporno. Me dijiste aquello de que se empezaba meando por la calle para manifestarte y se acababa viviendo rodeada de gatos. Qué listo y abierto has sido siempre. Pues desde que te piraste he ido quedando con las chicas que conocí allí. Están siempre enfadadas y siempre se divierten. Parece raro, ¿no? Hacemos mil fiestas, en el Palau Alós, en La Bata de Boatiné, en el Queeruption, que se celebró hace poco en una fábrica okupada. Es la hostia todo lo que hacen, no porque te dé respuestas, sino porque me hace dudar de todo. Si podría ser un hombre, si me gustan las mujeres, si me mola apagar cigarros con la lengua (te oigo diciendo esto). En serio, se ponen a bailar como locas si suena la Pantoja o canciones así con guitarras que gritan mucho (*riot grrls*, se llaman). Un día tengo que llevar a tu madre y a tu tía. ¡Y a ti! Es broma. No te dejarían entrar.

El Ayuntamiento ha aprobado una nueva ley: a este paso, no se podrá hacer nada en la calle. «Ordenanza cívica», lo han llamado. Dentro de poco no podrás ni comerte un bocadillo andando por la calle. No sé, todo igual pero cambiado. ¿Te conté lo de la tipa aquella que invitaba a la gente a que le mirara el útero con un espéculo? ¡Mirad mi coño, no tiene dientes! No te me asustes, Simón, que te pones muy aprensivo. Después de crecer contigo en sitios como el Baraja, estos encuentros son como poder mudarte a otro planeta de otro puto universo paralelo. Me encantaría llevarte, aunque fuera para que te rieras de mí cuando me pongo ahí a bailar. Ah, les flipa lo bien que juego al billar, pero eso tú ya lo sabes, que te he ganado mil veces. Aunque es cierto que pedirles que me señalen la negra me da más cosa que contigo...

Te dejo ya, que tengo que ir a comprar una biblioteca que me han chivado. La ha palmado un borracho del barrio. No, no es uno de los del Baraja. Sigo estudiando el máster en edición al que me apunté tiempo después de la carrera y los domingos me saco para gastos con el puesto del mercado. Igual al final no escribo pero me dedico a editar y a seleccionar lo que otros escriben. Aunque lo que me interesa a mí no tiene mucho mercado. Pero vete a saber si todo cambia. Me va bien. Ya te contaré. A veces me siento muy sola en casa. Y sufro por mi padre cuando le tengo que quitar los pantalones y meterlo en cama, al volver del Baraja. Me da menos grima que antes, porque ya no está como para ir a puticlubs. El mundo es demasiado grande y feo, por eso no me interesa, quizá por eso me gusta meterme en cuevas y garajes con mis nuevas amigas. Pero en cuanto vuelvas salgo y nos paseamos como antes. A ponernos coronas de cartón. Te echo de menos, imbécil, como diría mi madre. Cuídate y échame de menos un poco. *Come on*, Simón. No hace falta que me lo digas, que sonarías falso.

Estela

Pd.: Por si te lo preguntabas, mi pelo aún es verde. Me reconocerías a dos kilómetros.

Pd. 2: Insisto por aquí, porque solo si te importa lo leerás. Mi madre está peor. Le haría gracia ver que le envías unas palabras. A veces aún recuerda algunas cosas. Tiene una memoria muy selectiva. Como todos, supongo.

[mechonpeloverde.jpg]

*

Asunto: Algo
De: tutederingo@yahoo.com
A: simonricoblanca@hotmail.com

¿Simón? ¿Cómo estás, *menut*?

Decir que no tengo ni idea de si esto llegará o de si entiendes mi letra. Bueno, Estela lo pasará a limpio para enviártelo. Me ha hecho hasta una dirección. Son las ocho, éstos están con la partida, pero me he cansado de ganarles. ¿Me lees o no? Estela me ha dicho que habló contigo y que no me preocupe, que los mails nunca se pierden.

Me dicen por aquí que un saludo. Están el Juez (anda poco católico), el Queyalosé (que ya sabes lo que dice) y un par más. Le están dando al orujo de hierbas que no veas, así que mejor que no lo veas. No hay mucho que ver. Y lo que hay lo has visto mil veces. Un ejemplo: el Capitán se acaba de tirar una copa por encima. Yo creo que lo hace porque el médico le ha dicho que beba menos, pero a él le gusta eso de levantar vasos. Igual se piensa que así hace ejercicio.

Decir que tus padres y tus tíos están bien. Siempre a la greña, claro. Pero más o menos igual. Aunque el bar está un poco más vacío. ¿Sabes que vino el artista sin arte, no? Me dijo que quería verte. No le comentes nada, pero lo vi un poco apurado, la verdad. Como poco centrado, ¿sabes, *menut*? Un poco ido, pero vete tú a saber. Yo no soy quien para juzgar. Para eso ya está el Juez. Tú a la tuya, recuerda eso siempre.

Te vimos aquel día por el televisor. Vaya lío le montasteis al jefe, ¿eh? Así me gusta. Yo ya te he dicho por qué me hice taxista: libertad, divino tesoro. Ni autoridad ni jefes ni polis. ¿Te he contado aquella vez con los melenudos que...? Joder, me cuesta escribir. Te lo cuento cuando vengas. Porque vas a volver, ¿no? Si no, dímelo y monto una excursión para ir donde digas a visitarte.

Yo estoy bien. He vuelto con la Michelle: me parece increíble que me la presentaras tú, cuando de niño te llevaba como cebo a Montjuïc, a pescar turistas. No sé si te acordarás, eras muy pequeño, pero te la debo. Decir que a veces vamos a Montjuïc y le cuento cosas de ti. Dice que quiere tener un crío, pero la verdad, entre tú y yo, me da un poco de pereza. Ya estoy mayor. Creo que me quitaría la libertad, por lo que he luchado toda la vida. Ya te tengo a ti, le digo a veces y entonces me mira un poco raro. Un poco *gago*, que diría ella. Luego dicen que la gente no habla como en las pelis: *pog* supuesto y en eso *gadica* su encanto. Ah, he dejado de fumar. Bueno, de comprar. Ahora que no se puede fumar en los bares prefiero dejarlo que chupar frío en la calle. Que lo prohibieron hace ya diez meses pero, chico, que yo no me acostumbraba, así que nada, lo dejé. A veces me fumo uno, pero solo en ocasiones especiales. Ahora, por ejemplo, me estoy fumando uno, porque no sabía qué decirte y me lo ha dado el Marciano.

No sé qué más contarte. Decir que tengo ganas de que aparezcas por esa puerta y te subas a un bote de Colón y cantes. Bueno, eso era antes. Igual ahora, que eres más alto que yo, ya no cantas. Espero que no, ¿eh? No le hagas mucho caso a la gente que te da consejos. Y mucho menos a los que escuchaste aquí. Tú a la tuya.

Ven cuando quieras, que yo de aquí no me muevo.

Te mando un abrazo (éstos me dicen otra vez que te salude de su parte; de mis partes, dicen, los pobres creen que aún tienen gracia).

Ringo

*

Asunto: Tu madre
De: lacocinamerlín@hotmail.com
A: simonricoblanca@hotmail.com

Hola, hijo:

Soy tu madre.

Dice la tía que no empiece así, pero yo prefiero decir las cosas claras. Ordenadiñas.

Aquí como siempre.

Como siempre no, porque no estás tú. Pero bien. Más bien que mal.

¿Nos enseñarás algún plato? ¿Nos cocinarás? Tu padre se ríe de eso pero dice que tiene hambre de lo que tú cocines. Treinta años cocinando para esto. Estarás contento ;) ¿Se hace así, hijo? Dice Esteliña que quiere decir que te sonrío «en tono irónico».

Qué bueniña es. Con su pelo verde y todo. Que está cada vez más rara pero cada vez más maja. Nos monta unas reuniones que, bueno, ya te contaré. Nos dijo a tu tía y a mí que nos teníamos que abrir un correo. Y dice que si queremos que nos monta una web. La cocina de las Merlín, dice. No sé. Bueno. Yo lo del *miel* lo he hecho para poder hablar con mi hijo. Que si no, no llamas. Ya sé que corre la conferencia, hijo. Me parece bien.

Vino tu primo, supongo que ya lo sabes. Tu tía anda en shock. Tu tío se puso enfermo una semana después de que viniera. Y eso que ni lo vio. Vino cuando estábamos preparando todo por la mañana. A primera hora. Como antes, cuando venía y te daba los libros. ¿Te acuerdas? No sé qué te va a contar. Pero yo quería decirte que si en algún momento no te dijimos todo era por tu bien. Igual lo hicimos mal pero era por tu bien.

Tu padre está bien y tu tío, dentro de lo que cabe, también.

El resto de los del bar están más pesados que nunca. Son los años.

Te vi por la televisión. No entendí nada pero me gustó verte. Tu chaquetilla un poco arrugada. ¿No os las plancha nadie? Espero que lleves los calzoncillos bien limpios. Nunca se sabe. He leído que hay muchos accidentes en la cocina. Imagina que te llevan al hospital y, mira, los calzoncillos siempre limpios. Ése es mi consejo, hijo. Para todo.

Me gustaría mucho darte un abrazo, Simón. Llama o habla cuando puedas. Te paso a tu tía.

Besos,

Tu madre

*

Hola, hijo:

Soy tu tía.

Es la monda tu madre, ¿eh? Hay cosas que no cambian. Hola, hijo, te llamé Simón, soy tu madre, la que te tuvo un día, estoy aquí, aquí en el bar, en el mundo, llamado Tierra. Blablablá. Perdónala, hombre.

Ya ves que nos hemos modernizado. Escribimos emilios y todo. Creo que vamos a montar una web para vender en la red y así librarnos de todos estos que todo el día que si yo lo que haría y que si falta un poco de sal y que si lo que tienes que hacer. A que te la haces tú.

Digo que nos hemos modernizado, así que cuando quieras enséñanos alguna receta, hijo. No veas lo que estamos aprendiendo. Que te diga la Esteliña. Lo nunca visto.

Vino mi hijo. Ricardo, quiero decir. Ya te contaré. Sabes que a mí me gusta contarlo todo pero lo siento si estás decepcionado. Las cosas claras: por aquí no querían los hombres que pensaras que se había ido por culpa de la familia. Por eso no te contamos todo. Nos dijo que no iba a volver, aunque yo sabía que sí. Y mira ahora. Yo me alegro de que lo haya hecho. La verdad es que el resto me da un poco igual. Pero pienso en ti y quiero que os llevéis bien, como siempre. Yo lo vi cambiado. Pero a mejor, ¿eh? Muy tranquilo. Muy aseado. Olía bien.

Hijo, sobrino, no sé qué decirte. Tengo muchas ganas de que le des un meneo a esta cocina y me enseñes cuatro cosas. Ya sé que ya eres un hombre hecho y derecho pero si quieres un día dormimos juntos una siesta como antes. A mí me encantaba, ruliño. Acuérdate de todo lo que te enseñamos. Recuerda que si haces redondo relleno, la tortilla déjala hecha antes. Yo creo que así los sorprendes. No tardes mucho en hablar, que aquí se ponen nerviosos. Yo no, que yo lo que quiero es que veas mundo. Me sorprende un poco que lo quieras ver de cocina en cocina. Pero ojalá lo pudiera hacer yo.

No te pongas nervioso nunca.

Te quiere,

Tu tía

Socorro.

Pd.: Estoy bien, no pedí ayuda, es que Socorro es mi nombre. Es una broma. Así ;)

Asunto: Holaaaaaaaaaaaaaaaaaaaaaaaaaaaaaaaaaaa, ¿¿¿quién
soy???
De: beth@colladohomes.com
A: simonricoblanca@hotmail.com

Qué tal estás, *petit*??????
    Te atrapé. ¿Ya no me echas de menos?
    Me pasó tu dire tu amiguita Estela. Más maja. Con mucha
PERSONALIDAD. Eso es lo que quiero decir.
    Me dijo que andas viajando por todo el mundo. Qué en-
vidia, no? Yo ya sabía que ibas a ser ALGUIEN. Ya me lo imaginaba, no es por nada, pero ya lo imaginaba yo!!!!! Un piso
ideal para reformas!! Con muchas posibilidades!!! Ya me han
pasado un par de links de webs de estas de cocinitas donde sales.
¡Y hasta un par de vídeos! Te queda mejor la chaquetilla que a
los húsares la casaca, *petit*.
    Por aquí todo bien. No, espera, por aquí todo MUY PERO
QUE MUY BIEN. Todo va rápido, muy rápido, fiu. Esto es un no
parar, vaya. Que si paras te mareas, ya te digo. La cosa va fina
en el trabajo. Ya sabes que para mí el trabajo no es LA VIDA. La
vida son canciones y coches y semáforos en rojo y pum, ya estás
en otro sitio. Pero la verdad es que no me va mal el trabajo. Te
voy a decir una cosa, un CONSEJO, está bien trabajar, pero está
mejor que trabaje el dinero por ti. ¿Has descubierto ese TRU-
QUI o aún no? Pues tendrías que ir descubriéndolo!! Ahora que
eres famoso y sales en los medios y viajas por el mundo, quiero decir.
    Mi padre flipa con lo que estoy consiguiendo con la inmo-
biliaria. La verdad es que a mí me da un poco igual, pero, no
sé, me sale. No paro de vender pisos sin parar. A unos precios
ABSURDOS. Te lo JURO. De risa. LA GENTE de verdad que se

ha vuelto loca. Ya sabes lo que pensábamos de la gente en mi grupo de amigos, nuestro grupo. De la mayoría de la gente, quiero decir. Te lo recuerdo: eran aburridos y también un poco TONTOS. Ya no hago muchas de las cosas que hacía, tengo más CABECITA, pero eso lo sigo pensando igual. Tú te crees que tienen que estar comprando pisos todo el rato. Que a veces, joder, los veo llegar y con las pintas ya veo que la cosa les va grande. Pero, claro, solo piensan en su PLASMA, su vitrocerámica (que ya no se lleva, pero ellos no lo saben) y venga coche para aquí y coche para allá, con altavoces en todas las puertas, pero si no sabéis NADA DE MÚSICA (aunque digáis que os gusta de todo). Alucinarías con lo que están pagando. La verdad es que los bancos se lo están poniendo fácil. No te quiero aburrir (TE ESTOY VIENDO BOSTEZAR, NO SEAS MALEDUCADO JAJA-JAJ), pero es que si compras ahora, por ejemplo, te desgravas entre un 20 y un 25%. Así que venga a enseñar pisos y venga a vender. Es una locura. Nos acercamos a dos millones en todo el país. LOCURITA.

Por cierto, me pongo un poco SERIA (no mucho, no te creas!). Si ahora que parece que tienes dinero quisieras comprar, avísame y yo te ayudo. No quiero que nadie time a mi *petit*. Piensa que si te van a prestar capital no lo hacen gratis. No hay dinero gratis de momento. Vete con ojo. Casi el 98% lo están haciendo a interés variable. Antes de firmar nada, ME PEGAS UN TOQUE. Hay algunas cláusulas que podemos mirar.

PERO QUÉ HAGO? Parezco mi padre ya, que no paro de trabajar. A veces me doy algún homenaje, alguna noche, claro. O si sale bien una venta, pues oye, tengo derecho, no? Un gin-toniquito mientras todos trabajan, que yo soy mi PROPIA JEFA, y a veces lo alargo un poco, pero que a veces vas a comerte una paella y ni te la comes porque te lías. CALIDAD DE VIDA.

Yo no he cambiado nada. Que a ver, debajo del traje de chaqueta y la pinta de PIJA GUAPA (esto me lo dice un cliente), sigo siendo la misma Betty. Que yo no he cambiado, vaya, que soy LA MISMA. Nada de nada.

Dicen que tu primo ha vuelto al barrio. O no sé, que vino unos días. Yo no lo he visto. Me da un poco de RESPETO verlo. No sé cómo reaccionaría. Al fin y al cabo, que le DEN, no? Se fue él... Algunos no se creen que haya viajado un montón, pero yo lo vi en un vídeo de internet jugando a billar rodeado de chinos. Éste es capaz de haberse grabado clavando un par de tacadas ahí en cualquier bar, que ya te digo que al lado del Baraja cada vez hay más de éstos, que me parece muy bien, eh? Pero es que ni le cambian el nombre (algunos llevan nombres gallegos y queda raro) ni limpian ni nada, y luego encima se quejarán de que digamos «voy al chino», pero si es que son todos iguales; los bares, quiero decir, que a mí me parece muy bien que vengan, pero, no sé, que se lo curren un poco. Pues eso, que es capaz de haberse grabado en cualquiera de esos que hay en cualquier sitio y decir que está en Corea. No sé. No te quiero asustar, pero algunos dicen que lo han visto un poco mal. Muy fantasioso, por decirlo fino. Y algo hecho polvo, por concretar. Pero nunca sabes. La gente es mala. También dicen muchas cosas DE MÍ y ya ves lo buena que soy. DEMASIADO BUENA. Que estoy demasiado buena, me dicen por ahí. ¡Demasiado corazón!

Me encanta ver cómo los chicos de la pandilla del mirador están cada vez más gordos, cada vez más calvos y yo cada vez más MONA (no me gusta la falsa modestia). Eso los que quedan. Que aquel del tatuaje en la cara por el que me preguntaste un día ya ni anda por aquí.

Bueno, *petit*. NOS DECIMOS COSITAS, SÍ? Avísame, porfa, si vienes o si vuelves a salir en la tele. Porque te quiero VER y vas caro. Aunque sea en la pantalla. Y a ver cuándo cocinas para mí, como aquel pícnic en casa del sastre! Me acuerdo de aquello también, no te creas que no. Será nuestro SECRETO siempre.

Y sobre todo, no sé, yo no sé cocinarte. Pero si te puedo ayudar en ALGO, dime. Y como en lo que te puedo ayudar es en mi trabajo, pues cuenta conmigo. Quiero decir, si realmente estás haciendo dinero y quieres invertirlo o comprar algo... nada, algo sencillo, un apartamentito, un piso, un localito (hay bajos por ejemplo, bastante APAÑADOS), me dices que yo te busco alguna ganga y gratis a cambio de una cenita.

Nada, *petit*, que estoy segura de que estás hecho un caballero de novela. Fijo que ya no te vendería como IDEAL PARA REFORMAS o PERFECTO PARA INVERSORAS. Simón Rico, estoy segurísisisisisisisima de que ya te podría vender así: ORIENTADO AL SOL, CON MUCHA LUZ Y ENCANTO,

IDEAL

PARA

ENTRAR

A

VIVIR.

Te lleno la cara de petonets (no te la laves durante unos días)...

XXXXXXXXXXXXXXXXXXXXXXXXXXX,

Bettybum

*

Asunto: La verdad
De: scaramouche8@yahoo.es
Para: simonricoblanca@hotmail.com

Simón Rico Blanca:

¿Cómo va tu película? ¿Saco las palomitas? ¿Crees que es para un público minoritario o va a ganar muchos premios? ¿Está emocionante? ¿Es su personaje protagonista lo suficientemente memorable? ¿Está en apuros o se libra de todas? ¿Y los secundarios? ¿Hay sitio para uno de ellos, el que le enseñó a leer y a reírse?

No sé si te acuerdas de cuando te contaba historias para que te durmieras. ¿Te acuerdas? Yo sí, Simón. No soy tan viejo, no me falla la memoria. Te explicaba algunas que estaban ambientadas en una playa. La cosa sucedía en 1964 y había monstruos y héroes. Unos vestían cuero y botas y los otros, trajes estrechos y zapatos en punta. Y lo mejor es que con esas pintas pisaban una playa y se liaba gorda. No existían ya guerras mundiales, sino que las únicas guerras eran entre jóvenes. Ahora que soy casi no joven me acuerdo mucho de lo que te contaba. ¿Te acuerdas de aquel libro que te regalé? Subrayé esto: «Hale no llevaba ni tres horas en Brighton cuando se dio cuenta de que querían matarlo». Pum, ahí lo llevas. ¿Te acuerdas? Pues he mudado aquí, sin pensarlo. A Brighton.

Oye, estoy pensando, si te quieres venir unos días a descansar de tu gira de restaurantes de pijos, aquí estoy, ¿eh? Lo que pasa es que avísame con tiempo porque si apareces de sopetón igual no estoy o algo... Tú me avisas y vemos si nos vemos aquí o en Barcelona.

Podríamos vernos, no sé. Es que es una pena.

Tu primohermano,

Rico

III

Invierno de 2008

El corredor de bolsa que eleva y presiona, compra, vende y juega con préstamos y comercia con secretos de Estado, ¿qué es sino un maestro del juego? El mercader que comercia con té y con sebo, ¿es acaso mejor? Sus fardos de sucio añil son sus dados, sus cartas le llegan cada año en lugar de cada diez minutos y el mar es su tapete verde.

WILLIAM M. THACKERAY, *Memorias y aventuras de Barry Lyndon*

Las sorpresas llegan siempre cuando doblas la esquina, sea de las páginas o de las calles.

Rico podría haber recordado esta frase que un día anotara en un libro para su primo, cuando aquella noche un tipo le saltó encima al tomar la siguiente calle. Un tipo que segundos después enarboló una botella que acababa de romper contra el canto de una papelera y le dijo:

—Estás tan acabado que me da hasta pena rematarte.

—Tranquilo. A mí me pasa lo mismo.

—¿Cómo?

—No, si lo digo por mí.

La gente dice que algunos libros envejecen mal, tanto como algunas personas. Como algunos personajes. Como Rico, con treinta y cuatro años. Rico en crisis, como lo estaría el resto del mundo meses después de este marzo de 2008.

Rico, por no ver lo mal que había envejecido, llevaba tiempo sin mirarse al espejo. Esa noche acababa de cuadrar la caja del Oasis, ese bar que habría deseado que fuera un espejismo: el abrevadero de los camellos barceloneses, que vendían cocaína a escasos metros de la comisaría que se acababa de inaugurar en la Zona Franca. Había salido a la calle y dado unos cuantos pasos hasta la siguiente esquina. Se acababa de encender un cigarro, su silueta bañada por la luz tísica y naranja del fluorescente de un letrero, cuando lo asaltaron y escuchó la botella romperse para luego ver cómo lo apuntaban con ella.

En realidad a Rico no le importaría convertirse en un titular de un breve: «Muere un hombre (¿dirían "joven"? Un futbolista de esa edad es viejo y un escritor es joven. ¿Es joven o viejo un desgraciado de esa edad?) de treinta y cuatro años en el barcelonés barrio de la Zona Franca por un ajuste de cuentas». Lo que le daba miedo, a cuatro patas sobre la acera, a dos calles del bar, era que lo marcaran todavía más.

Cuando sintió la botella en su mejilla derecha, supo que aquello era una gran escena de película, pero que lo dejaría aún más fuera de la vida. En el cine si la cara de un tipo estaba cruzada por una cicatriz lo conocerían como «el de la cicatriz». Y eso podría ser incluso bueno para el personaje. En cambio, si esa misma cicatriz la tenía el actor, quedaría, en el mejor de los casos, encasillado en interpretar a gente en peligro. Le sería muy difícil pensar en sí mismo en otros roles, viviendo de modos distintos, protagonizando algún final feliz, si aquí y ahora le rajaban la mejilla. Lo supo cuando se tocó la cara, descubrió sus falanges rojas y pensó: «Pero qué tonto eres, Rico; qué mal lo has hecho». Aunque se lo temía desde mucho antes. No desde antes de empezar a trabajar en el bar Oasis, hacía ya un par de años, cuando había vuelto a Barcelona para vivir fuera de su barrio y visitar solo de incógnito a las Merlín fuera del bar. Sino más bien desde que había escapado del Baraja y de la ciudad en 1992, hacía ya dieciséis años, después de la Noche de las Azoteas.

*

Simón se peleaba con la tapa de un bote de espárragos blancos cuando la entrada de Ona produjo como un cambio de iluminación. Más amable, más dorada, alguna mota de polvo suspendida en el haz de luz. Verla, con su camiseta de rayas marineras de cuello abarcado y adornado por un camafeo de marfil, el pelo rubio y lacio enmarcando el óvalo de su cara, fue descubrir que, por mucho que actuara, siempre sentiría nervios de estreno ante alguien así.

Ona, esa chica que parecía guardar el sol en su melena, era la hermana pequeña de Biel, estaba entrando en la cocina de esa torre de Begur adonde Simón había llegado en calidad de amigo de la familia, aunque llevaba unos cuantos días ganándose su permanencia a los fogones.

—Hola, me llamo Ona. ¿Quién eres?

«Tu amado servidor en otra vida», pensó y no dijo Simón, que añadió una frase que sonó casi a la defensiva, como queriendo dejar claro que no era el camarero:

—Soy amigo de tu hermano.

—Encantada.

Ona le arrancó el tarro de espárragos blancos de las manos, golpeó la tapa contra la encimera de granito color tofe y se lo devolvió abierto después del clac. A Simón, pese a conocer el truco, la maniobra le pareció mágica. Le costó gran esfuerzo no aplaudir.

Esto sucedía en un marzo de 2008 incomprensiblemente soleado y caluroso. Biel y Simón habían ido a una de las casas de la costa de los Camprubí después de dos años viajando por todo el mundo, encadenando breves periodos de prácticas en restaurantes de primer nivel en Tailandia, Estados Unidos o Suecia. También después de alguna que otra excursión para probar drogas exóticas en países latinoamericanos, gracias a las cuales Simón descubrió que su yo animal, después de beber cierta infusión de peyote, era un pájaro de ocho colores. Biel dijo que se había visto como un coche descapotable de oro macizo.

Todo marchaba viento en popa según lo proyectado después del Filigrana. Durante el viaje habían vendido ideas de puestas en escena y emplatados que les habían procurado fama de buenos asesores. Eran la nueva sensación en determinados circuitos, el equivalente a unos escenógrafos revelación en el mundo del teatro, y esto les reportaba dinero y los ponía bajo los focos de algunos medios de comunicación especializados. Dinero llama a dinero, decía Biel. «¿Ya has llamado a tu padre para contárselo?», le decía Simón, que apenas telefoneaba al Baraja.

Juntos habían ido macerando un proyecto que acabaron de enfocar y ver claro durante su estancia en Nueva York. Simón aún recordaba algo que le había contado Rico en su momento. Se trataba de un restaurante que había permanecido abierto solo un par de años, entre el 84 y el 86, y que se llamaba El Internacional. Lo que le gustaba era que ese lugar, impulsado por un artista llamado Antoni Miralda (Rico había conocido a un primo suyo) y la chef Montse Guillén, era que el primero que había convertido algo como deglutir en una experiencia pop, con esas fiestas temáticas disco y esas cartas diseñadas con el primer Apple Macintosh que explicaban, por ejemplo, la historia de la oveja domesticada desde los sumerios: The Inmigrant Sheep. Cuajaba en Simón la idea de que la cocina era un arte y, por tanto, él, un artista. Un artista con un arte.

Simón y Biel estaban entusiasmados con la idea de actualizar esa idea. De momento, ya habían liado a un socio capitalista.

—Todo eso de ese bar famoso está muy bien, ¿pero qué tiene que ver con vuestro proyecto? —había preguntado antes de sentarse a hablar de números.

—Todo —dijo Simón con algo de pompa—. Porque comer no será ya solo comer. Será también compartir. ¿No es bonita esta idea? Bueno, compartir una experiencia artística y cultural, claro. Compartir fotos, quiero decir.

El socio no lo había comprendido del todo, pero tal era la seguridad de Simón que decidió dejarse llevar. Ahora tocaba convencer al padre de Biel, que en realidad llevaba meses abriéndoles las puertas de restaurantes con llamaditas, algo así como cuando Rico fingía abrir las de los ascensores con un chasquido.

A Begur habían venido oficialmente a descansar. No habían podido hacerlo en la casa de la Cerdanya, esa que tenía hasta una pequeña capilla y tres bodegas, porque estaba ocupada, así que el buen tiempo de este invierno los había empujado a la casa de los veranos. Ona, que parecía tener mucho que estudiar, porque se paseaba por la casa siempre mordisqueando el capuchón de un rotulador amarillo a juego con los destellos de su pelo, había decidido unirse a ellos para concentrarse, ya que sola en Barcelona se dejaba tentar demasiado a menudo por las propuestas de sus amigos: ir a beber en esos pubs de la zona alta donde no hay máquinas de cacahuetes, sino que sirven almendras tostadas en barquitas de cerámica.

—¿Qué pasa, niñata? —Era Biel.

Ona ni contestó y dirigió sus pasos de calcetín sobre baldosa hidráulica hacia su hermano. Se acercó, le quitó esas gafas redondas de carey y le dio un beso en la frente, como si fuera ella la hermana mayor. Y luego volvió al sofá, donde pasó sus gemelos por debajo de las nalgas, y siguió subrayando dossieres enlomados con espiral bajo la luz amable de una de esas lámparas en forma de cesta diseñadas por Miguel Milà, amigo de la familia. Simón no quiso preguntar qué estudiaba Ona, porque eso significaría saber su edad y su excedente de lozanía no hacía presagiar nada bueno. De entrada le hacía sentir un anciano a él, que solo tenía veinticinco años.

Biel y Simón quisieron ser respetuosos con el estudio de la hermana pequeña, así que se pusieron sus abrigos Barbour de marca Burberry para rescatar un Vespino color rojo, trotado de verdad y con acabados en óxido, y dirigirse hacia la cala de Sa Tuna.

Con los culos posados en abrigos caros sobre las piedrecitas de la playa, Simón intentaba no pensar en Candela. Había aprendido a hacerlo para protegerse: ella no entraba en los planes de viajar por el mundo. Seguramente podría haberse ido con ella a Dominicana cuando tuvo que regresar porque su padre la reclamó y a ella no le quedaba dinero, pero prefirió decirle que seguirían en contacto. Podría haberle hecho un préstamo. Podría haber intentado ayudarla. Pero no lo hizo: ella siempre había declinado ese tipo de caridad y se había cabreado de verdad cuando conspiraron para vengarla sin consultarle nada. Aunque todo se enfrió algo más en cuanto salieron del Filigrana, cuando su relación ya no estaba prohibida y ella aprovechó para irse a su país «por lo de la boda» (usó literalmente este sintagma). Desde entonces, los mails fueron espaciándose y virando a un tono más burocrático e informativo. La había llamado un par de veces desde algún hotel o locutorio, pero hacía tiempo que no hablaban.

—¿Te acuerdas mucho de Candela, Simón?

—Bueno, Biel, como te acuerdas de las cosas buenas que te han pasado.

—Estela, Candela...

—No compares. Además, estoy acostumbrado a que la gente desaparezca. Supongo que cada uno tiene que vivir lo suyo.

—¿Y Estela no te ha escrito? Aún ahora se te escapa su nombre de vez en cuando. Sobre todo de resaca. No entiendo por qué no vamos y me la presentas...

—No —mintió Simón. Estaba un poco harto de los sermones de Estela, de que le recordara de dónde venía y de que no le dejara pensar en qué podría convertirse. También de que hablara tan raro, con esas palabras como de política, «como una profesora soltera con gatos», pensó un día al leerla nuestro *héroe*. Otra razón que le convenció para seguir sin contestar. Un día incluso soñó que estaban en un banco de Shibuya y ella le ofrecía peladillas de primera comunión. Ayer mismo le había escrito para decirle que su madre estaba peor; Violeta, la quiso mucho, pero llevaba tantísimo tiempo estando «peor». ¿Peor que quién? ¿Que cuándo?—. No me ha escrito... Pero cuando nos veamos será como siempre.

—En fin, hay chicas muy guapas aquí. De hecho, con la edad, los hombres son más gordos y calvos y las mujeres, cada vez más guapas. Mi hermana queda fuera de esos grupos. Espero que para ti también.

—Tranquilo.

—Mañana llegan mis padres. Nos irá bien, así le explicaremos mejor a él el proyecto del bar. Les ha dado por venir y como hace tan bueno...

—Bueno, sin pasarnos.

—Pues quieren coger el velero.

—¿Qué velero?

Simón recordó entonces algo que había visto en la pantalla del móvil de su amigo. Un teléfono que Biel había comprado en Nueva York y desde el que, milagro, podía enviar correos electrónicos y hacer unas fotos buenísimas. Un móvil más inteligente que tú, le dijo cuando lo activó. Se lo cogió de la cazadora y ahí estaba ese barco como salvapantallas. Siempre había pensado que era solo una imagen descargada de internet.

—Ah, el velero —dijo Simón.

Es tan fácil acostumbrarse a lo bueno, pensó. Simón recordó cuando Lolo, su padre, acababa su turno eterno y al fin podía sentarse en una esquina con una cerveza y un cigarro, solía decir, después de suspirar aliviado y estirar los dedos de los pies (calcetines dentro de chanclas de cuero): «Hay otras vidas pero no son vida». Le dio rabia y pena pensar en esa escena. Así que pensó en cuando el Sastre le prometió una vida de manteles de lino y piscinas hasta en invierno.

No quería, pero no podía evitar evocar el Baraja bajo una luz cada vez menos favorable: su memoria añadía grasa a las tapas que allí se servían y afeaba los gestos de los que un día quiso. A veces se imponía no pensar mucho en sus padres para no sentirse un impostor.

Durante todos los meses de gira mundial, Biel y Simón recogieron tal cantidad de triunfos que la baraja de su vida parecía trucada. Estela solía escribir a nuestro *héroe* para comentar esas entrevistas que concedían (les habían dedicado titulares como «Los dos mosqueteros» en algunas revistas de tendencias barcelonesas, de esas que se repartían gratuitamente en bares y tiendas de ropa de segunda mano), pero aún no sabía hasta qué punto su amigo de infancia se estaba habituando cada vez más a su nueva situación. Cómo de una forma cada vez más afectada se escuchaba diciendo que las palabras prohibidas eran «plato del día» y «menú de lunes». Que no se debía pedir pescado ese día, porque desde el jueves era el mismo. Cómo no había que aceptar ningún pincho de cortesía, porque tu vida corría peligro si ingerías esas vinagretas, ese pan reutilizado, esos mejillones sospechosos. Se vio aplicando la palabra «sencillito» a la hora de evocar pequeñas neotascas modernas con tapas a quince dólares y no bares similares a su Baraja. Tan emocionado se sentía con su nueva vida que, cuando aún escribía cartas a Estela a veces, Simón se había permitido adjuntarle fotografías de los platos que cocinaba.

¿Te das cuenta que es de estar un poco loco hacerle fotos a platos que comes y mandármelas así sin más por carta?, le decía ella. Al principio pensaba que eran amenazas de bomba, añadía. ¿Qué será lo siguiente, que se las mandes a desconocidos? El humor de Estela cada vez le hacía menos gracia. Cada vez lo entendía menos y lo mismo le pasaba con ella.

Nuestro *héroe*, en definitiva, pensaba que para ser quien se quiere ser uno solo tiene que tener el dinero suficiente para comprar lámparas de pie bonitas que iluminen mejor un piso. Que no hay por qué conformarse con las barras fluorescentes que parpadean en el techo. Que hay quien tiene dinero, sí, pero que el dinero también se gana. Que no es el lujo, hombre, que eso es hasta hortera, sino el confort; que no es tanto el dinero sino que son los detalles. Detalles, de verdad. Mejor productos primarios de buena calidad que mucha cosa ya procesada. Que vale, algunos muebles como los de todo el mundo, pero oye, una mesa, algo de diseño. Que a veces un broche en un abrigo de Zara ya marca la diferencia. Mejor un jersey bueno bueno que cuatro malos. Que al final lo barato sale muy caro. Detallitos.

A Simón le habían dicho de pequeño que solo puede derrochar el talento quien lo tiene, pero no parecía dispuesto a comprender aún que solo puede esconder el dinero quien lo atesora. Que solo los talentosos poco soberbios y los ricos de dinero antiguo no tienen por qué alardear de lo que tienen: insisten en que no es lo más importante, prefieren no dejar en evidencia de una forma demasiado cruel que ellos están por encima; algunos, incluso, son buenas personas y se lo creen.

Pero el viaje de Simón todavía no había acabado: de hecho, él consideraba, y era algo paradójico que lo hiciera, que todavía estaba empezando y, aun así, ya le quedaba algo lejano el Baraja, los actores exagerados que eran sus clientes. «Uno descubre que tiene las uñas sucias cuando se lava las manos», le había subrayado Rico en un libro. Y le dolía a Simón pensar en esa frase, pero el caso es que la recordaba.

*

Rico recordaba ahora, mientras decidía que era el momento de regresar al Baraja, cómo lo había abandonado en 1992, tras la Noche de las Azoteas, solo con una mochila, solo con dieciocho años, solo con un par de mudas. Hoy, marzo de 2008, no llevaba nada en los bolsillos, pero aquel día dudó sobre qué equipaje preparar y al final descartó llevar ninguno para levantar aún menos sospechas y dejar menos pistas (el misterio ayudaría a que nadie supiera nada). También quiso dejar una larga nota explicando sus razones, pero finalmente la quemó porque estaba llena de mentiras y porque temía tanto que lo encontraran que prefería, quizá con mal juicio, un juicio beodo y adolescente y novelesco, que era mejor que su familia no supiera nada de él para que no tuvieran que mentir a nadie que fuera a buscarlo.

Aquella madrugada de junio de 1992 llevaba en el bolsillo de su abrigo (la gabardina color hueso la había olvidado para dejarla en herencia a su primo) el billete comprado al contado semanas antes en El Corte Inglés y también el dinero de las ventas durante la Noche de las Azoteas. En Nueva York podría trabajar en las cocinas, pero pronto, se decía, alternaría con los músicos del lugar y viviría de no hacer nada, como siempre. La vida elegante.

Había decidido ir a pie, así que caminó por esas mismas zonas donde había comprado droga mil veces, pero también inspiró con fuerza en los campos de alcachofas del Prat hasta ver los primeros aviones, tan pequeños a lo lejos como esos de papel que solía doblar para Simón desde que era un bebé (él se los acababa comiendo, dejaba el papel lleno de babas y el avión ya no volaba más). Rico llegó, con su armadura de euforia triste, su brillo de latón oxidado, al mostrador. La mujer, con un fular al cuello y dos aros enormes colgando de sus orejas de lóbulo estirado, le dijo:

—El pasaporte, por favor.

No, no lo llevaba encima. Ni siquiera contestó. Solo soltó un taco. Giró sobre sus talones y regresó a Barcelona en taxi. En la estación del Norte cogió el primer autobús que vio, que era el último del día. No se podía permitir dormir una noche más en la ciudad, porque sabía que entonces acabaría volviendo al bar: regresaría a las peleas con su padre y, peor aún, a las amenazas de medio barrio al que debía dinero. No podía tampoco gastar más tiempo haciéndose el pasaporte, que, lo recordaba ahora vivamente, se había olvidado en un portal con restos de polvo blanco después de usarlo como superficie. De todos modos, ya no tendría dinero suficiente para pagar otro vuelo a Nueva York como el que acababa de perder.

Por eso se fue y, desde el asiento del bus Alsa estampado en grises sucios y flúor apagado, miró por la ventana, le pareció irónico ver el Arco del Triunfo, subió el volumen del walkman (las pilas flaqueaban y las resucitaría mordiéndolas tres veces durante el trayecto; no soportaba escuchar la radio del bus, donde se hablaba de los Juegos Olímpicos de Barcelona, del sitio del que huía) y cerró los ojos.

No soñó gran cosa. Simón no estaría orgulloso de este sueño. Tiremos de nuevo la cinta hacia delante: Rico no lo estaba precisamente ahora, dieciséis años después, la noche en que se rindió en la Zona Franca. Después de que le rajaran la cara ese invierno de 2008, decidió que debía volver a casa de verdad, y no solo de visita clandestina a su madre y su tía. Debía enfrentarse así también a su padre. Su regreso fue por la puerta pequeña, con una zeta que parecía pintada con un punta fina rojo atravesándole la mejilla derecha.

*

Cuando salía de la ducha vistiendo una toalla como falda, cuando servía el café intentando clavar los mismos centilitros en las tres tazas, cuando se arrellanaba en una tumbona y abría uno de sus libros, los ojos de Ona siempre coincidían azarosamente con los suyos.

Simón la escrutaba menos de lo que querría, y aun así demasiado, pero del hecho de que ese marzo de 2008 siempre se cruzaran sus miradas se infería, incluso si uno no era especialmente optimista, que ella no le quitaba ojo de encima. Su mirada era a veces la de una ardilla que espera una nuez y otras la de un entomólogo que intenta descifrar el exoesqueleto de un nuevo insecto: Simón no sabía descifrar si lo observaba con ojos de adolescente o de anciana con miedo a la novedad. Pero el caso es que ahí estaban: almendrados por su forma y verde posidonia por su color, con unas grandes pestañas que, según le dijo Biel, la asistenta peruana que tenían había recortado cuando era un bebé para que crecieran así de largas y onduladas, como un tobogán inverso. Y esa melena de lamé dorado con raya al medio: como dos telones de teatro que se apartaban de la cara, del escenario, para que empezara la función (nervios y expectación en la platea).

Nuestro *héroe* se disponía a cocinar una fideuà que justificara su presencia en aquella casa de piscina de riñón, mesa a la sombra de un magnolio y setos recortados conformando almenas. Así que ahora se esmeraba en hacer el caldo que luego vertería sobre los fideos hasta que se fuera reduciendo como por arte de magia. En la gira con Biel por restaurantes de todo el planeta había aprendido algo: si bien era capaz de cocinar algo rico con ingredientes humildes, cuando empleaba buenas piezas era todavía mejor. También había aprendido a disimular. Ayudaba el hecho de que Biel era algo lento y que solo en el Baraja se había expuesto un poco a ese catarro crónico que es la precariedad.

Así, Biel no notó nada extraño en Simón, que, en los primeros viajes juntos, no sabía si esos cacahuetes o esa botella de agua con gas o incluso ese botellín de vodka eran de cortesía o se pagaban. Ni tampoco le llamó la atención cuando su amigo descubrió que debía meter la tarjeta en la ranura para que se activara el circuito de luces de la habitación del hotel (Biel pensó que bromeaba y propuso fumar algo a oscuras). O cuando se enteró de que había que marcar el cero para llamar por teléfono. O de que jamás se paga lo que consumes en el minibar si lo haces justo la noche antes de abandonar el hotel. Simón actuaba, descubría y se acostumbraba a todo sin que Biel se percatara de que hacía esas tres cosas.

Todo parecía en calma en la casa de Begur, como lo está todo siempre antes de una tormenta. Y cuando Simón escuchó el motor silencioso y los neumáticos anchos girando sobre el suelo de lascas pulidas del jardín no presintió que una llegada tan civilizada pudiera desembocar en discusión alguna.

Primero entró la madre, alta y fibrosa, enjoyada de un modo no aparatoso pero sí musical, con un collar plateado, varias pulseras y el pelo ensortijado en tonos fuego. Falda adlib blanca y chal de pasado hippy, pero *espardenyes* Castanyer con una cuña que la alzaba más que unos *stiletto* Manolo Blahnik. A Simón la entrada de la madre de Biel le recordó a una versión sofisticada del ruido que hacía la cortina de palos de la cocina del Baraja.

—Hola, *carinyets* —dijo.

Luego llegó el padre, con un bigote no caricaturesco, de esos que caen en la cara de un modo tan natural que parece que su propietario lo llevara desde la primera comunión. Tenía una de esas barrigas que la edad y una vida de reuniones de trabajo en restaurantes con mantel planta en señores que fueron delgados. Embarazos laborales de nómina indefinida o mayoría de acciones en la empresa de la vida.

—Hombre, por fin te conozco. Soy Raimon.

—Yo, Simón.

—Qué gracioso —dijo la madre.

—No, en serio, me llamo Simón —dijo éste, que a veces seguía tomándose demasiado literalmente los comentarios, sobre todo si se ponía nervioso.

Por último, cargando con varias bolsas de plástico llenas de cachivaches eléctricos y mantas de colores, entró Mery. Cuando vio a Simón vistiendo un delantal con el gallo portugués un tinte de desconfianza enturbió su mirada que ya no la abandonaría en todos esos días.

—Ah, está usted cocinando.

—Sí, pero solo hoy. De bienvenida, ¿sabe?

—Ya.

—No te me celes, Mery. Tú eres la favorita —dijo Biel, que se había masturbado por primera vez pensando en sus pechos en una bañera que ella había llenado un rato antes.

—Eso, como si a ella le gustara limpiarte los calzoncillos —replicó Ona.

—Y me gusta —dijo ella.

Hora y media más tarde, los focos del jardín dibujaban manchas de luz oscilantes sobre la piscina que los comensales veían desde el comedor. Simón había servido la fideuà: los fideos saludaban enhiestos por el último toque de calor en el horno.

—¿Ves, Mery? Así tienen que quedar. Como si saludaran.

—Sí, fideos fascistas —dijo Ona.

—Nena, calla un poco, va, que estás más guapa —repuso su hermano.

—A mí me parece que están un poco pasados —le dijo Mery en un aparte a Biel.

Dos botellas de vino blanco bien frío circulaban de mano en mano (la madre, sin embargo, bebía agua, como Mery; Ona prefirió una Coca-Cola), mientras Biel ponía al día a su padre de los últimos viajes. Estaba bien hacerlo, ya que había sido él quien los había pagado. Biel había reservado parte de la suma entregada por su padre para dormir en algún hotel de menor categoría y así poder coger una habitación doble donde acoger a su amigo. Simón, que se había dejado invitar a algunas cosas para luego alardear de invitar a otras en los bares, derivó en ese momento la charla, algo avergonzado, hacia lo técnico y explicó a los padres de Biel todos los platos que habían aprendido a preparar.

—Dirás que habrás aprendido tú, que ya se nota. Estoy seguro de que mi hijo no sabría ni meter en el horno una pizza.

—No, si él también ha aprendido...

—Simón —le dijo, apurando la copa—, la liasteis bien en el Filigrana. Que, a ver, yo tenía tratos con ellos y además les había enviado a Biel sin pasar por la academia.

—¿Cómo? —Biel parecía genuinamente sorprendido de ese trato de favor.

—Pero, bueno, luego hicimos como que los empuramos y yo no quedé mal. Pero no me vengas con ésas, Simón: sé que mi hijo estudiará Empresariales, aunque me parece bien que haya visto un poco de mundo de cocina en cocina. Por algo se empieza.

—«Por algo se empieza» es una de sus frases favoritas —le dijo Ona a Simón, después de dar un trago de Coca-Cola.

—Por cierto, ¿cómo va lo de nuestro pequeño proyecto? —preguntó Raimon.

Simón no pasó por alto el uso de ese posesivo para apuntalar el proyecto. Se habría conformado con oír «vuestro», porque eso querría decir que había ingresado de algún modo en la órbita familiar, y de paso en el gran mundo, pero ese «nuestro» era aún mejor.

—Me dio la idea el móvil de su hijo. En serio, todo está conectado por internet, eso ya lo sabe, pero es que ahora lo estás también mientras cenas. Así que lo del Videotapas Bar del Internacional será ahora Cibertapas Bar. La gente recibirá en el móvil una carta alternativa con músicas y vídeos que los acompañarán por todo el menú. Si crecemos —Simón se atrevió a conjugar el verbo en primera persona del plural—, todas las franquicias estarán conectadas y podrás ver qué comen en Japón e incluso conversar por videoconferencia sobre qué tal está cada plato con los comensales de África o India o Sudamérica o Barcelona. Ésa es la idea del segundo Internacional. Aunque no tenemos nombre...

—Llamadlo «Bar Mundial». Como los bares «normales».

—Ona rascó las comillas como quien arrastra cuatro uñas por una pizarra.

—Me lo tienes que explicar mejor, Simón... Tendremos tiempo, no te preocupes. ¿Sabes que el Bernat se casa, hija? —Cambió de tema su padre.

—¿Con la Lluna? No sé por qué no me sorprende mucho...

—Y no sé por qué te iba a sorprender. Llevan juntos desde que tenían quince años, desde aquel verano en Port de la Selva...

—Por eso.

—¿Por eso qué?

Simón entendió pronto que Ona estudiaba o quería estudiar Historia. Y lo supo por los comentarios que hizo a continuación. En diez minutos dibujó un árbol genealógico cuyas ramas cruzaban a unas quince familias de la ciudad desde el siglo XIX.

—Déjame pensar... Tenemos a Eusebi Güell, el rey de la pana y el terciopelo, con la hija de Antonio López i López, al que muy cariñosamente llamaban «El Negro Domingo» por su manía de comerciar con carne. Con carne humana, quiero decir. A Manuel Girona i Agrafel, tan pero que tan buena persona —entornó los ojos— que pagó la fachada de la catedral, con la hija del primer Vidal i Quadras rico, ese tipo tan pero que tan honrado que montó una banca después de hacer pasta en Maracaibo y en Cuba... Tenemos también, déjame pensar —una pausa dramática, como revisando lo recién subrayado— a Batlló, el de la Casa Batlló, que se casó con la chica aquella del ultramarinos que tenía polio... Ay, no, que se casó con Amalia, de los Godó, la hija del del periódico, no... O aquel otro que...

—¿Y qué problema hay? —dijo la madre.

—Ninguno. Son grandes hombres todos. Hijos de familias humildes... —replicó Ona.

—Todos ellos, nena, hicieron dinero con las telas. O con los cigarros. O, como el Andreu, con las pastillas de su farmacéutica. Por lo visto era amigo de un antepasado mío, el médico —intervino su madre otra vez.

Simón seguía peleándose con los bichos de la fideuà, neutral como un observador internacional de la ONU en un conflicto, mientras pensaba que jamás había estado en la misma mesa que alguien cuyo abuelo, o bisabuelo, tuviera una carrera universitaria. Mientras sostenía un tenedor en la mano, reflexionaba sobre el asunto: ¿existían las universidades en aquella época? ¿Y los créditos de libre elección? Aquello era como descubrir que la bombilla se había inventado antes que el fuego.

—Ya, por algún sitio tenían que empezar —dijo Ona—. Solo que no lo hicieron por ahí.

—¿Ah, no? —preguntó Biel, distraído con el descabezamiento de una cigala.

—¿Tú cómo crees que empezaron, Simón? —inquirió Ona.

—La verdad es que yo no sé ni cómo acabaron... ¿Desde abajo?

—Sí, desde debajo de las Américas. Pero, claro, eso todo el mundo lo olvida. —Ona lo explicaba con el mismo tono con el que quizá de niña echaba en cara a su padre que no le hubiera regalado algo durante su anterior cumpleaños, algo verdaderamente personal.

—¿Y qué problema hay? —preguntó la madre.

—¡Pues que lo hicieron con negros! —En el arrebato Ona alborotó su melena radiante, lo que casi dejó ciego a Simón.

En ese momento, Mery, morena y no por el sol de este invierno soleado, chasqueó con la lengua en el paladar mientras pasaba un rodillito que recogía las migas de la mesa. «Na, na, na», canturreó, como para quitarle hierro al asunto.

—Bueno, como todo el mundo —medió el padre, con la mano engarfiada en la botella de blanco del Penedès.

—Sí, claro, como todo el mundo. Todo el mundo negociaba con esclavos. Todo el mundo. Hasta los esclavos traficaban con esclavos.

—No me seas demagoga, hija —dijo el padre.

—Demagoga —repitió Biel, como si debiera demostrar a una logopeda que podía decir una palabra tan larga con una cola de cigala en la boca.

—No deberíais dormir en paz hasta que al menos lo admitierais —dijo Ona, mientras se miraba el reloj Casio electrónico.

—A ver, hija, sé razonable. La burguesía catalana —ya solo hablaban Ona y su padre, como si se consideraran los únicos adultos de la mesa— al menos reinvirtió en la ciudad. Ni el *noucentisme*, ni el Liceu, ni el Paseo de Gracia... Ni el Tibidabo, que a ti te gustaba tanto...

—Sí, yo iba a los espejos... —Simón, siempre voluntarioso.

—Filántropos —sentenció el padre, frente a la cara de fruncido extrañamiento de su hijo Biel.

—Hija, no me quiero meter —dijo la madre—, pero todo lo que los japoneses fotografían cuando vienen a Barcelona, todo, todito todo, es obra de esta gente.

—Venga, otra vez con lo mismo. De ese tema hablamos otro día. Incluso toda la Barcelona del turismo es culpa suya.

—Y las pirámides de Egipto —dijo Biel, algo achispado.

—Contrólate con el vino, *fill meu* —le reconvino su madre.

—Supongo que tú querrías que nadie hiciera nada, ¿no? —el padre, indignado y perplejo—. Que nadie tuviera iniciativa.

—Sí, la iniciativa de traficar con esclavos cuando ya estaba prohibido. De untar al gobierno para que les dejara hacerlo. Y de luego recibir títulos nobiliarios y, venga, a casarse todos con todos, que, de verdad, no sé cómo no hemos salido todos subnormales...

—Bueno, Ona, quizá tú sí que...

—Cállate, Biel, y vete a viajar por ahí con la pasta del papa...

—Bien que fuiste tú a Estados Unidos a estudiar...

—Era pequeña, no tenía poder de decisión.

—Ya —dijo Biel, mientras Simón asentía con la cabeza ante la excusa de su hermana: le costaba mucho no aplaudir y sacar un cartel con la palabra «Temazo» cada vez que ella intervenía.

—A ver, Ona —dijo el padre, intentando calmar los ánimos y abriendo la botella de ratafía—. Si somos tan malos... —Levantó la mirada para interceptar la de Mery, que andaba trajinando azucareras y platos—. Mery, ¿te tratamos tan mal? ¿Te damos libertad para todo, no?

—Sí, señor...

Mery amagó con incorporarse para recoger los cacharros y huir. Una mujer sabia.

—Mery, tómate una copita de vino con nosotros, mujer —dijo el padre.

—Tengo que recoger, no se preocupe el señor.

—Has de aprender a disfrutar, Mery —dijo la madre, después de dar otro sorbo de agua.

Pero Raimon sonrió satisfecho ante la imagen de la asistenta recogiendo con diligencia (si no lo hacía ahora, tendría que encargarse de ello luego, cuando todos durmieran y los restos estuvieran más resecos). Impecable, pensó. Así es como se hacen «las cosas», reflexionó también, sin reparar en lo irónico de conjugar ese verbo en forma impersonal: las cosas se hacen o de repente aparecen hechas.

—Exacto: te damos libertad —dijo Ona, sin mirar a Mery—. Como si Mery fuera un pajarillo enjaulado. Te das cuenta, ahora lo acabas de clavar: le das libertad.

—O mira, mira quién está sentado a la mesa hoy... —Las copas hacían mella en la elegancia discreta de Raimon—. Este chico tiene futuro.

Simón se quedó inmóvil con el tenedor en la mano.

—Claro, porque el futuro lo das tú, ¿no?

—Trabaja duro, cocina bien, sabe moverse. Y míralo, está en esta mesa, que es la primera de muchas. ¿Verdad, Simón?

—Sí, es una mera casualidad que te acabes de comer lo que él ha cocinado y no al revés —dijo Ona.

—A mí si me dejáis os cocino un día —dijo Biel.

—Avísame antes para poder pedir una pizza —respondió Ona, para luego enarbolar el tenedor de plata bruñida y añadir—: No nos mereceremos respeto mientras no admitamos que detrás de cada gran fortuna se esconde un gran crimen. O sea, flipo.

—Y detrás de cada gran «osea» a una pija —dijo Biel.

—Sí, claro, hija, tengo las manos manchadas de sangre —dijo el padre, mostrando sus manos con restos de cigala.

Simón, que dio un respingo al oír aquella frase sobre el crimen y la fortuna que tan bien conocía de sus libros, vio a Ona arrojar los cubiertos al plato de un modo un tanto melodramático, envolverse en una capa de angora, añadir una tejana y salir a la calle justo antes de dar un portazo. La luz de su pelo iluminó unos segundos el comedor después del golpe.

—Margaritas para los cerdos —musitó Raimon.

—Papá, estás llamando a tu hija...

—Tú calla y haz algo: vete a buscarla, que eres el mayor. Aunque no lo parezcas.

—Bueno —dijo muy crípticamente Simón mientras depositaba la servilleta sobre la mesa y barría las miguitas de pan con el dorso para levantarse. Dijo «bueno», como podría haber dicho «por fin» o «joder» o «qué país tan bonito se nos está quedando».

Afuera olía a pinaza húmeda y a brasa de madera. Se montaron en la moto y fueron en busca de Ona, pese a cómo se había puesto. Pese a cómo era. Guapísima y listísima, en opinión de Simón. Una pija desagradecida y desclasada, en opinión de Raimon. Un gorrión desorientado pero tan buena cuando era una niña, en la de la madre. Un incordio semigracioso, según la amante de Raimon, hoy fuera de foco pero con la que coincidía en la coral. Una hermana pequeña, según Biel.

*

Ya vislumbrada la primavera de 2008, Rico llevaba sin pisar el Baraja desde el día que había vuelto a Barcelona, cuando evitó a su padre y no encontró a Simón. Ahora, con treinta y cuatro años, la noche después de que le rajaran la cara en la Zona Franca, estaba aún más nervioso porque quizá los vería a ambos (era absurdo evitar más a su padre si iba a vivir allí y no sabía dónde estaba Simón, porque hacía tiempo que no contestaba sus correos). En todo eso pensaba Rico arrastrando sus pies por la Ronda del Litoral, con los coches zumbando bajo la bóveda de hematita y violeta de un cielo con el sol en fuga, mientras miraba las cargas del puerto ordenadas y multicolores como un armario justo después del cambio de ropa y de estación.

No tenía dinero para el bus, así que debía volver a pie. Puedes escapar de todo, incluso de lo que le acababa de suceder cerca del bar Oasis, pero no de tu cabeza. Y esa misma frase había pensado años atrás, el verano de 1992, cuando huyó por primera vez del Baraja y perdió el vuelo a Nueva York y acabó encontrando un primer trabajo en Santander, frente a una plancha ardiendo en aquel restaurante del Sardinero.

Rico toleraba ese lugar y había elegido ese restaurante para trabajar porque era el primero en que le habían ofrecido un puesto, pero también por su nombre: Yesterday. El local era austero, mesas de formica y barriletes de palillos, menú barato de mucha grasa, de esos que cuesta acabar y no solo por abundantes, pero las fotografías de los Beatles le daban una nota que justificaba que alguien como Rico trabajara allí jornadas de trece horas seguidas y sin descanso durante aquel verano que estaba destinado a ser su entrada en el gran mundo de Nueva York. Ringo le había dicho en el Baraja que McCartney había tarareado la melodía de esa canción con una letra que hablaba de huevos fritos con beicon y eso consolaba a un Rico que se enfrentaba cada día a cien menús que debía despachar a toda velocidad. Era el único cocinero, porque una de las tres hermanas que habían heredado el establecimiento, que además hacía las veces de cocinera jefa, había cogido la baja por depresión. Así que Rico hacía cada día lo que había aprendido desde pequeño. Desde la madrugada preparaba las tortillas y los ingredientes de las paellas y los marmitakos. El hijo de la hermana que sonreía plateado era un mocoso más bien gordito que pasaba sus vacaciones dibujando en la mesa más esquinera del Yesterday, tarareando la antología de los Beatles que sonaba en bucle en el restaurante. Rico lo llamaba Batman, porque el chaval estaba obsesionado con la serie de televisión, que habían repuesto hacía poco:

—A mí me gusta Batman, pero el gordito, Ricardo.

—Claro, es mucho más humano.

—Sí, yo a los otros no me los creo, pero a ése sí.

—¿Y entonces por qué vas vestido de Superman?

—¡Porque mi madre no entiende nada! ¡Nada!

Las primeras semanas Rico no conocía a nadie en aquel lugar, así que no le importaba ir algún rato muerto a la playa y enfrentarse al mar con sus zuecos clínicos, su gorrito de redecilla, sus pantalones a cuadros y, aún más, a lamparones. Ése era su disfraz.

Si algo le hizo más llevadero ese verano a Rico fue la cajera del súper que había a tres calles. Se llamaba Miriam y era de uno de los pueblos a las afueras de Santander. Miriam olía siempre a espuma para el pelo, que aplicaba abundantemente en sus rizos cuando se aburría porque escaseaban los clientes. Le hablaba mucho de su novio, que se había ido a Madrid, y desde el principio Rico dudó si de la insistencia en ese doble dato se debía quedar con la primera parte (que tenía novio) o más bien con la segunda (que estaba lejos, en Madrid). Trabajaba en la caja del súper para pagarse la matrícula de su primer año de universidad. Quería estudiar Psicología y alardeaba de tener mucha, aunque a veces confundía el sentido de esa palabra con el de *fisonomía*.

—Yo tengo mucha psicología, Ricardo, guapo. Que miro una cara y ya no la olvido ni aunque se disfrace.

Rico, aún aprensivo porque sabía que lo andaban buscando y no había escrito aún a casa, sentía un cierto vértigo por si, a pesar de confundir la palabra, no confundía la cara, que podría salir en cualquier momento en aquel programa de tele que buscaba a desaparecidos. Llevaba barba (aún rala en su cara postadolescente) y gafas, pero aun así no era difícil imaginar a alguien reconociéndolo. Por eso intentaba no hablar con casi nadie, cobraba en negro y casi no salía de la cocina. Apenas lo hacía para hablar con Miriam y su método para conversar con ella era fingir que había olvidado pedir algún ingrediente necesario: entonces iba al súper para comprarlo y tenía unos minutos que dedicaba a mirar a Miriam y descansar del olor a fritos. A Rico le gustaba la mezcla de su olor a mamífero y crustáceo a la plancha con la espuma en el pelo de Miriam: le parecía un maridaje interesante. Cuando la cola de la caja de Miriam estaba llena y la otra casi vacía, se ponía incomprensiblemente en la más larga, acaparando alguna mirada suspicaz de los clientes. La escena le recordaba a esos lavabos donde unos cuantos hacían cola para meterse droga, mientras los urinarios de pie permanecían vacíos como norias olvidadas en invierno.

Aquel verano conoció a mucha gente. Por ejemplo, a todo un grupo de jóvenes universitarios de Estados Unidos que habían recalado allí después de visitar la costa cántabra. Estudiaban en la Universidad de Brown, pero sus padres eran de todos los puntos del país. Hablaba con ellos, en un inglés tan voluntarioso como trabado, de su plan para ir a la Gran Manzana. No del fallido, sino del que había ideado. Un día los invitó a una ronda de cervezas, porque no estaban por allí las jefas, y les pidió un favor. Había estado escribiendo unas cartas inventadas en las que él era el protagonista de todo tipo de gestas estadounidenses, de trabajos maravillosos como actor y músico. De grandes escenas. No las había fechado, pero las metió en sobres y apuntó la dirección del Baraja. Luego se las llevó al grupo de estudiantes, que cada noche acudían fieles al bar a tomar el primer cubata. Como aquélla, la última antes de regresar a su país. Rico ya se había ganado su confianza, porque por entonces seguía siendo un personaje magnético y porque los invitaba a rondas. Así que les pidió que cuando fueran a ver a sus padres a Los Ángeles, a Boston, a Tennessee, compraran un sello del lugar y lo guardaran. Durante el siguiente año, cada uno de ellos metería en el buzón una carta con un sello de un lugar diferente y en meses sucesivos. Les vendió que aquél era un gesto bonito, que de algún modo lo que pretendía era que ellos siguieran comunicándose y que estuviesen juntos durante ese año, porque debían coordinarse para no coincidir y mandar dos cartas al mismo tiempo. Confiaba en ellos y hacía relativamente bien en fiarse, porque a fin de cuentas ellos llevaron a cabo el plan. Sin embargo, lo hicieron tarde, dos años después, un día en que se reencontraron y recordaron sus batallitas españolas. Y ésas fueron las primeras cartas que llegaron al Baraja.

Con el tiempo, el Yesterday se empezó a llenar de los pocos adolescentes que no querían acabar la noche, así que visitaban el bar de buena mañana para estirarla bajo los primeros destellos del sol. Algunos confiaron pronto en su cara y lo empezaron a invitar a algún tiro. A cambio, él les guardaba la mercancía en unos saleros que guardaba en los armarietes de la cocina.

En esa rutina no exenta de accidentes se instaló Rico durante julio y agosto hasta aquel día, cuando una amenaza de bomba de ETA puso la ciudad en alarma y la policía decidió acordonar el lugar, demasiado cercano a la sede del Partido Popular.

—Ésta es una misión para... ¡Batmaaaaan! —gritó emocionado el hijo de una de las tres hermanas, disfrazado de Superman, mientras su madre sonreía a los agentes con los destellos plateados de su recién estrenada ortodoncia.

Rico mantuvo la calma, volcó los saleros llenos de droga en unas bolsas rectangulares fruncidas con cierres de Bimbo que había ido acumulando y los guardó dentro de los calcetines. Era principios de septiembre y le ofrecían la ocasión idónea para abandonar el lugar, ya que acababa de cobrar. Así que sacó del cajón de la cocina un delantal infantil con el logotipo de Batman que había comprado en una tienda de todo a cien.

—Batman: un gran don conlleva una gran responsabilidad. Debes mantener Gotham-Santander libre de políticos corruptos y delincuentes peligrosos. Lo primero no será fácil. No abras esto hasta que me haya ido —le dijo.

Del mismo modo que le gustaba más el eco que dejaba una canción al acabar que el tema musical en sí, Rico prefería siempre imaginar cómo habría reaccionado el niño, porque el relato fantasioso que construiría en su cabeza sería más especial que la reacción en la realidad. Lo mismo le había sucedido con Simón. Y en realidad con todo.

Se dirigió al súper de Miriam media hora antes del cierre.

—Hoy te invito a cenar.

—¿En el Yesterday?

—No, en una marisquería.

—No puedo, son las fiestas de mi pueblo. ¿Quieres venir? Mi novio está en Madrid. —Y sonrió.

De alguna forma hay que medir el tiempo y por eso existen relojes como los del Baraja, siempre descoordinados, y también hojas de calendario. Pero aquel día pasaron más cosas que en todo un verano. Rico tomó un vino en el bar más caro del paseo y luego recogió en taxi a Miriam, que llevaba aún con el uniforme del supermercado. Dentro, tomaron unos benjamines de cava Freixenet hasta que llegaron a su pueblo.

Ésa fue la noche en que le quitó la ropa detrás de un Ford Fiesta. Luego le ofreció acompañarla a casa como un caballero (al día siguiente ella madrugaba, no pasa nada, ya me busco la vida para volver, te llamo mañana), así que volvió a primera fila a presenciar los bailes de merengue de una de las coristas. En una de las últimas canciones pidieron que subiera alguien del público y él, convencido de que allí nadie lo reconocería como el desaparecido, subió al escenario y bailó con ella y cantó y tocó la guitarra ante abuelos dormitando en el muro y madres bailando con sus hijos. El mánager de la orquesta le explicó que necesitaba a alguien porque su guitarrista más veterano había sentido mareos, por lo que había tenido que volver a la ciudad a someterse a un chequeo. Después de invitarlo a unos cuantos tiros cerraron el trato.

Hoy, volviendo al fin a casa, con estos treinta y cuatro años que a veces le pesaban como si fueran ochenta y cuatro, pero que a menudo lo dejaban expuesto ante el mundo como si solo fueran catorce, Rico seguía pensando en aquella noche de verano de 1992, cuando durmió en uno de los colchones tirados en el tráiler de la orquesta, con la cabeza en los pies de la corista. En aquella época no dejaba de pensar en Miriam, en Betty, en el Baraja. Pero un héroe solo debe fidelidad a una persona: aquel en que se quiere convertir. Imaginó que esta vida de músico le permitiría ahorrar durante septiembre el dinero que en octubre lo llevaría a Nueva York. Daba igual que ahora estuviera tumbado en la cabina de un enorme camión atufado de pies sudorosos porque lo importante no era donde dormía, sino lo que soñaba. Una pesadilla, pensaba ahora, tantos años después, camino del Baraja.

*

Biel se paró en uno de los chiringuitos iluminados por guirnaldas de bombillas y la música electrónica, y pidió un gintonic en copa de balón, una consumición que tenía algo de visionaria en marzo de 2008:

—Tío, no vamos a encontrar a mi hermana. Y si nos quedamos quietos igual aparece. No es fácil ser hijo de mi padre. Te lo digo yo, que tengo experiencia. Es un coñazo.

Biel explicó de la forma que pudo cómo era ser hijo de su padre: no es que quiera algo de ti, es que quiere algo muy concreto de ti. Algo así como si en lugar de tener un hijo lo hubiera comprado para una función, la única válida, y quisiera ser un consumidor satisfecho. Y si no: ¡la hoja de reclamaciones!

—Te mira así como si no fueras su hijo de verdad —dijo en realidad Biel, sin tanto rodeo.

—¿Me estás diciendo que eres adoptado? A ver, no te pareces a tu hermana...

—Imbécil. Pero, vaya, que a veces me ha hecho sentir tan tonto que he llegado a pensar que lo era. Venga, propongo que nos plantemos aquí y, cuando se le pase la pataleta, ya aparecerá.

Pero Simón dejó a su amigo mecido por ese arrullo electrónico que evocaba robots con resaca y siguió con su búsqueda. Quería dar con ella y, aun más, quería que su padre supiera que había sido él solo quien la había encontrado. Mientras caminaba, anticipaba su encuentro: quería encontrarla en algún rincón de la cala sollozando sentada mientras se abrazaba las rodillas con las palmas entrelazadas. Se le daba bien a Simón idear esas puestas en escena porque así la vio a lo lejos, parapetada del leve viento detrás de una barcaza blanca y azul donde se leía PENÉLOPE. Qué nombre tan raro para una barca, pensó. Sin embargo, no sollozaba, sino que daba tragos a un líquido casi negro en un vaso de plástico. Se sentó a su lado.

—¿Qué te pasa?

—Nada.

—Las novelas y las buenas personas son las que exploran todo lo que hay detrás cuando alguien dice que no le pasa nada —dijo Simón, tomando prestada una frase célebre de su primo—. Te doy veinte euros por tus pensamientos.

—Guárdatelos, Simón, te harán falta. Además, estoy forrada. Ése es el problema.

Simón no entendía muy bien cómo aquello podía serlo, pero Ona, escuchando cómo el mar siseaba, compartió su abrigo como si fuera una manta que un matrimonio hastiado de todo comparte en el sofá. Sus hombros tiritaban un poco bajo la camiseta de rayas horizontales azules y blancas. Y decidió —estaba algo achispada, tenía ganas de hablar, quizá confiara en Simón— explicárselo:

—Te lo voy a explicar a través de una historia.

—Como si fueras un rabino. —Simón estaba acostumbrado—. Adelante. —Y le arrebató el vaso para dar un sorbo, sus labios sobre el lugar donde acababa de ponerlos ella.

Ona le contó entonces una historia dentro de otra. Ella la oyó de boca de unos mods de Vilanova, donde tenía otra casa. Todo el mundo la sabía, menos Biel y ella. Su tatarabuelo, del que se decía que había hecho fortuna gracias a la audacia de envolver sus chocolatinas en papeles publicitarios dibujados por artistas modernistas, pero que en realidad la había levantado con el comercio de esclavos y los ingenios azucareros americanos, había aparecido una vez en el pueblo con un negro de dos metros. Los domingos lo paseaba anudado a una correa por la Rambla y bajaba a tomar el vermú con la oliva (y a veces le daba alguna). Lo trataba muy bien y el negro habría hecho lo que fuera por él. Hasta aquel día de feria en que su amo insinuó que se presentara a un concurso de gente comiendo. Comiendo bacalao. El negro, que naturalmente no era noruego, no había probado el bacalao en su vida. Lo sentaron con los seis tipos más gordos de Vilanova y empezó la competición. Los fue tumbando uno a uno. La gente se volvió loca y comenzó a jalear al negro. Coreaban la palabra *xocolata*. «Xocolata, xocolata, xocolata.» El negro era todo dientes blancos. Todo sonrisa. Incluso cuando lo mantearon. De camino a casa, empezó a sentir una sed inhumana, pero el tatarabuelo Camprubí quería llegar pronto, así que le dijo que ya bebería en casa. En cuanto cruzaron la puerta, se fue a dormir la siesta de orinal y prensa de domingo. El negro se quedó solo y estuvo bebiendo agua durante horas.

—Merecido.

—Sí, pero no lo que le pasó. El bacalao, del que debía haber comido kilos y kilos, se infló en su estómago y lo reventó. Mi tatarabuelo lo encontró mirando la lámpara de araña con los ojos como platos y tirado en la alfombra del comedor. Muerto.

—Hostia. ¿Pero en serio que eso puede pasar?

—Ni idea, pero si lo cuenta la gente es como si sucediera de verdad. Toda fortuna esconde un crimen. Yo leí esta frase en una novela. Y me impresionó tantísimo lo que me contaron esos punkis que me fui a casa llorando y no volví a bajar durante semanas.

—Pero los delitos prescriben. —Yo también lo he leído en una novela, pensó Simón.

—Sí, pero el dinero no. Ése se guarda, a veces se esconde y otras, ni eso. Ni el dinero ni los gestos. Me acuerdo, por ejemplo, de un día que fuimos a comer a casa de un amigo de mi padre, que tenía un casoplón en Castelldefels, donde por cierto ahora vive un jugador del Barça. Y cuando volvimos había gente al lado de la playa haciendo pícnic y mi padre se puso a pitarles con la bocina diciéndoles «Al menos que limpien lo que ensucian, que parece que ese bosque sea su jardín. Yo en mi casa recojo y es mía». Yo era muy pequeña.

—Bueno, es que es verdad. Yo alguna vez he ido a esa playa y lo dejan todo bastante guarro —dijo Simón, que conocía bien esa playa y también los pinares que limitaban con ella, donde había aprendido a patear balones con Rico, donde escuchaban esos bocinazos y los interpretaban como saludos y correspondían gritando: ¡hasta luego! o, incluso, ¡hasta Lugo!

—Tú al menos tienes que ganarte las cosas. Te has pagado tú los viajes con Biel, ¿no? Gracias a todo eso que haces de las obritas de teatro en el restaurante.

—Sí —mintió descaradamente Simón y ése sí fue como un trago de saliva, la nuez alterándose como una boya en un mar con olas—. Pero yo también lo he tenido fácil. Crecí en un restaurante muy burgués y estudié en una escuela de cocina carísima...

—Simón, no te acuerdas de mí, ¿verdad?

—¿Cómo?

—¿No viste qué cara se me quedó cuando te vi en el apartamento?

—¿Qué cara?

—¡Ésta! —Ona puso cara de bacalao seco, de bacalao con cabellera escandinava—. Tranquilo, que no se lo diré a ellos. Pero yo sé quién eres. Y te conocí en una piscina. En invierno, como ahora. Parece que solo nos podamos bañar en invierno, tú y yo.

—¿Dónde?

—¿Si te digo que mi padre hacía negocios con un cubano que se hacía llamar el Sastre te va sonando?

—Algo más —dijo Simón, que empezaba a enfocar la imagen de una Ona niña en bañador rayado.

—Tú no me hiciste ni caso. Pero a mí me encantaste. Y le pregunté al Sastre. Y me explicó de dónde venías, a dónde querías ir, que teníamos que ser amigos...

—Ya, ya.

—Pero luego no volvió a juntarnos. Aún no sé por qué. Igual quiso hacerlo uno de esos años de intercambio que estudié fuera, con familias de acogida. Pero mira, al final te juntó con mi hermano.

—Puede ser. —Simón pensó en el día que le regaló el traje e intentó ceñirlo en un baile agarrado—. Seguro que fue eso.

—Pues eso mismo, que sé quién eres. Aunque tararees música clásica mientras friegas los platos para que te oiga mi padre. Aunque lleves estas pintas pijitas como las de mi hermano. Por cierto, hace frío para llevar mocasines. Ponte calcetines al menos. Aunque sepa todo esto y aunque lleves estos zapatos, no diré nada, tranquilo. Te entiendo mejor que tú. Has tenido que ganártelo todo. Nadie te ha regalado nada. Ni lo has robado.

—Por algo hay que empezar...

—Por eso mismo. Por eso mismo —dejó el vaso— creo que voy a hacer algo.

—No irás a bañarte, ¿no? Que vas borracha y hace frío.

—No, voy a hacer un acto de justicia.

—Adelante.

—De justicia poética.

Y Ona, con las olas al fondo, se abalanzó sobre Simón y besó con mucha torpeza su boca, mordiéndolo demasiado en los labios y con los ojos abiertos, para luego quedarse semidormida sobre su pecho. Así, como un grupo escultórico algo extraño, se exhibían ante el mar cuando llegó Biel.

—Qué pesadita se pone, ¿eh? ¿Ya te ha contado lo del negro?

—Sí.

—Como si yo tuviera la culpa. Es como si fuera culpa mía ser guapo. ¿Qué hago? ¿Me rajo la cara? Es que no lo entiendo.

—Ya, Biel.

*

Rico arrastraba sus pies rumbo al Baraja aquel marzo de 2008 mientras pensaba en aquel lejano septiembre de 1992. Camina, camina, camina. Piensa, piensa, piensa. Una veleta de hierro oxidado que gira loca, azotada por un viento imbécil, que ya no sabe marcar dónde queda el norte. Una palabra, «Galaxia», y volvemos a habitar el pasado. Quizá por haber llegado el último, la orquesta Galaxia de Estrellas había reservado para Rico el trabajo de hablar con los alcaldes de cada pueblo por el que pasaba el último tramo de su gira veraniega. Recordaba, dieciséis años después mientras atravesaba Barcelona, aquella conversación telefónica que no hacía presagiar nada bueno.

—Llamo de la orquesta Galaxia de Estrellas.

—Vaya mierda de nombre.

—Hombre, no falte usted de entrada.

—¿Pero de qué va a ser una galaxia? ¿De chorizos? ¿De cafeteras?

—Bueno, vayamos a lo importante. Quería comentarle que en el show de ayer —Rico llamaba «shows» a los recitales, también conocidos como *galas*— vivimos algún que otro altercado en uno de los pueblos.

—No me diga. Vieron las estrellas. Galaxias de estrellas.

—Exacto. Bien, nos lanzaron vasos y botellas de cristal al escenario. Y quería asegurarme de que en su pueblo no sucederá...

—No se preocupe.

—Gracias.

—Aquí los vasos son de plástico.

Nada bueno, musitó aquella mañana Rico, aunque luego se giró hacia la corista, una venezolana que respondía al nombre de Desi y al apodo artístico de Desi Star, y le dijo:

—Todo en orden.

La orquesta Galaxia de Estrellas colisionó con aquella aldea toledana cerca de Talavera de la Reina. Llegaron las estrellas, los que en teoría justificaban el absurdo nombre del combo, adormiladas.

El alcalde los recibió y, aunque lo esperaban, no emitió en ningún momento promesa de invitarlos al restaurante del pueblo (letrero de Coca-Cola, de nombre El Bar, para dejar claro que solo había uno, al igual que se dice en las series rurales «el médico» y en los cómics de superhéroes «el Juez»), así que decidieron comer unos bocadillos mientras el camión se convertía en escenario como un Transformer algo magullado por las peleas de su vida.

Quiso el azar, o más bien el alcalde, que el escenario tuviera que levantarse justo delante de un muro que deslindaba la plaza del pueblo de una pocilga repleta de cerdos hambrientos. Durante el día la piara parecía tranquila y un sol estático logró apaciguar los malos presentimientos. Empezaron el show con «Abusadora», qué hiciste, abusadora, y también con algunos boleros, como «Dos gardenias». Los abuelos con el jersey a los hombros se movían en círculos como autómatas casi sin cuerda, sosteniendo a sus esposas casi como si fueran un cadáver del que se debieran librar porque está a punto de llegar la policía. Los niños correteaban lanzándose globos y ráfagas de metralla de agua con sus recortadas de plástico azul. Todo en orden. Ése solía ser el plan habitual de cada noche: empezar con la música veterana y albergar una esperanza casi limosnera de que los jóvenes, que al principio de la noche bebían botellón con los maleteros abiertos en alguna era contigua, fueran lo suficientemente borrachos como para dignarse a personarse en las fiestas de su pueblo y bailar algún éxito del pop-rock español de una década atrás. Hasta, con una pizca de ironía, un medley de salsa y merengue. Incluso algún hit de heavy metal, como «Necesito respirar».

Fue en ese primer acelerón, con las primeras canciones de salsa, cuando la sección de vientos notó que algo sucedía. Una ligerísima brisa al principio, que arreció convirtiéndose en discreta borrasca poco después y en huracán más tarde, levantó un olor tremebundo procedente de la pocilga. Un viento idiota. En ese instante, Rico se marcaba unos cuantos movimientos de esgrima y luego el pirata cogía la guitarra, interrumpía la eterna salida de algún himno de Celia Cruz con un solo de guitarra y de ahí se pasaba al tramo de rock. Cuando salió, olió y vio en la cara de los trompetistas, saxos y trombones el verdadero drama. Sus instrumentos dorados y plateados, normalmente en movimiento sincronizado, mostraban una alarmante descoordinación, porque algunos se pinzaban la nariz, otros respiraban aire limpio con la palma ahuecada sobre sus narices y uno de ellos, un trombón, vomitaba en un aparte. El olor a purines porcinos era absolutamente insoportable y si bien las coristas taparon sus narices con fulares y fingieron danzar con el vientre como bailarinas moras, los de la sección de viento, que debían tomar aire para el siguiente fraseo de trompeta, aspiraban con ímpetu ese olor a mierda. El olor de su vida. De toda esta gira.

Fallaron algunas notas cuando Rico, disfrazado de pirata, con parche y cimitarra, inventaba cabriolas con un pañuelo tapando boca y nariz, fingiendo ser un bucanero en pleno abordaje, y el público, hasta ese momento casi autista, totalmente ajeno al despliegue de la orquesta Galaxia (de Estrellas) entendió de pronto la situación y procedió a reír y aplaudir. Si solo se hubiera registrado el audio, habría quien diría que ésa había sido la mayor ovación cosechada por la orquesta en toda su gira. Y así lo sintió Rico, siempre ensoñado. Pero el olor era cada vez peor y se produjeron algunas bajas en la orquesta: Desi, especialmente resacosa, se ausentó para vomitar y Rico se quedó enarbolando una espada cuando el primer vaso, que no era de plástico, impactó en su cabeza. Antes de llover, chispea, le había dicho Desi la noche anterior, cuando había insistido en usar preservativo. Y, efectivamente, aquí también llovió de lo lindo. Con cada proyectil lanzado, la orquesta desafinaba más y convocaba a más bárbaros con ganas de gresca. Se diría que aparecían de todos los pueblos de la provincia para mofarse de las estrellas. Hasta que Rico agarró el micro y dijo:

—Sois unos hijos de puta. No sabéis lo que es ser un artista.

Y en aquel momento, cuando le llovió una tormenta de vasos de cristal, lo único que pudo hacer fue despedirse con un beso de Desi Star, saltar desde el escenario, liarse a tortas ciegas con tres adolescentes y montarse en el Vespino de uno de ellos para perderse entre campos castellanos que el viento peinaba con la raya al lado, alejándose cada vez más del olor de la piara pero también de la vida de las estrellas. Rápido, mucho más rápido que hoy, dieciséis años después, que demoraba con pasos cortos su regreso al Baraja, como para que le diera tiempo a recordar todo lo que le había sucedido aquel verano.

*

Cuando Simón se dirigió al velero cargando tres cajas de cartón, el padre de Biel le dijo:

—Así me gusta: un cuerpo fuerte y una mente sana.

Nadie sospechaba en ese preciso instante lo que le pasaría a Simón en unas horas y al mundo en unos meses. De saber lo primero, nuestro *héroe* tiraría las cajas y arrancaría a correr. Si el padre de Biel hubiera sabido lo segundo, podría haberle dicho: «Pareces uno de esos de Lehman Brothers, cabrito». Porque faltaban solo unas horas para que algo hiciera crack en la vida de Simón y unos cuatro meses para que el cuarto mayor banco de Estados Unidos se declarara en bancarrota tras ciento cincuenta y ocho años de actividad, aunque la visión de esos trabajadores sacando de la sede sus efectos personales en cajas no acabaría de inquietar a gente como Raimon: aquello sería todavía algo que sucedía en la tele.

Pero nada de eso se había escrito todavía y en estos días de vacaciones, a las puertas de la primavera, el señor Camprubí había tomado a Simón como una especie de hijo adoptado o de empleado favorito. Le hablaba, por ejemplo, de cómo el dinero era el que debía trabajar, sin desvelar aún que el dinero (así, en general, el que movía el mundo) había trabajado tanto, había sido tan inquieto e hiperactivo, que en breve dejaría sin empleo a muchas personas. Si Simón hubiera llamado al Baraja, cosa que no había hecho en los dos últimos meses, así de ocupado estaba diseñando su porvenir, tampoco lo habrían alarmado. Quizás Estela habría hecho algún comentario, pero Simón había aprendido a recelar de sus profecías apocalípticas.

Así que ahora se dejaba seducir por esta brisa prematuramente cálida, espoleado por deseos cada vez menos hipotéticos y más plausibles, un viento que levantaba graciosamente el flequillo rubio de su amigo Biel y debería estar ondeando la melena trigo al sol de Ona. Debería.

—¿Qué coño has hecho, Ona? —le había preguntado Biel esta mañana.

—Te queda muy bien —había afirmado Simón.

—Ni me habléis, hoy ni me habléis —había respondido la madre de Ona.

Porque Ona, en algún momento de la noche anterior, se había trasquilado el pelo y lo había teñido de color negro.

—Algún día te darás cuenta de que no debes avergonzarte de lo que hemos ganado —había dicho el padre, ante la sonrisa retadora de su hija, ahora con el pelo corto y oscuro.

A pesar de haber sentenciado que Simón tenía madera para trabajar y culebrear en nuevos negocios, si el padre de Biel se dirigía a él se debía sobre todo a que era el único de esa casa que lo escuchaba y que asentía con la cabeza cuando decía: «Por algo hay que empezar». No como sus hijos. Lo escuchaba cuando le planteaba posibilidades de negocios que quizá podrían compartir:

—Está claro que el siguiente paso sería ofrecer pequeñas escapadas en velero. Pero habría que hacerlo con orden, coordinándonos con los hoteles de la costa. Yo tengo buenos contactos ahí, no te preocupes, pero deberías empezar a diseñar un menú de alta mar para veleros de treinta a sesenta pies de eslora. En paralelo, vamos a empezar a mover lo del restaurante. Id preparándome un dossier. Por algo se empieza.

—Claro.

—Oye, ¿tú entiendes lo de mi hija? Porque yo no y me encantaría hacerlo.

—Yo tampoco —decía Simón—. Aunque no te preocupes: yo tenía un primo menor que yo, con muchos pájaros en la cabeza. Pero pronto se le quitaron. Es cuestión de tiempo. Se pensaba que la vida eran cancioncitas. Que uno es como un personaje de una novela. Que hay que vivir al límite. Pero la vida no es una novela, ¿no? De verdad, es cuestión de tiempo. Solo es una niña. Ya crecerá. Y ya le crecerá el pelo —dijo Simón, que pensó que quizás Ona quería reivindicar algo con su cambio de color, pero que podía hacerlo porque en cuanto decidiera abandonar ese gesto volvería a ser rubia.

Nuestro *héroe* había aprendido a fascinar a individuos como Camprubí escuchando sus ideas para luego salpimentarlas con un par de detalles semiartísticos. Le habló de barcos dieciochescos arrasados por el escorbuto debido a la carencia de vitamina C, por lo que los menús deberían ofrecer cócteles con jugo de limón y platos que serían versiones sofisticadas del chucrut o la col fermentada. Su mentor añadía que sería fácil trazar conexiones con campañas institucionales (llamar a un par de puertas, decía) para promocionar la dieta mediterránea mejorada, primando el arroz, el tomate y el aceite, a lo que Simón contestaba que, de hecho, se podrían añadir pequeños detalles algo exóticos que permitían vender el menú como una especie de elogio de la hermandad mediterránea. Simón cogía el rizo de Raimon y lo rizaba aún más:

—Podemos, además, añadir algunos toques de novelas de aventuras para que se pueda vivir como un crucero infantil. Long John Silver y el grumete. Como un Disneyland gastronómico y algo literario.

—Me gusta. Habrá que llamar a un par de puertas.

Antes de hacerlo, Camprubí había propuesto a su familia un simulacro de lo que vendría en verano, al cual Simón estaba invitado. Se trataba de salir ese día desde el minúsculo puerto de Fornell, en Begur, comer en el mar y luego tomar el café en Cadaqués, en el bar Marítim. Allí tenían otro pequeño apartamento, muy austero, donde podían dormir si querían esa noche.

Simón se ofreció en el acto a cocinar, ante la mirada algo desconfiada de Ona, que parecía plantear que estar a favor del padre era posicionarse en su contra. Simón sabía bailar entre esas dos aguas, complaciendo a uno cuando el otro no miraba y viceversa. Subieron a ese velero bajo y con quilla en bulbo por la escotilla y luego él fue hasta la cocina en ele iluminada por un fluorescente de doce vatios. Sin aristas ni salientes, con una gran economía espacial: tablas de madera sobre las piletas para ahorrar espacio, fregaderos con caños de agua dulce y de mar accionados con bombas de pie, armarios con cierre de seguridad, arneses para el cocinero y cazuelas afianzables con ganchos o varillas regulables. Todo un poco aparatoso.

¡Oh, mares del planeta, promesa de aventuras posibles, lugares del mapa donde pone «Aquí hay dragones»: ya no os temo, el océano es mío y soy yo quien dibujo mi horizonte con ésta mi fiel espada! Simón se sentía allí como un cocinero de un relato de piratas o de alguna guerra europea dieciochesca. Había estudiado la posible dieta esos últimos días y pensaba optar por una oferta sencilla pero relatable. El sentido más importante, en la nueva cocina y para los oídos de gente como Ernesto Filigrana o Camprubí, no era tanto el gusto como la vista o el oído, la receta por debajo del aspecto y la historia que escondía. Así que compró semillas de girasol, sésamo y chía para dignificar unas simples ensaladas, estudió cómo recuperar mendrugos de pan poniéndolos al sol y añadió detalles algo efectistas para trayectos tan breves: compró cebollas algo viejas, con dos capas secas, porque éstas eran las que luego aguantaban con el corazón fresco.

—Mira, he cocinado unas *frisellas*. Son una especie de pan del sur de Italia que dura un montón de días. Es más, pueden atarse a una cuerda y, cuando las quieres comer, las remojas un poco en el agua del mar para que encuentren el punto de sal y la textura deseados. Esto les encantará a los clientes de nuestros gastroveleros. —No era la primera vez que Simón deslizaba esa primera persona del plural.

—Sin duda.

—Y entonces luego les hablaremos del repollo y la col cerrada, de cómo aguantan más de un mes en alta mar. Y lo cocinaremos en plan *trinxat* de la Cerdanya.

—¡Oh! —exclamó Camprubí, recordando de repente que una de sus casas estaba allí.

Alguien abrió el portalón del pequeño puerto, quizás se levaron anclas, pero el ambiente dentro del *Onada*, porque así, muy a pesar de la hija, se llamaba el velero, zarpó para su breve travesía. Vestían sus tripulantes abrigos azul marino de abotonamiento cruzado y grandes cuellos, y su ánimo no era el de una aventura deseada, sino más bien el de una excursión escolar de la clase de Historia.

—Gran *Onada* —musitó sin mucho convencimiento el padre, y esa frase era el eco de las muchas veces que años atrás lo había gritado la familia al unísono.

En el pequeño salón, Ona, ovillada, leía uno de sus dossieres de espiral con una concentración tan ensayada para que la dejaran en paz que parecía natural. Simón, sin embargo, no quiso apoyar esa interpretación.

—Te vas a marear, Ona. No estudies tanto...

—¿Cómo está el cocinero del barco negrero?

—Muy bien, pensando ya en lo que te vas a comer...

Ona acompañó a Simón a la cocina y, cuando éste llenó un cazo de agua, lo afianzó en el hornillo y, minutos después, recostado sobre las barras de seguridad para no caer encima del fuego sobre el que ya borboteaba el agua, tiró dentro un par de huevos:

—Mira, no sé si lo sabes, tú que estudias tanto.

—Seguramente no, pero ilústrame, cocinero de la familia. Que las rubias, incluso las que nos teñimos, somos muy tontas.

—Si el huevo se hunde, está fresco.

—Ajá.

—Si se va al fondo, pero se mantiene en pie, está un poco menos fresco. Si flota entre dos aguas...

—Como tú, ¿no? Tú flotas entre dos aguas.

—Algo así, supongo. Pero me gustan más las dulces. Si flota entre dos aguas, aún nos lo podemos comer. Pero si lo tiras y se queda en la superficie, mejor ni tocarlo.

—Claro, flota como un muerto.

—Exacto.

—Como tú, si me pones la mano encima y te ve mi padre.

Simón y Ona no habían hablado todavía del episodio de la playa porque él pensaba que los comentarios de texto en esas ediciones críticas de los libros lo único que lograban a menudo era arruinar la trama, volverla menos sorprendente y más resabiada. Por eso tomó aquellos besos como una promesa de todo lo que le pasaría cerca de los Camprubí. Su responsabilidad pasaba por conciliar el romance con la hija con la oferta laboral del padre. Y no le resultaba difícil hacerlo, porque en su cabeza formaban parte de la misma obra. La suya, la que él escribía y protagonizaba.

Comieron y, cuando el *Onada* llegó a un Cadaqués que aguardaba para envolver el velero en un atardecer color gominola de melocotón y fresa, la familia decidió bajar a tomar una copa. Ona había fingido hacía rato que dormitaba en el pequeño sofá con su dossier de apuntes: «Del romance como cadena: las canciones de amor en los barcos de esclavos de Oriente Medio». Simón se excusó diciendo que prefería fregar los platos ahora y añadió, pensando que era el típico detalle aparatoso pero inútil que agradaría a Camprubí, que lo haría con parte de agua de mar para gastar menos. Cuando el resto de la familia se había ido, se metió en el pequeñísimo salón de contrachapado de nogal y se acercó a Ona para soplarle en la cara:

—Sé que no estás dormida.

—¿Ya se han ido?

—Sí. Deberíamos bajar nosotros también.

—Igual deberías ir tú, ya que curras para ellos.

—Y tú eres su esclava.

—Eso creen. Mírame: hasta me han cortado el pelo esos malvados. Pero, en serio, tú tira, que igual te quedas sin trabajo si no lo haces. Trabajas para mi familia. ¡A más mar, más vela! ¡Restaurantes en yates coquetos! ¡Tascas posmodernas que se llaman como los bares humildes de tu familia!

—Trabajo para ti —dijo Simón y pasó la mano por la mejilla de Ona para luego repasar el terciopelo oscuro de su nuca recién teñida.

—¿Qué coño haces? —preguntó Ona.

Simón casi perdió pie. Sonaron en su cabeza las alarmas de la cocina y se accionaron los aspersores que apagan sus incendios. Pensó, por un momento, que había ido demasiado lejos. Hasta que Ona se incorporó, se deshizo de la manta jaspeada en verdes posidónicos a juego con sus ojos y luego pasó su camiseta marinera por el cuello. Delgadísima, las copas de su sujetador color negro miraron fijamente a los ojos de Simón, en ese momento arrodillado en el suelo.

—Eres mi trabajador. Esas libertades se las permite el patrón con la esclava y no al revés —dijo—. Y si quieres seguir trabajando bien aquí...

—Ajá —dijo Simón, desabrochándole el pantalón y colando su mano por debajo de la goma elástica de sus bragas negras—. Sin duda, quiero hacer horas extras. Llegar hasta el meollo de la empresa —continuó con la humedad en las yemas.

—Debes ser consciente de que trabajas para mí. No para mi padre.

Y entonces le quitó a Simón el jersey de cuello vuelto y le repasó la columna como quien repasa las cuentas de un rosario. Hasta que llegó a la nuca y estrechó su cuello con las manos.

—Eres mi prisionero. Hazlo con cuidado porque no querría tener un hijo bastardo, cocinero —dijo, y los dos enredaron sus piernas en el suelo mientras se daban besos empapados.

El mar parecía ser consciente de la escena, así que se alborotaba.

—Me gustas mucho, Simón —le dijo, liberado ya el cinturón.

—Es lo primero bueno que te oigo decir —contestó él, dejando huellas de beso de la nuez al ombligo.

—Me gustas porque has mentido sobre lo del restaurante de tu familia, pero a mí me da igual. Me gusta que solo tengas tu talento y me gusta que lo uses.

—¿Así? —dijo Simón, mientras la besaba con lengua allí abajo.

—¿Y si ahora entra mi hermano? ¿Qué le dirás? ¿No estás traicionando su confianza?

—Yo me he pagado mis viajes. No le debo nada —mintió Simón.

—Ya, pero ha sido él quien te ha metido aquí —dijo Ona, mirando donde los dos cuerpos tanteaban el encaje.

—Aquí me he metido yo —precisó Simón mientras muy lentamente entraba aún más en Ona.

—Aquí en este barco. Pero no aquí abajo, donde te has metido tu solito, pero solo porque te lo he ordenado yo. ¿Y si viene mi padre?

—Le diré que llame a la puerta.

—Tendrá que llamar a algunas puertas...

Simón la miró a los ojos que todavía eran verdes: ésos no te los vas a poder teñir.

—Por algún sitio hay que empezar... ¿Por aquí va bien?

Y no habló más porque, por fin y por así decirlo, usando una metáfora marinera que el padre de Ona solía copiarle a aquel político que tanto admiraba, «atracó en su puerto».

La carcajada de ambos, acompañada de la lluvia que ya repiqueteaba sobre el casco del barco, truenos de trombón o timbal, fue el preludio de sus primeros jadeos cuando se abrió la escotilla y ahí, la cara enmarcada y el pelo empapado por la tormenta que había adelantado su regreso a por impermeables, el señor Camprubí descubrió la espalda de Simón y, debajo, a su hija Ona echando la cabeza atrás con los ojos entornados. Podría haber pensado de hecho en cartas de reclamación porque lo primero que le vino a la mente fue: «Puto cocinero».

Ona abrió los ojos y sonrió. Simón estaba de espaldas, así que siguió pensando durante unos segundos en barcos que enfilan bocanas, en vapores derramándose por altas chimeneas, en huevos flotando en cazos, en carambolas y bolas entrando en troneras, en su futuro radiante. No abras los ojos. Mientras no lo hagas todo es posible.

*

Rico había llegado al Oasis con una cojera leve producida por aquella caída en 1992 desde el escenario de Talavera de la Reina, que se había confirmado como crónica años después, y lo había abandonado hacía un rato agravando todas las secuelas físicas con un tajo que atravesaba en forma de zeta su mejilla izquierda. Habían pasado más de tres lustros entre una y otra herida. La segunda era más pequeña, pero, de algún modo, también más profunda.

Recordaba hoy, llevándose la mano al corte que palpitaba en su mejilla durante el tramo final de su camino hasta el Baraja, cómo había vuelto en tren a Barcelona en 2006 procedente de un trabajo que ni siquiera quería recordar y pensando en la visita que debía hacerles, y que de hecho les hizo, a su madre y su tía. Desde entonces les había dicho que aún no estaba preparado para ver a su padre, pero las tranquilizaba en la despedida añadiendo que el momento llegaría muy pronto.

Después de su huida de la orquesta, Rico había trabajado en una pulpería de Burgos y en un bar de bocadillos de Zaragoza. Habían sido curros tranquilos, de los que había sido expulsado siempre por lo mismo: la caja no cuadraba. Sigue el dinero, pensaba siempre Rico. Siguiendo el dinero encuentra uno el problema: investígalo y te estamparás contra la adicción, la ludopatía, el alcohol, el exceso de vida malbaratada. El talento derrochado. ¡*Cherchez la femme*, la pasta!

Llegó a la estación de Sants con una carta de recomendación de un empresario de la noche de Zaragoza, cuyo cuñado tenía ese bar muy cerca de la Zona Franca donde le acabarían rajando la cara. El primer día vio un poni embridado con mil adornos a la puerta del bar, así como a varios tipos delgadísimos, el tórax en quilla, como de pollo famélico, los dientes como pianitos bombardeados, discutiendo en la puerta sobre si uno le compraba al otro un aparato de DVD por sesenta euros. El DVD no tenía mando ni tampoco enchufe que rematara el final de una cola que era el cable, aunque en esto último no habían reparado ni comprador ni vendedor. Eso les permitía seguir negociando.

Esa misma noche se puso ya tras la barra y debió de haberle saltado alguna alarma cuando los clientes habituales del bar, acodados en la barra como efigies, le dijeron:

—Tranquilo, te vamos a tratar bien.

Pronunciaron aquello como si le estuvieran permitiendo entrar a trabajar allí a cambio de algo. O de muchas cosas. Desentrañar este trueque al principio pareció un enigma, pero el acertijo se resolvió bien pronto. La Zona Franca se había creado con una intención que no había cuajado: un espacio libre de tributos o impuestos. Sin embargo, allí sobrevivía, entre el puerto, la ciudad y el aeropuerto. Nunca había llegado a gobernarse por un consorcio presidido por un comisario escogido por Hacienda, pero no había hecho falta. Seguía siendo de todos modos un territorio si no al margen de la ley, uno donde ésta no se detenía. Y en esa tierra de nadie trabajaba Rico, por culpa de una mercancía que sí había logrado encontrar ahí su cuna económica sin impuestos.

A Rico le sorprendió, después de haber estado unos años fuera de Barcelona, que acabaran de levantar a escasos metros una comisaría de la policía, porque en muchas de las casas se seguía vendiendo cocaína. Se anunciaban a través de pequeñas hogueras o de una cadena de emisarios y comerciales que cantaban el piso donde estaba ese día o al siguiente, y sobrevivían con un menudeo que, por mera insistencia de los clientes, era enorme.

El dinero volaba en fajos de billetes doblados mil veces, reunidos con gomas de pollo, y, a lo largo de todos esos meses allí, Rico solía jugar a estirar esos papeles en la barra (ya no presentaban retratos de escritores y conquistadores como cuando los contaba en el Baraja) para comprobar una y otra vez cómo éstos intentaban enroscarse como erizos a la defensiva.

—Tienes un regalito en el baño.

Si hubiese querido hacer un ranking con las frases que más había escuchado esos meses, ésa habría ocupado el lugar número uno. Los clientes que usaban el Oasis como oficina intentaban pagar a menudo sus copas y cervezas con un tiro dispuesto sobre la cisterna del baño. Al principio, Rico confió en su firme propósito de mantener el orden en el bar y cuadrar la caja. Pero pronto vio que le sería difícil aguantar allí los turnos que se alargaban toda la noche, más allá de cualquier lógica y horario comercial, sin hacer pequeñas concesiones. Si la policía hacía la vista gorda, no la iba a afinar él.

La sorpresa lo alcanzó a traición el día que se giró y vio entrar a Betty riendo del brazo de un tipo. A pesar de que no le extrañó encontrarlos comprando allí, sí que lo hizo que entraran en un antro como el que él defendía.

—Nene, ¿pero tú no estabas en Nueva York? —le dijo Betty, ya vestida como Beth, traje de chaqueta después del trabajo, y la pregunta era retórica y sabía a rayos, porque su ingrediente principal era el sarcasmo. Por si éste no había quedado claro, añadió—: Estás muy guapo, casi ni se te notan las entradas.

Desde entonces, Beth empezó a pasarse unas horas muchos días a la semana, siempre acompañada, y se quedaba en una esquina de la barra. Rico no sabía hasta qué punto eso podía serle útil algún día, pero confiaba en que ella corriese hacia la comisaría si la cosa se ponía fea. Hasta que un día, al pagar su consumición, le dijo:

—No puedo venir más, Rico. Este sitio tiene mala fama y yo tengo una imagen que mantener, mi padre ya me ha dado un toque —inventó Betty, una mentira poco cocinada, una trola ni siquiera al dente, que demostraba que no necesitaba que él la creyera—. Pero quiero que sepas que estoy ahí. Que cuando lo necesites yo te ayudo en lo que quieras.

—Ya —Rico casi respondía como su primohermano.

—Lo digo en serio: pídemelo y te ayudaré. Me van bien las cosas. Aquí quizá no se nota porque me ves en este ambiente...

—Aquí se nota más, por contraste. Créeme.

—Pero me va bien.

—No lo dudo.

—Muy bien, Rico. Quiero decir que vendemos pisos sin parar y tengo mil formas de ayudarte. Solo pídemelo. Por una vez. No lo robes ni te lo inventes, pídelo y te prometo que te ayudaré. ¿Sí?

—No sé. ¿Sabes algo de Simón? Sobre todo, si hablas con él no le digas que me has visto así. De hecho, no le digas que me has visto.

Esto fue lo último que le dejó en la barra del Oasis: un papelito con el correo electrónico de su primohermano, que ella había conseguido de Estela. Así que mientras Rico se peleaba con yonquis que tiraban la tragaperras al suelo, que se empeñaban en decirle que les había robado la cazadora o la cartera, mientras ejercía de juez en conflictos delirantes que implicaban grabaciones de heroinómanos con agentes municipales que les prometían casas de protección oficial, él vivía a la vez su carrera en Estados Unidos o buscaba refugio en Brighton. Eso le seguiría diciendo a su primohermano en sus correos electrónicos, porque él no tenía la culpa de que le hubiera ido tan mal. Porque, es más, asumir esto no le dolía tanto por orgullo propio, sino porque era como admitir que todo, absolutamente todo lo que le había enseñado al pequeño, era un gran error. Que las canciones son para escucharlas, las películas para verlas y las novelas para leerlas mientras se intenta buscar una vida y no para vivirlas desde dentro ni para protagonizarlas.

Cuando acabe todo esto vas a llorar.

Nada es lo que parece, chico, pero las cosas son como son.

Ahora, en este marzo raro de 2008, los ojos húmedos tras las gafas de sol en una terraza del Retiro, una última parada antes del Baraja, que ya está tan cerca, recordaba cómo Simón había contestado lacónicamente algún correo (ya no tenía ocho años y quizá no se creía sus gestas) para luego interrumpir abruptamente la comunicación.

Cuando su primo pasó a ignorarlo, Rico hizo lo siguiente: le inventó una dirección de correo (nadaesloqueparece@gmail.com) y allí empezó a depositar una confesión tras otra. En cada una venía la explicación de alguno de los muchos episodios que realmente había vivido desde que perdió el vuelo a Nueva York. Sin escatimar nada de lo que había sentido. Incluso alguna cosa que aquí no ha sido contada.

Al principio le había costado, porque eso significaba seguir mintiendo a los otros, pero dejar de engañarse. Si Rico se había pasado toda la vida mintiéndose a sí mismo, pero sin lograr nunca engañarse del todo, ahora no valía la pena ni siquiera intentarlo. Y así completaba los últimos metros antes de llegar a su familia: algo cojo, las manos en los bolsillos vacíos, la zeta roja en su mejilla, la vista fija en el suelo para no cruzarla con algún vecino o acreedor que en su día lo hubiera admirado o perseguido y que quizá ahora ni lo reconocería, tal y como estaba. ¿Caminaba Rico en silencio? ¿Le había su historia impuesto que callara? Sí, y él quería obedecer, para por fin estar a salvo, y, sin embargo, tarareaba al dictado de un yo anterior una canción que demasiados años atrás había logrado traducir del inglés, mirando la carpeta del disco y cotejando cada palabra en un diccionario Vox de segunda mano comprado en el mercado solo para desentrañarla: «Solo soy un animal que busca un hogar donde compartir el mismo espacio durante un segundo o dos. A mi hogar, ahí es donde quiero ir, pero supongo que ya estoy aquí». Y ahí va Rico, el artista sin arte, los ojos en llamas, después de parar para coger aire, ya camino del bar del que huyó. Solo para asomarse, ver a su padre y al momento descubrir si el Baraja era su casa o ya no lo era.

*

Y allá van, inquietos y radiantes. Cada adjetivo es un salto. Nerviosos y libres y vivos.

Siguen la corriente de su juventud líquida, brincando para la foto en los saltos de agua, río abajo y hacia el mar, que los espera. ¡Suya es la promesa de agua dulce! Si están contentos no es solo por el frescor gigante que los envuelve, sincronizados sus deseos y su vocación. Ni siquiera por lo guapos que se deben sentir, bicolores, los flancos plateados y el dorso azul eléctrico. Ni por esa dieta de camarones, pequeños crustáceos y krill que algún dios coloca en su camino, adoptando su carne ese naranja solar. Si son felices es porque no saben que su verdadero destino es volver a remontar todo ese camino mucho después, cuando ya no sean radiantes, para desovar y luego caer por última vez. Ahí, en algún punto del segundo descenso por aguas dulces, muchos dejarán de respirar. Y luego seguirán bajando y bajando y bajando. Ya feos, muy feos, tan viejos. Hasta que bajarán sin saber que lo hacen. Hasta que dejarán de bajar.

Ésa es la vida de los salmones salvajes. Otros, los que se crían en piscifactorías, nacen y mueren ajenos a esa aventura. Aunque viajan también transportados en redes, barcos y camiones. Desde los fiordos noruegos hasta platos neoyorquinos, desde las piscinas chilenas a caterings con biscotes y queso en Barcelona. Hay una mentira en cómo se presentan al mundo: ni siquiera tienen el color que los distingue como especie. Dado que no pueden comer lo que deberían, por culpa de esa dieta de pasta de pececillos enanos, almidón de maíz, levadura y soja transgénica, son gris apagado, como tantos otros peces vulgares. Y la misma mano que los condena a ese desprestigio, la del hombre, es la que les devuelve artificialmente su aspecto. Los hace viajar a motor y les añade cápsulas de astaxantina, un compuesto falso obtenido con cáscaras pulverizadas de crustáceo, para teñir su carne de color salmón. Les devuelve de modo artificial la vida y el color que les niega desde que nacen.

Del mismo modo, intentamos los humanos recobrar el color de la aventura de modo artificial, con canciones o libros que nos devuelvan la promesa de acción de nuestra vida estática. Pero a menudo el ciclo, si el salmón, si el hombre, ha corrido demasiado, se achica.

Marzo de 2008. Simón apenas tiene veinticuatro años cuando recarga su teléfono móvil en un locutorio de ese pueblo de la Costa Brava y marca un número de teléfono. La cabeza ardiendo de rabia y vergüenza, pero también por el golpe que el padre de Biel, al que media hora antes unía su destino, le ha descargado. Al abrir la escotilla y ver a Simón forcejeando encima de Ona, ha pensado que la estaba forzando. Ha cogido un pequeño remo de adorno del yate y se ha permitido unos segundos de bloqueo escultórico, pues no era el suyo un espíritu violento, dudando si usar el arma. La sonrisa de su hija lo ha descolocado tanto que ha decidido utilizarla.

Simón, expulsado por su propia carrera, prófugo de la familia en la que había encontrado el tesoro del futuro, ha saltado del yate, para nadar y luego correr. Ni siquiera se ha despedido de Biel, que llegará media hora después al velero. Adiós a los Camprubí y a los barcos y a las giras. Ona quizás era demasiado joven, incluso menor (en realidad tenía ya veinte años), o su padre demasiado imbécil (un imbécil que no quería aceptar la edad de su niña), puede que hasta un puto pijo hijo de puta. No quiere volver a verlo. Empapado por esa tormenta rabiosa, los árboles del paseo cabeceando melodramáticos ante la escena, el viento apaisando las gruesas agujas de agua, Simón se sienta en un banco bajo la lluvia y hace esa primera llamada a Betty. Una llamada de negocios. El dinero de los libros le había pagado la matrícula en la escuela más prestigiosa de cocina de Barcelona y en las prácticas que siguieron conoció a su compañero de gira por el mundo. Aunque hoy parezca increíble, sus emplatados y sus shows histriónicos les hicieron ganar entonces muchísimo dinero, del mismo tipo que pierde de vista lo que paga, como sucede con el de las obras de arte contemporáneo o con aquellas flores holandesas del siglo xvii. Más del que jamás soñó y más del que podría imaginar que existiera, en cualquier caso. Ahora quiere hacer algo con él. Poner a trabajar el dinero, piensa, mientras escurre su jersey. Y hasta se permite una carcajada.

Una carcajada porque recuerda aquella historia que un día le contó Estela cuando leía libros que van sobre cosas, cuando él solo leía, quizá sin entenderlas, novelas que iban de todo. Y la cosa que le había querido decir su amiga no sabía aún atraparla, aunque sí recordaba en qué historia le había llegado envuelta. Salmoneo, un reyecito hermano de Sísifo, se creía mejor que el mismísimo Zeus y alardeaba en público de poder, al igual que el Más Grande, convocar la tormenta. De hecho, se hizo construir un enorme puente de metal sobre el que le gustaba conducir su carro a toda velocidad, arrastrando cazuelas, calderos y cacharros para imitar el sonido de los truenos, mientras pedía que otros dispararan antorchas al cielo para que parecieran rayos. Lo que hizo Zeus, cuando se enteró, quizás habría valido la pena tenerlo en cuenta hace un tiempo, aunque ahora ya no sea necesario contarlo.

Mismo día de marzo de 2008. Una segunda llamada de Simón es la banda sonora de otra escena en paralelo, porque suena en el Baraja justo cuando Rico pone el pie sobre el terrazo del bar, apoya el brazo en la barra y se queda mirando fijamente a su padre Elías. Quizá no fue exactamente así, es posible que no se diera esa sincronía, pero ni siquiera eso importa. El resto del bar enmudece con la entrada del mismo modo que se para repentinamente un reloj, o un corazón, que ha tictaqueado durante muchos años: «El hombre es un corazón que no late y el corazón es un hombre que se va a parar». Profundo y preñado de mil emociones y palabras es el silencio de sus tíos y su madre, que acaba de descorrer la cortina de palos de la cocina y que casi pierde pie cuando se abraza a su hermana. Años atrás, Elías le había gritado por aparecer con los ojos pintados, emborronados por el rímel corrido por la noche gastada. Hoy entra con paso renqueante, la barba que no alcanza a alicatar esa parte de la cara donde se abre la herida roja trazada por la botella (quedará cicatriz, que será el síntoma de lo que verdaderamente quedará: casi nada, casi cero).

Años antes Elías no había entendido a su hijo y la incomprensión lo había empujado a dejar de hablarle para pasar a solo chillarle. Hoy esa incomprensión es aún más grande y profunda, así que lo abraza en silencio. Rico encaja el abrazo con las manos en los bolsillos, mientras el teléfono suena y suena y suena hasta que, clac, deja de sonar.

IV

Primavera de 2010

Uno descubre que tiene las uñas sucias cuando se lava las manos.

FRANCIS SCOTT FITZGERALD, *Bellos y malditos*

La gente que bebe en los bares de pie espera a alguien o no espera a nadie o no espera nada o no espera nada de nadie. Si algo los une es un nerviosismo estático, la rutina de los ojos vidriosos y el peso sobre una de las dos piernas para luego hacerlo recaer en la otra, que los suele empujar a pagar la consumición antes de dar incluso el primer sorbo.

Simón conoce a esa gente. Desde su época en el Baraja, cuando el Juez abandonaba el colegio a la hora de corregir exámenes y encadenaba dos cervezas como se echa uno en la boca dos cacahuetes. O el Marciano, que se dejaba caer por ahí entre una pieza pulida y la siguiente, y luego se olvidaba de que había llevado a su hija con él y se largaba sin ella. O todos esos taxistas locos y al volante, repostando mucho más a menudo que sus coches, también tan curtidos, tan trotados, que difícilmente pasarían una ITV. Incluso como su padre, y aún más como su tío, con esa botella de vino escondida que rellenaba cada vez que bebía de ella, para que conservara la apariencia de no haber sido tocada.

Simón sabía qué significaba beber de pie, controlaba cada tic, y no solo no quería acabar siendo uno de ellos, sino que no lo fuera ninguno de aquellos a los que quería. Obviamente pensaba en Rico, siempre tan poco dado a aposentarse: Simón había regresado a la ciudad con veintiséis años, justo cuando su primo había vuelto a abandonar el Baraja, y se había instalado en el piso de sus padres, en la habitación de la colcha azul de ganchillo. Rico había aguantado en la casa apenas unos meses, mientras Simón intentaba ganarse la vida por medio mundo y lo iban rechazando una y otra vez en los mejores restaurantes cuando se corría la voz de que el todopoderoso Camprubí aconsejaba no contratarlo. Biel había intentado ponerse en contacto con Simón para contarle que estaba haciendo lo imposible para que su padre entrara en razón, aliado por primera vez con Ona, pero Simón había preferido no saber más de lo necesario y se había limitado a decir que estaba bien y que ya se verían en un tiempo. Pero era mentira, porque su mal paso con los Camprubí le había cerrado innumerables puertas. El mundo de la hostelería de lujo, de la gastronomía de vanguardia, era en realidad un cortijo pequeño donde todos se conocían.

Por supuesto, en algún caso conseguía ingresar en la brigada de algún restaurante al que todavía no habían llegado los tentáculos del padre de Biel. Como aquella vez que logró formar parte de unas comidas que otro exdiscípulo de Ferran Adrià tenía que dar en la estación de esquí de Grandvalira, en Andorra. Ya entonces veía inevitable su regreso al Baraja y eso lo demuestra el hecho de que, al pasar por uno de esos estancos libres de impuestos, había pensado en comprar mucho tabaco para presentarse con él a modo de disculpa y que sus padres pudieran revenderlo cobrando el margen. Se implicó en la preparación de los platos y en la puesta en escena. Ayudó a inventar unos profiteroles de remolacha y yogur, candy salado de cacahuete thai, ravioli esférico de gazpacho y navajas con vinagreta de boletus y piñones. Quería seguir viviendo lejos de las cestitas de peladillas, pero cada vez le costaba más disfrutar de ese tipo de gente que degustaba su esfuerzo. Se justificaba, sin embargo, con su arte. ¿Acaso un artista dejaba de pintar porque luego se especulara con sus lienzos? ¿Es que no podía seguir intentando crear un tulipán negro como aquellos brillantes holandeses?

Las comidas se servían a dos mil metros de altura y los comensales subían hasta el restaurante en telecabina o en retrac. Estaba ultimando en la cocina un pan al vapor con *burrata* y trufa negra cuando vio aparecer al padre de Biel y Ona. Pasó toda la comida intentando no dejarse ver por la ventana abierta que separaba la barra del aperitivo de la zona de los fogones. La aldea global de los que tienen dinero, de los que lo ganan por inercia. No levantó la cabeza, aun sabiendo que quizá sí que lo habían visto a él.

Había logrado incluso ligar con la hija de un matrimonio de Sant Cugat en las discotecas makineras donde bebían, aún con calentadores y ropa térmica, los clientes entregados al *après ski*. Al día siguiente, cuando Simón recogía después de la comida y pensaba que en cualquier momento podía aparecer el padre de Biel y Ona, se presentó la chica: le sonreía por debajo de esas gafas de piel blanca que el moreno de la montaña había dibujado con las gafas de esquiar como plantilla. Le había subido unos esquís en el telecabina y le dijo que podían bajar juntos para ir rápido a su habitación de hotel: sus padres seguían esquiando. Simón, que no sabía surfear, que tampoco sabía esquiar, de repente se vio cansadísimo de mentir. Iba a aducir una lesión en la cadera por un accidente en los Alpes suizos, pero se vio excusándose porque tenía que recoger sus cosas y no salió del restaurante hasta horas después. En la cocina bebió los restos de un gin fizz de manzana en dos texturas, paladeando la idea de irse de aquí y volver por fin a casa. Pero no hizo falta que se decidiera. Horas después el chef le comentó que en su siguiente destino necesitaba menos cocineros y que no iba a renovarle. Simón nunca supo si lo había delatado Ernesto o si había sido Raimon.

*

Cuando nuestro *héroe* volvió finalmente para instalarse en Barcelona, Beth le confesó por teléfono que Rico se había ido el día antes y que lo había hecho, precisamente, para evitar encontrarse con él.

—*Petit*, no está hecho un pincel precisamente. Y no quería que lo vieras así. Dice que ya volverá. Que ya te escribirá. Lo he mandado a trabajar a Valencia en mi inmobiliaria.

Beth había sido la salvación de los dos primos. A Rico le había dejado dormir en casa y le había dado un trabajo. Simón había puesto en sus manos lo que quedaba del tesoro de la biblioteca y del dinero de la gira con Biel, con el que había comprado, hacía ya dos años, justo cuando había estallado la crisis pero antes de que los alcanzara su onda expansiva, un pequeñísimo local a pie de calle a un par de esquinas del Baraja. Al principio parecía difícil justificar esa suma sin firmar cheques o hacer ingresos o cesiones ante notario, pero Beth lo había logrado de *algún* modo. Simón no le había preguntado cómo, así que ahora, con veintiséis años, era propietario de algo. Un propietario arruinado, eso sí: el local no valía nada en este momento porque los precios habían caído y porque para arreglarlo necesitaba un dinero del que carecía. Intentaba ahorrarlo con su trabajo de camarero en el Bertsolari, un bar de pinchos vascos que no eran vascos, mientras pensaba en gente que bebía de pie, en su primohermano, quizá con la corbata verde corporativo de la empresa de Betty abombándose en su barriga de balón de fútbol sala. Y en que podía aparecer en cualquier momento.

En el Bertsolari, como en el Filigrana, todo eran castas, pero las propias de un país más empobrecido. En este caso, la jerarquía venía marcada por el vestuario. Los camareros, como él, que prefería no entrar en una cocina desde hacía un tiempo (incluso esperaba a que su madre y su tía salieran de la del Baraja para hablarles), vestían polos rojos o verdes. Los encargados, en cambio, lucían camisa blanca con corbata negra. Los directores tenían libertad absoluta y el libre albedrío puede ser un error en manos de según quién lo pongas. Y ése era el caso del director de este local, que insistía en combinar camisas lila con corbatas de un palmo de color naranja, y parecía una enorme fruta del bosque venenosa.

Los camareros del Bertsolari se dividían a su vez en *caps* y *runners*. Y esa nomenclatura anglófila escondía un chiste perverso, porque los *caps*, o capitanes, eran los que manejaban los datáfonos y las maquinitas para cobrar, y los *runners* no eran esforzados corredores que hacían del hecho de mantenerse en forma un hobby, sino camareros sudorosos que corrían y corrían pisando las lamas del parqué flotante. Debajo de éstas estaban siempre las cucarachas, las mismas que de vez en cuando se convertían en tropezón de pincho. Simón alguna vez había levantado una lama del parqué y un batallón de insectos había corrido buscando el amparo de la siguiente oscuridad sin conseguirlo.

En su opinión, lo peor no eran las cucarachas ni los clientes ni el abuso de los jefes, sino el arribismo de los compañeros. Y lo triste no era ni siquiera ese arribismo, algo que Simón entendía a través de su propia autobiografía, sino el techo bajísimo, de buhardilla barata, que se les ofrecía como cielo: el futuro que ansiaban sería un presente de mierda si lo encontraban. Aun así, muchos trabajadores del Bertsolari insistían en hacer de esa cadena de restaurantes su vida e invertían todo su ingenio y malicia en medrar para poder tirar a la basura ese polo verde o rojo y ponerse una camisa blanca y una corbata. No era el caso de Simón, a quien el estatismo laboral le parecía bien, o le daba absolutamente igual, o le importaba poco.

—No sabemos planchar, ¿eh?

Ése era uno de los comentarios que el encargado, siempre atento a que el director pudiera escucharlo, le hacía siempre a Simón señalando su polo verde cuando llegaba algo tarde. A él todo esto le daba entre asco y rabia, una pugna que él resolvía por la vía de la indiferencia: desde el primer día había decidido no mezclarse ni con la plantilla ni, aún menos, con los jefes. Aunque, tal y como marchaban las cosas, pronto los encargados no tendrían plantilla a la que coordinar.

Desde hacía tiempo la gente no superaba el periodo de prueba. El descuadre en las cajas justificaba esa rotación: gente que entraba, a la que le faltaba dinero en el arqueo y que esa misma semana se iba por donde había llegado. Simón había decidido aparentar ser tonto, porque le salía a cuenta, pero si había tomado esa resolución es porque en realidad no lo era: tenía ojos en la cara y sospechaba que algo raro sucedía. Aunque él prefiriese no investigarlo ni descubrirlo, sabía que algo pasaba para que ni un solo camarero en prácticas sobreviviese. Había alguna trampa que condicionaba sus despidos. «Pero uno no puede cambiar las reglas del *whist*», había leído un día en uno de los Libros Libres.

*

Simón también sabía (¡y cuántas cosas sabía, para lo mal que le iba!) que lo único que nos espera cuando volvemos a casa es el mismo olor. El Baraja conservaba esa aleación de fritos, salfumán y restos de vino envejecidos, pero todo había menguado. Las mesas de formica parecían más pequeñas; la barra de zinc, menos alta, e incluso los clientes habían extraviado algún centímetro durante todos estos años. Y, sin embargo, y quizá por haber caído él mismo en desgracia en el yate, ahora volvía a verlos bajo una luz amable. Incluso había puesto la cestita de cerámica con peladillas en su mesita de noche como recordatorio, y no solo de una primera comunión, sino más bien de algún tipo de confirmación.

Ahí estaba la Chula, por ejemplo, fiel a su peinado de Cleopatra, que últimamente entraba en el Baraja en una silla de ruedas empujada por un tal Oliver, un joven que decía ser su mánager. Todos la trataban como si estuviera más guapa que en sus años como vedete, incluido Marciano, que ahora daba sorbos más cortos a cada Voll-Damm, doble malta, que estiraba para que durase toda una tarde, y también el Juez, que no convocaba ya ningún referéndum con su tiza. El Franco ya no aparecía nunca, quizás había seguido una de sus vigorosas apuestas (¿a que no hay huevos?) y se había «ido de viaje» sin avisar a nadie. El Lecturas contaba cómo había fallecido el Queyalosé: se tomó el último vino, caminó con paso firme, se giró en la puerta, pronunció «Que ya lo sé», se rio por primera vez en toda una vida de su propio chiste y murió en el primer paso de cebra, a la vista del Baraja.

Las hermanas Merlín parecían encajar mejor ahora que antes en la pequeña cocina. Caminaban ya siempre con esa postura encorvada que hasta hace poco solo mostraban ante los fogones. Arrastraban unas zapatillas de andar por casa, casi mostrando una discreta chepa, y parecían más pequeñitas, pero no menos bulliciosas. Era casi prodigioso, como de escena de Julio Verne, ver a esas dos pequeñas mujeres apaleando enormes pulpos que parecían salidos de algún relato de ciencia ficción.

—Mamá, ¿quién es ese de la tragaperras? Lleva dos meses ahí —preguntó Simón un día.

—¿El chino? —dijo la madre.

—¿El misterioso hombre místico del Lejano Oriente? —añadió la tía, siempre más dada a la fantasía.

—Sí.

—Viene aquí y le da a la tragaperras hasta que cobra. Y de vez en cuando pone un maletín en la barra, lo abre y está lleno de billetes y dice que nos quiere comprar la licencia del bar.

—Pero el Baraja no lo vamos a traspasar jamás, ¿no? —Y su pregunta sonó a imploración porque nadie, ninguno de ellos, iba a morir jamás.

—No, hijo —dijo la madre, pero la tía no dijo nada.

Su padre y su tío seguían igual, que es un modo de decir que estaban peor. La crisis también había hecho mella en el Baraja: muchos clientes debían mantener a sus hijos y hasta a sus nietos, y por tanto no podían consumir con tanta alegría. También había azotado con dureza a los taxistas, que solo mantenían el ritmo de antaño cuando se celebraban ferias de la construcción o de telefonía en la montaña de Montjuïc. «Construmat. Construimos tus sueños», leía el Lecturas en un anuncio ferial del periódico donde aparecía una mujer en lencería fina. Los habitantes del Baraja, como Simón, seguían siendo los mismos pero estaban peor, como insectos paralizados dentro de una lágrima de ámbar pero en una postura incomodísima, una contorsión dolorosa: mientras durase la crisis así se quedarían, estáticos, incapaces de convertirse en otros, más prósperos, más bien en ellos mismos de nuevo.

Los taxistas más orgullosos, incluso los jubilados, decían que no bebían (esos vinos que no podían pagar) porque tenían que coger el coche. Y Ringo, que a sus casi sesenta años habría dado positivo aunque estuviera sin beber durante siglos, le había dado una noticia a Simón:

—Me caso.

—¿Que te cansas?

—No, que me caso, Simón.

—¿Cómo?

—El amor de mi vida es Michelle. Quizá me vaya con ella a vivir a París o a la Camarga. Compraremos unos caballos y los montaremos al lado de los ríos y los estanques. En realidad, no tengo ni puta idea pero ella se quiere ir.

—¿Y el taxi?

—Ya he colocado la licencia. Por un pastón. Pero no es eso lo que quiero decirte, sino lo siguiente.

—Dime.

—Quiero que seas mi padrino.

—¿Yo?

—Sí. Y no te lo digo solo para que te vayas preparando un discurso, porque quiero decirte algo más. —Dio un sorbo a su pacharán y lo olió un segundo, como para retener ese instante.

—Soy todo oídos —dijo Simón, mirando ese licor que parecía sacado del Cheminova.

—Andas diciendo por ahí que estás de chef en un restaurante vasco de lujo, me parece que hasta tus padres se lo creen, y mucho más toda esta peña, pero yo he pasado con el taxi por donde trabajas y te he visto sirviendo en la terraza del sitio ese. No voy a decir nada, *menut*. Pero te digo una cosa: si yo puedo casarme a mi edad, imagínate si tú puedes intentar empezar otra vida. Si no te gusta ésta, claro. Te buscas un curro mejor y dejas de vivir con tus padres, que sé que mucho no te gusta, aunque a tu madre le hace bien, eso sí que te lo digo. Pero tú puedes hacer lo que quieras, Simón. ¿Te acuerdas de que a veces te llamaba Talento? Puedes hacerlo, hombre.

Y por alguna razón que Simón no entendió a la primera, Ringo le pasó una pitillera de plata.

—He dejado de fumar, *menut*. Me ha obligado Michelle... Esto es mi pitillera de plata. Ábrela.

Ringo no recordaba haberle contado ya en sus mails de hace cuatro años que estaba dejando de fumar y lo dijo como si esta vez fuese la única y definitiva. Simón abrió la pitillera y, dentro, descubrió un preservativo, un porro liado y una chapa de los Beatles donde ponía HELP.

*

Hacia las dos de la madrugada, después de acabar el turno y limpiar el local, la plantilla del Bertsolari calentaba banquillo. Era la expresión que empleaban para la siguiente actividad: sa-

lían con cuentagotas del local y, aunque durante toda la jornada habían deseado estar muy lejos de allí, no huían, sino que se
quedaban en el banco público justo delante del establecimiento. Calentaban banquillo, esperando a salir a jugar, a que pasara
algo fuera de su rutina.

—La primera norma del club del banquillo es que no se habla del club del banquillo —le decía ahora Remedios, una de
las que llevaba más tiempo trabajando allí.

Cuando Simón acababa su turno, siempre atravesaba la
puerta del establecimiento con la esperanza inconcreta de que
Estela lo estaría esperando fuera, pero eso jamás sucedía. Había
intentado en varias ocasiones volver a hablar con ella y, aunque Estela no lo rehuía completamente, tampoco parecía dispuesta a revalidar su amistad de verdad. Las primeras veces que
se habían visto se habían resuelto con un duelo de monosílabos
que había sido aún peor que un desencuentro total, porque esos
reencuentros preñados de indiferencia imposibilitaban incluso
una reconciliación épica, majestuosa. El líquido de lo que fue su
amistad seguía ahí, pero desbravado. Sin gas.

Dicen que los perros se parecen a los dueños y que muy a
menudo buscamos nuevas parejas de fenotipos, complexión y
rasgos casi idénticos a las que hemos dejado atrás. Nuevas caras que, por semejantes, se confundirían con las anteriores en
una rueda de reconocimiento policial. Remedios no se parecía
físicamente a Estela, pero sí en muchas otras cosas. Quizá por
eso a Simón le gustó pasar tiempo con ella desde el primer día.
Quizá por eso se quedaba hoy con ella en el banquillo, pese al
cansancio de una jornada de diez horas y pese a que odiaba esa
camaradería impostada fuera de horario. Lo hacía porque estaban solos Remedios y él, y porque no tenía ningún sitio mejor
en el que estar, ni nadie con quien habitarlo.

—¿Y tú qué barra tienes, Simón?

—¿Cómo?

—Que qué barra tienes. No es un insulto. Lo leí en una novela inglesa. Era así como un poco sentimental, un poco blandita, pero me flipó. Los protagonistas trabajaban en un sitio parecido a éste. Todos eran actores de teatro | camareros, poetas | camareros, opositores a notarías | camareros, patinadores artísticos | camareros... Yo soy muy previsible: editora | camarera. ¿Y tú?

Remedios se cubría la cabeza con la capucha de la sudadera color lila que más le gustaba. Y había en ese gesto un orgullo guerrero, el que adquiere a la fuerza quien ha tenido que preservar la inocencia, en vez de perderla. «Conmigo se ha cebado todo dios, Simón: por gustarme las tías, por no parecerme a las tías que les gustaban a ellos, por no soportar que me vacilaran los tíos», le explicó a Simón más bien pronto. Había tenido que luchar por recuperar la inocencia desde que su carácter se templara en el yunque de los insultos y de las miserias: sin dinero, especialmente en estos años de crisis, su familia no le podía ofrecer un futuro, pero había logrado inventar uno que pasaba por ser editora. Simón no le había contado que también Estela había estudiado para serlo: hablar de su vida en el trabajo le obligaba a pensar en ella y quería evitarlo. Por eso conversaba de novelas con Remedios, que, como él cuando era un niño, y como él ahora solo en su presencia y disimulando un poco, creía que éstas son los libros que no van de una cosa, sino de casi todas.

Así que Remedios siempre intentaba que en el banquillo no se hablara de trabajo, y de ahí que echara mano de la frase de una de sus novelas favoritas, *El club de la lucha*: la primera norma del club de la lucha es que no se habla del club de la lucha. Con Simón esa lucha, la de no regodearse en la miseria laboral, la tenía ganada de antemano.

—Simón, pájaro, que te he preguntado que qué barra tienes tú...

—¿Yo? Camarero | imbécil —contestó Simón esa noche, sin dudarlo.

Y en su respuesta no había autocomplacencia o falsa modestia: verdaderamente pensaba que haber dicho cocinero | camarero era aún más triste. Y triste estaba, por todos esos reencuentros tibios (¿Qué tal? Bien. ¿Quieres que hablemos? Ya estamos hablando) con Estela.

—Pero, a ver, ¿a ti qué te pasa, que pareces un alma en pena?

—A mí nada. Oye, me voy a saltar solo por una vez lo de no hablar de curro, perdona, pero empieza a mosquearme lo de los nuevos. ¿Tú por qué crees que echan a todo el mundo tan rápido?

—Me cago en ros, barra imbécil, me has fallado... A ver, no digas nada, pero creo que lo sé... —dijo, y se quitó la capucha—. Mierda, parece que va a llover.

Remedios frenó en seco cuando vio cómo llegaban al banquillo nuevos trabajadores del Bertsolari y es que la segunda regla del club del banquillo era no hablar de según qué cosas si en éste podía haber topos. Simón le dijo a Remedios una de sus frases subrayadas favoritas:

—Presta tu oído a todos y tu voz a unos pocos.

—Ya, pero ahora calla —contestó ella, que había leído mucho, pero había vivido más, así que conocía mejor que Simón los peligros de considerar que la vida era una novela, por mucho que a ella éstas le hubieran salvado, o al menos ayudado a tolerar, la vida.

*

A menudo, de pequeño, Simón olvidaba que su ciudad tenía mar hasta que Estela se lo recordaba. No es que le señalara un mapa, sino que paseaban o se colaban en el metro y aparecían frente a las olas. Si ahora estaban aquí era porque ella lo había llamado, aunque no parecía tener ganas de hablar. Él, que se sentía en deuda, lo intentaba.

—Mira, parecen todas iguales. Las olas, digo. No se aburren de hacer lo mismo una y otra vez —le decía, en un comentario muy de Candela.

—Sí, Simón, lo que tú digas.

Miraban ese mar en calma mediterránea, pequeños borreguitos desfilando en la cresta de algunas olas apenas revoltosas. Todo un cliché, la elección de este escenario, pensó nuestro *héroe*, pero ha sido ella la que lo ha escogido, añadió sin decirlo en voz alta. Simón había extendido su colcha de ganchillo celeste y había dispuesto encima un par de bocadillos y un par de latas que habían comprado mientras bajaban las Ramblas, con sus floristerías antiguas y sus quioscos donde los diarios decían todo lo malo que sucedía en el mundo. También había traído una baraja de cartas, pero las del juego Tabú. Ese día, le había dicho Estela, debían hablar, «pero hablar de verdad», y él había pensado que le serían útiles.

Ella, sentada como un indio apache, ofrecía el mismo aspecto que tenía desde pequeña. Si solo fuera por el aspecto, Simón podría decir que él había cambiado mucho más. Había vuelto de sus viajes por el mundo con Biel, con ese último capítulo en el yate y el epílogo en Andorra, vistiendo camisas Oxford blancas remangadas hasta los codos y tejanos o chinos, quizá náuticos, e insistía en ponerse ese vestuario cuando no estaba atendiendo mesas en el Bertsolari con el uniforme de rigor. Para Simón, deshacerse de ese último look era renunciar a lo que había estado a punto de conseguir. También se decía a sí mismo que aún le gustaba la música clásica, aunque ya jamás sabría diferenciar un clavecín de un virginal, ni siquiera de un piano antiguo.

—Rompe la baraja, Estela.

Y ella le miró como si lo que quisiera fuese romper otra cosa. Simón escogió una carta en la que leyó en silencio esas palabras que no podía decir para definir el término principal: *tiempo, hora, pulsera, despertador.* Luego le dijo:

—Objetos que miden el paso de la vida y que, en el Baraja, son de pared y que jamás se dan la razón ni coinciden. Como nosotros.

—Relojes, claro.

Entonces Estela comprobó las palabras, para ver si Simón había hecho trampa y había soltado alguna. Si él quería volver a jugar al Tabú, tras tantos años, era para demostrarle a Estela que seguían estando cerca. Solo dos personas que se conocen bien pueden jugar al Tabú compartiendo referentes comunes. Quería que entendiera que podían reencontrarse, como quien abre un libro por la página en la que lo dejó tiempo atrás. Quizás el lector haya olvidado algún detalle de la trama, sí, pero ésta continúa en el punto exacto.

—Ahora yo —dijo Estela, que miró las palabras prohibidas (carta, correo, cartero, enviar) antes de emitir su definición—. Cajón de posibles esperanzas o noticias que mantuve vacío durante al menos dos años cuando Simón se creía el puto rey del mundo. Y máster del universo.

—Buzón. Pero sí te escribí.

—Sí, de vez en cuando y siempre después de que te hubiese escrito yo.

Pero no era eso. Simón lo sabía, pero prefería no sacar el tema. Ya se encargó de ello Estela.

—¿Tú ves normal que ni siquiera vinieras al entierro de mi madre?

—Es que me enteré tarde.

—Ya, porque no me escribías, vale. No tenías tiempo. Pero a veces pienso que ni me leías. La palma mi madre, que resulta que también era tu amiga, vaya casualidad, y no dices nada hasta dos meses después. Muy normal.

—Lo siento.

—Todo el puto funeral mirando hacia atrás como una imbécil por si aparecías. Que hasta lo soñé la noche del tanatorio. Que aparecías y me dabas un abrazo. No era un sueño increíble, ya lo sé. Era una mierda de sueño. Hasta me cabreé conmigo misma por haberlo soñado.

Simón le pasó el brazo por el hombro. Ella lo descolgó.

—Te juro que llegó un montón de gente. Mi padre no aguantó en el tanatorio ni dos horas. Se fue al Baraja y se llevó a los que allí había y los invitó. Estaba hecho una mierda, pero parece que ya solo siente lástima por sí mismo. Hasta pensé que casi era una excusa para estar bebiendo toda la tarde.

—No digas eso. Cada uno reacciona...

—Los que sí se quedaron fueron todos los libreros del mercado. Llegaron uno tras otro. Y también un montón de clientes. Le traían flores y muchos le dejaron libros de segunda mano al lado de las coronas. Y yo recordaba cuando nos reíamos de esas dedicatorias: «Juntos para siempre», «Si regalas este libro te arranco los ojos», en libros que luego los propietarios revendían... Y pensaba, no será capaz de no aparecer. Va a venir.

—Lo siento.

Simón pensó, y por suerte no lo dijo, en cuando en los libros, el espadachín, el héroe, el *héroe*, el protagonista, no es demasiado coherente con su carácter o con lo que ha sido. En un capítulo muere de amor por una tipa y, tres después, la ha olvidado. Quiere ser mosquetero a toda costa, pero poco después prefiere ser maestro de esgrima. Uno que es malo, malísimo, y luego de repente es muy bueno. O al revés. Y pensó en Estela, también en su capacidad para olvidar a Candela, y en cuando recordaba con lástima y pereza el Baraja. Y, por último, se acordó de él con Violeta y Estela, riéndose de dedicatorias en la azotea de su casa. Intentó abrazarla, pero ella deshizo el gesto y su forma de hacerlo marcó un embargo de mucho tiempo antes de un nuevo intento. Vio cómo su amiga se aguantaba las lágrimas, no tanto por estoicismo como por no tender la complicidad que supone llorar delante de otra persona. Mucha más que dormirse delante de una persona. Incluso más que dormir con una persona.

—Lo siento. Soy un imbécil.

«Persona que, a fuerza de querer ser otro, se olvida de quién es», pudo haber contestado Estela, para en realidad añadir luego:

—No puedes decir Simón.

Se quedaron mucho tiempo callados, hasta que el silencio se volvió incómodo como el de un ascensor y triste como el de un tanatorio. Y cuando volvieron al barrio, Estela murmuró «adiós» como única despedida.

*

El banquillo, tras el cierre aquel domingo, se dedicó al tema del día.

Llegado abril, había empezado a correr la leyenda de «los clientes misteriosos». La dirección de la cadena los enviaba a sus franquicias, a veces disfrazados con riñonera y camisas con estampado hawaiano, o de ejecutivos con prisa y traje con hombreras, por lo que había que ser especialmente cuidadoso para detectarlos. Los encargados alentaban esa paranoia permanente: los trabajadores debían estar en guardia porque un cliente misterioso era, en definitiva, un inspector de la empresa que los evaluaba en secreto. En el banquillo, Remedios y Simón evitaban ésta y otras cuestiones, como aquella que había quedado sin hablar noches antes, la de los despidos en masa. Aunque de vez en cuando no podían evitar comentar lo que pasaba dentro.

—Creo que no me voy a olvidar jamás de los cincuenta y un putos nombres de la carta. Si quieres practicamos, como para unas oposiciones. ¿Urumea?

—Espárragos enrollados con beicon en tempura de Vichy.

—¿Patxi Aizpuru?

—¿Quién es ése?

—No lo sé, pero aquí es un rollito de salmón con crema de queso y angulas.

Hablaban de pinchos como de nombres en clave de colinas en plena estrategia militar. Saltaban de un tema a otro más por llevar la contraria al resto de la plantilla que por verdadero interés en los temas en cuestión: bebidas de asimilación poco recomendable, los condimentos más dados a alergias e intolerancias, los personajes literarios con los que vivirían un tórrido romance de conocerlos en la vida real.

—La gitanilla de Cervantes, sin duda alguna —sentenció Remedios, abriendo una lata de cerveza, para recitar, después de un eructo—: «¡Tan linda es la gitanilla que hecha de plata o de alcorza no podría ser mejor!»

—Ya, como si tuvieses alguna posibilidad con ella.

—¿Eso es homofobia? No me jodas, barra imbécil.

—No, de verdad que no me veo pretendiente más digno. Es solo que deberías ser un poco realista. No hay que creerse lo de que los sueños se cumplen. Y, a ver, a esa tía la llaman Preciosa. No sé yo...

—¿De qué vas?

—Y además al final resulta que está forrada. Y te digo yo que los romances entre clases distintas están abocados a...

—Abocados a que chapes la boca. —Y aplastó la lata ya vacía para sacarse el teléfono del bolsillo central de su sudadera lila. En su archivo no había retratos, sino fragmentos favoritos de libros: como leía siempre en tomos pedidos en préstamo en las bibliotecas públicas, no podía subrayarlos, así que les hacía fotos. Carraspeó antes de volver a declamar, con los ojos entornados y entregados a la lectura—: «Querranme para truhana y yo no lo sabré ser. Si me quisiesen para discreta, aún llevarme hían. Pero en algunos palacios más medran los truhanes que los discretos. Yo me hallo bien con ser gitana y pobre. Y corra la suerte por donde el cielo quisiere». —Y, al acabar, lanzó con la derecha la lata a la papelera más cercana y se guardó de nuevo el móvil en el bolsillo con la izquierda.

—Tres puntos, colega —dijo Simón—. Si te casas con la gitanilla, yo puedo ser el padrino. Que le estoy cogiendo el gusto.

—Hecho, barra imbécil.

—Amén, barra editora.

Se rieron y brindaron, y Simón reconoció para sus adentros que Remedios, pese a su humor seco y metálico, solía caer mejor a los clientes que cualquier otro camarero en plantilla. Pese a que esperase los pedidos golpeando insistentemente el comandero con la goma del lápiz (era tan grande su paciencia ante esos turistas color Pantera Rosa) e insistiese en gastar la broma que ya le había visto hacer unas cien veces (aseguraba que era capaz de abrir los botellines con fuego y, tras muchos aspavientos y fingida ceremonia, los abría con el culo de un mechero, una tontería que a los guiris, hasta arriba de sangría, solía hacerles una gracia tremenda). Siguieron encadenando despropósitos hasta que su complicidad casi expulsó al resto de trabajadores del banquillo y luego Simón acompañó a Remedios al autobús nocturno. Entonces ésta empezó a hablar.

—Vale, ahora no nos oye nadie. Simón, ya sé qué está pasando con los nuevos, llevo días intentando conseguir pruebas y hoy lo he visto con mis propios ojos. —Y lo dijo, precisamente, señalándose los ojos—. Vas a flipar.

Y entonces, con un estilo didáctico pero con tono conspirador, Remedios explicó a nuestro *héroe* qué estaba sucediendo con los empleados en pruebas despedidos. Había diez máquinas para apuntar los pedidos para un total de unos veinte trabajadores del Bertsolari. Cada uno de ellos tenía un perfil electrónico que se activaba posando una llave sobre un contacto ubicado a la derecha. Si lo hacías, salía tu historial de cobros y a partir de ese instante quien cobraba eras tú, además de ser el responsable de lo que luego entraría en la caja fuerte.

—Llevan tiempo hablando en clave, y son solo tres o cuatro. No aceptan a más porque así pueden mantener el secreto sin fugas. Pillan la máquina de otros currantes, sobre todo de los novatos, y no ponen la llave. Así que, desde ese instante, ellos cobran las mesas pero no aparece en su historial. Todo lo que cobran mientras no usan su perfil se lo llevan crudo. En metálico.

—Ya.

—¿Ya? ¿Es todo lo que vas a decir? ¿No aplaudes? Además, ahora con lo de los clientes misteriosos, disponen de una coartada perfecta, solo tienen que decirle al resto de la plantilla que el despido viene de eso. En cuanto llegue la temporada de verano vamos a ver desfilar gente a mansalva.

Simón pensó en Candela cuando afirmaba que le gustaría saber de qué estamos hechos: vaciarnos y ver qué llevamos dentro. De mierda, muchas veces.

—¿Y qué vas a hacer? —dijo Simón.

—Dirás qué vamos a hacer —corrigió Remedios.

Pasó un pakistaní que vendía latas de cerveza por la calle y Simón le compró seis. Luego la arrastró hasta el banco más cercano, pese a que su bus esperaba con el motor encendido. Quería hablar un rato con Remedios, quizá contarle más cosas de su vida, quizá cambiar ese «vas» por un «vamos». Aún no lo sabía.

—De momento vamos a tomarnos esto. Creo que nos lo merecemos. Tranqui: yo te pago luego un taxi.

*

En la misma cama donde Simón solía encontrar aquellos primeros Libros Libres, comprobaba ahora hasta qué punto el tiempo convertía en ridículas algunas promesas.

Vio aquel precioso traje que el Sastre le había ceñido al cuerpo cuando tenía apenas doce años y todo, no solo el traje, brillaba y estaba por estrenar. El día en que lloró por Estela y acabó con Betty en la piscina, el mismo en que pasaron tantas cosas a la vez que ahora resultaba difícil saber si fue un buen día o fue uno malo.

El traje parecía ahora así, desplegado sobre la colcha azul de ganchillo, una broma o un disfraz para un muñeco. Un muñeco de tarta, casi. De manera que fue a la habitación de su primo. Hoy era la boda de Ringo y quería vestirse de un modo especial. Al probarse esos trajes de Rico, que le entraban a la perfección y que parecían hechos a medida, se sentía aún más ridículo que aquella vez que a los doce años paseó por el bar tropezándose mientras calzaba las botas de su primohermano.

Vestiría americana, ésa sería su concesión a la solemnidad del momento, pero su forma de bendecir lo especial que era éste vendría con otra prenda: para ello eligió una camiseta de la marca de tabaco Fortuna.

Así salió al Baraja, donde las hermanas Merlín ultimaban centenares de canapés en la diminuta encimera, concentradísimas como ardillas custodiando nueces de oro. Ayudó entonces a cubrir las mesas de formica con los manteles de papel rojo de doble hoja: la ocasión lo merecía. Y luego se alió con su tío Elías para colgar unos banderines (rojos, amarillos, azules) que atravesaban el techo del bar en forma de asterisco. Se encargó a continuación del equipo de sonido del que era responsable cuando allí se celebraban fiestas y, media hora después, las hermanas Merlín agarraban sus bolsos y los Rico salían por turnos a fumar sus diferentes marcas. Juan, que así se hacía llamar el chino del maletín, intentaba que saltara la tragaperras y pedía cacahuetes: miraba de reojo como reclamando que lo invitaran a la fiesta.

Hacía sol, ese día. Solo se veía alguna nube que parecía un copo de algodón aplicado sobre alguna herida nada grave. Los rayos restallaban sobre la chapa de la flota de taxis aparcados en el primer chaflán, que saludaron con bocinazos a lo que quedaba del clan del Baraja. Habían puesto sábanas blancas prendidas de las ventanillas laterales en honor a los novios, si bien Marciano había pintado de blanco todo el taxi de Ringo, que acababa de vender su licencia por un buen pico y quería llevarse el coche a Francia. Llegaron al local del pequeño paseo que deslindaba Urgell y Borrell, donde los invitados más despistados compraron flores en el quiosco de siempre.

—Se conoce que los míos lo han dejado todo de talco y bronce —dijo Oro, el falso gitano, el mismo que introdujo a Simón durante un tiempo en un culto en el que mantuvo su fe solo mientras fue niño.

Aunque Oro ya no formaba parte de la Iglesia evangélica, había pedido prestado un local a los suyos para celebrar ese simulacro que era más boda que el enlace real del juzgado.

Cuando apareció Ringo, enfundado en un traje blanco, la camisa floreada de siempre festoneando las solapas anchas, todo el culto del Baraja, todos los habituales, lanzaron nubes de confeti que una brisa caprichosa convirtió en discretas bandadas de estorninos de mil colores. Estaba guapo Ringo, eso nadie lo discutía, pero tampoco había ganas de hacerlo porque la gran mayoría de las miradas quedaban atrapadas en esa francesa de pelo entrecano y facciones de colegial que aparentaba tener veinte años menos.

De vuelta en el Baraja, Simón se preparó para ofrecer su discurso. Quiso entregarse a la nostalgia, así que se subió al bote de Colón. Su peso lo desfondó. Así que luego probó con la caja de Coca-Cola desde donde colocaba las bolas de billar junto a Rico. Encaramado a esa atalaya (son tres los secretos de la vida, le había dicho Oro una vez: biblioteca, calle y atalaya), comenzó su discurso. Y se lo dedicó al novio, porque lo merecía, pero por momentos miraba a otra persona:

—Uno quiere ser tantas cosas que al final no tiene ni idea de quién es. Hay amigos, como Ringo, que te lo recuerdan. Puedes ser quien quieras, pero no te olvides de quién eres.

»Amigo de Mick Jagger y de Todd Rundgren, confidente de Kingsley Amis, Ringo no habla casi nunca. Los silenciosos suelen serlo porque son tímidos o porque saben demasiado. Ringo es de los segundos. Presta su oído a todos, pero su boca a muy pocos. Tengo la suerte de ser uno de ellos.

La Chula afianzó el clínex que había usado para enjugar las lágrimas y anunció que iba a entonar uno de sus números del Paralelo:

—«Yo no sé pedir coñac, ni *chartreuse*, ni *cointreau*, ni champán» —cantaba con un ánimo coqueto a sus más de setenta años.

—«¡Vino tinto con sifón!» —respondía el resto.

Michelle y Ringo deambulaban por las mesas ofreciendo claveles y también cigarros. Simón entonces se acercó, él que nunca bailaba, a Estela agitando dos maracas imaginarias. Le puso en la mano un globo rojo y le dijo:

—Qué bonito globo. ¿De qué color es?

—Imbécil.

—¿Bailas?

Estela hizo algo que Simón había esperado desde su regreso: se encogió de hombros. Él casi aplaudió. Luego ella le dio un empujón aunque no sonrió. Y entonces se quedó un momento callada, porque, encarada hacia las ventanas del Baraja, pudo ver a un tipo en traje y gorra manteniéndole la mirada durante lo que fue un minuto y pareció un siglo. Prefirió no decirle nada a Simón, que, ante el silencio, decidió dirigirse a su madre.

—¿Estás contenta, mamá? —le preguntó.

—¿Y tú?

—No me contestes con una pregunta. Siempre lo mismo —dijo Simón, antes de cogerle la mano y repetirle—: ¿Estás contenta?

—¡Cómo vamos a estar contentas llamándonos Socorro y Dolores! —soltó su tía, que había cazado la pregunta al vuelo camino de la cocina.

Entonces entraron, cortesía de Oro, tres rumberos que habían tocado en la clausura de los Juegos Olímpicos y tocaron canciones de cuando todo esto era diferente. Canciones sobre «Nuestro ayer» y sobre medios amigos y también sobre «Amigos para siempre». Tan para siempre como las dedicatorias. Porque todo estaba cambiando, y no solo las vidas de los que gritaban. Incluso el mercado de toda la vida, que se encontraba dando los primeros pasos de su reforma integral, unas obras que la crisis estirarían unos cuantos años, acabaría por convertirse en otro.

*

Cuando Simón vio a Beth, una semana después de la boda, volvió a confirmar lo que ya había intuido la primera vez que se reencontraron después de su gira por todo el mundo: jamás volvería a ver a Betty.

—Hola, Simón. Cuantísimo tiempo. Qué mayor.

Desde que Simón regresó, ella lo saludaba así, con una broma, como cuando Simón era ya adolescente pero ella insistía en tratarlo como a un niño. Años atrás ambos personajes, Beth y Betty, eran un abrigo reversible: dos colores y texturas antónimas que se elegían según cómo combinara con el paisaje y la compañía. Ahora, esta tarde de abril, volvía a vestir el que había elegido para siempre. Pasearon por la Gran Vía bajo un sol que encendía las hojas de los plátanos hasta que Beth dijo:

—Tengo el coche aparcado por aquí. He pensado que podíamos ir de excursión.

—¿Al mirador?

—No. ¡Al pasado!

Ella había cambiado, respiraba con otro aire de seriedad, pero se mantenía fiel al coche. El Mini antiguo que usaba tres lustros antes había sido sustituido por un modelo modernizado. Era claramente más grande y cómodo, pero precisamente por eso tenía menos encanto y, cuando Beth metía segunda, su mano sobre el pomo del cambio de marchas ya no rozaba la rodilla de Simón. Conducía mejor que nadie que él conociera, aunque le gustaba mucho cambiar de marcha, bajar del cinco al cuatro y al tres y al dos antes de detenerse. Remontar esa misma línea en cuanto su oído intuía que el motor lo pedía. Volverla a bajar ahora que llegaban a las puertas de lo que ella había anunciado antes como el pasado.

Estaban en un lugar donde no se habían celebrado los Juegos Olímpicos, sin plazas duras ni Starbucks. El parque de Catalunya en Miniatura, con los edificios más emblemáticos reproducidos en maquetas a escala 1:33, los esperaba con las puertas abiertas. Allí seguían el monasterio de Poblet, la Torre Galatea del Museo Dalí o la Sagrada Família. Sin rastro de los estadios olímpicos, la torre Agbar o cualquier otra novedad más o menos reciente. Un lugar que parecía haberse detenido justo antes de la Noche de las Azoteas.

—Bonito polo —le dijo Beth después de pedirle que le hiciera una fotografía en la zona Gaudí.

Era más alta que la Sagrada Família, pensó Simón.

—Sí, es de la franquicia donde trabajo. Es algo temporal. Estoy intentando poner orden, como director, pero me visto como los camareros para hacer equipo.

—Hacer piña, claro.

—¿Quieres un piti?

—No, gracias.

Habría sido imposible que Betty, la chica de flequillo y aros y tops de lunares por el ombligo y pasos de baile estudiados (qué bien bailaba, como pisando colillas en el suelo), dejara de fumar. Incluso que rechazara hacerlo en un sitio donde no estaba permitido. Pero era totalmente comprensible que Beth lo hiciera. O que lo intentara. Siguieron paseando prácticamente solos. Parecía que hubieran cerrado Barcelona para ellos, que deambulaban por sus calles como monstruos postatómicos. Simón se hizo una foto fingiendo que iba a pisar el césped del Camp Nou, cuyas gradas le llegaban a la altura de las rodillas. Luego se sentaron en un banquito, justo delante de la réplica de la primera estación de tren, la de Mataró. ¿Qué pasa si un tren sale de Mataró en 1848 y otro sale de Mataró en 2010? ¿Cuándo y cómo se encuentran?

—Betty, quería preguntarte si sería un buen momento para vender el localito que me compraste.

—Pésimo, Simón. Ni yo, que ya sabes lo bien que se me da, podría venderlo bien. ¿Sabes qué pasa? Ahora mismo solo hay pisos carísimos y pisos muy muy baratos. Es decir, o los vendes a inversores a precios de oro o los regalas. El negocio, sobre todo el de mi inmobiliaria, está en los primeros. Y, créeme, ya me gustaría, pero tu pequeño local no entraría entre este tipo de propiedades.

—Ya.

—¿Sabes cuando hay rebajas en las tiendas y solo quedan tallas muy grandes o muy pequeñas pero de la M no encuentras ni una? Pues es un poco eso.

—Joder.

—De verdad que es cuestión de tiempo. Esto no va a durar para siempre. Dicen que en un par de años la cosa pasará y volverá a subir todo y la gente «normal» —pero Beth no entrecomilló el adjetivo con los dedos— podrá comprar otra vez...

—Yo pensaba que como han empezado las obras del mercado... quizá podría venderse más o menos bien.

—A ver, pero van para largo. De momento están comprando bastantes bares, porque las licencias son las que son...

—El Baraja no...

—Bueno, aún. Pero hablo de lo tuyo, de tu local. Te podría engañar y malvenderlo, *petit*. Pero si tienes trabajo y, por tu polo y por lo que me dices, es así, no vendería todavía.

Se entretuvieron mirando la maqueta del funicular y las naves de empresas como La Piara, marca de la que Simón había tenido una camiseta que había vestido bastante allá por el año 94. Miraron monasterios románicos y jugaron a pisar a los muñequitos que transitaban las Ramblas: a atentar contra ellos solo soplando. Beth reconocía esta Catalunya en Miniatura, un parque museístico que había abierto al público pocos años antes de nacer Simón. Una idea que había triunfado especialmente, en excursiones de colegios y como destino de fin de semana, cuando Cataluña estaba dominada por dos señores de metro y sesenta y cinco, de estatura, tanto moral como física, más que discreta: Rivas, el de Rivas i Navarra, que tan bien conocía el padre de Beth; y Jordi Pujol, que, sin saberlo a ciencia cierta, Simón intuía conectado de algún modo con el padre de Ona (ella misma le había contado, comida por la mala conciencia, que había asistido a una boda de esa familia). Al lado de cada edificio de este parque, al menos hoy ya semivacío, parecían Godzillas algo melancólicos paseando por el pasado. Si se despistaban aún tropezarían y se cargarían algún recuerdo.

Salieron al parking y se metieron en el nuevo Mini para volver a Barcelona. Simón quería fumar y no se atrevía a encender un pitillo en ese coche que olía a cereza (un ambientador con la forma de esa fruta colgaba del retrovisor) y en el que ya no se escuchaba música como antes. Donde ya nadie bombeaba «Demasiado corazón». Así que le propuso parar en un mirador y sentarse ambos en el capó. Era un riesgo, porque el coche estaba nuevo y su amistad con Beth era quizá demasiado vieja, pero a ella pareció hacerle ilusión la escena y aceptó. El atardecer era exactamente el mismo que habrían visto desde la montaña de

Montjuïc: el cielo iba acumulando capas de posibles cítricos, como un helado de corte de muchos sabores derritiéndose. Tres pájaros se disputaban un mendrugo de pan y su aleteo, cuando se fugaron de la escena, sonó a aplauso lejano que animaba a Simón a seguir preguntando.

—Cuando Rico me pidió ayuda, poco después de aquella época en que lo iba a ver cómo curraba en el bar aquel de mierda de la Zona Franca, le di trabajo un tiempo en mi empresa. Pero no venía, fallaba una y otra vez. A veces se presentaba en mi casa, en el piso de Sarrià —ahí supo que ya tenía unos cuantos—, y llamaba al interfono y me cantaba una canción. Borrachísimo. Yo lo ayudaba a ducharse y a veces pasábamos el día siguiente viendo películas antiguas. De esas de aventuras que os gustaban. Así no se ponía nervioso. Y parecía otro y entonces se quedaba otro día.

—Qué gran plan.

—Pero un día me enteré de que, en realidad, no tenía casa. Había vuelto al Baraja pero poco después había vuelto a discutir con su padre y se había ido, esta vez fingiendo que se marchaba de buenas, diciéndoles que había alquilado un pisito. Así que dormía aquí y allá, ligándose a tipas o engañando a tipos o vete a saber. Por lo visto hasta iba a portales de exligues para poder cazar su wifi y seguir en marcha. Tenía un juego de mis llaves que se había hecho sin permiso y, aunque yo lo sabía, no le decía nada. Pues un día me desperté en mi cama porque escuché algo raro. Cogí un palo de esquí y crucé el pasillo, larguísimo, y me lo encontré follándose a una tía en mi sofá. Era una señora mayor, pero de verdad muy mayor.

—Joder... ¿Y qué hiciste?

—Lo mandé a Valencia. Pensé que allí curraría mejor y se airearía, no tendría contactos para caer en los vicios. Y ha estado mucho tiempo, de comercial, enseñando pisos. Ahí me jugué el tipo, pues a mi padre no le hacía ni puta gracia pero yo insistí. Pero hace unas semanas la directora de nuestra sucursal me dijo que había vuelto a desaparecer.

—Pues cambia tu cerradura.

—No seas tan cabrón, Simón.

—Rima.

—No seas tan cabrón. Ni tan cínico. No te pega, *petit*. ¿Te enciendes uno y me das una calada?

Simón se recostó en el capó para sacar el paquete y pinzar un cigarro. La llama iluminó algunas arrugas en la cara de Beth: en el rabillo de sus ojos morían un delta de pequeños surcos. Estaba guapísima, pero como las actrices de cine que en la pantalla están guapas cuando parecen tristes pero que en la vida real solo lo están cuando sonríen, porque en los momentos en que se encuentran tristes lo están de tal manera que sería indigno decir que están guapas.

—¿Recuerdas la peli aquella de la que te hablé alguna vez? *¿Rebeldes?*

—Más o menos. —Es *sin causa*, pensó Simón.

—Sí, *petit*, cuando Corey Allen y James Dean están a punto de matarse con lo del juego de la gallina, la carrera esa de acelerar hasta que uno se cae por el acantilado. Pues Corey Allen le dice a James Dean: ¿Sabes?, me caes muy bien, eres un tío legal. Y entonces Dean le pregunta: ¿pero entonces por qué hacemos esto? Y le contesta...

—Porque algo hay que hacer.

—Pues eso.

Simón no comprendió qué era «eso» pero tampoco preguntó. Seguían en ese mirador entre Torroella y Barcelona, la acequia seca bajo las puntas de sus bambas, tan parecido a aquel otro cerca de la piscina del primer chapuzón. Hablaban con las luces de la ciudad a los pies y las estrellas arriba, un espejo a la altura de sus ojos. Beth, quizá Betty por un momento, le dio un beso en la frente, otro en la mejilla derecha, otro en la izquierda, otro en la boca, breve pero húmedo, volvió a acurrucarlo y siguió acariciándole el pelo. Hasta que Simón dijo:

—¿Podemos poner un poco de música? No sé, algo tranquilo.

—Claro.

*

Simón dedicaba todo el tiempo libre que le dejaba el Bertsolari a intentar convencer a Estela de que lo sentía. Se diría que casi se había convertido en un hobby si no fuera porque la sola palabra *hobby* opacaba la intensidad de lo que hacía.

Y, aun así, convencer a Estela era casi como reconstruir una maqueta de cerámica: cada día volvía y pulía detalles, la pintaba un poco. A Simón le parecía que solo faltaba una capa de barniz para que brillara y no perdiera color durante mucho tiempo. Aunque cuando vuelves a enganchar algo roto, pensaba, siempre se notarán las junturas. De manera que oreaba su penitencia y la buscaba aquí y allá (ella a veces lo castigaba sin contestar sus llamadas), como ese día, cuando volvió al taller de los Marcianos.

Un montón de máquinas de pulido y caballetes contemplaron, ya calladas para siempre (su padre se había jubilado), la súplica. La había citado para llevarla a un sitio. En la moto, que les quedaba aún más pequeña y todavía más ridícula que cuando la montaban en su adolescencia, y aunque mantenía la distancias (incluso en la moto no lo abrazaba por detrás sino que colocaba las manos en la parte trasera del asiento), Estela le relató algunos episodios de su vida mientras estaban separados, en la época en que ya decidió no contarle nada. Como aquella fiesta en la casa okupada, cuando vino la policía y cayó una maceta, o eso dijeron, y un poli quedó parapléjico y metieron en la cárcel a sus amigas. Una tal Patricia, una poeta que Simón no conocía (¿a mí me echas bronca por leer novelas, por inútiles, y ahora tienes amigas poetas?), lo llevaba fatal entre rejas. También cuando miraba de lejos a aquella pareja, Beatriz y Virginie, de la que le contó todo. O sus primeros líos con chicas. Simón iba imaginando el pelo verde de Estela asomando en todas esas viñetas vivas de su ciudad. Como esos montajes en los que un personaje animado se cuela en grandes momentos de la historia.

—Voy a abrir una librería —le dijo, cuando se detuvieron un momento cerca del cementerio de Montjuïc.

—¿Cómo? —preguntó Simón, fingiendo que no la había escuchado por culpa del casco, algo estupefacto por la idea, abrir cualquier tipo de negocio con la crisis que había, pero sobre todo porque se lo estuviese confiando a él.

—Bueno, que la voy a abrir ya de ya, Simón, que lo tengo todo prácticamente listo. Se me hacía muy raro no decírtelo. Voy a abrir una librería. —repitió más para convencerse ella que para informarlo a él—. Y todo gracias al dinero de los libros del Sastre. Parece justo, ¿no? Sale de los libros y vuelve a ellos.

—¿Pero aún conservas aquello?

—Mejor aún. El taller de mi padre estaba vacío. Al principio no me animaba porque es un sótano y pensaba que nadie querría bajar ahí. Pero decidí montar una librería especializada en los temas que he vivido todo este tiempo: ensayos políticos, libros de feminismo, historias subterráneas... Así que me parece hasta ideal que sea en un sótano.

—¿Y cómo se va a llamar?

—La Caldera —respondió muy alto, como alguien en un balcón que gritara «que me tiro».

—Pues yo tengo una aportación —dijo Simón—. Una novela, claro. Pero creo que ya sé a quién regalársela, porque a ti no te gustan.

—Es cierto, no me gustan. Sobre todo las que tú te leías y decías que te creías.

Estaban en el cementerio de la montaña de Montjuïc, delante de la lápida de Violeta. Simón volvió a hablar (esto era un funeral para él y en ellos la gente repite mil veces la misma anécdota) de cuando comentaba con ella las dedicatorias de segunda mano: cada reventa, una traición. Puso al lado de unas margaritas y unas violetas una edición muy vieja, y horriblemente traducida, de *Suave es la noche*. Antes de hacerlo, garabateó en la primera página un chiste interno: «Por si te sobra tiempo. Para siempre siempre, Simón». Cuando estampó su firma y puso la fecha, la atrasó: escribió el día, el mes y el año en que ella había fallecido y no el de hoy, cuando por fin se despedían. Y se le humedecieron los ojos un poco. De cuclillas, abandonó el libro y se mantuvo así, con una rodilla en el suelo, como un mosquetero amateur. Estela posó la mano en su nuca. Nuestro *héroe* hipó un momento y aspiró mocos. No se veían, porque era de noche. Simón le dijo:

—Perdóname, anda. —Aunque sabía de sobras que en el fondo lo acababa de hacer.

—No se trata de perdonar, Simón —dijo Estela, de pie, sin mover un solo músculo—. No estoy enfadada. Eso no es lo que siento. Es otra cosa. De verdad.

Simón se sentó con las piernas estiradas y, sin ensayo previo, Estela se acomodó frente a él estirando las suyas. Las plantas de los zapatos de él y de las Converse de ella encajaron. Sus suelas de goma volvían a verdear, aunque ellos no las veían. Y, como siempre últimamente, se quedaron un rato callados. No era preciso abrir la boca para hablarlo, porque los dos estaban recordando en ese mismo instante y en silencio cuando se sentaban así en los parterres del parque y calzaban algunos números, también algunas decepciones, menos.

Simón corría hacia el Bertsolari bajo una de esas lluvias de primavera, gritonas e inoportunas, como si el cielo quisiera vaciar su cuota anual de agua antes de la llegada del verano. La velocidad, y el recuerdo del reencuentro con Estela, tensaba una sonrisa en su cara. Se habían quedado hablando toda la noche, como antaño, y aunque Simón sabía que no dormir solo empeoraría las cosas en el trabajo, había renunciado a ello encantado. «Las sorpresas llegan siempre cuando doblas la esquina, sea de las páginas o de las calles», le había escrito Rico hacía ya muchos años. Por suerte, no pensaba en ese momento en esa frase porque, en realidad, hacía ya tiempo que no pensaba demasiado en él.

Sabía que estaba a punto de volver a llegar tarde, así que el encargado lo amonestaría con una tercera falta leve que traería consigo el despido. Entró como regurgitado por la alcantarilla más cercana.

—Joder, estás empapado. Corre a cambiarte. Has tenido suerte y nadie te ha visto. Está con papeleo abajo —le dijo Remedios.

Quizás el encargado no lo había visto, pero sí muchos otros camareros. Y Simón sabía que acababa de contraer una deuda más, que en cualquier momento alguno de ellos podría decírselo al jefe. Ya vestido con el polo verde de rigor, aparentemente entregado a la rutina de platos y al collage de comentarios de todos los días, Bidasoa y Txingurri y una jarra, sí, de las pequeñas, apareció un encargado.

—Oye, tú, deja de hacer como que haces algo y vete a atender a ese chico de la barra. Y recuerda lo del cliente misterioso, tiene toda la pinta ser uno.

Un tipo a lo lejos esperaba con el puño en la barra, en esa postura de vaca en el abrevadero que marcan los que beben de pie. Era cierto que oposataba la mar de bien a cliente misterioso: llevaba traje, pero también gorra, además de un maletín posado en el taburete contiguo. Esos clientes en realidad eran actores subcontratados por empresas que realizaban inspecciones por sorpresa, una amenaza al servicio para que los trabajadores no se relajaran, pero también para que compitieran entre ellos.

Simón se dirigió al cliente, la cara eclipsada por la visera y la mirada fija en la carta de nombres: Hondarribia (sepia con mayonesa de alga nori), Anoeta (ensalada de salmón con jamón y caviar de salmón), Zarautz (ensalada de judías de Santa Paz con langostinos y *romesco*).

—¿Qué desea? —preguntó.

—Verte, Simón —dijo el cliente, después de levantar la vista y quitarse la gorra, como desvelando un secreto. Como jugando al cucu-trastrás con un bebé.

*

Simón supo en ese momento que o lo echaba o se iba con él. Y eligió lo segundo.

—Qué raro vernos aquí. Así. ¿No?

—Ya.

Rico sonrió y Simón vio con mucha claridad que le faltaban un par de piezas. No fue lo único: advirtió las enormes entradas en su pelo, también la tonsura, y reconoció la cicatriz de la que le habían hablado, que de lejos quedaba camuflada por una barba rala.

—Estoy guapo, ¿no?

—Espérame en el banco de enfrente —dijo Simón, señalando con la mirada el banquillo—. En diez minutos estoy fuera contigo y hablamos.

Remedios y Simón ya habían decidido cómo desenmascarar a aquellos que hacían caja a costa de sus compañeros en el Bertsolari. Y el momento había llegado. Habló con Remedios y la puso en la pista: iba a marcharse al menos unas horas, alegando una emergencia inconcreta, pero antes le daría su máquina al encargado. Él, claro, no podría resistirse a poder cobrar un buen rato con el perfil de Simón: le descuadraría la caja y, de paso, él ganaría un poco más sin haber tenido que pedir la máquina siquiera. Remedios iría al director y se chivaría que Simón había desaparecido hacía un rato y que había visto cómo le pasaba su máquina al encargado. Cuando lo acusara de descuadrar la caja, Remedios haría comprobar no solo esa vez, sino las muchas otras en las que había cobrado con el perfil de gente que ya no estaba trabajando. Simón salía por la puerta cuando Remedios lo llamó.

—Eh, ¡barra imbécil! —Y sonrió con tal electricidad que casi hace saltar los plomos del Bertsolari—. Suerte.

*

En el Café de la Radio, Simón sacó a la terraza dos cafés con leche sin haber preguntado antes a Rico qué quería.

—¿No me vas a decir nada? ¿No te alegras de verme?

—Sí.

—¡Pues no lo parece!

En la cocina, le quiso decir Simón, todo es cuestión de *timing*. Da igual que un ingrediente sea el indicado, incluso por lo que tenga de sorprendente, que si se vierte tarde o demasiado caliente o demasiado frío, arruina la receta. Y sabe mal.

—Me sabe mal. ¿Cómo estás?

—Muy bien. ¿No me ves? Hasta me he puesto gafas, me dan un aire intelectual.

En realidad, esas gafas de redondeada montura de alambre le daban un aire de profesor loco vienés. No parecía que se fingiera viejo, como esos estudiantes de la Europa de entreguerras que llevaban gafas falsas y bastones innecesarios, porque ser anciano era entonces ser sabio. No, de verdad parecía un viejo, no un actor interpretando un papel de esta edad. Las gafas lo convertían en otra persona, aunque en realidad ya lo era. Simón supo en ese momento, cuando por puros nervios volcó el sobre de azúcar en el cenicero en lugar de en la taza, que no quería jugar más al Tabú. Que le daba absolutamente igual arruinar toda la mítica de los libros y del Rico de su infancia, porque, en realidad, éste no solo se había ido, sino que ahora comprobaba in situ que había desaparecido.

—¿Me vas a contar la verdad de todo lo que ha pasado?

—Hombre, claro. Para eso he venido...

Simón aguantó como pudo la pantomima que siguió. Ese tipo escudado tras la gorra, sentado de espaldas al paso de los transeúntes, le relataba con aspavientos todo, menos lo que quería saber.

—Ahora ya me he olvidado de los mosqueteros y de los espadachines, ¿sabes? He madurado y leo libros de historia. ¿Has oído hablar de un tal Fouché? Me fascina su poco heroísmo, cómo lo salva su falta de ideales y de carácter. Me interesa la realidad. Ya ves qué traje llevo y tal —dijo.

Simón no aguantó toda la perorata sobre ese tal Fouché: se levantó a media frase para ir a la barra y volvió con dos cervezas.

—No tengo ninguna prisa. Pero ahora me cuentas la verdad.

—La verdad, toda la verdad y nada más que la verdad.

—Sin chistes o me voy. La verdad.

—Es que no tengo práctica, Simón. No se me da muy bien. Pero lo puedo intentar.

Entonces, cuando alguien había barrido ya los últimos restos de nubes y el sol se ponía de parte de Rico justificando esa gorra absurda, Simón vio llorar a su primo por primera vez en la vida. No una lágrima, como en la Noche de las Azoteas, sino una detrás de otra. Y pensó eso que solemos pensar todos: que las lágrimas son el preludio de la verdad. Que un llanto sincero, no fingido, anuncia siempre una confesión. Que no se llora jamás porque se van a tener que seguir contando mentiras y eso da pena. Es tan cansado. Le dio un abrazo, aunque Simón pensó que, en realidad, no tenía ni idea de quién era ese tipo al que estaba abrazando.

*

Las cosas no se arreglan con una conversación seria, sino cuando ya puedes bromear con esa persona.

Faltaba aún mucho para que eso pudiera suceder con Rico, pero Simón quería pensar que sí estaba cerca de conseguirlo con Estela. Quizá por eso la había citado en el Burger King que solían frecuentar cuando los llamaban «los amigos de la botella». Tonto sobre todo él, a veces demasiado lista ella. Cuando vio su pelo corto y verde por la ventana, se ciñó la corona de cartón que le había pedido a la cajera.

—Ya sabes que soy republicana, Simón.

—¿Y ahora me dirás que no comes carne?

Los años habían bendecido la intuición juvenil de Estela de que su vegetarianismo era la mejor opción. Y Simón, durante todas sus peripecias en el circuito de la cocina, no había pisado jamás una cadena de comida rápida como ésta. Así que era casi como la primera vez. Bromearon entonces con una de las leyendas inventadas: cuando Estela niña advirtió a Simón de que estas hamburguesas estaban hechas de carne de rata. Él sabía que eso no podía ser, pero le costó mucho comer allí durante un tiempo. Hoy sí lo iba a hacer, aunque había reservado un cartón de patatas fritas para Estela, sobre el que vertió dos sobres de kétchup.

—Me alegra saber que no has malogrado tu vocación. Veo que has aprendido lo que es comida de verdad, bien sanota, durante todo este tiempo —dijo Estela.

Simón sabía que la gente no tiene ni idea de cómo te sientes, sino que juega a adivinarlo a partir de cómo actúas. Y, aunque intentaba parecer feliz, su sonrisa era la del patinador que debe seguir con su número después de haberse dado un trastazo. Pensaba, como no lo hacía desde hacía años, en Rico.

—¿Qué te pasa, Simón?

—Nada.

Estela impuso sus manos sobre la cabeza de nuestro *héroe*.

—*A peccatis tuis, ego te absolvo.*

Simón sonrió mal y a destiempo. No es que le faltaran ganas de confiarle lo que le pasaba, sino que, al margen de su perdón, no creía merecer pasar tan rápidamente de su conflicto con Estela a su problema con Rico. Una vez más. Le parecía algo así como si se pusiera a cantar en el bar de un tanatorio.

—*¡Edtá driquízima edta mieda!* ¡He *vidto* la *ludz*!

¿Estaba Estela, en ese preciso instante, mordisqueando la hamburguesa que Simón, falto de apetito, había olvidado sobre la mesa?

—¿Pero qué haces?

—Un trueque: a cambio de que yo me coma un animal muerto, tú me cuentas qué te pasa.

Y así, Simón tocado con una corona de cartón y Estela recién regresada del baño (logrado su objetivo, había escupido en una servilleta y había corrido a lavarse la boca) empezaron a hablar y, en ese despliegue, consiguieron reproducir gestos y tonos pasados, se fueron acercando a la textura de todo eso que habían echado muchísimo de menos. Fuera, la tarde se recogía morosa (la primavera ya estaba avanzada) y el sol entraba por el ventanal sucio vinilado con el logotipo de Burger King para nimbar la escena, la mesa llena de basura, con luz melosa.

—Ahora me vas a decir que pase de él. Que no le diga nada de la pasta. Que no me fíe. Que no sabes por qué me tragué todas sus mierdas.

—No me conoces, Simón. Una cosa es que estés alerta y otra que te pongas a la defensiva. Yo también quiero a Rico, joder. Me has dado tantísimo la murga con él que creo que debo ser la tercera persona que más lo conoce, después de su madre y de ti. A mí me pareció una putada que se pirara. Y luego también que te fuera dejando mensajitos. Y que apareciera y desapareciera todo el rato evitándote; joder, parecía la luz de una instalación eléctrica de mierda. Ahora se va, ahora vuelve. Pero igual puedes aprender a quererlo de otra forma, ¿no? Ya no eres un crío...

—Es todo el rato así, ¿no? Te pasas una parte de la vida oyendo que eres demasiado pequeño para algo y la otra escuchando que ya no eres un crío.

—Bueno, algo crío sí que eres. Pero él lo es aún más: lleva toda la vida viviendo de lo mucho que brillaba cuando era un adolescente. Que, vaya, vete a saber, porque nosotros éramos tan pequeños que casi ni lo vivimos aquello. Recuerda cómo te trataban a ti en el cole cuando desapareció y todo el mundo sabía que eras primo suyo. Tan héroe no sería. Solo te digo que hables con él. O, mejor aún, que lo escuches. Pero que no te creas todo.

—Me ha contado que está deprimido.

—Bueno. ¿Cómo era la frase esa que te puso en la nota que te dejó en la trompeta?

—¿La del conde de Montecristo? ¿Confía y espera? —Todos, él incluido, criticaban a Rico, pensó Simón, pero todos, especialmente él, recordaban sus frases.

—Pues eso, desconfía y no esperes gran cosa. Y ahora qué: ¿tienes prisa o te da tiempo a que te machaque al billar?

Simón se encogió de hombros y le sonrió, con el tenedor de plástico para las patatas fritas en la mano. Cuando lo hizo no sabía qué pensar, pero más tarde, no mucho más tarde, sino esa misma noche, pensó: a veces hay que irse para poder volver a casa. A veces no se puede regresar a un lugar, pero sí a una persona.

*

La siguiente vez que se vieron, Rico llegó con las gafas rotas y pidió una cerveza sin alcohol. Si esas dos cosas estaban más conectadas de lo que parecía, Simón no lo supo ver en un primer momento.

—Me han intentado atracar. A mí, que no tengo nada —dijo Rico, rascando con la uña del pulgar derecho la coma del o,o de la etiqueta del botellín.

—Ya.

Esos «ya» que en su día parecían preñados de expectativa ahora estaban cada vez más inyectados de desconfianza. Rico hablaba de forma levemente paposa y arrastraba alguna consonante, como si fuera un extranjero que hubiera bebido un par de cervezas de más. Era, según entendía Simón, debido a la medicación que le había explicado que tomaba por la depresión.

—Eran dos, creo que alemanes. Lo que más me ha enfadado no ha sido que me atracaran, sino que no quisieran ver que no tenía nada. Putos nazis.

—Ya.

Los típicos atracadores alemanes que abundan en Barcelona, desfilando con el paso de la oca y levantando la mano para birlar taxis en las Ramblas.

—¿No me crees? Se han ido por patas. Creo que pensaban que era otro tipo de persona.

—¿Qué tipo de persona?

—Otra.

Habían quedado porque Rico le había pedido a Simón que lo acompañase al psiquiatra. Tenía agorafobia, pero se atrevía a desfilar al aire libre si su primohermano lo seguía unos pasos por detrás. O eso decía.

En la sala de espera, donde sonaba un insidioso hilo musical con temas como «El cóndor pasa», ambos se sentaron con las manos en las rodillas, como esas estatuas de políticos célebres frente a las escalinatas de edificios oficiales. La mirada de piedra enfocaba a un punto.

—¿Ricardo Rico?

—Rico a secas. ¡Yo!

Simón presenció cómo Rico parecía volver a ser él mismo, casi jovial. Llevaba días explicándole cómo la seguridad social iba a acabar con él. ¡Lo único que hacían era recetarle pastillas y más pastillas! ¡Nadie lo escuchaba de verdad! El caso es que Rico había cambiado de psicólogo ya tres veces. Según él, algunos cogían vacaciones, se jubilaban, o trataban su depresión (pues él había empezado a diagnosticársela a sí mismo) con poco tacto. Me tratan como si me hicieran un tacto rectal en plenas Ramblas y desnudo, decía. Esta psiquiatra era nueva y, según Rico, quería que fuera la definitiva.

Pero entonces Simón dio un pequeño retoque al guión que había escrito su primohermano y se coló en el último momento en la consulta. En teoría, solo debía acompañarlo, pero entró y se sentó también frente a la psiquiatra, una chica de unos veintipocos años, con una coleta que bajaba por el lado derecho de su bata y se metía dentro del bolsillo de la pechera, como un estetoscopio. Tenía la boca muy grande, aunque no parecía hablar mucho.

—Vaya, vienes acompañado.

—Sí, es mi primo. Bueno, mi primohermano. No hay nada que él no pueda escuchar... ¿Verdad?

—Nada.

Accedió entonces Simón, por fin, al relato oficial que Rico debía articular entre desconocidos. Y no parecía totalmente mentira ninguno de sus capítulos. Le habló de una madre ultraprotectora y de un ambiente, el del Baraja, no muy idóneo para un niño.

—Ahora tengo agorafobia. Además de esta depresión de caballo —dijo.

—Entiendo. —Y la doctora apuntó algo.

Le habló luego de un padre con el que había llegado a las manos. Que no quería que fuera camarero como ellos pero tampoco artista (artista, artista sin arte), como deseaba él. Desde pequeño le caía alguna que otra hostia. En la adolescencia le llamaba de todo, también maricón y vago. Hasta que llegaron a las manos. Así que tuvo que escapar. Le contó toda la travesía y no es que le mintiera, diciéndole que había triunfado en América, pero le presentó la aventura ibérica levemente retocada. Ella lo cortó en seco.

—¿Bebes alcohol?

—No, que te lo diga éste. Solo 0,0.

—¿Y tomas drogas?

—Solo las que me dais —bromeó Rico—. Bueno, antes sí, consumía de manera esporádica. Ya sabes, en Nochevieja y en Sant Joan alguna vez... Pero yo nunca he bebido mucho ni me he drogado.

Rico le mentía ahora a la doctora desde el convencimiento, firmando casi un pacto tácito con su primohermano para que no lo delatara. Es posible que lo hiciera para conseguir la medicación que quería, aunque Simón, ya fuese por pura vergüenza o por no traicionar a su primohermano, no lo delató. Cuando salieron se metieron en la primera cafetería que encontraron. Rico fue al baño y se olvidó en la mesa la carpetita de los diagnósticos y las recetas. Simón leyó claramente la frase: «No presenta cuadro de depresión». Y prefirió dejarlo ahí. Cuando volvió podría haberle preguntado por qué había mentido, por ejemplo, en la consulta. Pero pensó que era mejor no ponerlo más nervioso porque si no probablemente desaparecería de nuevo.

—A ver si puedo conseguir trabajo, porque de dinero... Es difícil salir de ésta sin él. Da igual incluso que mejore. Piensa que no tengo el paro y que me quitaron la baja. La cosa va así, es una cadena. Tengo una entrevista de trabajo, pero llego tarde porque estoy sin blanca para el bus. Me cuelo y entonces me ponen una multa. Me bajo en la siguiente parada y se pone a llover. Así que llego tarde a la entrevista y, encima, mojado y hecho un cristo. Como dudo de mi aspecto y creo que me habrán descartado por impuntual, entonces me tiemblan las manos delante del entrevistador. Justo cuando me hace la primera pregunta, pienso en que no me he quitado las gafas, rotas y fijadas con cinta aislante, y entonces ya no doy una. Además, he dejado el móvil encima de la mesa y creo que el entrevistador lo está mirando y piensa que es demasiado pequeño o demasiado grande o demasiado viejo, como yo. Y exagero mucho mi actuación, porque estoy cagado, y me convierto en un actor de esos malísimos, de teleserie, de los que deben aprenderse un guión cada día y no tienen segundas tomas. No me doy cuenta y casi estoy gritando: un tío mojado, con las gafas rotas y un móvil desfasado, gritando. Un loco. O ni eso, ni siquiera les desgravaría contratarme. Hasta oigo los suspiros del entrevistador y cómo reclina su silla para ganar un par de centímetros de distancia. Y, naturalmente, no me da el trabajo. Y entonces no tengo dinero para coger un bus y llegar a tiempo a la siguiente entrevista de trabajo.

—Tranquilo, yo te ayudaré. Ya me inventaré algo. A lo mejor en mi curro...

—Simón, no podemos inventarnos nada. —Rico se acercó y su aliento olía a cerveza sin alcohol, pero a fin de cuentas a cerveza. Lo que le dijo sonó a indirecta y quizá lo fuera; Simón no sabía con certeza hasta qué punto su primohermano lo había dirigido al dinero del Sastre y, menos aún, si sabía que lo había encontrado—. Todo está en los libros.

—¿No puedes hablar normal? ¿Tienes que hablar todo el rato como si fueras el protagonista de un libro? —le dijo la sartén al cazo.

—Pero es que es verdad: todo está en los libros.

—Casi todo.

—Bueno, ¿qué pedimos?

—Yo qué sé.

*

Simón, que no sabía bien dónde meter los secretos que se le acumulaban, regaló ese 23 de abril seis rosas en el Bertsolari para mofa de Remedios. Y si tuvo ese arranque de camaradería en el trabajo no fue precisamente por el buen humor de haber recuperado a su primohermano, sino porque desde que habían despedido a los que timaban a los nuevos el ambiente era otro, mejor, más llevadero.

Simón le contó a Remedios que ese día, la jornada de Sant Jordi, el día del libro y de la rosa, Estela inauguraba su librería. Hacía ya tiempo que hablaba de sus cosas con su compañera de trabajo, pero Estela solo había ido a buscarlo un día desde la reconciliación y había coincidido con el día libre de Remedios. Ésta le reprochó entonces que no le hubiese informado de que tenía amigas interesantes, de las que además fundaban librerías. Interesantes, incluso locas: ¡vender libros con la que está cayendo! Él le dijo que además de interesantes eran inconfundibles, en este caso por el color de su pelo.

—Pelo verde —le dijo—. A veces bromeábamos con eso: ¡Cuidado, pelo peligroso! También la llamaban Calippo porque...

La sonrisa de Remedios se esfumó entonces de un plumazo y abrió tanto los ojos que lo hubiera perdido de vista de no estar mirando al frente.

—¿En serio? ¿Eres amigo de la misteriosa chica del pelo verde?

No era extraño que Remedios se hubiese fijado en Estela, si tenemos en cuenta el color de su pelo, entre otras cosas. La había visto en algunas ferias de libros autoeditados, pero sobre todo en bares del Eixample. Una vez en que acabaron, sin buscarlo, en la discoteca Arena, estuvo a punto de hablar con ella.

—Llevo muchísimo tiempo encontrándomela en saraos de bolleras. Siempre he querido conocerla, pero me impone mogollón. Es como un alien. ¿De verdad la conoces? —Y lo dijo como lo haría una monja si pudieran presentarle al papa de Roma, aunque con otro brillo extasiado, muy diferente, en la mirada.

—No, me lo estoy inventando. —Y fue muy raro, porque de repente se sintió orgulloso de Estela, como si conociera de toda la vida al presidente de un país próspero o a una cantante famosa—: ¡Pues claro que sí!

—Barra imbécil, ahora sí que me caes bien.

—Pues te voy a caer mejor cuando sepas que tengo permitido llevar acompañante. —Esto era absurdo, pues no se habían extendido invitaciones, pero se permitió un poco de pompa por los viejos tiempos—. Y estaba a punto de pedirte que fueses tú.

*

De camino a la inauguración de La Caldera, Remedios y Simón se detuvieron en los tenderetes de la Rambla Catalunya para comprar libros. Nuestro *héroe* no sabía si debía o no comprarle uno a Estela: ella odiaba las tradiciones y en concreto ésta (¿es que solo pueden leer un libro al año? Bueno, leerlo: ¡comprarlo!). Lo que suponía una contradicción más, porque había abierto su librería justo ese día en que todo el mundo debía regalar un libro (y una rosa).

Así que Simón barrió con la mirada a esos personajes enjaulados como animales de zoo para que el cliente decidiera el libro, y la firma, según la cara. Divisó, en el cruce con Consell de Cent, dos colas gigantescas. Una de ellas era la de un chaval que viajaba por el mundo en silla de ruedas. Le llamó la atención porque tenía el pelo azul, casi como Estela. La otra era la de un escritor que ni siquiera tenía tiempo de firmar: su departamento de marketing lanzaba camisetas con el título del libro, que era muy largo, y él firmaba con un tampón y abrazaba con cariño algo ausente, como de gurú hindú algo ido, a sus fans. Escuchó Simón cómo algunos le decían que se habían tatuado algún título de sus libros y, al leerlos y ver que todos tenían al menos quince palabras, se preguntó dónde les había cabido tantísima tinta. Flanqueado por ambos, un tipo con camisa de rayas de cuello grande y gafas de pasta se tocaba el pelo una y otra vez, sonreía disimuladamente y parecía a un paso de empezar a hablar o reír solo. Simón se le plantó delante.

—¿Me lo firmas?

—¿Yo?

—Pone tu nombre, ¿no? ¿Lo escribes con *q*?

—Sí, porque yo tenía un amigo que murió que...

Simón no quiso ser descortés pero llegaban tarde a La Caldera, así que le pidió si podía firmárselo ya, que tenía prisa. A pesar de eso, el tipo se tomó todo el tiempo del mundo. Parecía querer atrapar ese instante en el que alguien, quizá por alguna confusión fisonómica, le había pedido que pusiera su firma en un libro. En el suyo, además, lo cual contaba doble. Pero antes debía solventar un pequeño problema.

—Es que no tengo bolígrafo.

—¿Cómo?

—Me lo ha pedido él. —Señaló al chaval de la silla de ruedas, que firmaba sin tregua pero que levantó su mirada para dedicarles una sonrisa cortés.

—Ten, te dejo yo uno —dijo Simón y le dio uno de publicidad del Bertsolari.

La novela se llamaba *Hilo musical* y el tipo escribió muy lentamente, con una letra de médico con prisa, casi ininteligible: «Esto va sobre la diferencia entre oír música de fondo y escuchar canciones. O, lo que es lo mismo, entre sobrevivir y vivir».

—Esta frase la podría haber dicho yo hace un tiempo —dijo Simón.

—Ya —respondió el otro.

Ese «ya» aleteó en la cabeza de Simón durante todo el trayecto que aún lo separaba de La Caldera. Caminaron rápido, pero él no podía evitar pararse en alguna que otra cabina, que, cubierta de pegatinas y firmas con rotulador indeleble, le ofrecía el camino. Remedios no entendía nada, pero su estado de nerviosismo le impedía pedirle cuentas. Simón llegó sin botín, pero con el regalo en la mano.

—Oh, qué bien, un libro. ¡Es verdaderamente difícil de encontrar en un sitio como éste! —dijo Estela cuando los recibió en su librería, después de darle un beso en la mejilla.

—Sí, pero éste no va sobre nada. Y en realidad no es solo mío, sino también de Remedios. Ya te he hablado de ella. Lo que creo que no te he contado es que es capaz de abrir un botellín de cerveza con fuego. De verdad, es algo digno de ver.

Remedios apretó los dientes antes de darle dos besos a Estela. Simón sabía que después pagaría su osadía, pero aun así no pudo evitar sonreír.

*

La Caldera era el sótano donde Marciano había pulido metales durante muchísimo tiempo. Simón bromeó con el subtítulo que había imaginado su amiga para ese nombre: «El lugar donde los libros queman». En honor a su anterior negocio, habría sido mejor «Limpia, fija y da esplendor», le había comentado el Lecturas, que andaba, como el resto, opinando demasiado por allí.

La Chula hojeaba un ejemplar de *El segundo sexo*, de Simone Beauvoir, cuando Simón, que no sabía muy bien con quién quedarse, peinó con la palma su melena de Cleopatra:

—*El segundo sexo*. Interesante. La Chula siempre se hacía de rogar para el segundo sexo... Pero —le guiñó el ojo— la verdad es que el segundo siempre es el mejor, porque hasta los inútiles duran más.

Era curioso ver a los clientes del Baraja más altaneros hojeando *La mística de la feminidad*, *Teoría King Kong* o *Ensalada loca*. Pero todos, por militancia hacia la chica del pelo verde que habían visto crecer, habían comprado algún que otro ejemplar. Simón se paseaba por las estanterías, atornilladas a las paredes de ladrillo vista, y pensaba que no había leído ni uno solo de esos libros. En un rincón de la librería, Estela había colocado una batería y un par de niños del barrio se entretenían ahora aporreándola. Jamás había visto Simón a Remedios tan motivada ni acaparando focos de tal manera: se sentó a los tambores y ofreció una explosión de redobles heavies. Luego cogió un botellín y lo abrió con el mechero. Todos aplaudieron, incluso el Juez, que se acercó a Simón. En él siempre coincidía el aliento a vino con el rapto filosófico:

—Ya ves, unos abren y otros cierran.

—¿Qué dices, Juez?

—Pues eso, que nos quedamos sin el Baraja, pero abre esto.

—¿Cómo?

—¡Estela, luminosa como una vela!

Estela había irrumpido en la escena, por fin liberada de su besamanos, que en su caso eran picos y abrazos con un montón de gente que Simón no conocía, y que ella había acumulado mientras él giraba y giraba por el mundo la danza del derviche para acabar en el mismo sitio y más mareado.

La clientela habitual del Baraja se mezclaba hoy con punkis y amigas de Estela y pescaderas del mercado que habían traído buñuelos de bacalao gratis. Los padres de Simón, también sus tíos, habían pasado a saludar a Estela y le habían dado dos besos antes de regresar al bar. Su tío había traído una botella de orujo de hierbas. Su padre, una de ratafía. Se habían ido como habían entrado, en silencio pero contentos por la muchacha.

—¿Qué te pasa, Simón? ¿No te puedes alegrar un día por mí? —le preguntó Estela.

—Y estoy muy contento.

—Esto también es gracias a ti. Es nuestro. Nuestro secreto.

Simón le dio la última rosa, la que llevaba en la mochila. Estela bromeó con que esa tradición apestaba un poco, pero quebró su tallo sin pincharse y se la colocó sobre la oreja: rojo sobre verde. O, al revés, ella jamás lo diferenciaría. Rosas verdes, seguro que eso le haría gracia a Candela. Y, entonces, vino la sorpresa, quién sabe si improvisada después de haber recibido el regalo:

—Ten, las tradiciones están para romperlas. —Y Estela se refería a la suya propia de desafiar las tradiciones, por lo que le tendía ahora un libro.

—*Sobre la brevedad de la vida, el ocio y la felicidad.* Joder. Planazo.

—A ver si así aprendes algo, Simón. Mira, lee esto, lo subrayado.

—«La corrupción de quienes se dedican al estómago y al desenfreno es deshonrosa.» Muchas gracias, mujer.

—De nada. Pero sigue, hombre, sigue...

—«Observa el tiempo de ésos, mira cuánto tiempo pasan calculando, cuánto maquinando, cuánto temiendo, cuánto adulando, cuánto siendo adulados, en cuántos avales propios o ajenos invierten y en cuántos banquetes, que ya son su deber. Verás que sus dichas y desdichas no les dejan respirar.»

—Qué... y ahora que te he subido el ánimo: ¿nos vamos hoy por ahí?

—No sé.

—Hay mucha gente que ha venido de lejos. Pero vente con nosotros. Harás amigos, has estado tanto tiempo fuera que...

—No sé.

—Remedios se viene.

—Luego veo.

—Venga, anímate.

Simón aún aguantó un rato más en la inauguración, paseando entre libros. No pensó en esta historia en ese momento, porque no la conocía, pero no le habría ido mal escucharla. La historia de ese intelectual francés muy poco agraciado, que pasó toda su infancia mirando la enciclopedia que le habían regalado, maravillado ante la foto, el nombre en latín y la descripción de cada flor, de cada planta, de cada animal. Pensando en la suerte que tenía de cohabitar en un mundo plagado de tantas maravillas. Hasta que un día sus padres lo llevaron a los jardines de Luxemburgo. Nada podía hacerle más ilusión y nada pudo desilusionarlo más: en directo, las plantas eran menos plantas; las flores, menos flores; los monos, menos monos; los hombres, menos hombres. Todo era, en definitiva, peor que en las páginas: más precario, más feo, más relativo.

Simón se sentía un poco así en estos últimos días de sorpresas y decepciones. Menos vivo que cuando solo leía. Como no quería hablar con nadie, fingió que tenía muchas ganas de tocar la batería. Apoyó las manos sobre las rodillas del tejano, antaño ocupadas por parches de tela de marcas de alcohol y tabaco y hoy algo rotas, y empezó a pulsar con la zapatilla derecha (al menos había dejado de llevar mocasines) el pedal del bombo. Casi nadie lo oía. Pero no lo hizo para eso. Todo el barrio parecía hablar, ajeno a ese sonido: bum-bum-bum. Sonaba como un latido.

*

Durante mucho tiempo, a Simón le había dado miedo pasear por el interior del Baraja cuando estaba cerrado. La inquietud surgía no de encontrar monstruos o fantasmas, ya que ambas criaturas abundaban cuando el bar estaba abierto, sino de ver vacío lo que casi siempre estaba lleno, del mismo modo que inquietan los aeropuertos vacíos, las guarderías vacías, las vidas vacías.

Aun así, sobre todo cuando era niño y esperaba la llegada de Rico, a veces robaba las llaves del platillo de Sargadelos donde las guardaban sus padres en el recibidor, justo al lado de aquel recuerdo de Cuenca, y bajaba. La tragaperras estaba apagada, así como la cafetera, y precisamente era el silencio el que potenciaba el susto del chasquido que interrumpía el rumor de la nevera, el ingenio eléctrico para cazar moscas con su luz violeta, cualquier movimiento de la mercancía almacenada o el goteo de un grifo mal cerrado.

Abrió la puerta del Baraja y el miedo infantil, que jamás es ceniza sino brasa, que solo necesita la brisa de un olor determinado para volver a arder, se encendió de nuevo. Hoy habían decidido cerrar el bar muy temprano para poder ir todos a la inauguración de La Caldera. Así que Simón dejó la chaqueta tejana sobre una de las muchas sillas y, como entonces, entró en la barra para servirse algo. Cambió de idea y no se puso la cerveza que se había prometido, sino que se sirvió leche en una copa de vino y la bebió de un sorbo. Luego sacó un Cacaolat de la nevera y le quitó la chapa con el abridor que colgaba de un cordel del fregadero desde antes de que él naciera.

Pensó en todos los pinchos absurdos que había inventado aquí y en las recetas sólidas, perfectas como coches robustos y buenos amigos, que había aprendido en aquella cocina. Se negaba a que el Baraja desapareciera y a que su familia se disgregara. Cuando las Merlín no estuvieran, cuando este bar no existiera, no pasaría nada: todo seguiría igual mientras él pudiera cocinar sus platos y comerlos. Sus viajes infantiles a Castroforte de Baralla solo acababan cuando se agotaban los chorizos, los huevos y las empanadas que habían traído de allí. Y lo mismo iba a pasar con esto. Lo mismo. Esta reflexión le habría sido útil a Simón durante su gira por el mundo con Biel, cuando, pese a no reconocérselo a sí mismo, echaba de menos el Baraja. Entonces no lo sabía y ahora sí, aunque no acababa de ser suficiente consuelo.

¿Quizás era un buen momento, algo borracho, para cocinar algo y prepararse para ese futuro? De momento puso la tele y una vidente lanzaba las cartas frente a un croma de naturaleza tropical.

—«¿Últimamente andas un poco nervioso, no?» —dijo la bruja.

Simón bajó el volumen, pero la caja siguió barriendo con ráfagas intermitentes algunos objetos del bar: las botellas, los taburetes, las mesas, el respaldo de la silla donde había colgado la chupa, una mosca que rondaba un vaso olvidado, un cigarrillo que se consumía en un cenicero. ¿Un cigarrillo de quién?

Simón pensó que no podía ser. El truco del cigarrillo, cuando alguien lo descubre al llegar a un bar y la pista delata al otro. Entonces escuchó un clac. No se movió. Y un segundo clac. Arqueó el cuerpo. Y un tercero. Cogió un tenedor de la cocina, lo blandió y, cuando se vio en esa postura, no pudo evitar sonreír, a pesar del nerviosismo. Lo devolvió al cajón y apuró el Cacaolat. Luego lo giró, cogiéndolo con fuerza por el gollete, para enarbolarlo como arma: si alguien aparecía, lo había visto en alguna pelea, solo debía estamparlo contra la mesa y amenazar al intruso con el cristal roto. Caminó por el Baraja, miró un momento a la bruja de la tele (leyó en sus labios: «¿algo que te perturba?») y notó la respiración de alguien cuando entró en la habitación del billar, a oscuras.

—¿Rico?

—Simón, nada, por aquí, metiendo unas bolas.

—¿A oscuras?

—Sí, si no es demasiado fácil. Y no quería que me vieran.

—¿Enciendo?

—Como quieras. Mejor no... ¿Cómo estás?

—Mal.

A veces, cuando eran pequeños y lo visitaba en el piso de arriba, Rico no encendía la luz y entonces se hablaban en semipenumbra. Era curioso, porque desde muy pequeño Simón notó que no verse facilitaba que se dijeran más cosas, o al menos más sinceras.

—¿Tú sabías que iban a traspasar el bar? —dijo Simón.

Clac, dijo su bola lila contra la naranja.

—Había visto al de la maleta, al chino, eso lo sabía. Pero no me puedo creer que no me hayan dicho nada —dijo Rico.

Clac.

—¿Rico?

Clac.

—Voy a encender...

—No, no enciendas. Bueno, es nuestra familia, ¿no? Si hay algo importante que contar, tú tranquilo que no van a soltar prenda.

Clac. Simón había metido una bola.

—Ojo con el taco que aún nos vamos a sacar un ojo —dijo Rico.

—Ya.

—¿Pero por qué estás tan agobiado, Simón?

—No sé, me da pena que cierre.

—No, Simón, lo que te da pena, y te entiendo, croqueta, es que hasta ahora teníamos un sitio al que volver y ahora ya no.

—Bueno, no sé, tú has vuelto a tiempo. ¿Cómo has entrado?

—Siempre he tenido las llaves, aunque no las usara. Siempre he llevado la llave del Baraja colgada del cuello, con un cordel.

—No inventes, Rico. Te toca.

Clac.

—Simón, perdóname.

—¿Por qué?

—Yo qué sé, por todo.

—¿A ti no te da pena que cierren esto? —preguntó Simón.

—Sí, mucho. Pero yo también me doy pena. Puta pena doy. ¿Cómo dicen los actores que fracasan cuando son viejos? Elegí mal mis papeles. Aquí estoy, con mis padres, en edad de serlo yo.

—Nos quieren mucho, aunque no lo digan. Este billar ha estado todos estos años sin la bola blanca y la negra.

—Sí, decir cosas no es lo que mejor hacen.

—Y tú tampoco. Pero lo harás. Vas a contármelo todo. Porque, si no, te vas a ir al hoyo y yo no quiero.

—La ocho a la tronera. Se acaba la partida.

—Prométemelo.

—Claro.

—Dilo: prométemelo.

—Prométemelo.

—No seas gilipollas.

—Te lo prometo.

—Ya está, ¿no?

—¿El qué?

Simón encendió la luz. Fue a la nevera y volvió con dos Cacaolats más. Por alguna razón, algún fantasma dijo: «Que ya lo sé». Nuestro *héroe* se enjugó los ojos con las hombreras y dijo:

—Pues eso, que ya estoy llorando. Cuando todo esto acabe, vas a llorar.

—Ya, pero aún no ha acabado. Lo que te queda por ver, croqueta.

—Y a ti. Así que calla y vuelve a poner las bolas.

—Simón, es de muy mala educación decir la última palabra.

—Ya, lo mismo digo.

LIBRO III

NADIE VIGILA EL FUEGO

I

Verano de 2017

Los repartidores sentían que lo que llevaban a las
casas no eran pizzas: eran mensajes, que ya nadie
entendía. El mensaje de la desaparición de todo.

CÉSAR AIRA, *Las noches de Flores*

Cuando salió del baño del Café de la Ópera y bajó las escaleras de mármol noble hacia las Ramblas, Simón no sospechaba hasta qué punto su vida estaba en peligro, ni que lo que estaba a punto de suceder justificaría de algún modo seguir contando su historia.

Nuestro *héroe* bajó al trote cargando la enorme mochila de la empresa de repartos en la que trabajaba desde hacía casi un año. ¡Qué carrerón! ¡Saludad a Hermes! El niño del bar, el niño que reparte a domicilio, el chef de alta cocina, el gastrocoreógrafo internacional, el dietista de los yates, el camarero en un bar de pinchos con cucarachas, el repartidor y el mensajero. Todo vuelve. Hasta la demagogia. Y la condescendencia y el cinismo. Hasta el miedo a no tener trabajo vuelve. Hasta las riñoneras.

Había optado por ese trabajo para evitar seguir encadenado a fogones o barras. Los grandes restaurantes funcionaban bien, pero la crisis había castigado severamente a otro tipo de establecimientos, los que lo contrataban a él. Quizás Simón dijera que había sido él quien decidía cambiar, aunque también hay ciertas parejas abandonadas que insisten en que se han dado un tiempo con la persona que las ha dejado.

Simón, incluso sin saber que lo hacía, se mentía todo el rato, pero no lograba engañarse. Por ejemplo, a veces la brisa hacía ondear las perneras de su pantalón de trabajo y él, a horcajadas en la moto, se ponía soñador: al menos no tengo que aguantar a jefes en el cogote y trabajo al aire libre. Aún quería pensar que era él quien manejaba el manillar que tomaba curvas hacia otro porvenir, aunque si antes lo guiaba el fantasma de Rico, ahora era la crisis la que estandarizaba determinados guiones. Su primohermano, por ejemplo, trabajaba también como mensajero y lo llevaba incluso peor que él. Su amiga Estela a duras penas podía mantener abierta La Caldera y, si lo hacía, era solo porque no tenía que pagar alquiler. Algunos clientes del Baraja, los que no habían logrado tocar la boya de la jubilación, nadaban asustados a contracorriente no ya para ir a algún sitio, sino para mantenerse a flote.

La crisis, solía decir Estela, había sido ese líquido de contraste que se inyecta en una prueba médica para hacer más visible todo lo maligno en un cuerpo, en un sistema. Todo eso que ya estaba mal, de las brechas económicas a los privilegios heredados, se veía desde hacía tiempo con mayor claridad y, sin embargo, los pacientes en peor estado no sabían cómo automedicarse y los que poseían los medicamentos jugaban a fallar el diagnóstico, aunque algunos se beneficiaran de la receta.

Si bien odiaban su trabajo, ni Rico ni nuestro *héroe* se podían permitir dejarlo. No habían tenido opción de vender a un precio digno el local que Simón le había comprado a Beth, así que guardaban cierto dinero varado que calmaba inquietudes futuras, pero que no paliaba los rigores del presente. Simón esperaba que fuera por poco tiempo y que pudiera rescatarlo pronto, como en esas novelas que solía leer tiempo atrás, en las que un pobrecito las pasa canutas porque su tutor no le entrega una herencia hasta que la trama lo exija o el personaje crezca (cuando se dé cuenta de «algo», por ejemplo) y la historia que se relata esté madura.

Así que los dos primos seguían dando gas a sus motos por la ciudad, por la que podían moverse ya con los ojos cerrados y sin manos, a cambio de una cantidad que nuestro *héroe*, que había abandonado la grandilocuencia léxica de ciertas novelas decimonónicas, calificaba de puta miseria. La cantidad era de 1,70 euros por dirección y así era como llamaban a recoger o entregar un paquete.

El tráfico no le permitía relajarse: tenía los nervios destrozados por los frenazos y los acelerones y los gritos de otros conductores. Si eres el típico que opina que el ser humano es cada vez mejor, solo tienes que trabajar un mes conduciendo. El Lecturas dijo un día, ante un auditorio de taxistas, la única verdad que pronunció en toda una vida: «Yo jamás he insultado a nadie, pero porque no tengo carné de conducir».

Un ejemplo: hacía ya un tiempo que a Simón se le había estropeado la bocina de la moto, la misma que usaba cuando era adolescente. ¿Y qué hizo? No fue al taller: no tener claxon le impedía encararse con otros conductores. Así es como le habían enseñado a afrontar los problemas, incluso los matemáticos, ¿no? Cuestionando que lo fueran. Tirando en silencio.

Pero volvamos al día clave. Simón salió del Café de la Ópera y miró al cielo al pisar el lateral de las Ramblas. Un sol rabioso. Un sol de justicia. Eso dicen, ¿no? Nadie imagina una desgracia en agosto. Tenía la moto aparcada a la altura de Tallers, donde solía parar para comprar unos discos entre pedido y pedido. Ya casi no leía, pero sí que seguía con la música y ya se le había curado la veleidad de escuchar solo sonatas de las que jamás llegaría a aprenderse ni el nombre.

Eran las cinco menos diez cuando Simón empezó a remontar las Ramblas, esa calle que casi todos los barceloneses ignoran, pero donde, sin recordarlo ya, han vivido momentos que los han forjado. Ese día caminaba hacia arriba mirando los tenderetes de gofres y souvenirs y los quioscos. El Sastre le había contado en su día que antes todos estos quioscos de souvenirs globalizados eran puestos de floristas que servían de calendario de las estaciones: mimosas y margaritas en invierno; floridas ramas de almendro en primavera, gladiolos y rosas para verano y claveles y dalias y también nardos. Tararí, tarará, violines, espantaba el recuerdo Simón. Porque lo cierto es que en las Ramblas últimamente él solo notaba el paso de las estaciones por los calzados horteras de los turistas. Aunque a veces llevaran chanclas en enero. O crocs. El cambio climático, pensaba. O que eran un poco idiotas.

Entonces, a la altura del mural pintado por Miró, hacia la mitad de la avenida, todo se volvió como más lento, aunque la furgoneta que en esos momentos bajaba las Ramblas barriéndolas de derecha a izquierda lo hacía zigzagueando a toda velocidad con volantazos violentos para poder atrapar a más gente. Impactó en los primeros turistas. ¿Es posible escuchar un silencio lleno de gritos? Debe de serlo, porque Simón lo escuchó. Lo hizo mientras veía a los atropellados saltar y a la gente correr en estampida.

«Son las novelas esos extraños artilugios que colocan a sus protagonistas en viñetas históricas, donde no necesariamente ostentan un papel principal», le había subrayado Rico en un libro. Podríamos decir que Simón se quedó clavado en el mural de Miró de las Ramblas en el mismo momento en que la furgoneta quedó varada justo en el borde opuesto de esa pintura, a menos de medio metro de su cara. Y que siguió así, sin moverse, cuando saltó de ella un chico joven. Joven de comer gominolas aún y masturbarse pensando en una compañera de clase. Y que se quedaron mirando durante unos segundos. Tres, dos, uno. Mirad a nuestro *héroe*: redoble de tambores en su corazón. Tres, dos, un segundo. Tres, dos, uno.

Pero no fue así. El caso es que después de escuchar los dos primeros gritos, mientras la furgoneta barría la avenida, él había podido subir por el lateral izquierdo de la Rambla hasta detenerse en la entrada de la calle Tallers. Desde allí intuyó a un tipo que bajaba de la furgoneta y se perdía. Es casi imposible que lo viera desde donde estaba, pero así lo recordaría. El tipo dejó su furgoneta tirada en el logotipo de Miró. Parecía la carcasa de un insecto que ha picado para matar pero que en parte ha muerto él. «Respeto más a las abejas que a las avispas. Porque las primeras, cuando hacen daño, se lo hacen también ellas, se dejan medio cuerpo y toda la vida», otra cosa que Rico le había escrito a Simón en un libro. ¿A quién respetarías ahora que casi caes? Corre a esconderte en uno de esos libros, Simón. Quizá funcione. Es imposible saberlo a estas alturas. Corre ahora.

*

Decenas de personas corriendo con la cabeza en llamas y el corazón de gelatina. Cuando era adolescente, Simón siempre se había extrañado de por qué en sus libros la Historia con mayúscula conspiraba una y otra vez para ponerse a los pies de determinados personajes y convertirlos en héroes, si en la suya, en su propia historia, la Historia parecía cansada. Ahora, sin embargo, corría a esconderse.

Corría a esconderse y no pensaba en grandes cosas más allá de salvar esa moto que era su sustento. Si la perdía, perdía el trabajo, así que el primer pensamiento después de este giro solemne de la historia lo dedicó a una moto. Quizás algún mosquetero solo se preocupó de su caballo cuando ya tamborileaban las líneas enemigas y silbaban los cañonazos. Cuando llegó a la boca de las Ramblas, donde la solía aparcar, se dio cuenta de que le resultaría imposible acceder a su vehículo. Dudó unos segundos y buscó sin demasiado convencimiento alguna cara conocida. Alguna explicación. Venga a ulular sirenas, venga más gritos, venga ese pánico.

Carreras y gritos primero porque el tipo de la furgoneta andaba suelto. Segundo, por orden de la policía, que ya llegaba, con su revuelo de bocinas y su festival de frenazos, para acordonar la zona. Tercero, porque podría (¿acaso no tienen réplicas los terremotos?) aparecer una segunda furgoneta. La gente zumbó a esconderse en los soportales, a trepar sobre mesas de restaurantes, a encerrarse en quioscos. Las palomas les seguían el juego y alborotaban las papeleras. Simón corría sin demasiado rumbo, como las cucarachas del Bertsolari que buscaban oscuridad cuando levantaba la lama de madera y la luz inundaba su guarida.

Ganó de nuevo la calle Tallers y la recorrió hasta Revolver. Se coló, como tantas veces pero a más velocidad, dentro de la tienda de discos. Recordaría muchísimo tiempo cómo lo tranquilizó, durante cinco segundos al menos, el primer redoble de la canción o el primer guitarrazo. También el olor de plástico negro y bombilla fundida. Se parecía al del cuarto adolescente de Rico. Donde le dio aquella camiseta a Estela. ¿Quieres jugar al Cheminova? Y en eso pensó cuando la estampida de turistas y fugitivos con la mirada hueca, algunos gritando y otros con un silencio como cuando sueñas una pesadilla y quieres chillar pero no puedes, incluso uno vomitando al entrar, alcanzó la tienda, que se llenó en segundos.

Sonaba una canción de AC/DC, «Highway to Hell», que a Simón le pareció al mismo tiempo irónica y apropiada. A Remedios le flipaba. Pero, al cabo de minuto y medio, la gente gritaba, se abrazaba a desconocidos, se ponía en cuclillas, se agarraba a unos discos con los cantos gastados. Apagaron la música y se escucharon los hipidos, las conversaciones babélicas (estaba hasta la bandera de guiris), los sollozos y los gritos de los que habían perdido la calma y entraban en pánico. Simón pensó que quizás era la primera vez que en esa tienda no giraba un disco o se escuchaba una batería. Siempre que había entrado ahí, desde aquella primera vez aún en carrito con Rico, sonaba alguna guitarra. Quien fuera que hubiera hecho esto lo había logrado. Había callado a la música. Y el mundo sin ella sería como esos videoclips sin volumen que un día vio con su padre: hasta los héroes parecen estúpidos vocalizando mudos, lanzando besitos, pavoneándose en silencio. Por qué. Para qué. La música tenía la culpa de un montón de cosas, vale, pero a Simón le irritó que esa gente la hubiera apagado. Una cosa era intentar no vivir según los estribillos y los libros y otra bien distinta, no saber apreciar que la vida, a pelo, era aún peor sin ellos.

Si siempre se había sentido ridículo (el portador de un tenedor en un mundo de sopa, el del reloj digital en una película de romanos) por habitar un mundo sin demasiada aventura colectiva, ¿por qué no le parecía mínimamente interesante, y solo le daba miedo, lo que ahora le sucedía? Estás nervioso, Simón, te lo digo yo: quizá te gustaban esas guerras del siglo XVIII porque quedaban lejos, en otros países y en páginas de papel, pero también porque esos ejércitos tenían un código, la gente se mataba manteniéndose la mirada, existían pausas para comer e incluso se intercambiaban alimentos. Había un orden en ese absurdo, un código en esa demencia.

Esto, en cambio, volaba por los aires todo. No existían víctimas civiles, porque todo el mundo era un objetivo. No había heroísmo en esta sopa de violencia y los que se consideraban héroes lo sentían en realidad porque se les prometían paraísos falsos. Igual que las merluzas o la soja o los salmones recorrían grandes distancias, igual que las personas se buscaban la vida en otros países, igual, del mismo modo, las balas, las bombas, los cuchillos se abrían paso. Quizá la euforia olímpica con la que arrancó la historia de Simón fuera algo hipócrita, pero su reverso, que podría servir para acabar con ella, era bastante peor.

Es imposible entender un juego sin reglas, una novela sin trampas, un sistema sin normas.

Simón no pensó en todo esto durante estos segundos, sino que se dedicó a mirar discos y a detectar los favoritos de su primo y de Candela y de Estela y de Beth, incluso uno de un trompetista que tocaba el himno del Barça para sus padres y otro de baladas italianas para sus tíos, durante este rato. Los cogía y se los iba guardando bajo el brazo. Quizá no se los llevara, pero sentía una rara pulsión de comprarlos para regalarlos. También les hacía fotos. Hasta que se encontró y abrazó a un tipo del barrio que vio al final de la tienda. Se llamaba Fidel y lo conocía desde pequeño. A menudo había ido a beber al Baraja con sus mejores amigos. Era escritor. O eso decía, que era escritor. Más bien, había escrito un libro que no había ido mal, aunque Simón no lo había leído. Las novelas contemporáneas siempre lo habían dejado frío, y más aún en los últimos tiempos. Hacía mucho que Simón no se cruzaba con Fidel, pero lo tranquilizó verlo allí.

—No tenía que estar aquí ahora. Iba a otro sitio y me he perdido y mira...

—Ya.

Una dependienta de la tienda, piercing en la oreja y pelo rapado al tres, su cuerpo menudo en una camiseta de los Pixies negra y arremangada, cogió todas las tazas de exposición y comenzó a llenarlas de agua y a repartirlas. Simón pinzó por el asa una The Who y a Fidel le tocó una de Elvis (50 millones de fans no pueden estar equivocados). La chica regresó a su mostrador, casi invisible tras la máquina registradora: todos pensaron que volvería a poner música, pero sintonizó una radio que informaba de lo sucedido. Una furgoneta, atropellos, un atentado islamista similar a otros recientes en Francia, un chaval joven, escondido en La Luna de Estambul, la policía persiguiéndolo por los puestos de frutas y pescados, sandías rotas en el suelo, derramando jugo rojo, pescaderas sin gritos, o con otros recién estrenados, bajo el mostrador y por los pasillos del Mercado de la Boqueria, a unos cinco minutos de la tienda donde Fidel y Simón compartían refugio y lugares comunes y se les escapaba, incluso, una risa nerviosa.

Los móviles de toda la tienda sonaban como un coro de grillos estridulando nerviosísimos. Esto lo dijo Fidel, que sonaban así, estridulando. Simón solo podía tasar hasta qué punto le irritaba ese ruido. Mucho. La gente se centró en contestar los whatsapps que sonaban en cadena. Las pantallas parpadeaban furiosamente. Mil ruiditos: eran mensajes tranquilizadores, pero aquello, sumándolos todos, sonaba a emergencia. El de Simón también sonaba.

Mirar la pantalla del móvil era algo similar en estos momentos a asistir a tu entierro futuro, donde podrías ver quién iría o a quién le importabas. Aquí lo tenéis, el Tom Sawyer de los fogones, asistiendo a su entierro después de fugarse. Un hecho que detiene tu vida para recibir un informe de todos los que han pensado en ti en ese momento. Llamadas de los padres de Simón desde la aldea, donde vivían desde que habían traspasado el bar a los chinos. Y muchísimos mensajes casi idénticos de personas muy diferentes.

«Simón, ¿dónde estás?»: Estela.

«¿Estás bien?»: Ringo.

«Dime algo»: Beth.

«Joder, tío, dónde andas»: Remedios siempre acababa los whatsapps con un punto.

«¿Dónde te ha cogido? Dime»: Ona.

«Estoy en Londres, dime que no estás ahí, seguro que no»: Biel.

«¿Estás bien?»: Candela, a la que le había pasado su nuevo número por correo y con la que Simón se escribía últimamente. «¿Dónde estás?»

«Estoy mal», decía alguien.

—¿Cómo? —respondió Simón. Los discos que había recolectado y que hasta decir el «Cómo» llevaba bajo la axila izquierda se estamparon ahora contra el suelo.

«En el hospital. Herido de guerra. Esperando la transfusión», decía el mensaje de Rico.

—¿Qué?

—Ya.

*

Cada vez que Simón pensaba que primero tuvieron que encontrarse y cruzar sus manos y luego enzarzarse, incluso quererse, dos personas (dos personas llamadas Elías y Socorro, además) entre los más de siete mil millones de seres humanos de todo el planeta para que un espermatozoide remontara corrientes demoniacas, distancias mil veces mayores a su longitud, con el fin de imponerse a doscientos cincuenta millones de compañeros de eyaculación, de esos dos segundos de jadeo final, le parecía absolutamente inverosímil (y una suerte feliz) que alguien como Rico hubiera pisado alguna vez el mundo.

Simón se había sacudido desde hacía un tiempo cierta épica con la que leer su vida o tramar su futuro, y el paso del tiempo había sido ese crítico literario que condena a determinados personajes legendarios por huecos o efectistas, pero la noticia del hospital había aplicado un sesgo cognitivo que empujaba su mirada hacia los detalles más prodigiosos de su primo. Volvió a verlo, envuelto en una especie de trenca de plateado misterio, abriendo las puertas del ascensor con un chasquido, cantando mejor que Nina Simone, haciendo volar con la mente papeles en llamas. Haciéndole cerrar los ojos para luego decirle «Mira». Si quizá desaparecía, prefería recordarlo así, aunque eso le hiciera algo más de daño.

De vuelta en las horas posteriores al atentado, un pequeñísimo cartel colgado en la pared de la sala de espera del hospital. Los años, los rayos de sol que lo enfocaban cada mañana desde la ventana desconchada, madera mala de los setenta, lo habían teñido de un color casi lila. Mostraba a una enfermera de las de antes, con una cofia blanca que coronaba una cara de facciones insultantemente lindas. Ésta se llevaba el índice de la mano derecha a los labios y pedía silencio. Gracias, mujer, de eso los Rico saben un rato.

Estela y Simón esperaban para poder ver a Rico en cuanto se lo permitieran. Cuánta, cuantísima falta le hacía Estela en ese momento a nuestro *héroe*: desde la tarde anterior no le había dejado ni un minuto solo, incluso lo había obligado a dormir en su casa. Nunca se lo llegaría a decir, para no dar pistas, pero durante esas horas supo que jamás llegaría a compensarle el hecho de no haber aparecido en el funeral de su madre. Hay fallos que no se perdonan, solo que hay que jugar a que se han perdonado, porque si no el mundo sería un lugar lleno de hemofílicos desangrándose porque sus heridas no han cicatrizado. Olería muy mal y el suelo estaría aún más sucio de lo que está.

Los padres y tíos de Simón llegaron esa mañana de Castroforte de Baralla en tren, un día después del atentado, en un viaje nocturno que había sembrado sus rostros de ojeras. Nuestro *héroe* insistió en que pasasen por casa (el entresuelo, que pasaron a ocupar los dos primos cuando sus mayores volvieron a la aldea) para darse una ducha y descansar un rato, pero no hubo manera. Desde que cerraron el Baraja (aquello fue un funeral irlandés, tan parecido a los viejos cumpleaños infantiles pero sin globos y con más gritos, porque los clientes estaban más sordos; Lolo incluso tocó una balada triste con la trompeta del Sastre) hasta el día del atentado, la familia no se había reunido y apenas si habían hablado por teléfono. «Que corre la conferencia», decía la madre de Simón, aunque en realidad ya tenían tarifa plana.

Simón recordaría el abrazo del tío Elías: tan fuerte que diría que al menos fue doble, que en él estaba también el abrazo que le quería dar a su hijo y que quizá, ni siquiera aunque mejorara, podría darle alguna vez. Demasiado tarde. Socorro y Dolores ensuciaban y doblaban el mismo pañuelo, que afianzaban una y otra vez en la tira de sus sujetadores, mientras con la mano izquierda palpaban el bolso que descansaba en sus regazos. Demasiado corazón.

Entonces, quizá porque en el Baraja siempre se ha hecho lo contrario de lo que tocaba, la familia Rico empezó a hablar. Después de años de fingirse mudos o amnésicos, como un enfermo que oculta sus síntomas o los inventa, hablaron y hablaron. Empezaron con algunos monosílabos pero acabaron con todo el diccionario, sin tabú alguno.

Un camillero pasó por delante con sus zuecos color amarillo fluorescente y pidió, muy inoportunamente, silencio. Pobre insensato.

—*Vai cagar ao río* —le soltó la tía Socorro.

—*Tócate o carallo* —se sumó Dolores, la madre, que jamás había dicho eso a un desconocido.

Mientras camilleros, doctores y la enfermera del póster exigían permanentemente silencio, siguieron hablando. Lolo y Elías hasta se encendían pitillos. La enfermera del póster casi pega un grito al verlos.

Se remontaron lejos, aunque sin conectar causas y efectos. Se pasaban la culpa como si fuera un balón en llamas con frases cortas que quemaban en una mano y en la siguiente. Hablaron de aquella primera traición, cuando el padre y el tío eran aún unos niños en la aldea. El padre de ellos, el abuelo, que Simón solo conoció de bebé, era un viudo ultracatólico. O eso creía todo el pueblo y si era así se debía a una de dos razones: o era verdad o fingía muy bien (es decir, era un buen actor). Elías y Lolo, en continua competición desde que su madre falleciera años atrás, eran aún mocosos que pateaban pelotas de trapo y escuchaban leyendas que convertían en verdades. Eso Simón lo entendía bien porque durante mucho tiempo había hecho lo mismo. Todo allí, en Castroforte, era hablar como los griegos y soñar como los celtas y a ellos no se les daba del todo mal. Un fugitivo republicano había llegado a la aldea y llevaba una vida de maquis en los márgenes de la ría y también, cuando podía, en esos montes donde ejércitos de eucaliptos clónicos y espigados arrasaban al resto de especies vegetales.

El padre de Simón, que ya por entonces empezaba a tocar la trompeta y era el capitán de todos los partidos de fútbol de la zona, porque era quien mejor jugaba y tenía mayor carisma, a veces robaba comida en casa y se la subía al maquis en cuestión, que de vez en cuando le dejaba sintonizar y escuchar la Pirenaica con él. Ese tipo, que tanto miedo les había dado al principio, a quien querían y no querían conocer, como sucede con otras criaturas mágicas del bosque, le cogió cariño de sobrino a mi padre, pero, al no haberlo descubierto él, el tío Elías solía quedarse en la plaza pateando el trapo esférico contra la pared de la ermita muriéndose no solo de aburrimiento, sino también de celos.

Su padre, el abuelo, mantenía su papel de cristiano devoto incluso en casa. Quizá lo hiciera para meterse en el papel y luego no cometer errores fuera, pero el caso es que solía decirle a los vecinos que el régimen había traído el orden y que los más humildes precisamente tendrían futuro en ese mundo organizado. Que el caos era donde pescaban los que tenían poder. Y otras cosas por el estilo. Elías tuvo la idea un día, cuando su balón se coló detrás de aquel muro acabado en una dentadura de esquirlas de vidrio para evitar que lo escalaran. Días después se dirigió al cuartel de la Guardia Civil y delató al maquis.

—¿Qué carallo hiciste?

—Lo que hay que hacer, gracias a Dios —dijo Elías.

—En la vida, Elías, se puede ser de todo menos un chivato —replicó el padre de Simón—. No te lo voy a perdonar jamás, demonio. Ya no somos hermanos.

Su padre, el abuelo de Simón y Rico, en realidad solo fingía ser afín a la Falange. Si solía enseñar el carné en público, de un modo un tanto histriónico, era porque el hecho de ser viudo con dos niños lo obligaba a no salirse del guion. Porque también se postulaba para ganarse el favor de uno de los caciques del pueblo, que le había dicho una vez que quizá podría, si servía bien a la comunidad y al país, dejarle regentar un estanco en una localidad cercana. Ni siquiera eso sucedió, pero aquel primer episodio, que en algunas épocas de su vida los hermanos lograron olvidar durante un tiempo, los marcó para siempre.

En la sala de espera del hospital donde estaba ingresado Rico, el resto fue casi una competición de esgrima en la que se atacaban por turnos. Elías había tenido primero a su hijo (porque hasta para esto compitieron), pero no podía soportar que, cada vez que su hermano jugaba con su hijo, éste se riera más y mejor que cuando lo hacía con él. No le perdonaba que tocara la trompeta y tampoco que se hubiera colocado en el bando de los buenos, ya que, sobre todo en Barcelona, sus ideas políticas despertaban más cariño que las de Elías en el bar. Como le había sucedido a su padre, en realidad a Elías le daba absolutamente igual el franquismo, e incluso odiaba en secreto a ese eunuco de cadera ancha y voz estrechita, pero se mantenía fiel a esa primera decisión infantil, que, a su vez, no había sido ni siquiera una opción razonada.

El hecho de que Rico se hubiera ido de casa, del mismo modo que los dos hermanos lo hicieron muy jóvenes, era la demostración de que había elegido mal. Y el culpable de esas malas decisiones, si siempre había que escoger entre dos opciones antónimas y su hermano defendía la contraria, era el padre de Simón. Con sus americanas de pana, su trompeta, su amabilidad, sus putos mítines del PSOE, su fama de buena persona, su hijo, que no se iba sin avisar de casa y que lo quería de verdad. Y mira que el tío también quería a Simón, qué fuerte lo abrazaba y olía a tabaco y a vino y a colonia Brummel y a sudor y solo él notaba cómo el corazón le bombeaba loco.

—Yo te quiero mucho, tío. En serio. Te entiendo. No pasa nada —le dijo Simón en la sala de espera, cuando andaban recriminándose a gritos esta historia.

—Sí, pero tu primo no. Y será por algo.

*

Rico, ahora disfrazado de enfermo, descansaba tirado en la cama con esa pulsera de plástico, de festival de música, anudada a su muñeca, la cabeza ladeada y las manos entrelazadas sobre el pecho. Como si rezara, como si descansara ya. Como en postura de cardenal. La habitación olía a mandarina y gel hidroalcohólico cuando los dos primos cruzaron sus miradas.

—Simón, estoy harto.

—No me extraña.

—En serio, esto debería durar solo un par de escenas. Pero llevo ya años siendo el pringado de la obra. El héroe está en apuros un ratito, pero vuelve pronto a la carga, ¿no?

—Supongo.

—Pues yo no. Puta mierda. ¡El público me va a perder el respeto!

—Mientras que no pierdas otra cosa, todo está bien, Rico. ¿Te encuentras muy mal? ¿Qué coño ha pasado?

—Anemia. Anemia por estrés o algo así, lo llaman.

—¿Pero no lo veías venir?

—A ver, cuando tenía que entregar un paquete en un entresuelo ya me cansaba subiendo los escalones. Se me han roto las uñas. No como ni duermo. Estaba hecho una basura. Y encima lo otro...

—¿Lo otro qué?

—Cagaba sangre.

En ese momento Simón habría agradecido un poco del viejo Rico. Por alguna razón, toda la familia había elegido decir hoy todo lo que siempre había callado. A veces la gente, ante una desgracia, decide soltarlo todo. Es una especie de extremaunción: quizá buscan exponer los pecados para que no cuenten o para que no los diga otro.

—Antes me han chutado algo, no sé qué era, que me ha dado como un cosquilleo y te juro que he pensado que si me quedaba así, mejor para todos. Mejor para mí y mejor para el resto.

—Siempre piensas así: mejor para mí, mejor para el resto. Pero no todos opinamos como tú. Es una pena, pero no todos pensamos como tú. Así que levántate.

—¿Ahora?

—No, joder, ahora no, es una forma de hablar. No sé por qué siempre tenemos que tomárnoslo todo tan a pecho. Digo que saldremos de ésta. —Simón dice: recupérate—. Mira, he hablado con Beth. —No era cierto, pero acababa de decidir que tenía que acelerar esa gestión—. Quedan solo unos meses para que abran el nuevo mercado y vamos a vender el cuchitril aquel que compré. Que nos den la pasta que sea, nos arreglaremos. Ya lo he hablado con Estela, ella también tiene un pico.

—Todo está en los libros.

—¿Cómo?

—Joder, que lo sé, Simón. No creo que cobraras tanto en el restaurante. Al final sí pudiste coger el dinero del Sastre gracias a mis pistas, ¿no?

—Yo...

—Ya. Todos tenemos nuestros secretos, Simón.

—Pensaba decírtelo.

—Da igual. Una cosa es no decir toda la verdad y otra, mentir cuando se descubre. Suficiente has hecho bien, croqueta. ¿Sabes qué?

—¿Qué?

—Apunta: eldondelarisa92. Es una contraseña. Con ella podrás entrar en una dirección de correo que también te daré. Allí verás un montón de correos donde cuento de verdad todo lo que me pasó los años que no nos vimos. Los escribía pero no te los mandaba.

—No quiero verlo. Ahora estás aquí. —Y Simón rompió el papel con la contraseña; en realidad era un gesto de cara a la galería: recordaría perfectamente esa contraseña, pero estaba harto de volver sobre el pasado de su primo una y otra vez—. A lo que iba, escúchame. A Estela la librería no le va del todo bien, va a tener que volver a casa de su padre y, como entenderás, le hace poca gracia. Necesita dinero, y nosotros también, así que vamos a hacernos socios de ella y a ocuparnos del bar de la librería. Meteremos allí toda la pasta que gané y que invertí en el local: parte de arriba, bar; abajo, libros.

—Pida un vino y, de regalo, una tapa de Dumas. Hay que tajar a la gente para que se anime a leer. Venga...

—No me digas que no, porque jamás lo hubiera hecho si no hubiera sido por lo que tú me chivaste. ¿Vale? Tú tienes derecho, nos ayudaste a conseguir el dinero. Ya lo hemos hablado y será de los tres.

—¡Viva los emprendedores! Ridículo... —Y se tocó las costillas con una mueca rara, como si tuviese un buitre rondándole el hígado.

—No vamos a fundar ninguna empresa. Solo a recuperar un bar. Nuestro bar. Con nuestros libros.

Y cuando Simón lo abrazó, casi le arranca sin querer la vía que le habían puesto en el antebrazo.

—Me vas a matar. ¡¿Quién te ha enviado?!

—Con mis libros, más bien. Y a matarte lo he enviado yo —dijo alguien nada más entrar—. Decid: ba-ra-ja.

Era Estela, claro, que disparó una fotografía con el móvil nada más abrir la puerta. En ella Simón se abalanza sobre Rico, como si estuviera intentando matarlo asfixiándolo con la almohada pero, espera, que se gira, así que aparecen en escorzo, con la peor pinta de sus vidas. No obstante sonríen. Una sonrisa, eso sí, como de cuando las cámaras necesitaban mucho rato sin que nadie se moviera para capturar la imagen: el fotógrafo pedía esa sonrisa pero luego tenían que aguantarla demasiado rato, con las moscas rondando las narices y recuerdos que venían de repente, también aburrimiento, hasta que la sonrisa, por voluntariosa que fuese, parecía falsa. Falsa por autoconsciente, pero sonrisa al menos.

Cuando salieron de la habitación, Estela y Simón vieron a unos cuantos clientes del Baraja. La Chula, en su silla de ruedas, traía cuatro bocadillos en el regazo. El Capitán, varias botellas, que luego aclararía que había robado del bar que había sustituido al Baraja. El Lecturas leía todos los avisos, así que decía mirando el póster de la enfermera: «Chisss». Y luego gritaba, a demasiado volumen y con la vista fija en otra pared estucada: «*Prou retallades!*». También ellos le hacían falta a Simón. Eran como artistas de una compañía itinerante: nevara o luciera el sol, montaban sus decorados y seguían con la misma obra.

*

Dos días después, cuando volvieron a cruzar las Ramblas, frente a uno de los memoriales espontáneos del paseo, Rico, Estela y Simón observaban todo lo que la gente había colocado en el suelo, un altar más que una ofrenda. Había velas compradas en los bazares chinos, un peluche tuerto de Doraemon, varias chapas de Barcelona 92, globos con mensajes escritos días antes (ahora deshinchados e ilegibles), camisetas favoritas que vivieron conciertos o cumpleaños, dibujos infantiles (varios muñecos de palo cogiéndose de la mano, con montañas de pico al fondo), folios y pancartas con mensajes de ánimo. PAZ Y LIBERTAD. FUCK TERRORISM. NO NOS CALLARÉIS. NO TENEMOS MIEDO.

No, qué va. Simón dice que no tengáis miedo. Ni él se lo creía cuando colocó su camiseta Fortuna al lado de un Bob Esponja con cara de sorpresa.

Un sol de luz muy blanca iluminaba la escena. Un señor con gorra, demasiado abrigado para ese día, rompió el silencio con un aplauso que se contagió unos metros a la redonda. Parecía satisfecho de cómo se habían propagado sus palmas. De la onda expansiva de su consuelo. Los quioscos vendían diarios donde se hablaba de que los terroristas habían sido abatidos.

—Abatido estoy yo. A ésos se los han cargado —dijo Rico, sentado en la silla de ruedas que Estela había empujado hasta aquí.

El señor de la gorra quería más y arrancó otro aplauso a la mayoría, aunque algunos ya lo siguieron con menos ganas. Ciertos turistas vestían camisetas con la leyenda BARCELONA T'ESTIMO, que algunos bazares de la zona exponían en sus escaparates al lado de otras camisetas donde se leía TRIATLÓN BARCELONA (y se veía un monigote bebiendo, vomitando y follando por detrás; dando amor *a tergo*, corrigió Rico).

Una despedida de soltera se detuvo en el corrillo de unas ochenta personas que había delante del memorial y su forma de presentar sus respetos pasó por desencasquetarse durante un momento los globos con forma fálica que llevaban anudados a sus cabezas. La novia lloraba. El señor de la gorra hizo un tercer intento, casi temerario por la proximidad del anterior, y ya fueron menos los que lo siguieron y más los que, Simón inclui-do, empezaron a observarlo con suspicacia: aplaudía mirando al suelo, demasiado efusivamente, podría estar algo mal de la cabeza, igual ahora sacaba un arma.

Era imposible que Simón no pensara entonces en cómo este atentado parecía cerrar un capítulo: de la ciudad, pero sobre todo de su vida. Porque ahí estaba con Rico, a quien acababan de quitar la vía y que aún estaba tan débil, o eso decía (echó a su familia del hospital para que no hablaran con los médicos y salió al día siguiente), que no podía caminar bajo ese sol de agosto. Y también con Estela, a la que casi había perdido por idiota. Y sobre todo porque desde ese instante empezó a es-cribir a Candela. Le costaba menos decirle según qué cosas a ella, que no estaba delante, una cómplice ausente, que a Rico o a Estela. ¿A quién le confiarías tus secretos? ¿Dónde están más seguros? ¿En manos de alguien al otro lado del mundo al que quizá no vuelvas a ver o de alguien demasiado cercano? Em-pezó así, con esa misma frase, su primer correo: «Es imposible que no me dé por pensar en cómo este atentado parece cerrar un capítulo: de la ciudad, pero sobre todo de mi vida». Y así era, todos los suyos habían reaparecido en la pantalla de su mó-vil, todos podían desaparecer y, eventualmente, todos lo harían. Así que mejor darse prisa. «Qué miedo pasé, mal vaina. ¿Sabes cuando te estás durmiendo y le pides al otro que no deje de ha-blar para saber que sigue ahí? Pues no me seas *asshole* y no de-jes de hablarme. Cuéntamelo todo, tigre. Yo también lo haré», contestó ella.

De nuevo frente al memorial, Simón presenció cómo tres palomas casi tísicas, de color gris y plumaje arruinado, se dis-putaban un trozo de caramelo de fresa (que parecía un rubí despistado) ante la mirada de un osito de peluche de color rosa, pero cuando se giró de nuevo, Rico se estaba incorporando de la silla de ruedas que le había prestado La Chula. Cogió una pancarta donde se leía NO TENEMOS MIEDO y luego se volvió a sentar. Sacó un rotulador de su bolsillo y tachó la palabra «no» hasta que quedó invisible bajo el borrón. El señor de la gorra se dio cuenta e hizo un cuarto intento. Se acercó y preguntó:

—¿Estás bien?

—Regular, la verdad. El día del atentado acabé en el hospital.

Lo dijo en un tono de voz más bien bajo, pero el silencio había elevado sus palabras, que muchos habían escuchado y que ahora aplaudían muy sentidamente. Tenían entre ellos a una víctima de aquel día en silla de ruedas y algunos insistían en hacerse una foto con él. Estela casi sonrió, le chivó el siguiente movimiento a Simón con un gesto de la cabeza y dirigió la silla hacia un lateral para perderse por la calle de Revolver, la misma tienda donde nuestro *héroe* se había refugiado el día clave. La gente que iba por la calle miraba a Rico, que llevaba con él el cartel donde se leía TENEMOS MIEDO y que mostraba por encima de su cabeza. Los turistas le hacían fotos. Estaba encantado.

El funicular de Paralelo los condujo a la estación de los teleféricos de Montjuïc y se dirigieron al mirador de la montaña donde los amigos de Rico se reunían hacía muchos años, cuando Simón era un niño que quería ser más grande. Grande como el tipo en silla de ruedas que ahora despertaba la curiosidad de todo el mundo con su pancarta en el regazo.

—Igual no hace falta que seas el protagonista de esto, ¿no? —le dijo Simón.

—Hombre, un poco sí lo soy. ¿Qué pasa? ¿Quieres serlo tú?

—Tenemos que hablar de muchas cosas —dijo Estela.

Hablaron, sí, pero de cómo sería el nuevo Baraja o la mutación de La Caldera, que inaugurarían en el mismo local. Estela insistió en que se seguiría encargando de la sección de libros, aunque les dejaría poner algunas de sus novelitas. Ya no las leían, así que parecía adecuado venderlas.

—Tendréis que hablar con Beth y acabar de cerrar el traspaso del local. Y entonces haremos cuentas y nos pondremos en marcha.

—Que hable Simón, que yo estoy de baja laboral.

—¡Pero si aún no hemos empezado!

—Bueno, ¿tú ves que pueda levantarme?

—Sí, hace un momento. En las Ramblas te has levantado.

—Sí, pero creo que voy a tener una recaída. Me siento sin fuerzas para unas cuantas semanas más.

—Vaya jeta tienes, Rico —dijo Estela, y luego manejó su silla a la carrera y amenazó con tirarlo mirador abajo.

Rico recuperó entonces algo del humor que había atesorado en su día y se pasó el resto de la tarde, de paseo por la ciudad, mostrando muy serio el cartel de TENEMOS MIEDO mientras señalaba a Estela, que se reía. A Simón le encantaba cuando esto sucedía. Quizá porque ella no se reía a menudo. Era como cuando nieva en Barcelona.

*

Hasta que llegó el día en que nuestro *héroe* casi arde. Algunos personajes de novela son como muñequitos de cera, que se derriten en cuanto sucesos demasiado solemnes los acercan a la llama de la Historia. Personajes que resultan menos monigotes y más personas en escenas con menos pompa. Pero el caso es que Simón se vio ese día al lado de un fuego que no había prendido él.

Esa mañana, 11 de septiembre de 2017, no había logrado bajarse del carrusel en marcha en el que se había montado su vida. Ni siquiera sabía en qué día vivía porque todos eran tan parecidos como los albaranes del talonario (de hojitas blancas y amarillas) de su trabajo. Su moto, el Vespino que había comprado después de heredar la Vespa de Rico, se sacudía como carraspeando antes de esputar mientras se dirigía cargado de prótesis dentales en la mochila que tenía a sus pies y que casi llegaba al manillar. Subió hasta la calle Aragón y vio que estaba cerrada. Siguió hasta Paseo de Gracia: cortado también. Los manifestantes de la fiesta nacional de Catalunya formaban una cruz en esas dos calles, teñidas de blanco y amarillo. El mismo blanco y amarillo de su talonario de albaranes. Se encendió un cigarro en uno de los cruces y, cuando intentó arrancar de nuevo, la moto le dio dos sacudidas que casi lo lanzaron al suelo, como si montara un toro mecánico de feria americana. Nuestro *héroe* cayó con ella, ¡soy Pablo de Tarso!, se alejó un metro y entonces se obró el milagro bíblico: dio dos petardazos extra y empezó a arder de forma espontánea. Como una zarza del Antiguo Testamento. Las detonaciones ya habían hecho girar las cabezas de muchos, que ahora avisaban al resto.

Estaba a punto de llorar (es un decir), porque veía su única herramienta de trabajo (la empresa no pagaba ni la moto ni las reparaciones) en llamas. Descartó la siguiente entrega cuando se giró, aún sentado en el suelo, y vio un montón de prótesis dentales esparcidas. Como esas dentaduras a cuerda que hacen tanta gracia.

Ardía la moto y Simón veía los codazos y los ojos de la gente, que parecían platillos de café; algunos hasta empezaban a aplaudir. Las cámaras, que filmaban hasta hacía un instante la manifestación pacífica, se giraban para enfocar al protagonista de esta historia. Cuatro grallas insoportables parecían buscar que las llamas crecieran. Las cámaras se acercaron y con ellas las reporteras, que le enchufaron las alcachofas de sus micrófonos:

—¿Qué pretendía con esta acción?

—¿Habrá una escalada de violencia?

—Se rumorea que se ha incendiado un contenedor a tres calles de aquí.

—¿Cuál es su nombre?

—¿No sabe que esto podría empeorar mucho las cosas tal y como están los ánimos?

—Ya.

Con su cabeza rodeada de micrófonos de colores, como si emergiera de una piscina de bolas, le costó mucho a Simón que la policía entendiera que se trataba de un fallo mecánico. De un fallo del sistema. De la moto y de todo. Eso daba igual: su cara de idiota sorprendido circuló por vídeos grabados con móviles que lo convirtieron en un tipo semifamoso durante unas horas. No había dicho nada. No había hecho nada.

Cogió su móvil para avisar a alguien, a quien fuese, a Estela seguramente. Desde el atentado muchas conversaciones se habían reabierto como por casualidad. «¿Sigues vivo? Me alegro. Y ya que estamos, ¿qué tal todo?» Así había empezado su verdadera correspondencia con Candela, pero también había retomado el contacto con Biel, incluso con Ona. Pero Simón decidió abrir la primera conversación de su lista en el Whatsapp porque, ahora más que nunca, le interesaba cerrar cuentas pendientes con esa persona.

«Por cierto, *petit*, me gustaría que quedásemos un día. Tengo que decirte algo. Es importante», releyó en la pantalla. Betty, que llevaba sin cogerle las llamadas varios meses y no respondía a sus mensajes, de repente lo reclamaba. Una señal divina: ¡mantente en santidad! Mientras, la policía rellenaba formularios y le pedía que esperase, su moto casi convertida en esqueleto y brasas, la gente mirándolo entre la admiración y el desprecio.

Sé que suena poco creíble. Y sin embargo lo menos creíble estaba por llegar. Nuestro *héroe* lo leyó mucho tiempo atrás en el margen de un libro y vaya si lo entendería ahora. Se lo escribió a Candela como si se le hubiera ocurrido a él: «El azar desordena la vida, pero ordena la ficción».

II

Otoño de 2017

—En aquella época, una pandilla todavía significaba algo.
—Sí, significaba que te mandasen al hospital una vez a la semana.

SUSAN E. HINTON, *La ley de la calle*

En su plan de reencontrarse con todos los fantasmas de su pasado, Simón se había propuesto ver a Ona, así que las ruedas de su bici se dirigían al centro de la ciudad. Después del incendio de la moto, había empezado a trabajar con una bici comprada en Wallapop para la empresa Aerostático. *Economía colaborativa de recados* lo llaman. No se puede decir que trabajara para ellos, pues no era empleado, sino *rider*. Casi como *runner*, solo que ahora en lugar de pinchos con cucaracha transportaba cajas de ibuprofeno, llaves y pastillas de costo. Colaboraba con Aerostático y gracias a eso tenía una flexibilidad total de horarios que le permitía no tener tiempo para nada a cambio de algo que tampoco se llamaba salario. Por suerte, si enfermaba algún día, unos cuantos más le retiraban las rutas. Aquí nadie llama a las cosas por su nombre, ni a los fascistas, ni a los imbéciles, ni a las madalenas. Liberales, audaces, muffins. Qué demagogo se pone uno cuando está cabreado y habla en voz alta. Simón, te entiendo.

En todo el tiempo desde el atentado, nuestro *héroe* había mantenido cierto contacto con los personajes de algunos capítulos de su vida. Incluso se escribía con Biel, que ahora estaba en Estados Unidos. Había dejado de cocinar, pero documentaba con fotografías que subía a su Instagram todos esos platos deliciosos, indescifrables de tan exóticos, de aquellos países del mundo que seguía visitando. Vivía de ello: su Instagram contaba con muchísimos seguidores. Llevaba toda la vida viajando gratis, primero gracias a su padre, pero ahora por méritos propios (se lo pagaban, indirectamente, todos los que miraban su perfil porque no podían viajar ellos mismos). Estela le había dicho una vez a Simón que a ella le gustaría vivir de leer y no de escribir. Biel, que había estudiado para ser cocinero, se ganaba ahora la vida comiendo.

Siguió escribiendo a Candela, le salía más barato que un psicólogo y además le permitía congraciarse con quien fue durante un tiempo, más de una década atrás. Sin embargo, hicieron un pacto: en lugar de contarse lo que les pasaba ahora, se invitaban a preguntarse por qué. Ella le relataba los detalles más escabrosos de la infancia con su padre, aunque se despedía sin perder su tono de la época del Filigrana: «Espero que muchos muñequitos estén bailando mazurcas en tu cabeza, muy felices». Le gustaba a Simón saber de su pasado, leía los mails como entregas de un folletín, aunque le irritaba perderse qué hacía ahora (intentó varias veces que se lo contara, pero ella decía: «Un trato es un trato»). Se llegó a colar en su Facebook gracias a un perfil falso y pudo verla encaramada a tablas de surf en las costas de su país o en shorts y con un mojito en la mano al lado de unos enormes bafles en fiestas iluminadas por guirnaldas de bombillas. Le dio mucha envidia. Pero no Candela, sino un Simón que hubiera apostado por estar con ella. Así que seguía escribiéndole y le hablaba sobre Rico, sobre su propio nacimiento, sobre la Niña del Pelo Verde, sobre todo lo que no le había contado en el Filigrana. Eran mails muy largos y tanto buscaba su entornamiento de ojos y su aplauso que cada vez intentaba sofisticarlos más: hablaba de sí mismo en tercera persona, como un personaje de novela, como lo hace Julio César, e intentaba que se quedara colgada, también de él, al final de cada capítulo. Era extraño, porque en sus planes no figuraba volverla a ver (había pasado demasiado tiempo, no tenía ya dinero para viajar hasta allí, y menos con lo del nuevo local, y ella parecía demasiado feliz como para venir), pero precisamente por eso se soltaba más, incluía citas de libros, adornaba sus tristezas y buscaba el filtro más épico para la fotogenia de sus nostalgias. Todos sus miedos y sus euforias, el cojo encaje entre lo leído y lo vivido. Cada «cuénteme más de ese Simón, tigre» era una invitación a seguir. No había estudiado para escribir, pero es que para eso no se estudia. Para eso se lee y, a veces, se vive.

Simón no lo hacía solo para contentarla a ella, que también, sino para congraciarse con todo lo que había sentido en su día. Era su forma de llamar por teléfono a su yo juvenil y decirle: lo que sientes, chico, es excesivo, pero a veces el exceso es bonito, ¿me das algo de lo que te sobra? O también, después del tercer tono: «No pasa nada, Simón, es normal que pienses eso, no pasa nada, o sí que pasa, pero pasará».

Por último habló con Ona. Supo que estaba en la ciudad: se dedicaba a organizar rutas sobre la Barcelona colonial, que rastreaba los edificios y monumentos levantados gracias al tráfico de esclavos. Las había montado, gracias a un acuerdo con el nuevo gobierno municipal, y discurrían por el centro de la ciudad, así que el atentado la había cogido hablando de las primeras manifestaciones abolicionistas en la plaza Catalunya a un grupo de universitarios negros de Chicago.

*

Ese día, el mismo que había escogido para reencontrarse con ella, Simón había mirado los horarios de su ruta colonial por internet, así que no le resultaría difícil observarla sin que lo viera. De hecho, allí estaba, con una camiseta a rayas casi idéntica a la que vestía años atrás, la que le quitó cinco minutos antes de perderla de vista hasta ese momento. Ahora, las clavículas marcadas, señalaba una estatua en la que, pese a haber pasado mil veces por ese lugar, Gran Vía con Paseo de Gracia, Simón jamás había reparado. Se quedó en un banco, a unos metros, parapetado tras unas gafas de sol, y escuchó cómo explicaba que esa estatua era la de Joan Güell, uno de los tipos más importantes en la construcción de esta ciudad y en el comercio transatlántico. Eso no le importó mucho en ese instante a nuestro *héroe*, porque se fijaba más bien en que Ona seguía prácticamente igual, aunque sus rasgos se habían afilado, como delineados con un rotulador más fino y líneas más rectas. Ya no llevaba aquellas enormes gafas de carey que se ponía para leer, pero volvía a ser rubia, muy rubia, rubísima.

—Querría deciros que no deberíamos hablar de esclavitud, sino de esclavismo —le decía ahora a un grupo formado principalmente por jubilados, algunos con visera, otros con riñonera, señoras con peinados lacados como cúpulas de museos Guggenheim—. La esclavitud es el estado de una persona reducida a un bien de explotación. —Varias gorras asentían—. El esclavismo, en cambio, es la sistematización de este estado, que lo legaliza para explotarlo comercialmente.

—Pero eran esclavos, ¿no? No es como decir negros, ¿verdad? ¿O hay otra palabra? —preguntó un chaval con una camiseta de Messi, hasta ese momento algo distraído, que encajó un pescozón discretito de su abuelo.

—Tampoco. Cuando dices que alguien es esclavo, reduces toda esa persona a esa única faceta, que además es impuesta. Debemos hablar y hablaremos de personas esclavizadas.

—Mira, como tú —le dijo una niña a su abuela.

—Claro que sí —intervino Simón, a quien la retórica de Ona le recordaba demasiado a la de Estela—. No somos una sola cosa. Ni siquiera aquello en lo que trabajamos. Me lo dijo una vez un amigo: no hay taxistas, sino personas que llevan un taxi. Cada uno es muchas cosas más: del Barça, del PSOE o medio franquista, zurdo o diestro, indepe o no, reaccionario o progre, musical o con oído negado...

—Perdone, ¿usted se ha apuntado a la ruta? —le dijo Ona, que había escuchado la voz, pero, aún de lejos y siendo miope, no había descubierto a un Simón de incógnito tras sus gafas de sol compradas en una manta.

—No me va a negar el derecho —se acercó unos pasos, se quitó las gafas— de descubrir mi ciudad, ¿verdad?

*

Habían pasado pocas páginas pero demasiados meses desde la última vez, aunque ninguno de los dos pensaba eso ahora. Ya no había cabinas, los teléfonos eran más grandes, nadie se hacía llamadas perdidas; de hecho, nadie atendía a las llamadas. Se había hablado mucho de dinero, porque de eso conversan los que no lo tienen y en estos años muchos lo habían perdido. No ella. No su familia. Ona le sonrió, pero no corrió a abrazarlo. Prefirió seguir un momento con la pantomima.

—Mientras se mantenga calladito y haga lo que le diga puede seguir con nosotros.

—Ya.

Recorrieron la ciudad descifrando relieves en los edificios: medallones con los primeros conquistadores de América; querubines con penacho, como niños indios esclavizados; ruedas dentadas de fábrica textil; espigas de trigo, referencias a la agricultura. Y anclas y caduceos de Neptuno, por el comercio marítimo. La historia estaba ahí escrita, en esos adornos que eran síntoma del dinero y que de algún modo lo simbolizaban, y Ona daba las claves de lectura. Simón se vio tentado de hacerle un comentario como de señor muy mayor al niño con la camiseta de Messi: «Qué guapa y qué bien habla».

Bajaron hacia la plaza Catalunya, donde les habló de manifestaciones abolicionistas donde se gritaba «¡Viva el negro!» y Simón intentaba no apartar la mirada de su melena para, en caso de que se girara, descubrir su gesto. Se movía, como antes, con ritmo. Es decir, no velozmente, sino con una elegancia económica propia de la cocina, con la que sacaba el dossier, mostraba fotografías y datos, señalaba direcciones con el dedo, mordía el bolígrafo y dirigía las muescas de su capuchón hacia alguna fachada.

—Allí estaba el edificio de la Academia de las Ciencias, Artes y Oficios de la mujer. Lo dirigía Clotilde Cerdà, ¿les suena? La hija del tipo que diseñó el trazado de media Barcelona, una de las primeras feministas. Tenía un gran talento. Tocaba el arpa como nadie, como los ángeles, decían.

—Como los angelitos negros —le dijo a Simón una gorra.

—Gozaba del favor real, de Isabel II, y recorrió mil escenarios con el nombre de Esmeralda Cervantes. Esmeralda se lo puso Víctor Hugo y Cervantes, la reina. Pero empezó a meter en la cabeza de las mujeres que los negros eran hermanos, personas libres.

—Una pija con conciencia. Quien ha conocido a alguna sabe que son especiales —dijo nuestro *héroe*.

—Se buscó bastantes problemas. Como usted.

De camino a las Ramblas, Ona les habló de cómo entre cinco o seis familias se repartieron el pastel. Cómo, en realidad, se casaban entre ellos para preservar las fortunas, para sumar capital.

—Pero lo más alucinante no era eso. Cuando se aprobó el fin de la esclavitud, el principal problema no fue ni siquiera que se aceptara, aunque se crearon círculos hispanos ultramarinos para intentar vetarlo y se movieron todas las fichas posibles. No, lo que les preocupaba eran las indemnizaciones.

—¿De los esclavos? ¿Por no haber cobrado sueldos durante años? —preguntó una mujer con un peinado Guggenheim.

—No, de los propietarios. Habían invertido en bienes de consumo, en personas que eran objetos, y si se abolía perdían esa inversión. Así que se pactaba cómo indemnizarlos.

—Se me ocurre una buena forma —dijo Simón—. A lo mejor habría que redistribuir la riqueza de forma inversa. Los descendientes de esas familias se tendrían que acostar y casar con gente humilde.

—No es una idea tan loca. Casi. Pero la vida no es exactamente así. Y esto: ¿sabéis qué es? —Ona señaló un Starbucks.

—Una cadena de cafeterías donde te sirven el café y apuntan tu nombre en el vaso, como si estuvieras en el colegio y te fueras de excursión —dijo el pequeño Messi, muy aplicado.

—No, digo el edificio. Esto era la Compañía de Tabaco de Filipinas... La fundaron unos viejos conocidos...

La ruta discurrió con normalidad, salvo cuando en la plaza del Negro Domingo, justo cuando el grupo se hacía una foto y nuestro *héroe* intentaba pasar el brazo por encima del hombro de Ona, un tipo con capa de bandera y pancartas monárquicas pasó poniendo a todo trapo en un transistor el éxito veraniego (de hace muchos veranos): «El negro no puede». Simón miró a Ona a ver si se reía, pero ella ya se había girado para señalar el siguiente edificio.

*

Una hora después Simón y Ona observaban esa misma ciudad desde uno de los miradores de la montaña, donde Simón acudía siempre para que sus escenas fueran decisivas. Él, de hecho, había propuesto subir, quizá para superponer dos capas de su historia, para ver si de algún modo no eran tan contradictorias. Y lo habían hecho en el funicular hasta la estación del teleférico y, de ahí, habían ido andando hasta una de esas panorámicas de la ciudad: Colón enmarcado por una espiral de aluminio, el nuevo puerto y el hotel feo con forma de vela, con una W en su ático, nuevos símbolos de poder que resignificaban la ciudad y a quienes la poseían. Ella preguntó:

—¿Has visto eso?

—¿La W? ¿Qué querrá decir una W?

—El hotel no, eso.

—¿El qué?

—Es un barco de crucero de Piolín, el de los dibujos animados.

—¿Y qué coño hace ahí?

—Simón, además de novelitas viejas, ¿tú lees la prensa alguna vez?

—Es que he estado muy ocupado. Y ya no leo. Novelas, quiero decir.

—Son polis, refuerzos que envía el Estado y vienen a controlar si lo del 1 de octubre se va de madre.

—Ya —dijo Simón, como si el 1 de octubre fuera una verbena, una fiesta popular que se suele desmadrar etílicamente, y no un referéndum convocado por los partidos independentistas.

—No sabes lo que me cabrea tener eso ahí, como amenazando.

—A mí también. Pero me cabrea más no haberte visto en tanto tiempo.

—No nos pongamos ahora estupendos... Yo no te eché, ¿eh? Y no supe adonde escribirte hasta mucho después.

—No, si lo entiendo. Te fuiste a estudiar a Inglaterra.

—Eso también, pero es normal, ¿no? Mi hermano no paraba de preguntarme si yo estaba en contacto contigo, si sabía cómo te iba... Mientras intentaba que a mi padre se le pasase el mosqueo.

—Ya lo sé, tía, no hay problema...

No había un objetivo en este plan hacía unas horas y ni siquiera en ese instante: sentados en un banco, como dos adolescentes que comen pipas, como Estela y Simón cuando los llamaban los amantes de la botella. Muchas veces nuestro *héroe* había logrado fabular un reencuentro tórrido, pero de momento no estaba cerca de protagonizarlo. Había algo en la postura relajada de Ona que se encargaba de dejarlo claro. A Simón se le contagió un poco la desgana, aunque logró reunir fuerzas, como el actor que recita la siguiente frase solemne pese a que el público tosa y se revuelva incómodo porque un foco falla y no se escucha bien:

—¿Crees que hubiese funcionado?

—¿Tu negocio con mi padre? ¿Los planes de grandes restaurantes y de dinero a mansalva y de comidas de lujo en veleros surcando todos los mares?

—No, lo nuestro. —Y de repente le sonó a título de canción del Sastre: «Lo nuestro».

Y entonces ella le enseñó una sortija que brillaba, aunque Simón no le habría otorgado ningún significado si no se la hubiera mostrado en ese momento, en su dedo anular. No era un anillo despampanante, sino discreto, como no podía ser de otro modo.

—Tengo treinta años —le dijo, como si eso justificara algo, como si a esa edad todo debiera estar ya encarrilado y no tuviese tiempo de volver atrás para tantear vidas pasadas y objetos anticuados.

Simón pensó en su colección de anillas de refresco, que aún guardaba, vete a saber para qué, bajo la cama de la colcha de ganchillo.

*

Determinadas crisis, como la económica, que aún coleaba, pero también como la del atentado o la nacionalista, le sugerían a Estela un símil médico. No era la primera metáfora clínica que usaba y si echaba tan a menudo mano del imaginario clínico quizá fuera por todo lo que había sucedido con su madre.

Para intentar desentrañar su relación de amistad con Simón, por ejemplo, siempre decía que durante mucho tiempo no le habían sabido poner nombre. Su relación se escurría cada vez que se le intentaba aplicar la palabra *amistad* pero también se escapaba de otras como *amor romántico*. Según ella, lo que sentían el uno por el otro no había sido nunca ni una cosa ni otra: «Simón, lo que pasa es que a veces, y sobre todo tú, que vives ahí, intentamos analizar lo que sentimos con etiquetas del pasado». Como si intentasen solucionar síntomas con enfermedades de otra época, que ya no existen, que quizá no lo hicieron nunca, derivadas de la teoría de los cuatro humores o de la miasmática. «De los cuatro humores tú solo te quedaste con uno: el malo», le quitaba hierro al asunto Simón. «Pues aún queda lo peor, Simón, siempre te lo he dicho. Todo esto va a petar. Espero que nos pille juntos y no cabreados», lo avisaba ella.

A Simón le parecía más convincente la otra metáfora que utilizaba Estela, la de la crisis como el líquido de contraste que se inyecta para ver con nitidez qué elementos extraños o tóxicos perturban la armonía saludable de un cuerpo. O, en el caso de estas crisis, del Sistema: competencia extrema, comercio global, aceleración de la cultura. Alquileres altos y salarios bajos, usurpación del ocio y del aburrimiento, pérdida del derecho a la pereza, pero también problemas para saber quién compensa todas esas desigualdades, quién trabajaba gratis para los que lo necesitan en una familia y cómo nadie los cuida a ellos. Cómo se subcontrata todo, incluso los afectos. Cómo se externalizan los miedos. Quién cuida a La Chula, quién al padre de Estela (aunque según ella no se lo mereciera), quién los cuidaría a ellos, que ni hijos parecían dispuestos a tener. Todo eso estaba ahí, permanentemente, y cuando saltaba una nueva crisis resultaba evidente, aparecía en colores flúor para todo el que quisiera verlo.

Simón, el día del referéndum, esa otra jornada de alboroto y gritos que prometía nuevas crisis, pensaba en la última de esas conversaciones mientras quitaba el candado de la bici para encabalgarla y avanzar por las primeras calles. Se quedó solo en las primeras, porque muy pronto descubrió furgones de policía a las puertas de su colegio. Mientras intentaba descifrar la escena, zumbaban las aspas de un helicóptero como si un gigante estuviera probando una espada a lomos de una motocicleta de discreta cilindrada. Había gritos y cacerolas y ellos enarbolaban porras y otros levantaban las manos. Hoy, 1 de octubre, se celebraba el referéndum por la independencia de Catalunya. El broche a un proceso que su padre leía como una sana rebeldía y su tío, como un golpe de Estado. El caso es que Simón intentaba ahora sortear los furgones policiales con la bici.

Estela le había escrito para decirle que estaba en su colegio, vigilando la entrada por si llegaban más fuerzas policiales. «Poniendo mi cuerpo», dijo. Simón le sacó una foto al paquete de tabaco que llevaba encima, donde el Ministerio de Sanidad había puesto la fotografía de un chico entubado en un hospital y se la envió: «Yo donándolo a la ciencia». Incluso se le escapó la risa por la ocurrencia, aunque pronto sintió el cargo de conciencia y retocó la broma: «Ánimo, de verdad. Hablamos luego». Estela le mandó más whatsapps, que aparecieron en la pantalla del teléfono de Simón pero que él no clicó para que no supiera que los había visto. No se podía permitir parar ni tampoco sacrificar la jornada: si volvía a fallar, los de su empresa, Aerostático, le quitarían rutas y turnos. Ésa era la versión oficial, pero, como siempre, había otras.

En esquinas sucesivas nuestro *héroe* vio pancartas y colas que le recordaban a cuando en el cine Urgel estrenaban alguna entrega de una saga famosa y Estela y él esperaban juntos, solo que en esta ocasión acudían para introducir papeletas en urnas de plástico. No era fácil deambular hoy por la ciudad con una bicicleta, cargando esa enorme mochila cúbica de esquinas reforzadas, llevando a esos colegios electorales todo lo que quienes esperaban para votar habían olvidado en sus casas o en otro lugar y que pagaban por volver a tener sin perder ni la vez ni la razón ni el tiempo.

En los bares no se hablaba de otra cosa y Simón vio en el televisor del Rias Baixas cómo los policías con casco golpeaban a gente en unas escaleras o al lado de unos columpios. Intentaba separar lo que veía en la tele de lo que sus ojos presenciaban cuando iba camino de la siguiente entrega. Simón dice que no mires. Otro subrayado de Rico en un libro: «Tápate las orejas para no tener que desobedecer».

Simón pasó el día del referéndum y las hostias policiales en colegios deambulando como un fantasma invisible con mochila y bicicleta. Habrá quien diga que siempre había esperado algo así, con aquella ya lejana pulsión aventurera, y sin embargo lo sentía todo no solo como lejano, sino ajeno. Nuestro *héroe* recordó su obsesión infantil con el culto, esa necesidad obsesiva de depositar su fe en algún sitio. ¿Sirve la fe para conseguir algo o, en cambio, para estar más tranquilo mientras la vida te lo niega o te lo aplaza? Simón estaba dispuesto a aceptar que la fe podía ser benigna cuando se usaba para intentar no pensar en lo inevitable (la muerte), pero sabía que podía ser dañina si se ponía al servicio de lo que era imposible de alcanzar o de las soluciones mágicas. «¿A que no hay huevos?», decía el Franco demasiado a menudo esos días, en el bar ahora regentado por aquella familia china. Y la tía de Simón se burlaba de él, pero no todos los de la parroquia del Baraja (su marido, sin ir más lejos) lo hacían.

En las que fueron algunas de sus últimas novelas favoritas, cuando ya era más maduro pero aún las leía y creía en ellas, la fe en Dios decaía y de repente brotaba con fuerza otra fe que quebraba el imperio de los protagonistas. «Ya no creemos en Dios. La nueva religión es el nacionalismo», le había subrayado Rico. Y también: «Somos los últimos de un mundo en el que Dios bendecía a las majestades y en el que locos como yo hacían oro». En esa novela, el palacio de Francisco José resistía alumbrado con velas en un presente donde ya se imponían la electricidad y la nitroglicerina. No faltaba mucho. Moría primero Dios y luego un emperador. Y los oficiales, a los que la noticia los había cogido bailando borrachos en una fiesta, se dirigían a Viena con la casaca nevada de confeti y serpentina.

La crisis había quebrado de algún modo la fe en el sistema que habitaba Simón, pero éste siempre se revolvía redirigiendo la fe hacia cualquier otro ideal que lo apuntalara. La fe, como la energía y la estupidez, ni se creaba ni se destruía, sino que se transformaba. Podías no tenerla en llegar a fin de mes pero, como a las lagartijas la cola, ésta te crecía de nuevo para ponerse al servicio de cualquier otra idea. Aun así, en medio del lío de porras y bocinas y consignas y banderas, mientras seguía con su ruta de reparto, Simón solo esperaba que la fe no acabase llevando al hospital a centenares de votantes. Sobre todo a Estela, que ya había puesto el cuerpo demasiadas veces, que ya le había enseñado los golpes (suyos y de sus colegas) que se había llevado cuando los desalojaron a hostias aquel 27 de mayo de 2011 de plaza Catalunya.

Ya era mediodía cuando le entró el siguiente recado: llevar un cartón de tabaco extrañamente fuera de su ruta natural, a la zona alta de la ciudad. Cuando se bajó de la bicicleta y caminó por esas calles, volvió a pensar lo mismo que siempre que trabajaba en esta zona: me siento muy bajo en la zona alta. Llamó al interfono y escuchó una música de fondo, un estallido de gritillos y luego el ruido que le anunciaba que empujara la puerta para entrar. Cuando le abrieron la puerta del piso se le cayó el cartón de Marlboro.

—¡*Petit*! ¿Quién te ha chivado que estábamos de fiesta?

—Hostia, Beth. Vengo a traer tabaco. —Y pensó automáticamente en lo que había descubierto sobre ella en su anterior encuentro, algo importante e irreversible.

—Tú siempre tan oportuno. ¡Pasa!

*

El azar desordena la vida y ordena la ficción. Y el azar, o el algoritmo de la empresa, había querido que precisamente hoy encontrase, justo cuando no la buscaba, a la persona que había evitado a Simón todas esas semanas para cerrar la venta o el alquiler de su local. En realidad, Beth, que trataba a tantísima gente y que pedía este servicio muy a menudo, conocía al tipo que repartía las rutas de Simón, pero eso, aunque nuestro *héroe* lo intuyera, jamás querría saberlo con certeza.

No hacía demasiado que se habían visto y, sin embargo, la Beth que tenía enfrente le parecía por completo diferente, más parecida a la que recordaba pero diametralmente opuesta a la que le había jurado ser semanas atrás. A la que la vida le había obligado a ser, a raíz de lo que le había contado después del día en que se incendió la moto de Simón. Un secreto, de momento.

Beth hablaba muy rápido. Tanto como cuando en los anuncios más o menos medicinales de la tele la voz en off recitaba las contraindicaciones. No recomendado en caso de úlcera gastrointestinal, en caso de duda consulte a su médico o farmacéutico. Eran casi las tres de la tarde y, sin embargo, Beth le dijo, mientras lo conducía al centro del comedor:

—Aquí estamos de fiestita.

Había en ese comedor tanto humo como en las escenas de esas películas en blanco y negro cuando llega un tren o descubren al asesino en un puente o los amantes se despiden. Sonaba una música electrónica sin letra, mientras los amigos de Beth volcaban bolsitas fruncidas con alambres de colores en un espejo colocado en la mesa baja frente al sofá. Había también latas de bebidas energéticas y botellas de ginebra y pequeños canutitos de paquete de tabaco y luz tenue. Tres lámparas de lava de colores absurdos iluminaban esculturitas de diseño en las estanterías de obra y daban puntos de luz a la situación. Los suficientes para poder ver a esos amigos con las camisas desabrochadas hasta el tercer botón, zapatos de tacón perdidos por el suelo formando parejas incongruentes, ceniza alrededor de las patas de la mesa y en los pliegues del sofá, donde también aparecía calderilla de cobre y mecheros extraviados hacía horas, clippers ya sin la piedra, que se había usado para otras cosas. Billetes de cincuenta euros de posavasos para cubatas que se servían y se olvidaban, casi rebosantes porque el hielo se había derretido.

—¿Cómo estás, *petit*? No sabes la alegría que me acabas de dar. ¿Quieres una? ¿Una copa? ¿Una de lo otro? ¿Un cafetito, te lo hago yo con mi Nespresso, no sé si tengo cápsulas, pero creo que si buscamos sí, quizá con olor a vainilla? ¿O un *capuccino*? No hay, pero yo te lo busco, para mi *petit* lo mejor. ¿Cómo están tus padres después de lo que pasó? ¿Un zumo? Lo tengo de manzana. De tomate también. ¿Qué raro, no? De naranja no, pero a ti...

Beth hablaba mucho sin decir nada. No era la primera vez que la veía así. Cuando encadenaba demasiadas horas de fiesta, solía hacerlo. Esta vez hablaba de cómo se sentía responsable de que el mundo avanzara. De cómo había que consumir mucho de todo, los que puedan, para que todo funcionase mejor: de sus compras hiperactivas, incluso de lo que decía, dependía que todas las chimeneas de las fábricas del mundo continuasen expulsando humo, que se fabricaran los botes de cacao y que los chicles supieran a fresa, que siguieran saliendo coches de los concesionarios y llegaran a las tiendas zapatos de piel de cocodrilo, también de charol. Ella fingía creer, o creía, que el consumo traía la justicia y que ella, dado que siempre había tenido dinero, debía consumir mucho por el bien de los pobres. Y por el futuro de quien a ella ya le importaba más que nada.

—Es una forma de verlo —le dijo Simón, después de aceptar un vaso de agua del grifo porque no había cápsulas de café de ningún tipo.

Dos tipos bailaban en calcetines un agarrado, una tipa miraba un rincón del techo con el tirante del sujetador en el antebrazo, otros tres discutían acaloradamente sobre si las fábricas en Bangladés eran cruciales para que ese país saliera adelante: «Es que, claro, tú qué querrías: ¿un curro de mierda o morirte de hambre?». Nuestro *héroe* pasó con su mochila de Aerostático por al lado de la tele, sin volumen, que emitía en bucle imágenes de un barco estampado con dibujos animados y luego de policías con la cara oculta por el casco repartiendo porrazos a melés de personas de todas las edades. Beth lo llevó a otra habitación para poder hablar con tranquilidad. Cuando entraron en ella, olía a agua de colonia y leche hervida y mierda. Simón tropezó con un pato amarillo que emitió un dingalín musical y pisó un libro de tela en cuya cubierta había un espejito. Se asomó a una cuna con cara de alarma, sin acercarse demasiado.

—¿Qué haces, Simón? ¿Qué coño te crees, que lo tendría ahí?

Pese a que lo sabía, pese a que había quedado con ella después de arder su moto y lo había puesto al corriente, no dejaba de impresionarle todo aquello: también sabemos que existen las ballenas y fliparíamos si viéramos una en directo. La última vez que había visto a Beth, ella no tuvo que darle la noticia porque la llevaba metida en su nueva barriga, muy a la vista, un bombo de la lotería con premio dentro. La noticia, es imposible guardarla más, era que estaba embarazada. «No conoces al padre», le dijo Beth. «Me alegro un montón», le dijo él. «No se lo cuentes aún a tu primo, ya le daré yo la sorpresa», le dijo ella. «Qué movida, ¿no?», le dijo él. «Algo hay que hacer», dijo ella. «Ya», dijo él. Luego había desaparecido durante semanas y semanas y ni siquiera había podido ir a verla al hospital. Ahora, con un móvil con ovejas de peluche hechas a mano con ganchillo rondándole, retiraba la mantita celeste para comprobar que efectivamente no había allí un bebé tirado mientras su madre estaba de fiesta y la ciudad ardía.

—¿Cómo está el niño, Beth?

—Está con mis padres. Antes de que me preguntes: no, no le doy teta. —A Simón jamás se le habría ocurrido esa pregunta, ni siquiera sabía si los recién nacidos, además de leche, bebían agua—. Y está mejor que tú y que yo. Es maravilloso. Creo que me voy a comprar un carrito como el suyo, pero para mí, ¿sabes? Para ir los dos abrazados. Nos llevaría alguien muy fuerte y yo me tumbaría en el carrito con él y nos llevarían por el paseo de la Barceloneta o, no sé, por el Arco del Triunfo y miraría al cielo y vería palmeras...

—Bueno, hoy hay helicópteros.

—Lo que sea. Para dormir como él.

—¿Dormir? —dijo un tipo, que los había oído desde el baño contiguo.

—*Petit*, él está bien, el niño.

—¿Cómo se llama?

—Ya te lo diré algún día...

Beth, ahora Betty otra vez, se dedicó a presentarle a todos los peluches de su bebé. Les ponía nombre y los dotaba de voces: aflautaba o baritoneaba la suya para que hablaran ositos y abejitas y pollitos y patitos y pececitos; estos últimos no hablan porque están debajo del agua, como Estela de niña, pero qué más da porque en el país de los diminutivos hasta los coches hablan y las mesas son casas y los lápices, aviones. Todos hablan, sí. Sobre todo Betty enarbolando esta cerdita con vestido rojo mientras ensayaba un guarrido y sonreía. Simón no la veía, o fingía no mirarla, porque sus ojos repasaban en ese momento el papel de la pared, estampado con un montón de bolas de colores sobre fondo verde.

Se sentaron en un par de sillitas de madera y enea, abriendo mucho las piernas, que no les cabían en esa mesita roja: parecía que jugaran a ser amigos de la infancia, a punto de desenfundar sus Dacs de colores y pintar en un papel la casa, al padre y a la madre y al bebé (el padre y la madre iguales, salvo por la falda en trapecio; el niño parece una barra de pan), el perro, las uves que son pájaros y, encima de todo, una línea azul que sería el cielo. Qué fácil resultan las cosas cuando piensas que todo es así; es más raro lograr llevar ese dibujo a la vida. Pero no dibujaron un paisaje infantil, sino que Simón aprovechó para preguntarle por sus problemas adultos. Por el local.

—Ok, pero espera, que pongo musiquita. Ya verás —dijo Beth, mientras jugueteaba con la perla de su colgante a la altura del segundo botón desabrochado de su camisa blanca entallada, manchas de sudor en las axilas. Tan guapa y tan perdida.

Entonces no sacó su móvil para buscar en Spotify «Demasiado corazón», canción que en el resumen de ese año perdería su trono en el perfil de Beth en favor de «O leâozinho». En vez de eso, apagó la luz y activó la panza de un osito que proyectó nubes de luz que bogaban por el techo mientras sonaba una nana como de clavicémbalo digital. Simón encendió la lámpara, con su tulipa de la NASA, pero ella la volvió a apagar.

—¿No lo entiendes? Esto es mucho más bonito así —dijo.

—Ya —replicó Simón, y le dio la razón porque en ese momento de luz plena en la habitación había visto un condón usado al lado del cambiador, así que era casi mejor seguir hablando en semipenumbra.

—Es lo mejor que me ha pasado en la vida —dijo, y sorbió mocos, y algún guijarrito de cocaína.

No acababa de conciliar esa maternidad epifánica con la farra que se estaban metiendo todos esos pijos, pero nuestro *héroe* no tenía autoridad moral para opinar. Así que le insistió en lo de la venta de los bajos; ahora que el mercado del barrio, ya reformado, abriría en unos meses sería un buen momento. Le dijo que le había hecho caso todo ese tiempo pero que no quería seguir trabajando, o no trabajando, con la bici. Calló Simón que no quería seguir llevando cajetillas de tabaco a cuarentones que hablaban de bolsa y acciones. Le dijo, en cambio, que con el dinero del local quería abrir algo. Volver a trabajar de lo suyo, «aunque vete a saber qué coño era lo mío». Le dijo que lo haría con Estela y Beth puso una cara rara. Le dijo que también los ayudaría Rico y entonces soltó una carcajada.

—Así me gusta, a ver si empieza a ahorrar por si algún día tiene que asumir sus responsabilidades.

—¿De qué hablas?

—De nada.

—Vas puestísima, Beth. En serio, si quieres cuando acabe la ruta vuelvo y te ayudo a arreglar esto y duermes un rato. O te traigo la cena.

—Total, ya me has traído tabaco.

—Exacto, pero lo hago sin cobrar. Y hablamos de todo con calma.

—Tranquilo, ya hablaremos. De todo.

—De nada.

—No, no, de todo. Hay algo que te quiero decir.

—Pues dime.

—Te quiero mucho.

—No es eso.

—Ya, no es eso.

Simón encendió la luz y apagó el osito. Pero Beth volvió a apagar la luz y a encender la nana. Estuvieron unos minutos en silencio hasta que él escuchó no solo la música, sino algo más.

Acercó el osito a su cara: el maquillaje embadurnaba su gesto, con trazas negras después de las lágrimas. No apagó la música, ese clavicémbalo infantil como de pieza barroca, aunque ganas no le faltaban, así que la nana seguía en ese bucle. Nadie se iba a dormir. Para poder hacerlo, hay que saber mentir: cerrar los ojos y fingir que duermes hasta que...

—¿Qué te pasa?

—Nada.

—Cuando alguien dice eso, es que le pasa algo.

—Simón.

—Dime.

—No, que se llama Simón.

—¿Cómo?

—Sí, ¿te acuerdas de cuando tu primo te contaba historias? El protagonista siempre era un niño que se llamaba Simón.

—Sí.

—Pues el mío también se llama Simón.

—¿Cómo?

—Sí, y tú eres el padre.

Simón sintió la llamada. No se permitió ni tres segundos de duda y se dispuso a afrontar la paternidad. A darle a su hijo lo que necesitaba. De hecho, agradecía secretamente una misión, porque no hay encargo peor para alguien que no sabe sobre qué escribir que el de una redacción de tema libre; nada mejor para alguien que no sabe qué hacer con su vida que una tarea concreta, por difícil que sea, que la justifique. En una cuenta atrás de tan solo diez segundos, Simón sintió el impacto y luego decidió afrontar con gallardía el atestado y los desperfectos. Hacía prácticamente veinte años de la escena del tesoro y del sexo con Beth. Veinte años casi, Simón. Tardó otros dos segundos en encajar lo que había sido.

—Es broma, Simón.

—Ya, ya.

—Rico es el padre.

Alguien gritó con voz de Darth Vader «Yo soy tu padreeee» porque estaba escuchando tras la puerta. La forma de decirle a Simón que no era mentira, que era cierto pese a no ser verosímil, fue susurrar «Puto imbécil» y abrazarlo. Sus hipidos casi se contagiaron a nuestro *héroe* y, sin saber por qué, le pasó el pelo por detrás de la oreja y le dio un beso en la boca. Un pico. Entonces encendió la luz y apagó el osito. Aquello parecía una especie de sesión de aerobic mínimo. Señaló Simón el papel de las paredes, con sus motivos de billar muy poco abstractos, un guiño muy mal disimulado de quien quizá no se atreve a decir algo pero tampoco quiere olvidarlo, y ella asintió con la cabeza. No supo por qué, pero a él le dio por coger el agua de colonia Nenuco (justo detrás de ella descubrió dos botellines de cerveza, como si fueran botes de talco) y ponerse un poco y luego echarle otro poco a ella.

—¿Ves lo bien que hueles, Beth?

—Qué difícil es todo, Simón.

—Sí, mamá.

Se miraron unos cinco segundos. Y luego, bueno, Simón se fue. En el comedor, quince tipos escuchaban un mensaje institucional a todo volumen mientras se servían la siguiente. Estuvo por apagarles la tele y la luz y traerles el osito para que conciliaran el sueño. Ninguno quería seguir, pero no sabían cómo parar. Si uno de ellos lo hacía, el resto, que en realidad tampoco querían continuar, lo tildarían de cobarde. Así que seguían. Porque, no me jodas, algo hay que hacer. Simón bajó el volumen de la tele sin que ellos protestaran y permaneció unos minutos mirando el discurso sin voz.

Luego nuestro *héroe* bajó en bici hasta su barrio y, una vez allí, la apoyó en un furgón policial. Después cogió la mochila de Aerostático, accionó con el pie la tapa levadiza de un contenedor y la lanzó dentro.

A Rico, cuando era joven, le gustaba decir que el único crítico literario válido era el tiempo y no todos esos que se las daban de listos. Lo mismo sucede con el juicio que tiene que fallar a favor o en contra de la vida de una persona. O con cómo se resuelve un misterio.

En el pasado, un escándalo por aceite de oliva con altos niveles de benzopirenos. O el de las vacas locas, con la encefalopatía espongiforme bovina, una expresión que Simón aprendió a recitar como el Lecturas leía las etiquetas de cualquier envase en el Baraja. O aquel empresario belga que introdujo dioxina en la cadena de alimentación cuando recicló grasas para piensos que consumían aves con alas ceñidas al cuerpo como espadas. Pollos precocinados y casos de salmonelosis. Escándalos con aceites de colza. Y, por fin, esto.

—Se conoce que aquel empresario que se hacía trajes donde el Sastre era el culpable. Y se lo contó. Una partida de ternera, de vacas que habían muerto de muerte natural. Se conoce que estaban enfermas y vendieron la carne igual. Y era el proveedor del supermercado ese tan tocho valenciano, que el que me lo contó no sabía el nombre...

—¿Y qué quieres decir, Oro? —preguntó Estela—. ¿Que el Sastre se comió un filete antes de acostarse con el magrebí?

—No, aquí no la vendían. Lo que quiero decir es que él lo sabía —dijo el Capitán, levantando su copa—. Mira que ha pasado tiempo, pues reabrieron el caso de esta carne en mal estado hace poco y, chas, cazado. Y ahora se dice en el barrio que el Sastre ya en su día iba a contarlo. Y que por eso quisieron matarlo. El empresario se llamaba Camprubí o Vilarrubí o Collado o Viladrau o algo así, no me acuerdo.

—Todo esto pasa desde que se supo lo del enano. Van a caer todos como moscas —dijo, en un rapto idealista pero interesado, el Franco, que llevaba tres años relacionándolo todo con la confesión de Jordi Pujol, el presidente de Cataluña con dinero fuera de Cataluña que más veces decía la palabra *Cataluña*.

—¿Qué, Franco, un carajillo? ¿Ron Pujol o Ron Cacique? —le preguntó el Capitán, recordando la mítica broma de los antiguos dueños del bar. El nuevo dueño no sabía qué venía este chiste.

Toda la historia de la carne en mal estado era un rumor, solo otro rumor más, y además su principal divulgador era Oro, quien siempre solía adornarse con este tipo de leyendas, que arrancaban con sus típicos encabezamientos cubistas. En este caso Oro sonaba más o menos creíble porque el caso acabaría saliendo en los diarios y se especificaría su relación con el Sastre. En el barrio se añadía que ésta había sido íntima y que el empresario exitoso casado y con dos hijos, Biel y Ona de nombre, en realidad, mantenía una aventura con el sastre cubano. Eso se decía en el barrio, no en la prensa. Simón ya no confiaba ni en uno ni en la otra.

—Vamos, Estela, que ya es casi la hora.

Hacían cola los amigos de la botella un cuarto de hora después a las puertas del Molino cuando Rico, que aún cojeaba un poco, la barba alicatando algunas marcas que la vida le había dibujado en la cara, los alcanzó.

—¿Qué pasa?

—Nada —dijo Simón, porque hasta que le contara el secreto de Beth era como si así fuera y porque tampoco tenía ganas de hablarle del Sastre.

Ese día se despedía La Chula del Molino, un teatro donde había compartido durante décadas espectáculos de variedades junto a otras muchas leyendas. Solo unas veinticinco personas acomodadas en esa meca popular de los shows de vedetes y chistes verdes y lentejuelas aguardaban el espectáculo. Simón miró el neón rojo donde ponía MOLINO y luego la pared encarnada y todas estas butaquitas del mismo color y pensó en cuando su peinado de Cleopatra aparecía en el Baraja después de anunciarse a sí misma antes de entrar: «Y con todos ustedes, la inigualable Chula, la diosa del vino tinto con sifón». Sonrió y la sonrisa se congeló, también en las caras de Estela y Rico, cuando ésta salió a escena en silla de ruedas, enfundada en un vestido de chapitas plateadas, dando las gracias, lanzando besos que los nuestros recogieron mentalmente para que no cayeran en manos de alguien que se pudiera reír de ellos.

El público aplaudió su interpretación de «Vino tinto con sifón» mientras la perseguía un cómico bajito disfrazado de mendigo que se fingía enamorado de ella y entonces nuestro *héroe* se giró, sin previo aviso, y le soltó a Rico:

—Tú hace un año y pico estuviste con Betty, ¿no?

—Sí —contestó—. Supongo que sí, vaya.

—Su hijo se llama Simón.

—Siempre te ha tenido mucho cariño.

—Pssst, callaos, que la Chula va a decir unas palabras —los achantó Estela.

*

Media hora después caminaban los tres de vuelta a La Caldera. Cada uno de ellos llevaba un clavel cortesía de La Chula, pero los tres eran diferentes. Estela se lo había ensartado en un moño y la verdad es que le quedaba muy bien. Rico lo llevaba en la solapa y Simón boca abajo, al lado de la pierna derecha, como una espada ropera. Quería conservarlo con tallo y no sabía dónde ponérselo. Hablaron de cómo bautizar el sitio que abrirían. Eran las diez cuando Simón se sentó, sin consensuar la decisión con este nuevo comité directivo, en un banco del Paralelo, luces de coches y de semáforos, ventanas y llamas de mechero:

—Rico, ¿de verdad que no sabes lo que te voy a decir?

—¿De qué habláis? —preguntó Estela.

Justo cuando dijo esto toda la avenida estalló en una enorme cacerolada: vecinos en los balcones golpeando cazos y ollas con espumaderas y cucharas de palo. Salmoneos avecinando tormentas con aire enfadado pero festivo. Como si estuvieran batiendo todos a la vez una tortilla que quisieran dar en ofrenda a algún dios. Llenos de fe. El reverso de una fe olímpica. Manteniéndose en santidad. El ruido de la protesta por la acción policial subía y subía con cada minuto, así que cuando Simón dijo lo que tenía que decir, Rico y Estela no lo entendieron. Lo repitió cuando el ruido remitió, pero siguieron sin comprender nada. Así que lo repitió una tercera vez: continuaba sin entenderlo, pero al menos sabían que no les quedaría otro remedio que entenderlo. Lo sabían como sabían, como sabéis, como sabemos, que a este otoño, como a todos, le sigue un invierno. Había tantas cosas que hacer, tantas que iban a pasar, que igual las sorpresas los pillarían poco abrigados.

III

Invierno de 2017

Nunca más volvería a romper ventanas, ahora
que tenía ventanas propias para romper.

JOHN STEINBECK, *Tortilla Flat*

Primero llega el rumor, pero es una época de rumores y de noticias falsas, así que podría no ser cierto. El caso es que primero llega el rumor y luego la confirmación. Los móviles de los amigos, de los familiares, de los clientes parpadean y allí está. Una chica colocadísima, quizá de cocaína, posa delante de un panel con las siglas de una inmobiliaria: Collado. Exhibe unas pequeñas manchas en las axilas de la camisa blanca y enormes y negras alrededor de los ojos. Sin volumen, parece un oso panda en peligro de extinción. Con volumen, suelta una metralla errática pero espídica:

—Plazo fijo. Siempre hay que ponerlo todo a plazo fijo. Si antes el mercado era como un dios fiel nada vengativo, en el que el variable era aún mejor, tenemos que saber que ahora el plazo fijo es más seguro porque, bum, va para arriba y, claro, hay que consumir pero sabiendo lo que tienes que consumir y cuánto tienes que consumir porque...

Los botones de la camisa están mal abrochados (el primero con el segundo ojal, y mal acaba lo que mal empieza) y ella, como los mercados de los que habla, parece muy nerviosa, pero al mismo tiempo convencida de su caída. El vídeo se reproduce una y otra vez, salta de un móvil a otro y las pantallitas se encienden y la gente estalla en carcajadas. Si nos reímos del personaje de cine mudo que resbala sobre la piel de plátano o que se cae del reloj del campanario al que se aferraba no es solo porque nos haga gracia el trompazo, sino sobre todo porque no lo conocemos. Nadie sabe quién es esa mujer de unos cuarenta años con perlas en los lóbulos, con esas facciones de esa belleza poco histriónica que solo puede bendecir el dinero genético y que, llegado el momento, protege hasta en el peor momento. Esa mujer anónima que parece haberse puesto a hablar de hipotecas y mercado inmobiliario en medio de una fiesta gigante. No la conocen, así que se ríen y mucho. Porque es gracioso. Porque gente como ella es la culpable de tantísimas cosas, sí, pero también porque no saben quién es. Nuestro *héroe* no puede decir lo mismo. Supongo que quien haya llegado hasta aquí, hasta la palabra «aquí», tampoco. A Simón le duele ver ese vídeo. Pero si no la conociera se reiría aún más que el resto.

En cinco años nadie borrará ese vídeo y quizá, dentro de mucho tiempo, cuando sepa quién es aún menos gente o pocos admitan haberla conocido, lo vea incluso Simón. No nuestro *héroe*, sino el otro Simón, su hijo. En el barrio la gente habla de la pija que se dejaba ver en los miradores o del brazo de Rico y les hace tantísima gracia que sería absurdo intentar frenar sus carcajadas. Las risas no son como los bostezos, que se cortan colocando el índice dentro de la boca.

A Simón le entristeció lo que vio en la pantalla y lo que se comentaba en los bares, pero sobre todo sufrió, como siempre sucede, por la culpa. Por su culpa, por su gran culpa, que quizá no fuera decisiva, pero sí que era propia. Días atrás, había cerrado la venta de los bajos con Beth en la barra del hotel Rívoli, los abrigos de paño custodiados por el barman uniformado, amigo de su amiga: eran las doce de mediodía y ella pidió un pisco sour para celebrarlo. Simón brindó con una caña. Ella, los ojos y la ropa la delataban, no había dormido. Él, fresco y recién afeitado, con su cuerpo todavía envuelto en el aroma mañanero de dos chispazos de desodorante, le preguntó por el nuevo Simón. Beth le pidió, una vez más, que aún no le dijera nada a Rico, que su confesión había sido un descuido porque iba borracha. Ahora también lo estaba, pero quizá menos. Lo suficiente para poder disimular y que no lo notara un extraño.

Desde aquel día en el hotel ella lo había llamado varias veces y en unos cuantos mensajes le hablaba de un vídeo. De cierto compañero que quería sacarle dinero a cambio de no subirlo a internet. Había sido alguien cercano, con el que había compartido la comida de empresa, y cinco horas después, cuando todos estaban fatal, le había pedido grabar un mensaje con el móvil. Desde entonces la había chantajeado, reclamándole algún tipo de trueque: ascenso, sexo, dinero. Simón había llegado a leer esos mensajes, pero su redacción era increíblemente confusa y no hizo esfuerzo alguno por entenderla. Pero ahora que se lo contaba a Rico, lo entendía todo demasiado bien.

—Y ahora está así, Rico.

—Es una putada enorme.

—¿Piensas hacer algo? Quiero decir, si en algún momento necesita tu ayuda es ahora, ¿no?

—Sí, pero no sé si es el momento. No sé si podría ayudarla.

—La cosa es que igual deberías, ¿no? Será por las veces que te ha ayudado ella. La última, hace nada.

—Sí, sí.

—¿De qué habláis?

Y, entonces, Estela hizo su entrada con una bolsa llena de espátulas de plástico, topes para las puertas, gamuzas y rodillos de pintura en una mano y un tambor de Titanlux en la otra. Habían empezado a reformar el local de La Caldera entre los tres: el sótano estaría reservado para los libros, mientras que la parte de arriba acogería el bar (solo así y gracias al enésimo favor de Beth, justo el último que le había hecho a Simón antes de caer en desgracia, habían podido lograr una licencia). A veces preguntaban dudas al Juez o a otros tantos parroquianos del Baraja, que fiscalizaban los avances de la obra con un botellín en la mano como nivel mientras discutían sobre la unidad de España o el factor diferencial de Cataluña: ni querían ni sabrían llegar a un acuerdo. Ni querrían ni sabrían, tampoco, colaborar decisivamente en las obras: sus ofertas para ayudarles eran como las de ese tipo que no quiere cocinar y que se presta a batir un huevo para la tortilla. Aun así, el local siempre estaba lleno de todos los feligreses del bar y ya entonces nuestro *héroe* sospechaba que era porque planeaban mudarse ahí en cuanto lo abrieran. Simón dice: al menos no molestéis. Estaban, por así decirlo, observando las reformas del piso al que se mudarían. Simón había logrado que al menos un par de ellos les solucionaran el tema de la instalación eléctrica.

—*El segundo sexo*, *La mística de la feminidad*, *La mujer eunuco*, *El género en disputa* —leía el Lecturas.

—El enemigo hijoputa —bromeaba el Juez.

Aunque entonces lo negara, a Estela la situación hasta le hacía gracia. El Lecturas, que hasta ahora solo se dedicaba a etiquetas de botellas y titulares de la prensa deportiva, leía títulos de libros feministas que ella intentaba vender desde hacía un tiempo, y sin demasiado éxito, en La Caldera. Fue ahí donde Simón visionó que colisionarían en ese local la clientela del Baraja con todas las activistas amigas de la propietaria.

—¿Habéis visto lo de Betty? —preguntó Estela después de ponerse un peto tejano lleno de pinceladas de todos los colores, alguna incluso a juego con su pelo.

—Sí —dijo Simón.

—Tenéis que ir a verla. Bueno, o Rico tendría que ir a verla. Como no vayáis pronto, la traigo yo.

Fuera las obras del mercado seguían su ritmo y parece que se inauguraría en mayo. Así que los tres nuevos empresarios, emprendedores un poco a su pesar, pactaron que ellos abrirían el mismo día. Antes de eso, quedaban muchos detalles por limar. Casi todos. Rico llevaba días con los cascos puestos, sentado en un taburete y haciendo listas de dos columnas de cosas pendientes y de por qué no debería hacerlas. A todos se les hubiera olvidado que en dos semanas llegaba Navidad si no hubiese sido porque los comerciantes y el Ayuntamiento habían colgado una vez más las cenefas de bombillas de colores conectando viviendas y farolas. Incluso en los balcones, las luces iluminaban las banderas independentistas y sus estrellas parecían las que guiaban a los Reyes, aunque mejor no sacar el tema de la monarquía.

—Sigue haciéndosome raro que nadie vea las banderas del mismo color que yo —dijo Estela, señalando a una ventana con la barbilla.

—Es gracioso, tú debes verlas como si fuera la de Puerto Rico. O, mejor aún, como la de Palestina, pero con suerte, con estrella, ¿no? —dijo Simón.

—Mejor cambiamos de tema.

Estela le lanzó una lija que su amigo cogió al vuelo. Llevaba unos días un poco rara. Simón, que no tardaría en preguntarle por qué, aunque le costaba hacerlo porque siempre había sido la encargada de hacerlo, tenía muy claro qué le iba a comprar al segundo Simón y solo deseaba que todo se arreglara un poco para poder dárselo. De momento el bebé aún no apreciaba los distintos colores, así que podía esperar un poco.

*

Desde hacía unos meses, una rugosa banda sonora dominaba el barrio del Baraja con la insistencia del sonido del mar en un pueblo costero. Quizás ese runrún existía desde hacía más tiempo, pero Simón, a indicación de Estela, lo había notado un día y, desde entonces, no podía evitar escucharlo. Eran las ruedecitas de las maletas de los turistas: si uno cerraba los ojos sentado en una terraza podía escucharlas avanzar por las flores de panot que decoraban las aceras de esta ciudad.

—Es increíble que hablen de turismofobia, ¿sabes? Porque solo padecen la plaga unos pocos, no te jode.

Según Estela, el perfil turístico de esta ciudad, desde la época de la Noche de las Azoteas e incluso antes, dependía de un modelo de economía extractiva similar al que imponía la soja, o cualquier otro monocultivo único, en África o en América Latina. En el lugar donde se llevaba a cabo se producía una dependencia económica y su explotación era tan voraz que acabaría por agotar su propio recurso y arruinaba la diversidad del tejido económico; propiciaba una actitud política algo autoritaria, o al menos opaca, para preservar su viabilidad, conectando a políticos locales con grandes multinacionales; no distribuía los beneficios, que quedaban en manos de unos pocos. A Estela le gustaba conectar el asunto del turismo con el de la industria agrícola global.

—Al fin y al cabo es carne en movimiento, ¿no?

Migraban los salmones, el aluminio ofrecía viajes paralelos a los de los inmigrantes, que, tras abandonar sus países, productores de bauxita, lo acababan recogiendo aquí; la crisis expendía billetes que no pagaba para que algunos jóvenes siguieran encontrando una salida a sus problemas: el aeropuerto para trabajar en otro lugar. Mientras tanto, una marabunta feroz insistía en visitar la ciudad una y otra vez. Y lo hacía sobre todo en verano.

—Este sistema es un enorme ventilador que airea la mierda hacia todos los puntos del planeta. De momento son alimentos y turistas. Pero sé que va a pasar algo más. Igual una guerra mundial o una enfermedad o un terremoto o algo así...

—¡El fin está cerca! —dijo Simón, tañendo una campanilla invisible.

Y bromeaba, como lo hace un niño que escucha un cuento de miedo, aunque se lo creyera a medias. Pese que, en su caso, a veces sufriera por la salud mental de su amiga.

—Lo que quieras: eres tú el que creías en cultos raros. Y en las novelas con moraleja. He aquí una: hay un virus y solo África resiste la epidemia. O una guerra de la que solo se salva el continente africano porque sobrevive intacto gracias a la protección de las fuerzas militares de China para custodiar una reserva de materias primas. Todos los europeos deben emigrar, pero les cierran las fronteras y prueban de su medicina. De su no medicina.

—Venga. Si tuvieras que pedir un deseo, ¿qué pedirías?, ¿una vaca?

—Yo lo que sé es que a veces hace calor en invierno y que ya casi no existen las primaveras. Y que la peña pilla aviones hasta para comprar el pan. Y que todo va a toda hostia. Es como si el planeta hubiera girado tanto y tan rápido que no supiera ni dónde está.

No se acabará el sol, si te refieres a eso, decía a veces Simón. Pero incluso el tiempo se mostraba errático y ya no coincidía con el calendario. Estela ese día, acodada en la barra del bar Ramón, tapas de champiñón con queso fresco y pata de pulpo en la vitrina tapada con una senyera, se mostraba muy sensible con este tema. Simón procedió a pedirle un embudo a David para fingir que se había vuelto loca. Pero en realidad lo que le enervaba un poco es que tuviera siempre las cosas tan claras, aunque tal vez la quería por eso mismo. Quizás Estela no tenía claras otras cosas e insistía siempre en hablar de las que sí.

—Estela: basta ya. Me parece genial todo lo que dices, pero tú no estás así por eso. Vete a saber por qué, pero no porque haya turistas en chanclas por la calle.

—¿Ah, no?

—Llevas toda la vida haciendo lo mismo. Y no. Igual estás triste porque llega Navidad y no está tu madre. O porque no te mola un pelo haber tenido que volver a casa con tu padre. Te he dicho veinte veces que te vengas con Rico y conmigo, que hay sitio.

—Ya, no, gracias, trabajar con los primohermanos va a ser más que suficiente, prefiero no mataros al tercer día. Además, lo de quedarme con mi padre es temporal, en cuanto echemos a rodar con el garito me busco algo barato.

—Bueno, vale, pero dime qué te pasa.

Estela no invertía en el departamento de marketing de sus emociones. No lanzaba eslóganes que capitalizaran sus miedos ni tramaba campañas para airear sus frustraciones. No lo hacía en la vida, y mucho menos en las redes sociales. Era como esa empresa familiar que trabaja bien y da un buen trato a sus clientes habituales, pero que jamás se ha planteado pagar un anuncio. Hasta que los cambios se aceleran, las multinacionales se imponen y quiebra. Estela se encogió de hombros.

—Supongo que me ha dado por pensar en mi vida por lo del pregón...

—¿Qué pregón?

—El de la inauguración del nuevo mercado. Me lo han pedido el resto de vendedores. Imagino que como homenaje a mi madre...

—Bueno, o porque te pega todo hacerlo tú.

—Yo qué sé, Simón. Y sí, al pensar, pues me acuerdo de lo de mi madre. O de que a veces me siento un poco sola. Hace tiempo que no estoy con nadie...

A Simón a veces le daba por pensar en aquellos años en los que consideraba a Estela el amor de su vida. De crío y de no tan crío. Ahora le sonaba casi gracioso. Decir ahora «enamorado de Estela» sería lo mismo que poner «enamorado de la vida» en un perfil de Tinder. No significaría nada. Y además sería mentira. Pero, cómo decirlo, la quería un montón.

—¿Sabes qué pasa? —le dijo Estela. Dímelo tú para variar, pensó Simón—. Creo que muchas veces has intentado entender qué me pasaba como si yo fuera un personaje secundario de tu historia. Pero yo tengo novela propia, ¿sabes? La tengo, aunque no me gusten las novelas, o al menos las tuyas. Y la cuento yo. Como cuando descubrí que me gustaban las tías e hice como que me iba la hostia de bien, pero en realidad pensaba: joder, qué movida, lo de mis padres, toda la mierda que tragué en el colegio... Que a ver, todo guay, pero venga a dar explicaciones. O cuando hablábamos todo el rato de lo tuyo pero me preguntabas poco por lo mío. Y te he perdonado, pero me sigue doliendo lo de mi madre. No sé. Creo que has leído tantas novelas escritas por tíos de hace siglos que nunca vas a entenderme del todo.

—Ya, pero lo intentaré. —Y Simón lo dijo con tanto ímpetu que sonó irónico.

—Es que a lo mejor no estoy mal por una cosa concreta o por algo que tú hayas sentido. Deja de intentar comprenderme a través de tu vida.

—Pero es que todos nos sentimos solos.

—¿Pero es que no te das cuenta? No me vas a entender si me comparas todo el rato contigo. Tú dices que a veces te sientes solo pero, en tu historia, Ona o Candela padecen el síndrome de la mujer en el frigorífico. Todo lo malo que les pasa lo cuentas en función de cómo te afecta a ti. Cuando ya no están a la vista, las congelas y no hablas de ellas. Es que ni siquiera me has explicado por qué te gustaba Candela. Solo que tenía pequitas. «Un antifaz de pequitas», pues vaya. Por no hablar de que dices que te gustan y luego las olvidas ahí dentro sin volverlas a sacar. Si hasta de niño te enamoraste de mí porque te venía bien, porque te lo decían los libros. El espadachín necesitaba una amada porque así lo decían los libros que Rico te dejaba a los pies de la cama. Y siento decirlo, Simón, pero eras un niño muy raro precisamente por eso.

—Joder, Estela, para no pasarte nada... —A Simón le gustaba, en aquel instante, paladear cómo incluso ella podía ser algo injusta—. Pero con Candela sí he seguido hablando, que conste. Por Whatsapp y por Facebook desde el atentado. —Prefirió no añadir que le estaba mandando vía e-mail toda su vida por entregas—. Pero he visto que allí está muy feliz y yo, a partir de que abramos, ya no tendré pasta para viajar, así que no creo que nos volvamos a ver —lo dijo con algo de pena. No era solo por revalidar el deseo abstracto del Filigrana, que también, sino porque casi nadie, a estas alturas y después de sus correos, le conocía tan bien como ella. Y en realidad Simón llevaba toda la vida solo confiando en Estela.

—Pero da igual: si es verdad que te gustaba, habla con ella, hostia. Aunque no sirva para nada. Aunque no «reaparezca» —arañó en el aire dos comillas— en tu vida para volverla más «plena» —arañó otras dos—. Parece guay, por lo que me has contado. Y lo de que es feliz habría que verlo. Todo el mundo lo parece en las redes.

Estela, en definitiva, necesitaría una auditoría para saber cómo se sentía realmente, porque su hiperactividad siempre apuntaba a que todo iba bien. Era, se ha de decir, de esas personas que se vuelcan en los problemas del resto para no afrontar los suyos, sin llegar a esa patología escabrosa de los agoreros que acaparan las primicias de las malas noticias y analizan las desgracias ajenas con vocación de exégetas medievales. No era de extrañar, claro, jamás había hablado mucho, pero si de algo detestaba hablar era de ella misma. Era su tema menos favorito de conversación. Hoy, sin embargo, le había dedicado un monográfico, pero solo porque Simón le había tirado de la lengua.

—Ya, todo el mundo habla, habla demasiado, tantísimo, y todo el mundo cree que tiene razón. Me recuerda al Baraja: a veces parece que estén ahí tajas diciendo que todo es precioso o una mierda o que se soluciona... —siguió Simón.

—Ya, esto se arreglaba con... —replicó su amiga.

A Estela le pasaba con los clientes del Baraja lo mismo que al protagonista de aquella canción: no me gustas, pero te quiero. Había aprendido de Dolores hasta qué punto la ignorancia se anunciaba a sí misma con la fórmula «Esto se arreglaba con...». Se reía con ella, y con Socorro, de los hombres que encabezaban siempre así sus pócimas mágicas, sus crecepelos macroeconómicos, sus vacunas contra todo lo malo. Con las Merlín Estela había estrechado durante todo este tiempo tal complicidad que podría considerarse una Merlín más. Al fin y al cabo, durante mucho tiempo la madre y la tía se teñían el pelo de caobas imposibles y, a veces, por descuido, de lila, y ella iba de verde. Cuando caminaban por la calle, rumbo a alguna de sus reuniones, sus cabezas alineadas se interpretaban desde los balcones como una bandera tricolor.

Últimamente, cuando las Merlín venían de visita a la ciudad, se reunían con Estela para hablar o celebrar reuniones. A veces iban a bailar los domingos por la tarde a salones de tangos y rancheras, donde se recargaban de autoestima ante las invitaciones a cava barato de otros clientes. En otras ocasiones Estela les mostraba un mapa, les vendaba los ojos y las invitaba a señalar un punto al azar. Y luego las llevaba a comer. Así habían descubierto la comida libanesa, la turca, la rusa, la francesa y la japonesa, todas ellas igual de exóticas para ellas (guardaban siempre de recuerdo los palillos de los restaurantes orientales, donde Socorro apuntaba la fecha y el nombre del local, y que conservaba, ya limpios, en su cajón de ropa interior en la aldea). Lo pasaban tan bien que uno diría que venían más por ver a Estela que por sus hijos.

Ignoraba Estela a su padre borracho, que ahora hablaba con un retrato enmarcado de su mujer más que cuando estaba viva, aunque le preparaba la cena; veía cómo su negocio se hundía o, más bien, no salía a flote: solo un sector bastante reducido leía ese tipo de libros y la gran mayoría de este sector ya los tenía. Nuestra *heroína* esperaba su momento sin saber si lo que hacía era aguardar o resignarse.

—¿Sabes, Estela? —dijo Simón—. Creo que muchas veces lo que me ha pasado a mí es la imagen esa de que estás llegando a un sitio y alguien insiste en esperarte aguantando la puerta para que entres. Tú no tienes prisa, igual ni siquiera quieres entrar, pero su amabilidad te obliga no solo a hacerlo, sino a correr para meterte dentro y también a agradecérselo. Eso me ha pasado muchas veces con Rico, creo.

—Ya era hora.

—Y tú, en cambio, creo que eres la persona que espera el autobús. Durante mucho rato. Aunque no sabe si va a llegar. Y que no se va por si, después de tanto rato, resulta que al final pasa. Pero no te vayas, de verdad, creo que el tiempo te dará la razón. Todo irá bien. El autobús va a llegar, ya verás.

—No sé de qué coño me hablas, Simón, pero gracias.

—El conductor del autobús te dirá: tenías razón con lo que has estado diciendo y haciendo, chica. Siéntate allí al fondo, que hay un sitio libre: te están esperando Kristen Stewart y Beyoncé. Tienen latas de cerveza y Doritos y están deseando conocerte. De verdad, todo irá bien.

—Y yo les diría: tengo las bolsas llenas de amor. Me sobra. Me lo quitan de las manos. Venga. A mí este tipo de cosas me consuelan bastante menos que a ti. Porque no existen. No existen.

—Por cierto. —Simón no iba a rendirse—. Sabes que Remedios lo ha dejado con la chica esa con la que andaba, ¿verdad?

—No me hagas de celestina, Simón Rico. No me hace ninguna falta.

—Bueno, invítame a otra jarra y te lo cuento. *David, una blanca pels dos!*

Qué gozada que a veces las cosas funcionen. Que empuñes el grifo y salga agua, que des la vuelta a la llave y estés a salvo, que pulses un interruptor y se encienda la luz. O la mirada de Estela. Cuando se fue al baño, Simón se permitió un arrebato novelesco, porque a veces algo hay que hacer. Consultó algo en el móvil e hizo un pantallazo para poder transcribirlo. Tiró de una servilleta del dispensador de zinc de la barra, una de esas que Rico hacía volar, para apuntar en ella esta frase: «Chica del pelo verde: eres rara. Tan rara. Por extraordinaria, poco común o frecuente. Escasa en su clase o especie. Insigne, sobresaliente o excelente en su línea. Extravagante de genio o de comportamiento. Única. Y muy rara. Juntos para siempre, Simón». Y la metió en esa bolsa de tela donde se leía BIKINI KILL y que Simón aún no le había preguntado qué significaba. Justo debajo de lo que nuestro *héroe* había escrito, la servilleta tenía grabada otra frase en letras apaisadas y azules: GRACIAS POR SU VISITA.

*

Caminaba por las calles engalanadas con bombillas de mil colores: «Si no hay luz, las gallinas no ponen», decía Socorro sobre las guirnaldas navideñas para que la gente consuma. A Simón le gustaría que no le gustaran, pero el caso es que le gustaban y le gustan. Las flores de panot de las aceras del barrio casi brillaban, esmaltadas por una lluvia fina y nimbadas por esas luces. Sonaba un villancico en alguna tienda local y, en los bazares chinos, los papanoeles a pilas se cimbreaban y la gente cargaba bolsas con regalos que ya ni recordaban haber comprado, sus cabezas envueltas en una nube de vaho.

Simón subió en el ascensor de la plaza de toros de Las Arenas, convertida en centro comercial con un mirador panorámico en su cumbre. Esa prótesis arquitectónica, la reforma de la plaza, era horrible desde fuera, pero las vistas desde ella eran bonitas: la rotonda llena de coches, la avenida gigante hacia el museo y la montaña. Encontró a Rico de espaldas, recostado sobre un punto de la enorme barandilla y con seis latas de cerveza (una de ellas en la mano). Nuestro héroe aún se preguntaba cómo era capaz su primohermano de convencer al guardia de seguridad para que lo dejara tranquilo haciendo eso. Quizás sus poderes ya no funcionaran con alguna gente, pero sí con otra. Después de abrirle una cerveza a Simón y tendérsela, le dijo:

—¿Pero tú de verdad crees que con lo que la cagué contigo, metiéndote todas esas cosas en la puta cabeza, yo puedo tener un hijo? —Rico lo dijo como si le hubiera tocado un apartamento en un pueblo costero muy feo que no hubiera pedido.

—También se le llama ser padre. Y no te ha tocado en ningún sorteo. Has comprado los boletos, ¿eh?

—Pero te lo digo en serio: ya me dirás qué le enseño. La primera vez que se quede en el suelo porque no quiera caminar, por ejemplo. ¿Qué le digo? ¿Levántate y anda, que la vida es bonita? Si todo lo que pensaba que lo era, como las canciones, las frases subrayadas, no sirve para nada...

—Igual descubres qué es bonito cuando lo tengas delante... El otro día, Estela me enseñó una frase de un libro: los niños sirven para cuidarlos, para volvernos cuidadosos. No es solo lo que tú le enseñes, es lo que te enseñará él a ti. Rico, ¿no te vas a ir otra vez, verdad? Eso tienes que prometérmelo.

—No. Quiero decir, claro que no me voy a ir. ¿Quieres otra?

—No sé si deberías beber más de una. Ya sabes... La medicación y todo y que igual te da por muchas más.

—Sí, papá.

—Eso lo serás tú.

Los dos primohermanos se rieron, las manos engarfiadas en la barandilla como patitas de águilas viejas, aunque no tenía mucha gracia. No se exigían demasiado. Frente a ellos, la rotonda de la plaza España con sus coches como de juguete girando y tomando una y otra dirección y la contraria. Daban ganas de estirar la mano y coger uno de ellos para jugar a salir volando de la ciudad.

—Vamos cerrando, Rico —dijo el guardia de seguridad.

—Ya vamos —respondió Rico.

—¿Pero cómo coño lo has convencido?

—Tengo mis contactos. Lo conozco de hace años.

—Ya.

—Todo cambia, croqueta. Pero sigo con la misma sensación que cuando era un niño. Tengo ganas de arrancar a correr y no parar nunca. Hasta que alguien me detenga o hasta que me estalle el corazón. No me mires así: no lo haré, ya te lo he dicho.

—Por suerte estás un poco cojo. Te pillaría rápido.

—Sí, por suerte. Un brindis.

—Un brindis por todo lo que nos queda.

—Solo un par de latas.

*

Lo mejor es encontrar lo que no buscabas. O, en otras palabras, lo que no sabías que querías.

Es algo que Simón ya había descubierto en el sitio al que ahora volvía, pero con treinta y cuatro años, ese domingo por la mañana de un 24 de diciembre. Las obras en el mercado nuevo casi habían acabado, pero de momento el rastro de libros de ocasión seguía celebrándose un par de calles más allá. Todo parecía más pequeño y las sorpresas eran más previsibles, pero el olor era el mismo y también lo que Simón sentía ensuciando sus yemas pasando portadas y portadas sin buscar lo que quería encontrar. Era casi una operación clandestina, porque sin decírselo ni a Estela ni a Rico estaba volviendo a leer libros nuevos. Si algún día lo pillaban con una novela, seguramente diría: «No es lo que parece». Y luego: «Solo soy lector social, para tener algo de que hablar con vosotros».

Volver a caer en la lectura requería tomar alguna precaución. Aun así, cada libro se escribe por primera vez cada vez que lo abre alguien y no nos bañamos dos veces en el mismo río y Simón no era el mismo. Sin embargo, volver a leer podía acelerar en él alucinaciones novelescas. Por ejemplo, ahí está Simón encorvado sobre una pila de libros de la Editorial Cátedra hasta que nota dos manos que imponen un antifaz sobre sus ojos. Cuando las aparta y se gira, descubre a una chica. Tiene una peca igual que la suya sobre la comisura derecha, aunque rodeada de muchas otras, más pequeñitas:

—¡Mira, tigre! ¡Me la tatué para no olvidarte! —le dice ella.

—¿Cómo?

Pero, en realidad, Candela estaba a más de siete mil kilómetros de distancia y quien había tocado el hombro de Simón había sido Estela.

—¿Cómo?

—Es broma, hombre. —Estela, después de imitar el acento de Candela, se borró la peca con la palma de la mano—. Me he pintado la peca cuando te he visto de lejos. ¿Qué haces aquí? ¿No estarás comprando un libro?

—A mí los libros me sobran.

Estela sabía imitar a Candela porque Simón llevaba días hablándole más de ella. Siguió paseando con su amiga de siempre, pero habitando dos escenas a la vez: ésa y otra paralela, la que habría protagonizado con Candela.

*

La escena que sigue no sucedió jamás y por eso está conjugada en presente. Los sueños, incluso los que soñamos despiertos, se viven así, como si transcurrieran aquí y ahora.

—¿Qué tú piensas? Ahora mismo atracaría un banco para darte una moneda por cada uno de tus pensamientos —le dice Candela en esta situación que no tuvo lugar—. Voy a tener que abrirte el casco con este libro —saca un tomo de *Las ilusiones perdidas*— para ver qué tienes dentro y si me dices la verdad.

—Es la verdad. Te echaba de menos.

Y no le miente, aunque en realidad no sea así o acabe de descubrirlo. Candela lleva una bolsa llena de alfajores.

—Sí, sigo vendiendo alfajores, como cuando me echaron del Filigrana. Pero hace poco conseguí trabajo en un tenderete de libros de segunda mano del metro de plaza Universidad. Iba cada día y le preguntaba una y otra vez a la mujer que lo llevaba. Di que le daba pena. Le di pena —hace un puchero— hasta que me contrató. Le di pena pero ahora está muy contenta. —Sonríe.

—No me extraña.

—En realidad si conseguí el trabajo fue gracias a ti —dice con una sonrisa burlona, porque a Simón le gusta inventársela.

—¿A mí? Si ni siquiera me habías dicho que venías. Que, a ver, no sé a qué esperabas...

—Bueno, lo conseguí gracias al buen gusto que tienes haciendo amigos. Un gusto bárbaro, ya lo demostraste conmigo. Me contactó cierta amiga tuya por Facebook hace unos meses... Le comenté que estaba pensando en venir y le pedí que no te dijese nada de momento, no te enojes con ella. Es lo malo de haberme contado tantas cosas sobre Estela en tus mails. La verdad es que daban unas ganas de confiar en la muchacha que no veas. Más que en ti. Al final me habló del puesto de libros de Universitat, di que la dueña era amiga de su madre. En realidad, desde que vine hemos hablado bastante, aunque le pedí una y otra vez que no te dijera nada. Quería darte una sorpresa. Es un encanto.

—Sí que lo es. —Porque Estela no hizo nada de lo que ahora se describe, aunque podría haber hecho eso y más, y Simón lo sabe.

—Claro. Dame luz. ¿El libro que me regalaste? Aquel con el que te declaraste... ¿era de aquí? —dice Candela en este diálogo imposible.

—Sí.

—No te escribí nada más llegar porque trabajé fuera. Prefería estar allí un tiempo, acostumbrarme al lugar, seguir recibiendo tus correos... De hecho, ya casi me has contado todo lo que te pasó, hasta lo del Bertsolari, cuando te reencontraste a tu primo. Y también preferí esperar un poco para que no pensaras que había venido solo por ti. Porque no es eso.

Ese «solo» tan elocuente, piensa Simón, viniéndose arriba. Al fin y al cabo esta escena la escribe él en su cabeza. El pobre ni recuerda bien cómo habla Candela. Pero no le arruinemos este momento.

—¿Me llevas al bar de tu familia?

—No quieres ir ahí.

—¿Por qué?

—Porque lo traspasaron. Ahora es un sitio horrible.

—*Ta' tó.* Qué pena, un negocio familiar con tanto prestigio...

—Ya.

Si Candela sigue por ahí, Simón tendrá que actualizar la visión de su vida que le vendió en el Filigrana, además de algunos detalles que embelleció en los correos. Ella también tiene que ponerlo al corriente sobre qué ha sucedido desde la boda de su padre con la mujer de plástico. Su padre, el mismo que no había querido ayudarla, pese a que su nueva novia era millonaria. Se habla mucho del orgullo, y menos de la gente que debe tragárselo. Y Candela fue a la boda con una condición:

más adelante la ayudarían a regresar a Europa para intentarlo de nuevo. Iba para poder volver. Durante un tiempo vivió con ellos y con dos gemelos nacidos de una inseminación. Los cuidó como canguro pero cuando, dos años después, dejó de ser necesaria, la invitaron a irse. Todo esto Candela se lo contaría a Simón por mail, pero imaginemos que se lo acaba de decir en esta realidad paralela. Porque en esta escena su padre cumple la promesa de pagarle el billete, cosa que no hizo en la realidad.

Hablan Simón y Candela sentados en unos columpios de mentira, al lado de un tobogán inventado que ya no existe en ese parque de la avenida Mistral, mientras divisan la deambulación de humanos cargando bolsas. Letras y campanas y hojas de muérdago que son arcos bajo los que pasean, mientras Simón le relata la historia del hijo de Rico y se ahorra el fiasco con Ona.

—¿Y Biel? Solo me contaste que os separasteis después de un viaje en barco —sueña despierto Simón que dice Candela y la pregunta huele a coco y a miel, pero sabe a rayos—. ¿Sabes algo de él?

Y sí, lo sabe. Esto que sigue, todo lo referente a la familia del yate, se ha colado en esta conversación que no se dio, pero no es inventado. Por ejemplo, es cierto, y a Simón le dolió encajarlo, que varias semanas atrás Biel le había mandado una fotografía de su hermana casándose en una masía de la Cerdanya, con una alfombra de pétalos de flores y paredes con azulejos de oficios alicatando las paredes de granito. Se la envió cuando Simón ya había descubierto en el dedo de su hermana la alianza. Lo llamó para que le contara cómo había ido todo y para preguntarle por el escándalo de su padre.

Biel le pidió disculpas por no decirle antes lo de la boda de su hermana. Añadió que Ona hacía eso desde siempre. Tenía fotografías junto a los hijos del servicio de la casa, con los chicos del pueblo con los que jugaba en la plaza, los que tenían motos de trial y vivían allí siempre. No creas, Simón, que eso no quiere decir que a ti no te tuviera mucho cariño. Pero al final se había casado con un amigo de la infancia. Lo quería mucho, dijo Biel. Y a mi padre le pareció muy bien, añadió. De hecho aceleró la boda de improviso para que se celebrara antes del juicio por el escándalo alimentario. Tenemos que vernos ya, insistió. Fue cercano, era aún un amigo.

—Sí, Biel ha estado estudiando y currando —ojalá la oralidad permitiera poner cursivas— en Estados Unidos, pero ahora creo que anda por aquí, cerca...

—Ah, ¡pues ya quedaremos!

—Claro, seguro. ¿Con quién cenas hoy? —le pregunta Simón en esta escena (debemos insistir que inventada, por si algún lector apresurado ha aterrizado en ella leyendo algunas páginas en diagonal), cambiando de tema para no tener que explicarle por qué hace años que no ve a Biel.

—No sé, mis compañeras de piso van con sus familias. Pensaba cocinarme algo en casa —dice Candela, achinando un poco sus ojos de almendra tostada.

—Algo muy rico, seguro. ¿Quieres venir a casa?

—¿Así?

—Sí, así, por sorpresa, como has aparecido. A mi madre no hay nada que le guste más que un invitado extra al que pueda insistir en confianza. Solo te recomiendo que le digas que está muy bueno todo.

—Seguro que lo está. Ay, gracias, tigre —le dice, y su pelo aparece en el hombro de Simón, como si le acabara de crecer una melena rizada solo por el lado derecho—. Es que estoy algo sola aquí.

—No, qué va, no mientas. No estás sola aquí.

Qué bien parado sale Simón en los diálogos que inventa y en las escenas que sueña despierto. Escenas como ésta, aquí incluida porque uno no es solo lo que vive, sino lo que piensa.

No es solo lo que le sucedió, sino lo que pudo haberle sucedido. No es solo lo que tiene, sino también lo que desea y sabe que ha perdido.

*

Porque, y quizá no se pierda nada por insistir una última vez en este punto, en realidad Simón se había encontrado con Estela y no con Candela. No es que fuera poco, estar con su amiga, después de todo lo que había sucedido entre ellos. Pero, aun así, nuestro *héroe* llevaba diez minutos ausente, fabulando todo esto mientras se balanceaba de la forma más lánguida posible en un columpio infantil. Estela, que había estado leyendo en el otro columpio, ambos con las bocas tapadas por las bufandas, le dio un codazo.

—Eh, Simón, que se hace tarde.

—¿Qué haces hoy, Estela? Tu padre no está, ¿no?

—Se ha ido al pueblo. Mejor así.

—¿Quieres venir a cenar a casa?

—Joder, pensaba que no me lo preguntarías nunca. Solo tenía una pizza margarita congelada. Aunque la tengo en la nevera, así que no debe estar ni congelada. Sí, quiero.

*

En el entresuelo en el que vivieron sus padres y ahora lo hacían Rico y Simón habían abierto esa mesa redonda que solo se desplegaba en las grandes ocasiones. La mesa sin abrir era tan pequeña y a ella, hace años, cuando aún existían cabinas de teléfono, se sentaba tanta gente que la familia Rico había acabado comiendo siempre con un brazo en el regazo. A Simón, durante un tiempo, le daba rabia ver ese gesto cuando salían por ahí: le parecía de poca educación.

Pero esas Navidades ya entendía que si eso sucedía era porque durante un tiempo las dos familias Rico comían juntas en esta misma mesa sin desplegar y no cabían. Y era tan importante lo primero, que comieran juntos, como lo segundo, que no cupieran. Y quizás Simón ya entendiera, aunque le había costado lo suyo, que gran parte de por qué era como era se debía a eso.

Esa Nochebuena no habían puesto el hule de plástico estampado con claveles, con mil agujeros de cigarro de sobremesa y mil trazas de vino de añadas antiguas (por el tiempo que hacía desde que se derramaron, aunque por entonces fuera vino de mesa joven). Hoy habían sacado el mantel blanco con flecos y no los platos Duralex, sino la única vajilla de Sargadelos que se regalaron entre sí los dos matrimonios cuando se casaron. Estaban todos. Y todos eran todos. Y ese «todos» incluía a Beth. Y a Estela.

—Está precioso el niño —dijo Estela.

—Sí, se parece a su madre —apuntó Simón.

Callaba la madre, y también la tía de Simón, que se habían sentado a la mesa con el delantal hasta que Estela, en un viaje a la cocina, hablando como siempre de sus reuniones, se lo había quitado. Callaban también de forma inaudita el padre y el tío, quizás sobrepasados por el simulacro de nueva familia. Últimamente se habían vuelto a hablar, desde una intervención que le habían hecho al tío Elías por el corazón. Lolo se quedó dos días en el hospital, durmiendo sin cambiarse de ropa en los sofás, fumando en los jardines, ofreciéndole la última calada a su hermano aunque no debía. Luego aquello fue como una borrachera: hicieron como que no había sucedido. Pero sí había pasado y algo quedaba de ello. Y sus discusiones, que durante los últimos años se habían emponzoñado en ataques personales, volvieron a la esfera de los problemas del sistema y del nacionalismo y del fútbol, a un plano vagamente simbólico o como mucho metafórico, al igual que sucedía cuando Simón era muy pequeño. Tal vez necesitaban eso: echarle la culpa al mundo para no echársela entre ellos.

Simón rompió el silencio acercándose al nido donde el bebé intentaba atrapar moscas o ensayar ganchos de boxeo. Le puso delante de los ojos el regalo que le había comprado. El Simon: un artilugio electrónico con teclas de colores que se encienden en secuencias que debes repetir: rojo-azul-amarillo-verde, verde-verde-azul-rojo, rojo-rojo-rojo-rojo.

—¿Cuánto faltaba para tu cumpleaños? —le preguntó a Estela.

—Imbécil —dijo ella.

Era indudablemente un regalo ideal para una daltónica. La cara del bebé se encendió a la luz del juego, aunque estaba poco dispuesto a seguir sus reglas: dio manotazos en las teclas indistintamente, sin intentar repetir nada, mientras su carita se encendía en verde, amarillo, rojo. Así me gusta, Simón, tú a tu bola. No vas a jugar al Tabú en la puta vida. Y al billar ya veremos. Vas a elegir los libros, vas a elegir las luces, vas a elegirlo todo. Yo solo te voy a ayudar, pero que nadie te diga lo que tienes que hacer. Simón dice: elijo yo. Simón pensó todo eso. No lo dijo en voz alta, pero interpretó como una señal de asentimiento el eructo de su tocayo.

El pequeño Simón le dio un manotazo tan fuerte al juego que se puso a llorar.

—Tranquilo, Simón. Lo voy a guardar un rato. —Porque nuestro *héroe* acababa de leer, como el Lecturas, en la caja «Recomendado para mayores de ocho años». El bebé se quedó con la cara en efigie, mirando hierático un punto concreto de la pared.

—Me encanta ese gesto que hace: es su fase portada de Kraftwerk —dijo al fin Rico—. La madre acertó con el nombre, ya ves ahora cómo congenian. No le hace ni puto caso.

—Eh —se quejó Simón.

—Tú ni caso, *petit*. No sabe ni qué coño es querer y ya te quiere este nene...

El optimismo de Beth era insobornable. Todo el mundo se reía de ella, del vídeo que se había convertido en viral y que había aterrizado en todas las pantallas de móvil y de tabletas. Una mujer drogadísima, una pija de inmobiliaria, una suelta de cojones, una facha fijo.

Días antes, Simón había acompañado a Rico a verla y, en el último momento, cuando ella ya había contestado al interfono, nuestro *héroe* huyó a la carrera para dejarlo solo. Dos días después ya estaban juntos en un banco de Paralelo, con el carrito enfrente, los dos fumando como tiritan los pájaros ateridos de frío o de miedo. Como kiwis, esos pájaros que no vuelan porque les pesa la médula ósea. Como albatros, que en el aire son majestuosos pero cuyas alas son demasiado grandes para caminar sobre la cubierta del barco, para tocar tierra. Como gorriones. Como personas dañadas. Hay gente herida que se hace más daño cuando se junta: su dolor se dobla. Otras lo comparten, lo trocean y se van comiendo las porciones. O, si no se las comen, las van partiendo tanto y dejándolas en los bordes del plato con tal disimulo que parece que no están. O se las dan a las palomas.

—Las palomas de Barcelona son grises porque la gente les da migas de problemas para comer —podría haber dicho Candela, de haber llegado a Barcelona y haber visto esta imagen.

Así estaban Beth y Rico esa noche. Dignos. Con miedo. Sin intentar adivinar el futuro. No sabían si estaban juntos o si solo se habían unido como quien comparte un solo paraguas porque las nubes han decidido descargar una enorme tormenta. A veces es una buena idea todo aquello que no empeora las cosas. Aunque Simón seguía temiendo que Rico las empeorase marchándose. Todas sus frases esa Navidad parecían insinuaciones veladas de que cualquier brindis podía ser el último. O así las sentía nuestro *héroe* en aquella Nochebuena sin azoteas. Lo pensaba y lo descartaba, y luego lo volvía a pensar mientras se maravillaba con cómo Estela cogía ahora al bebé y destapaba su risa sin ni siquiera esforzarse.

—Le gusta tu pelo de loca, Estela —le dijo Simón.

—Y a mí también —dijo Socorro—. Es extremado y especial.

Lolo acababa de volver con la trompeta del Sastre, que ahora tocaba acompañando a Raphael, el cantante favorito de su hermano, que se desgañitaba en esos momentos en la televisión. Habían bajado mucho el volumen, aunque él insistía en gritar para informar a los Rico de su geolocalización e intenciones, de que iba rumbo a Belén (que ya lo sééé, pensó Simón; va a despertar al *cativo*, se enfadaba su tía; su primohermano lo calmaba con «Boys Don't Cry» en versión nana), cuando prendió la traca de brindis, los primeros en muchos años. Los primeros brindis alegres que recordaría Simón sin habérselos inventado. Yo soy aquél. Yo ya no soy aquél. Si yo fuera aquél. Si yo fuera Rico.

—Un brindis por Estela —dijo el tío Lolo y luego le guiñó el ojo a Rico, como compartiendo un chiste privado.

—Y por Simón —dijo Rico, alzando su copa de agua.

—Por los dos Simón —dijo Beth.

—Y por Rico —dijo Simón.

—Por todos los Rico —dijo Rico.

—Y por nosotros —dijo su madre.

—Y por nosotras —dijo su tía.

—Por vosotras —dijo Estela, con sus ojos clavados en los de Dolores y luego en los de Socorro.

—Y por el impulso —dijo Simón.

—Y por la pausa —dijo Rico.

Todos de nuevo en silencio, mientras en la tele se anunciaban turrones antiguos con canciones de siempre, las que hablaban una y otra vez de volver a casa, de regresar por Navidad. Estela le escribió un mensaje a su padre y el resto siguieron así unos segundos, mirándose alrededor de la mesa, con un gesto de emoción no exento de cierta desconfianza, como si estuvieran jugando a las cartas y apostasen dinero o futuro.

—Joder, uno se pasa toda la puta vida odiando los anuncios de Navidad. Porque es que cuanto más te hacen llorar, más falsos son. Más falsos que un duro de madera. Que si volver a casa, que si todo encaja de repente, que si las sorpresas, que si los brindis con la gente sonriendo que es que parecen de una secta... —dijo Elías, el tío de Simón.

—Ya, pero cuando por fin, por una vez en la puta vida, te toca a ti ser el protagonista de uno, ya te gustan más, ¿no? —le preguntó Lolo.

—Sí, hermano.

—¿Sabéis? —dijo Rico—. Ya no hablo nunca de músicos ni de novelas ni de nada. Pero justo ahora me he acordado de algo. La cosa va de un pianista muy conocido y que tocaba muy bien. Creo que se llamaba Fats Waller.

Un estrépito de petardos detuvo a un perro a la altura del entresuelo de los Rico. Sacudió la cabeza. Luego la levantó y vio una luz encendida en esa ventana.

—Ni idea —dijo el padre de Rico, con el ojo derecho enfocando de soslayo al cantante de la tele.

—Pues bien, la gente se quedaba loquísima cuando tocaba. Algunos picaban con los pies en el suelo o daban palmas y perdían todo el sentido de la realidad, aunque se sentían muy vivos. Él, el pianista negro, era el número uno. Su cara se encendía, como si su oreja fuera un interruptor de una lámpara y alguien le hubiera tirado del lóbulo. Así. —Se tocó la oreja—. Y entonces, en pleno torbellino de teclas, cuando está en el momento más alucinante de la canción, cuando le da a las blancas y a las negras como si no hubiera mañana, que parece una tormenta de notas, un huracán de ideas bonitas, cuando el piano da la impresión de que va a elevarse y a convertirse en un cohete, cuando sabe que no va a superar un momento como éste, que todo podría empeorar... Entonces mira al público y... ¿sabéis qué les dice?

—No —dijo Simón, aunque sí lo sabía.

—¡Matadme ahora! ¡Disparadme mientras soy feliz!

—Ya.

IV

Primavera de 2018

—¿Por qué desertaste? —dijo Trotta.
—Solamente volví a casa —dijo Onufrij.

JOSEPH ROTH, *La marcha Radetzsky*

Pero ahora, justo antes de llegar al final, remontémonos muy brevemente al principio de todo, en un cauto retroceso previo a la carrerilla que termina en el último salto.

Imaginemos que existió un libro que pertenecía a un ministro de la Segunda República, quien llegó en su coche oficial a una aldea gallega para olvidarlo pronto en una taberna y de ahí viajar en la maleta de un campesino a La Habana, de donde lo sacó hacia Estados Unidos un trompetista del hotel Continental que perdió su trabajo la noche que cayó Batista. Un libro revendido en un rastro de Queens que recaló en casa de un escritor de novelas pulp en Nueva York, muy respetado en París, así que allí fue cuando se divorció. Un libro que fue usado como adoquín en mayo del 68 y que recogió un madrileño que estuvo cinco minutos en una manifestación de la que habló toda su vida y que le legó a su hija punk, quien un día casi muere en un portal (con el libro al lado de la jeringuilla). Suerte que la encontró y se la llevó a su fonda un tipo: la acomodó en su cama y, para reclinarle la cabeza, colocó el libro bajo la almohada. El salvador era un tipo de Barcelona que estaba haciendo la mili y que se paseaba vestido de militar por ese Madrid de la Movida (donde pensaban que su disfraz era irónico), recibiría ese libro en agradecimiento y, muchos años después, cuando aún se arrepentía de no haberse quedado en Madrid con aquella chica de cresta teñida de lila (en realidad, ella había muerto poco después de sus cuidados), lo vendió para intentar olvidarla por fin. Lo compró un tendero del mercado de los domingos en el barrio de los Rico. Los libros, los Libros Libres, como las personas, como la comida, son tiempo concentrado. Nadie sabe de dónde vienen. Por cuántas cosas han pasado y por qué lo han hecho. Nadie se había preguntado por el viaje de ese libro. Hasta hoy.

A Simón, que sostenía en sus manos el libro viajero mientras pestañeaba para humedecer sus legañas, le había costado despertar porque el día anterior había trasnochado hablando y bebiendo con Estela. Ella aún tenía que acabar el pregón que leería en la inauguración del mercado, pero insistió en que sabía perfectamente qué diría y en que, de algún modo, todo lo que hablaran estaría en su discurso. Así que la mañana después nuestro *antihéroe* dormía, o fingía que dormía un sueño casi infantil, cuando escuchó un frufrú de sábanas y notó que dejaban algo a los pies de su cama. Y pensó: Rico no se ha ido. Y añadió: de momento. Encendió la luz, mulló uno de los cojines, se incorporó y allí estaba ese a quien él de pequeño veía como *su héroe* y que ahora le cogió el tomo, lo miró y dijo:

—Oye, Simón, ¿qué es esto? ¿Tú lo sabes?

—Dímelo tú que lo has traído...

—Yo con suerte encuentro mi casa como para encontrar un libro así. Tiene pinta de haber vivido muchas más historias que yo. Parece cansado...

—Dámelo, anda. Joder, sí, no tiene ni lomo, está peor que tú...

—Qué pone ahí ¿El título?

El título podría ser *El último toque*, por ejemplo. Pero también *El libro de Simón*, porque ahora ya era suyo. Pero también cualquier otro. El libro era lo de menos, porque lo importante era no solo que Simón había vuelto a leer a escondidas, sino que Rico lo sabía, y no solo eso, sino que también se rehabilitaba a su modo, rescatando la tradición de regalárselos.

—Mira la dedicatoria —dijo Rico.

—«Juntos hacia el futuro.» Pobre. Qué movida. ¿De dónde crees que viene este libro? —preguntó Simón.

—Ni puta idea. Pero, vaya, te lo puedes inventar.

—Vamos, va, que llegamos tarde.

—Gracias, tío.

—¿Gracias por qué?

—Por nada.

Simón rescató su móvil, perdido entre las mantas. Estaba sin batería, pero no tenía tiempo de cargarlo: hoy abrían al fin el local y había demasiadas cosas que preparar. Incluso le había pedido a Remedios (Estela se encogió de hombros y sonrió cuando se lo dijo) que los ayudara si los curiosos abarrotaban el local durante la inauguración. Además, no esperaba ninguna llamada. Ni sospechaba que tenía un mensaje importante. Ya.

*

Asunto: Despierta, Simón, y lee esto, joder
De: pelopeligroso@gmail.com
A: simonricoblanca@gmail.com

Simón:

Te envío este correo urgente porque veo que no lees mis wasaps. Cuando ayer nos despedimos pasé por el local para repasar mi discurso y al mirar el portátil había una sesión de Gmail abierta. De tu primo. Tenía la bandeja de enviados ahí. Leí el último, casi en diagonal, y luego filtré la búsqueda para leer alguno más. Son mails dirigidos a un tal bolablanca. No es tu dirección, pero está claro que son para ti. Aunque yo salgo y tengo que decirte que a veces pienso que no me entendéis. O que tenemos que hablar más. Aún más.

Te mando unos cuantos fragmentos de lo que he visto. Lo hago así rápido porque quizá deberías hablar con él en cuanto os despertéis. Te he mandado las mismas capturas por teléfono, así que espero que las veas en un sitio u otro. No he puesto las fechas, pero algunos son mensajes de hace años, aunque el último es de hace solo unas horas. Yo no podré veros a primera hora, porque me despertaré pronto para releer el texto y tengo que ir con los que me encargaron el pregón (quieren tomar un café conmigo para saber qué diré). Igualmente, si puedo me pasaré y os picaré al interfono. A ver si os encuentro.

Te veo luego. Te intento llamar por la mañana. No te preocupes mucho, ya sabes cómo es.

Estela

*

Me fui por un montón de razones, pero me escapé solo por una.

Me fui por la pelea con mi padre, sí, ya te lo he explicado antes. Me fui porque pensaba de verdad que tenía que marcharme para vivir muchas aventuras. Me fui para proteger a la gente que quería. Pero me escapé solo para salvarme yo.

Había empezado a trabajar con el Sastre en el menudeo. Trapicheaba aquí y allá para pagarme la ropa y los discos y para ser quien quería ser. No era algo peligroso, hasta que lo fue. Un día me pararon los proveedores, unos hijos de puta de verdad, no unos actores que van de malos, y me obligaron a guardarles dos bolsas llenas de paquetes «de droga», como dicen los papas. Intenté decirles que yo no movía esas cantidades tan grandes, que me dejaran en paz, pero me contestaron que les debía dinero y que si no obedecía hablarían con un poli cómplice de ellos y me pillarían por todo lo que ya sabían que sí había hecho. Me dijeron que podía dejarlas en casa del Sastre, pero yo tenía que volver al bar a currar, así que las llevé a casa. De hecho, guardé las bolsas debajo de tu cama infantil un domingo en que te llevé un libro a la cama. Para hijo de puta yo, ya ves.

Al día siguiente, después de una comida familiar, lo llevaba todo de camino a casa del Sastre cuando unos tipos me asaltaron, me metieron en un coche para subirme a la montaña y allí me lo quitaron todo, hasta los zapatos. Bajé descalzo y me fui a casa del Sastre. Cuando llegué, alguien había registrado también su casa y le habían dado bastante. Tenía los ojos morados. Suerte que el cabrón tenía algunos dientes de oro, que, si no, se los saltan.

A él le habían dado el chivatazo antes de que vinieran y había guardado el dinero dentro de los libros de su biblioteca. Me dijo que ya me lo contaría algún día. Me dio algo más de material y yo me prometí entonces dos cosas. Que lo vendería y, sin mirar atrás, me iría gracias a ese dinero. Había quedado claro que los enemigos del Sastre eran también los míos y que me darían boleto sin demasiados miramientos si las cosas se torcían... No le iba a contar eso a mis padres, ni a los tuyos ni a ti. No lo entenderíais y tener esa información tampoco era bueno. Si ni siquiera yo acababa de entender cómo había llegado hasta ahí. Pero, en lugar de saquear el piso del Sastre, te daría a ti el aviso muy discretamente, para que nadie pudiera preguntarte, de dónde guardaba él su fortuna, por si más adelante tenías la ocasión de descubrirlo. Si no la buscabas, no pasaba nada. Pero si lo hacías, seguramente la encontrarías.

Nadie sabe quién me asaltó para robarme aquello. Pero se generó la leyenda de que en casa del Sastre había una fortuna escondida, por lo que yo perdí y por el dinero. Un tesoro, vaya. Supongo que durante algún tiempo la gente debió de preguntarte cosas, si sabías algo...

*

Hace dos semanas desperté de un coma. No sabes cómo te necesitaría aquí ahora. No te voy a enviar esto, así que puedo decírtelo. A veces solo me consuela saber que tú andas por ahí viviendo y que todo te va bien.

Es un coma inducido. Me pasó cuando estaba de ruta en Valencia, por la zona de Ruzafa. Aparecieron dos que conocía de otra noche y me llevaron a una terraza en la Malvarrosa. Ellos no habían dormido y me empezaron a invitar y yo a beber, y pidieron paella, que no se podían comer ni de coña, y de repente miré una gamba y no podía casi ni respirar, se me hinchaban hasta los dedos, me veía explotando como un puto globo y lo único que podía decir era: Ambulancia, ambulancia, ambulancia. Ellos se asustaron, por si me moría ahí mismo, se fueron por patas, pero al menos llamaron a urgencias.

Pancreatitis aguda. Suena mal, ¿no? Lo peor es que les faltó decirme que me lo había buscado. Años de alcohol, nervios, mala alimentación. Vodka después de solo un yogur. Todo se complicó y tenía mal todos los órganos del corazón para abajo. Aunque el corazón no, igual por eso te echo de menos. Pero me quitaron la vesícula y tenía fatal el páncreas, el hígado, todo. Como para jugar a los médicos. Cuando desperté estaba eufórico y quería llamarte. Suerte que no tenía tu teléfono. Te habría contado que a veces, las primeras noches, me subía la fiebre y también las drogas que me chutaban y pensaba que mi cama se iba hacia el techo y se acercaba y, pum, lo atravesaba y entonces volaba como con una puta alfombra mágica. Y otras veces pensaba que tenía que hacerlo todo muy rápido y dejar de derrochar el talento. Debía montar un grupo y escribir una novela y ganar el mundial de billar y darte un abrazo enorme, hasta que casi no respiraras. Suplicaba a los enfermeros un medicamento que me refrescara un poco la boca (no podía ni beber agua: ¡al enemigo, ni agua!) con un flis-flis. Tenía la barriga con una cicatriz que me la cruzaba de lado a lado. Pero luego lo que tenía era miedo y no me podía mover y lloraba y reía y les decía a los enfermeros que por qué se empeñaban en matarme de sed.

No sabes cómo echo de menos cuando era pequeño y jugaba al fútbol con mi padre en la montaña. O en los pinares de Castelldefels. O cuando mi madre me subía un pincho de tortilla y un Cola Cao a la cama. Y yo jugaba con el Cheminova y todo lo que explotaba daba risa. No sabes cómo te echo de menos a ti. Te echo tanto de menos, tantísimo, y te quiero tanto que me da vergüenza y es imposible que pueda decirte todo esto. Si no os he contado nada cuando algo me iba un poco mal, imagínate ahora: sería darle la razón a mi padre y a todos. Y no quiero. Me voy a recuperar del todo (ya estoy mejor, ya como tortilla francesa y pescado a la plancha) y luego intentaré volver una vez más. No será la primera. Y espero que cuando te vea esté mejor y que te dé solo la pena suficiente como para compartir un tiempo contigo. Y para no asustarte. Así que no voy a llamarte, pero sí voy a escribirte. A tu dirección de correo, quiero decir. Te diré que estoy por ahí, yo qué sé, en Brighton. Pero aquí te contaré dónde estoy realmente: en la mierda. Y, como no lo leerás, te diré lo que pienso: te quiero mucho, Simón, aunque no sepa ni quién coño eres después de todos estos años haciendo el animal, derrochando tanto todo que al final no queda nada, no queda nadie, nada de nada...

*

Mañana inauguramos el local y no sabes lo orgulloso que estoy de vosotros, Simón. Creo que lo único que he hecho bien en toda mi puta vida es chivarte lo del dinero del Sastre y tener la intuición de que el mejor escondite posible era precisamente dejarlo todo allí y decírtelo a ti de una forma muy novelesca. Mira, a veces las cosas salen bien.

No quiero irme porque no quiero dejarte atrás. Aunque si no fuera por el niño, igual lo habría hecho ya hace un tiempo. No habría esperado a algo tan teatral, a pirarme el día de la inauguración. No quiero irme justo en ese momento. Pero, yo qué sé, si me quedo a verla me dará todavía más pena. Y parecerá que te traiciono aún más. Siempre me he ido así, ¿no? Al menos que el gesto tenga sentido... No sé, tengo que pensarlo bien. De hecho, lo estoy haciendo mientras escribo esto (no se me da muy bien hacer dos cosas a la vez: una vez intenté beber agua mientras caminaba y casi vomito). Ahora supongo que dependen de mí Beth y el segundo Simón. De paso podría adoptar un perrito. Siempre todo mal. El padre de Beth la ha llamado. Le ha dicho que ya ha pasado un tiempo y que la perdona. Aunque yo creo que lo dice para quitársela de encima. Le ha hecho un ingreso delirante en la cuenta para que nos vayamos lejos un par de años. Bien, más de un par, ésa es la condición. No le va muy bien para su reputación ni tampoco para su empresa, que ahora funciona peor, ya no se venden tantos pisos, que ande por aquí su famosísima hija, y su nieto estorbo, y su yerno indeseable. Mejor que desaparezcan un tiempo. Igual tiene razón. Igual es lo mejor para los tres, sobre todo para el niño... Con esa pasta, si no la rechazamos, tendríamos para tirar un tiempo y que no le faltara de nada al niño. Y yo, tal y como estoy, no soy ninguna garantía para él. Y seguir aquí me recuerda demasiado a cómo era y a cómo quería ser. Y me pone triste, Simón, intento que no sea así, pero me pasa, no sé.

Me encantaría ponerme estupendo y decirte que me voy porque conozco a un tío muy peligroso que sabe el secreto del tesoro de los libros y, si me marcho, os salvo. Algo épico, deslumbrante y tal. Pero, en realidad, si me voy es porque por una vez quiero hacerlo bien. No espectacular, no de la hostia, sino bien. No tan mal. Irme es la única forma de asegurarle un buen tiempo a Simón. A mi hijo, cómo me cuesta decirlo. Y, si lo pienso bien, creo que después de todo lo que te metí en la cabeza es mi forma de transmitirte, sin que sea un consejo, porque ya ves tú quién soy yo para darlos, un ejemplo de algún tipo: a veces a uno le encantaría hacer una cosa, pero resulta que tiene que actuar y que parezca que le apetece otra. Porque esa otra resulta que es la buena. Y entonces no tiene que decir que es «lo que toca», eso es de imbéciles, de pobres de espíritu, sino que debe apretar los dientes y decir: «esto es lo que quiero hacer».

Pero soy cobarde, incluso más de lo que creéis la mayoría, así que no sé si me iré o no. Y, como no lo sé, por eso escribo esta carta, que sé que no leerás. El niño duerme la siesta y Beth también. Juntos. Así que aquí estoy, en el sofá de su casa, escribiendo esto para poder decidir qué haré mañana. Si tuviera que irme, igual te compraría el último libro al despertarme. Porque ya veo que voy a dormir poco. Pero no sé. Lo único que...

*

Ahí están, el día D: de la inauguración, del mercado y del local. Los dos primohermanos se cambian de ropa en la misma habitación para afrontar la vida. Mientras él trasteaba en el armario, Rico ha leído la dedicatoria del libro, de *El último toque*, o de *El libro de Simón*, como quiera que se titule finalmente: «La idea, en la esgrima y en la vida, consiste en tocar y en que no te toquen».

—A mí me han tocado bastante —dice Rico.

—Y tú también. Y, más que tocar, que hasta has hecho un

hijo. Oye, estos zapatos ya no me caben... —replica Simón, peleándose con ellos.

—Tienes los pies gordos. Has de ponerlos a dieta.

—¿Te he contado alguna vez esto? Cuando te fuiste, un día bajé al Baraja y me puse a tropezar como un idiota porque me había puesto tus zapas...

—Y ahora no te caben. No me voy a poner a buscar simbolismos. Porque a mí no me entra ni un puto pantalón de todos los que me hizo el Sastre.

—Es que él hacía trajes que eran como fotos. Solo servían para ese momento.

—El Sastre hacía muchas cosas. Demasiadas.

—No sé, pienso en él. Y en el resto: el Juez, el Marciano, el Lecturas...

—Bueno, tira rápido, que algunos de los que dices nos están destrozando el garito. Ayer casi lo incendian.

Ambos delante del espejo del armario, intentando acertar en perneras demasiado estrechas o pasar cuellos demasiado anchos por camisetas de publicidad de productos que apenas se vendían ya. Simón había convencido a Rico de que hoy, la jornada de las grandes inauguraciones, tenía que abandonar esa anchísima sudadera negra de capucha que siempre usaba de uniforme y endomingarse un poco. Un error. Al final nuestro *antihéroe* logró enfundarse la camiseta más grande, la de Ducados, y su primohermano asaltó el armario de Lolo para ponerse una camisa con chorreras de cuando tocaba la trompeta en una de sus orquestas. Es curioso cómo a la actual edad de Rico, Elías y su hermano les parecían señores muy mayores, si no ancianos, gente fundamentalmente hecha, de una pieza. Los padres son como los jugadores de fútbol: nos parecen más mayores incluso cuando rebasamos su edad. Y, en realidad, nunca dejamos de ser hijos o fans, de criticarlos o ensalzarlos con razonamientos sentimentalmente infantiles.

Simón y Rico deben correr para ultimar el piscolabis que servirán después del pregón que inaugurará el mercado de libros de los domingos, pero antes quieren ver cómo empieza. Es decir, quieren ir a ver a Estela, al menos un ratito y sobre todo Simón. Allí está, con su vestuario negro, su pelo verde y sus All Star, carraspeando un poco sobre la tarima de madera algo carcomida ante un auditorio (sillas plegables alineadas entre montañas de libros de segunda mano) más bien disperso. También mira su móvil, como intentando ver si alguien ha contestado sus mensajes. Nadie. Así que abre la boca y Simón también la suya, de puro orgullo. Ayer Estela le dijo que, aunque fuera ella la que estaría sobre el escenario, el pregón lo firmarían los dos.

—Lo primero que aprendes cuando creces en el barrio de los libros, de los libros con muchas vidas, de los libros con muchas vidas posibles, es la diferencia entre el precio y el valor de las cosas. El precio es eso que otros ponen a lo que te quieren vender y el valor es lo que tú le das a lo que necesitas conseguir. Esto, como muchas otras cosas, me lo enseñó un amigo.

Entre el público, Simón ve a la mujer que le regalaba croquetas y buñuelos en el mercado, al que siempre le ponía doble bola en la heladería y a aquel otro que deambula por el barrio dando palmas y al que siempre escucha pasodobles y sardanas con un transistor a todo trapo. Pero también ve a Biel, al que solo saludará dentro de un buen rato, pero que seguramente ha llegado antes para venir a estrenar el local: quizás hasta le haga una foto y lo ponga de moda entre los profesionales del sector creativo (así los llama él y Simón ha visto cómo tomaban su barrio últimamente; son de los que dicen: hay que darle una vuelta a la idea, mientras piden otra ronda). No está Ona, pero sí ve también a Remedios, que le dejó muy claro a Simón que le ayudaría en la apertura pero que antes quería disfrutar del pregón (y más aún de la pregonera, a quien se comía ahora con los ojos). Por ahí anda Fidel, que hace un momento le ha comentado que «está bloqueado». Lo que quiere decir es que no tiene ni ideas ni tiempo para escribir otra novela. Quizá los Rico le regalen su historia. Aunque el tipo aquel con gafotas que Simón conoció en el Sant Jordi de hace unos años tenía cara de necesitarla también. Bien, a partir de ahora tanto uno como otro quizá pasen a menudo por el local: habrá tiempo de contársela. No ve a Candela, pero si aparece nombrada, es porque Simón le piensa dedicar al menos cinco correos a la crónica de esta jornada. De hecho, ella también podría escribir la novela: es lista, le van los arrebatos líricos y los estallidos cómicos y a estas alturas sabe más que nadie sobre esta historia, incluso la tiene medio escrita en todos esos mails. Incluso la podría escribir Simón, si bien jamás reconocería que es él quien anda detrás de estas líneas: siempre habló de sí mismo en tercera persona. O incluso Rico, que ahora tendrá tiempo. O quizá no la cuente nadie, aunque cómo explicaríamos entonces que ahora, justo ahora, alguien esté leyéndola a pocas páginas del final.

Los padres y los tíos de la familia Rico, que han insistido en ir a la inauguración, han elegido la primera fila y atienden como si un nieto protagonizara una función escolar. Ellas, palpando el bolso sobre sus rodillas y guardando el clínex húmedo en la tira del sujetador o en la muñeca, ceñido por la goma de la manga; ellos, mirando a su alrededor, buscando alguna barra con tirador de cerveza. Beth, disfrazada hoy de Betty, persigue al pequeño Simón, que ya gatea o repta y, cuando ve algo que quiere, se pone a llorar. ¿Y cómo te irá a ti, pequeño Simón? ¿Has llegado demasiado tarde o demasiado pronto o justo a tiempo para las grandes historias del futuro? ¿Te gustará vivirlas o, en cambio, envidiarás las historias pequeñas del pasado, cuando nada parecía solemne? El resto del Baraja no escucha cómo Estela prosigue el discurso:

—Eso te dice a ti que tú, al margen de cómo seas, de donde vengas, no vales menos que el resto. Que depende de quién te lea y de cómo te escribas. Que no eres lo que ganas, sino que tienes el valor que otros, los que te quieren, te dan.

Es curioso ver todo esto así, desde fuera. Sin juzgarlos. Juzgándose a uno mismo: Simón, que llegó a sentir vergüenza por la familia Rico y sus cestitas de peladillas en el recibidor, el curioso caso de los comensales mancos, que no contestó correos cuando murió la madre de Estela, que se creyó un héroe en el Filigrana, pero que luego no insistió a Candela para que se quedara, que había huido rapidísimo de Ona al primer contratiempo, que en realidad ahora está a punto de abrir un negocio, gracias a esperar a que la especulación en el barrio revalorizara el local que compró con el tesoro escondido y robado. Simón, que tardó tantos años en descubrir que su primohermano hacía playback y que la vida era una copia de mierda de los libros, también de los malos o especialmente de ellos. Y aún más en asumir que dependía de él que fuera un poco menos mala.

—Un amigo me dijo una vez que lo que verdaderamente importa no es el tesoro, sino el mapa del tesoro. Hay aquí tantos libros como mapas del tesoro, croquis de la emoción presente y el plan futuro. Al alcance de todos. Mapas del tesoro para todos, aquí y ahora, un domingo como éste. Vidas posibles.

—Vámonos —dice Rico—, que Estela se está poniendo muy sentida.

—¡Un brindis por Estela! —exclama Simón, seguido por muchos de los vecinos.

Y quizás ella lo haya visto porque sonríe, porque se saca el móvil del tejano negro ceñido y lo señala con el índice y porque, después de una pausa, dice:

—Si pudierais pedir un deseo, ¿qué pediríais?

—¡Una vaca! —grita Simón.

—Pero, a ver, si pudieras pedir un segundo deseo, el que fuera...

—¡Dos vacas! —insiste nuestro *antihéroe*, mientras Rico reparte folletos con el nombre y la dirección del nuevo local, y entonces inician su retirada, porque el público los mira como si estuvieran algo tocados (ése es Rico, sí, el que se echó a perder; ¿cuál de los dos?) y porque saben que quizás hayan avergonzado a media familia con su gritito. Pero ella no ha acabado:

—¿Y el tercero? ¿Si tuvierais que pedir un tercer deseo?

Y éste no lo grita Simón, pero lo piensa. Si tuviera que pedir un deseo, Estela, sería éste: seguir teniendo deseos, seguir pidiéndolos, seguir pudiéndotelos pedir a ti, a gente como tú.

*

Así que los primohermanos se van y, dos calles más allá, ven al Juez, al Capitán y al Marciano, entre otros, discutiendo delante del letrero del local. El primero está prestándole las manos entrelazadas al segundo, para que ponga un pie sobre ellas y enderece el rótulo.

—Chicos, no sé cómo lo veis, pero está torcido. Simón, ¿es que no te das cuenta?

Simón agarra al Marciano por la solapa y lo lleva a un aparte. Va muy borracho. Torcido.

—¿Qué haces aquí? Tu hija está en la plaza dando un discurso.

—Ella no querrá que lo oiga.

No sabe si abofetearlo por ese arranque de autocompasión o para que espabile.

—¿Quién os ha dado la llave?

Es Rico. Podría ser una pregunta retórica, pero en realidad es una acusación. Han mirado por la rendija de la puerta entornada y han visto al resto de parroquianos del Baraja bebiendo a morro del tirador de cerveza por turnos. Y alzando vasos. O levantando copas.

—Nos gusta torcido, Marciano. Déjalo así. Id a ver el pregón, que tenemos que acabar unas cosas —les dice Rico.

Jamás se van a desembarazar del Baraja. Ni Estela: va a meter lo que queda de aquel bar en su librería feminista. Rico y Simón estudian ahora, bizqueando un poco por el sol, el letrero con dos palabras escritas con esa tipografía de pequeñas bombillas. Al final Estela accedió a cambiar el nombre, aunque no aceptó llamarlo Baraja Dos.

—Brindis —lee Rico ahora en las letras encendidas, sobre la puerta de entrada.

—Más brindis —dice Simón.

—«Dicen que éste es un mercado de libros viejos. Pero los libros nunca son viejos. Los libros son nuevos para cada persona que los abre. Mi madre siempre decía...» —escuchan por los altavoces que emiten el pregón.

Los dos primohermanos toman la cocina y se visten con los delantales de faralaes que Estela les ha comprado en los Encantes, en gran medida para poder chotearse de ellos. La cocina es aún más pequeña que la del Baraja, apenas una encimera de silestone color antracita y un solo fregadero con un grifo de los que se recogen y se enrollan para no perder sitio. Han pegado con celo una Polaroid de sus madres en el pequeño frigorífico, como quien coloca estampitas para pedir suerte en un trabajo que no acaba de controlar o que la requiere. La foto se la hizo Rico ayer por la noche, cuando compartían secador para dar volumen a sus peinados y preparar la gran salida de hoy. En el frigorífico, otra imagen, de cuando Estela fotografió a Simón y Rico en el hospital. Están juntos, tan juntos, demasiado juntos, que parece mentira que hayan estado tanto tiempo lejos, tan lejos, demasiado lejos.

Rico le muestra a su primo una cebolla como para ilustrar

lo que va a pasar. Como si en ella estuviera su historia, la misma que van a trocear hasta que desaparezca, para luego echarla a la sartén y que la química semimágica cree otra. Otra historia, se entiende. Simón se congratula por estar ahí con Rico, da las gracias porque no se haya ido, aunque sigue temiendo que pueda hacerlo de un momento a otro.

—Había una vez un chico que sabía el secreto de todo lo que se mueve por el mundo para poder volver y encontrar su sitio en el lugar de donde salió.

—¿Y cómo se llamaba? —le dice Simón, mientras afila uno de los cuchillos.

—Ah, ni puta idea. Lo que sí sé es que sabe que todos tenemos capas y capas y capas.

—Capas de mosquetero, ¿no? Venga, Rico, que hoy tenemos prisa.

—No, capas de cebolla. Cada una es un disfraz.

—Rico, ¿esto es un cuento?

—Sí, uno para adultos. Que tienes treinta y cinco añazos. ¿Te sabes el del guisante en el colchón? ¿Te acuerdas?

—Más o menos.

—Sí, la cosa es que en el castillo prueban a ver quién es verdaderamente una princesa porque, por muchos colchones que le pongan, debajo del último nota un guisante.

—Ya.

—Pues es una mierda de cuento. Lo que hay que hacer en éste es poder dormir aunque notes una cebolla. Deberían coger para el puesto a quien pueda hacerlo.

—No sé por dónde vas.

—Yo tampoco.

Toda esa comida, todas esas personas, van de aquí para allá como locas. En realidad no tienen ni idea de por qué lo hacen. Pero algo hay que hacer. Rico, por suerte, ha perdido su capacidad para ponerse metafórico pero, por desgracia, sigue tirando de alegorías. «De alegrías», como decía Simón cuando era niño.

—Pero nuestro protagonista sabe que todo consiste precisamente en eso. En asumir que la cebolla siempre estará ahí y seguir adelante. O dormirse.

—Espero que a tu hijo le cuentes mejores cuentos, la verdad. Cómo pican...

—Córtala más fina. ¿O es que no te han enseñado nada en tus superrestaurantes?

—Ya. Si no me lo dices, no sigo... ¿Cómo se llama el protagonista del cuento?

—Simón, se llama Simón.

—¿Simón Rico?

—Podría ser. Venga, sigue, que están a punto de llegar.

Simón lo mira y ve una lágrima quieta en su mejilla. Parece de adorno. De diamante. O de silicona.

—¿Qué te pasa ahora?

—Nada, es la cebolla.

—Ya.

Pero esto todavía no ha acabado. Aquí y ahora suena una palmada, como si algún dios ocioso hubiera atrapado una mosca a la primera, y se apaga la luz de la cocina y del local. La primera vez de las muchas que saltarán los plomos, gracias a la estupenda instalación eléctrica cortesía de los clientes manitas del Baraja. Los primos dejan de picar la cebolla, porque no querrían perder algún dedo justo en un día tan señalado. Mientras Simón coge el móvil, ya un poco cargado, e inserta el pin con la intención de activar la linterna, escuchan unos cuantos puños aporreando la puerta y gritos: suenan como a patio de colegio cuando empieza el recreo. Reconocen alguna que otra voz que grita: ¡Más brindis! Y entonces Simón escucha un ruido extraño a su lado. Es Rico, que hipa y carraspea y que quizá para despistar le da un abrazo porque todo cuesta menos a oscuras. La emoción del momento, piensa Simón. Pero Rico, mayor y dañado y sin pelo y con miedos, se sorbe los mocos y se frota los ojos con los nudillos como un niño para retrasar el lloro. Lo logra, aunque es la primera vez que parece más pequeño que nuestro *antihéroe*, que vuelve a temer que se vaya. Siempre se marcha, al fin y al cabo. Mira otra vez su móvil y descubre varios mensajes de Estela que encienden la pantalla, pero no los lee. No es el momento. No ahora.

Simón y Rico permanecen a oscuras, pucheros en primer plano y gritos al fondo. Y en estos segundos de penumbra, de actores mentalizándose abrazados antes de que se enciendan los focos, Simón podría repescar así esas mismas ganas de llorar durante la Noche de las Azoteas: «Yo, disfrazado de espadachín, y Rico, con su uniforme negro y su tupé en interrogante lleno de vida, de cualquier vida futura, después de saltar sin vértigo desde aquel ático de las guirnaldas luminosas, planear por toda la ciudad y por el mundo durante años para en algún momento bajar y escoger alguna vida como quien coge el bombón menos malo de una caja surtida que otros ya han saqueado».

El caso es que, segundos después, sus respiraciones se remansan y sincronizan. No como los relojes averiados del Baraja, que también han colgado en las paredes de su nuevo local. La cocina sigue a oscuras. Simón dice que no quiere que no te quedes. Y entonces Simón piensa: ahora sí, antes de que se encienda la luz, Rico se habrá ido. Y también: ahora es cuando lo digo. Ahora es cuando le digo: estoy llorando, es la cebolla, así que eso quiere decir que todo esto ha acabado. Pero el caso es que Simón no lo hace, sino que confía y espera. Palpa la pared hasta tocar el fusible que hay que levantar para que todo se encienda. Para que la luz encendida le descubra qué pasa realmente.

Busca y solo encuentra una palabra tan vacía, absurda como un conjuro, que solo las personas que la pronuncien en voz

alta dentro de seis segundos sabrán qué carga y qué promete
y qué significa. Que podría reiniciar todo y convertir la meta
en salida. Que solo funcionará aquí.

—¿Ahora?

*

Ahora.

Unos cuantos brindis

Uno se levanta y brinda por el futuro que quiere o por el pasado que añora. También por los que lo han ayudado a llegar a algún sitio. Hasta aquí, por ejemplo, donde ha acabado la novela y aparecen los agradecimientos. Brindo, pues...

Por las novelas en general, esos libros que van sobre todo. Y por las que aquí aparecen en particular, que, de algún modo, dan forma y luego deforman a Simón: *Scaramouche, La Pimpinela Escarlata, Los tres mosqueteros, Barry Lyndon, La cartuja de Parma* o *El tulipán negro*, entre muchas otras.

Por algunos ensayos, donde perseguí el rastro de los alimentos por el planeta, como *Lo que hay que tragar*, de Gustavo Duch, o *El hambre*, de Martín Caparrós, donde también descubrí el diálogo de las vacas. También por *Blandir la espada*, de Richard Cohen. Y por *Ciutat Princesa*, de Marina Garcés, con sus reflexiones sobre el turismo.

Por las biografías de cocineros. Y muy especialmente por las de Anthony Bourdain y Leonardo Lucarelli.

Por Oriol y la ruta del pasado esclavista de Barcelona organizada por la Associació Conèixer Història. Y por todos esos libros (son muchos) sobre las grandes sagas de poder en Catalunya.

Por Fuensanta y Joan Mateu y el resto de libreros del Mercat Dominical de Sant Antoni. Esta novela no existiría sin ellos y ojalá, dentro de unos años, aún se venda en sus mañanas de domingo.

Por esas novelas donde quien te importa reaparece, de La ley de la calle a Un enano español se suicida en Las Vegas. Pero, aún más, por los que desaparecen y por los que los echan de menos (por mí mismo, en este caso).

Por Javi, y todas sus historias familiares del bar Olimpo. Por A Paula, el bar de mi familia en Mondoñedo. Por el colmado de Campo Sagrado y por su trastienda que olía a naranjas y arroz. Y por las sobremesas en el bar Ramón.

Por Ramon, que jaleó mis temas sobre billar. Y por Rafa, que me confió una jerga, un apellido, una historia, un ron.

Por M, quien me coló en los intestinos de los restaurantes de lujo para ver qué se cocía, y por Derrick, que me explicó sus gestas como repartidor siempre al galope en su moto. Por Pilar, que cuenta muy bien la anécdota de La Habana. Por Julia y la trompeta. Por los versos en el ático compartidos por Belén (va por ti, donde quiera que estés). Por las frases Algora y por las frases Vainica. Por David, que me coló en el culto del Raval. Y por Jesús, que me descubrió los secretos del billar. Por Alex, gracias por los contactos y por todo. Y por Begoña, la lectora.

Por Jan, el editor que piensa brillante cuando va por ahí despeinado (y casi siempre va despeinado). Y por Rebeca, la editora con armadura de sudadera violeta. Ambos saben ayudarte con el texto, pero también en la vida. Y por Alice, que sonríe y todo está bien. También por todos y cada uno de los trabajadores de Blackie Books: Toni, Erika, Raúl, Laia, Pau, Gerard, Júlia.

Por Txell y Mònica, mis agentes, por aguantar mis excesos y por regalarme un dibujo de unas tijeras enmarcado.

Por mis amigos, con los que sigo en deuda por la anterior novela.

Por mi tía Felisa, que siempre me decía que era muy cuentista. También por Susana y Pau. Y por Elena. Y por Tarsi y Felipe en Argañín.

Y, muy especialmente, por mis padres, que me metieron en Círculo de Lectores y me han entendido incluso cuando ni yo lo hacía.

Un amigo, con mis mismas iniciales pero de nombre Marcos, me chivó el mejor brindis.

Había que brindar por el impulso. Siempre. Brindemos pues, también, por el impulso.